무사 백동수

무사 백동수

초판 1쇄 펴낸 날 2011. 8. 5

지은이	권순규 · 박윤후
발행인	홍정우
편집인	이민영
디자인	문인순
마케팅	김성규, 한대혁
발행처	브레인스토어
등록	2007년 11월 30일(제313-2007-000238호)
주소	(121-841)서울시 마포구 서교동 465-11 동진빌딩 3층
전화	(02)3275-2915~7
팩스	(02)3275-2918
이메일	brainstore@chol.com
홈페이지	www.grbs.co.kr

ⓒ 권순규 · 박윤후, 2011
ISBN 978-89-94194-20-2(13800)

원작 : 만화 〈야뇌 백동수〉 이재헌 · 홍기우
ⓒ 이재헌 · 홍기우, 대원씨아이

값은 뒤표지에 있습니다.
잘못 만들어진 책은 구입하신 서점에서 바꾸어 드립니다.

권순규·박윤후 소설

무사 백동수
Full Version 1
드라마가 못한 이야기

bs
브레인스토어

❈ 작품기획 ❈

어린 시절부터 무술에 관심이 많아 손에 닿는 대로 배우다가 대학 시절 해동검도에 빠져들었다. 이후 줄곧 한국 고유의 무예에 관심을 두었는데, 소설과 시나리오를 집필하던 중 기어이 기회가 찾아왔다. 하지만 작가가 표현하고 싶은 무인의 이야기와 드라마가 필요로 하는 무인의 이야기에는 극복하기 힘든 갭이 존재했고, 이를 극복할 수 있는 방법이 다만 소설임을 깨닫곤 소설을 집필하게 되었다.

무사 백동수는 조선 시대를 살아간 협객의 이야기다. 하지만 구국영웅의 이야기는 아니다. 21세기를 살아가는 우리의 삶과 함께 호흡하는 영웅, 피부에 와 닿는 영웅이다. 가진 것 없이 맨몸으로 세상에 부딪치고, 손이 아닌 가슴에 칼을 품은 영웅인 것이다. 다만, 역사서엔 한 줄밖에 등장하지 않는 영웅을 형상화시키는 것이 쉽지만은 않았다. 그리고 그것이 바로 작가의 업이다.
하여 많은 죄를 지었다.
멀쩡한 양반가 서자를 천애 고아로 만들고 《무예도보통지》를 만들었다는 이유로 조선제일의 검객으로 탈바꿈시켰다. 시대의 악역을 미화하기도 하고, 시대의 영웅을 간웅으로 표현하기도 했다.
그럼에도 백동수가 영웅인 이유는 완전한 무에서 궁극의 무를 이뤄낸

그의 일대기가 우리에게 짜릿한 대리만족과 희망을 안겨주기 때문이다.
작가가 그리 만들고, 독자가 그리 믿는다.

50부작으로 준비된 기획안이 24부작으로 줄어듦에 무사 백동수의 이야기는 드라마에서 모두 할 수 없게 되었고, 결국 소설에서 만나볼 수 있게 되었다.
동수가 몸으로 부딪치면 온전히 몸으로
동수가 마음으로 부딪치면 온전히 마음으로
소설을 읽는 내내 독자들은 동수와 함께 웃고, 울며, 소리칠 것이다.

인물소개

백동수
팔다리가 뒤틀려 태어난 판자촌의 외톨이에서 정조대왕의 호위 무관으로 동양3국의 무예를 총망라한 무예서 《무예도보통지》를 만든 최고의 무인이자, 피폐한 삶에 찌든 조선 민중의 영웅으로 우뚝 선 당대 최고의 협객.

여운

천재 검객으로 태어났으나 자객으로 생을 마감하는 비운의 살수. 살성(殺星)을 갖고 태어났다는 이유만으로 태어난 순간부터 아비에게 버림받았다. 백동수의 동무이며 연적으로 갈등의 중앙에 선 인물.

유지선
'북벌지계'의 수호자이며 백동수의 여인으로 100년간 북벌지계를 수호해온 유소강 집안의 무남독녀지만 동수로 인해 거부할 수 없을 것 같던 운명을 이겨내고 스스로의 삶을 개척해 가는 강철 여인.

황진주

지고지순한 사랑의 증표! 활 하나면 웬만한 남자와 겨뤄도 지지 않고 겁도 없는 여장부지만, 동수 앞에서 만큼은 여인이고 싶은 여리고 순수한 여인으로 대도(大刀) 황진기의 양녀다.

김광택
조선제일검이자 검선이라 불리는 조선 최고의 검객. 흑사초롱의 삼재 천(天), 지(地), 인(人)조차도 함부로 대할 수 없는 절정의 고수로 언행이 무겁고 사려 깊은 인물로 후에 동수의 스승이 되어 무예를 전수한다.

천(天)

본명은 '천수'. 김광택에 대적할 수 있는 유일한 고수이며 옛 지기다. 흑사초롱을 움직이는 실세이지만 한량이 되고자 하는 마음을 품고 산다. 여운과 동수가 극복해야 할 최후의 고수 중 한 명.

지(地)
본명은 '가옥'. 선대 천(天)의 여식으로 고수의 반열에 오른 유일한 여인. 자객집단 흑사초롱에서 검보다 마음으로 사람을 대하는 유일한 사람이며, 김광택과 천(天)의 갈등 속에서 운명적인 사랑을 나누는 여인.

인(人)

본명은 '대웅'. 흑사초롱의 행동대장으로 머리보단 몸이 앞서는 불같은 자. 검선 김광택에게 엄지손가락을 잃은 후로 평생 복수를 다짐하고, 탐욕으로 물든 기회주의자.

사도세자
신동이라 부를 정도로 명석하며 무예도 뛰어나다. 약관의 나이에 무예도감 장용위를 만들어 세력을 구축하려 하지만 홍대주의 음모로 실패하고 결국 죽음에 이른다.

홍대주
늑대의 잔인함과 여우의 간교함으로 만인지상 일인지하를 꿈꾸는 희대의 간웅. 군권을 손에 쥐고 사도세자와 정조 암살을 주동한다.

흑사모
백동수의 대부로 백동수에겐 아비이자 어미이고 친구이자 스승 같은 존재다. 판자촌 대장으로 엽도를 허리에 차고 다니는 우락부락한 남자지만 마음만은 여리다.

장대포
흑사모의 오랜 지우로 암기의 달인이다. 몸에 걸친 도포자락에 표창과 비도 등 88개의 암기를 넣고 다닌다. 사도세자가 장용위를 재건하자 장용위를 이끌게 된다.

임수웅
검선 김광택의 수제자이자 무예신보를 완성한 검의 2인자. 훈련도감 교관으로 영조와 사도세자로부터 동시에 신임을 받고 있는 인물.

영조
조선의 21대 왕. 탕평책을 실시하여 당세를 없애려 노력하지만 실패하고 노론의 기세에 밀려 아들 사도세자를 죽음으로 내몰게 된다.

양초립
본명은 '홍국영'. 무예와 지략을 고루 갖춘 인재. 동수의 지기며 후에 정조의 왕위 등극에 일조한다.

황진기
흑사초롱의 훈련대장이자 지(地)를 보필하는 호위 무사. 지(地)의 여식 진주를 보살피며 팔도를 누비는 의적이 된다.

인물관계도

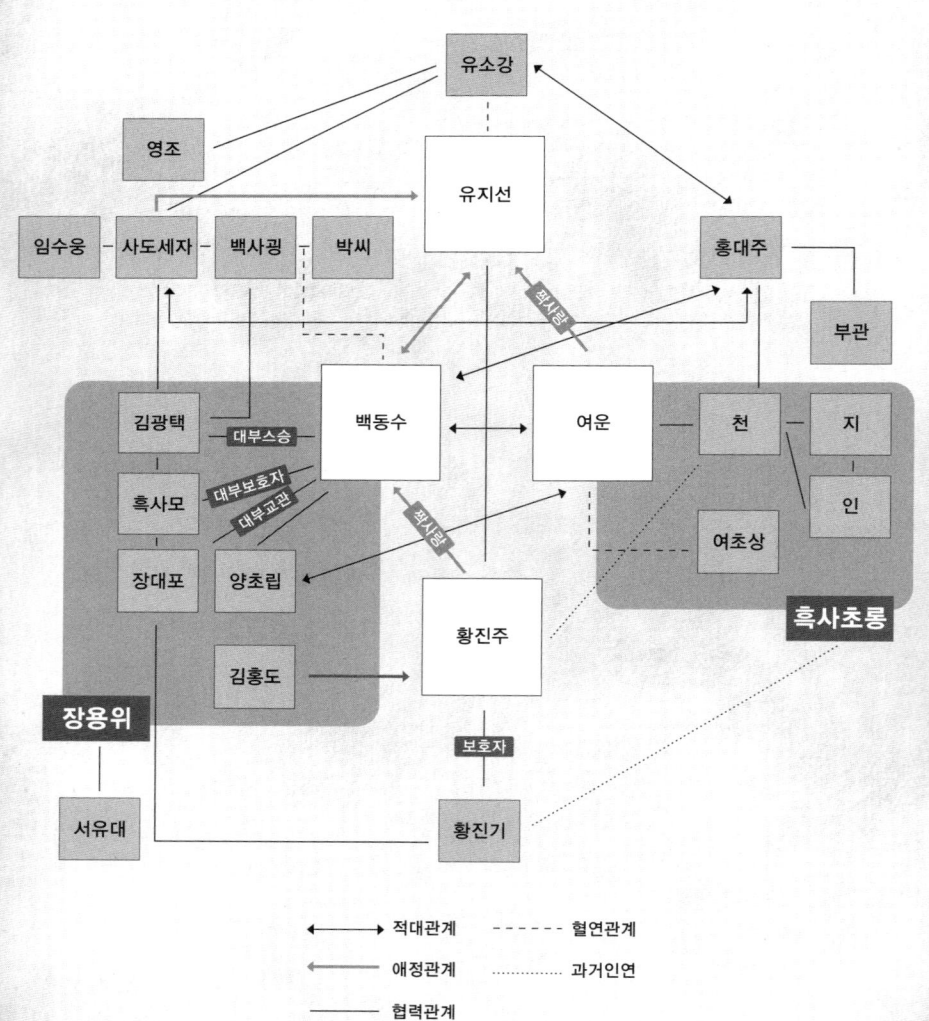

차례

프롤로그 11

1장 쌍용언월도의 염원念願 23

2장 동수의 힘겨운 귀로歸路 43

3장 오래된 인연의 결집結集 68

4장 기연奇緣이 부른 활로活路 91

5장 비밀 속에 흐르는 검푸른 혈血 114

6장 번뇌를 버리고 날아가는 화살 136

7장 달빛 속에 타오르는 화火 157

8장 번민煩悶하는 굳은 약속 177

9장 하류河流에 흘러온 만남 198

10장 만월彎月을 품은 서늘한 밤 218

11장 필연의 운명 242

12장 고결固結한 신세 261

13장 가슴에 물든 상흔傷痕 281

14장 실책失策의 장난 301

프롤로그

1645년 4월 24일.

백진주를 깨알같이 박아 놓은 듯한 감색 밤하늘 아래 관상감조선시대 천문·지리·역수(曆數)·측후(測候)·각루(刻漏) 등의 사무를 맡아보던 관청 천문학 교수 김일택의 눈썹이 꿈틀거렸다.

"불길하구나. 어찌하여 형혹熒惑, 화성이 적시성積屍星을 범한단 말인가!"

짧은 탄식이 채 허공에 흩어지기도 전에 갈색마에 오른 김일택이 곧장 환경전歡慶殿으로 향했다. 적시성이라 함은 예로부터 시체를 쌓는 별이라 하여 불길함을 예언하는 별이라, 그런 적시성을 형혹이 범했다는 사실은 천문학 교수로서 가벼이 넘길 문제가 아니었다. 근자에 학질에 걸린 소현 세자의 병세가 심상치 않다는 후문에 내심 염려가 깊었던지라 자정을 넘긴 시각임에도 바삐 움직일 수밖에 없었다.

1637년 1월, 인조가 삼전도에 설치된 수항단受降壇에서 청태종에게 항례降禮한 뒤, 두 왕세자 소현과 봉림은 볼모가 되어 청국으로 끌려갔다.

그로부터 8년의 볼모 생활을 끝내고 소현 세자가 조선으로 돌아온 지 겨우 두 달 만이었다. 조선으로 귀국한 소현 세자는 청국에서 배운 지식을 토대로 각 분야의 학자들과 두서없는 친분을 쌓았고, 이전부터 소현 세자의 개혁정신을 높이 한 천문학 교수 김일택 또한 그 중 한 명이었다. 그리고 김일택이 소현 세자가 가져온 지상최대의 비밀을 알게 된 건 겨우 며칠 전이었다.

'북벌지계!'

무혈로 청을 정벌할 수 있는 지도와 비책.

세자로부터 은밀히 그 말을 들었을 때 얼마나 놀랐는지, 김일택은 덜덜 떨리는 입술을 다물지도 못했다. 세자의 신임을 얻게 된 그날부터 밤잠을 깊이 이룰 수 없었다. 그렇기에 짐작할 수 있었다. 갑작스런 세자의 병환은 분명 북벌지계와 관련 있으리라!

그러나 소현 세자가 입을 열지 않는 한 북벌지계가 누구의 손에 있는지는 알 길이 없었다. 봉림 대군이 갖고 있지 않을까 짐작도 하였지만 소현의 눈치를 살피면 그렇지도 않은 듯했다. 소현과 뜻을 같이 하는 이들 사이엔 행방이 묘연해진 북벌지계를 찾아 청국의 대장군 용골대가 조선으로 밀사를 보냈다는 소문도 돌았다. 그런데 이런 와중에 소현 세자의 위중한 병환이라니, 분명 내막이 있음이다. 소현 세자를 만나지 못한다면 아직 청국에 머물고 있는 봉림 대군에게 서신을 보내서라도 이 사실을 알려야 했다.

수심이 가득 배인 김일택은 연신 채찍질을 가했고 말발굽 소리가 요란하게 공기를 찢어댔다. 한차례 바람이 불어 줄지어 있는 가랍나무들이 나뭇잎을 흔들며 스산한 소리를 냈지만 김일택의 귀엔 들어오지 않았다. 앞만 보고 달렸다. 일개 관상감의 교수가 이 야심한 시각에 입궐한다는 것도, 병환 중인 세자를 알현하겠다 청하는 것도, 쉽지 않을 게다. 그렇지만 만나야 한다. 적시성을 범한 형혹은 필시 소현 세자의 죽음을 뜻하는 바, 급히 몸을 은신하라 알려야 했다.

'악운이옵니다! 피하십시오, 저하!'

마음속의 외침이 끊이지 않던 그 순간, 귀를 찢는 파공음이 김일택의 귓속으로 빨려 들어왔고, 이어 굵직한 화살이 오른쪽 어깨를 관통해 쇄골 아래로 피 묻은 화살촉이 삐죽 튀어 나왔다. 순간 숨이 멎는 줄 알았다. 충격에 밀려 상체가 휘청였고 힘껏 당긴 고삐는 말을 멈추었다. 거칠게 숨을 토해내던 말이 긴 울음을 내지르자 마른 땅 위로 뽀얀 모래 먼지가 피어올랐다. 두려움과 후회, 고통으로 일그러진 김일택의 눈동자가 길을 막고 선 검은 복면의 사내에게 향했다. 사내의 손에 들린 커다랗고 묵직해 보이는 철궁이 달빛을 받아 고고해 보였다.

"누, 누구냐!"

"북벌지계는 어디 있느냐."

김일택의 가슴으로 알싸한 한기가 몰아쳤지만, 북벌지계에 대해 함부로 입을 놀리고픈 마음은 없었다.

"북벌지계? 무슨 소릴 내뱉는 것이냐! 난 모른다!"

호흡이 떨어지기 무섭게 박차를 가하며 채찍을 휘둘렀다. 하지만 잔뜩 겁을 집어먹은 말은 쉭쉭거리며 거친 숨을 토해낼 뿐 전진도 후진도 하지 않았고, 순간 김일택의 등줄기에 식은땀이 소스라쳤다. 복면의 사내는 천천히 철시를 뽑아 시위를 당겼다.

'날 죽이려 하는 것인가! 허면, 세자 저하는……!'

거대한 해일처럼 아득한 절망감이 몰려왔다.

부릅뜬 김일택의 눈동자에 사내의 철시는 하나의 점으로 보였다. 멀지 않은 거리인데도 얼마나 뾰족한지 점으로밖에 보이지 않았고, 전신이 죽음의 공포를 받아들이기도 전에 한 점 화살이 날아들었다. 그 찰나의 순간이 김일택에겐 반평생처럼 길게 느껴졌다. 차라리 짧았더라면 죽음에 대한 공포조차 느끼지 못했을 텐데.

'퍽!'

힘 있게 날아온 화살은 정확하게 김일택의 눈동자에 파고들었다. 새하얀 종이 위로 번져나가는 먹물처럼 어둠이 스며들었고, 복면의 사내는 주검도 확인치 않고 바람처럼 사라졌다.

김일택은 더 이상 볼 수 없었다. 희망을 잃어버린 감색의 밤하늘, 유난히 어두웠던 그 날의 밤하늘을.

흔들리는 등불이 무척이나 위태로워 보였다. 소현은 고열로 희미해진 정신을 바로 잡으려 눈을 부릅떴지만, 곧 경기가 일어 흰자위를 내보이며 전신을 떨어야 했다.

"저하!"

세자비 강빈이 오열하며 부르짖었지만, 소현은 화답 대신 검붉은 피를 토해냈다.

"저하! 저하!"

강빈의 외침과 더불어 세 아들의 흐느낌이 허공을 울렸지만 소현에겐 아련한 바람소리로밖에 들리지 않았다. 언제였던가. 아득한 기억 속으로 의원 이형익이 다녀갔던 새벽 때가 떠올랐다.

인시나 되었을까. 그 새벽녘에 문득 침술을 놓겠다며 의원 이형익이 소현을 찾았다.

"어찌 그대가……."

고열로 가쁜 숨을 내쉬던 소현이 말을 멈추자 이형익이 조용히 입을 열었다.

"저하, 소인을 용서하소서……!"

실눈을 뜬 소현의 눈에 이형익의 뒤로 선 저승사자 같은 사내가 보였다. 이형익은 꿇은 무릎을 옆으로 움직여 사내에게 자리를 내줬다. 사내의 움직임이 얼마나 민첩한지 부스럭거리는 옷자락 소리조차 나지 않았다.

"누구냐!?"

고열임에도 사고는 또렷했다. 사내가 침묵을 지키자 소현은 본능적으로 위험을 감지하고 있는 힘껏 소리쳤다. 하지만 그 소리는 소현의 목청에서만 울려퍼질 뿐이었다.

"……!"

누구의 손이 더 빨랐는지 알 수 없을 만큼 이형익의 손과 사내의 손이 소현의 입을 틀어막았다. 그러나 정확하게 소현의 입을 덮은 사내의 손과 달리 더 가까이 있던 이형익의 손은 턱을 내리눌렀다.

"읍! 읍!"

소현이 두 팔을 버둥거림에도 사내는 어렵지 않게 소현의 몸 위에 올라앉았다. 그러자 밀려난 이형익이 질세라 소현의 턱과 목을 내리눌렀다.

"넌 비켜라."

굵고 나직한 사내의 음성이 울려 퍼지자, 마치 귀신이라도 들린 것처럼 소현의 목을 조르던 이형익의 손이 스르르 풀렸다. 소현은 가물거리는 의식 속에서 막혔던 숨을 토해냈다. 목구멍이 아릿아릿했다. 가뜩이나 고열로 부어오른 기도가 충분히 열리지 않아 숨 쉬는 것조차 힘들었다. 소현이 힘겹게 숨을 몰아쉬자 사내가 얼굴을 가까이하며 물었다.

"북벌지계는 어디 숨겼는가?"

너무 조용해서 등잔의 기름 타는 소리가 되레 크게 들렸다. 소현은 복면 위로 보이는 사내의 살기어린 눈을 바라보며 바짝 마른 입술을 비틀었다. 비웃는 듯, 허탈한 듯 미소 짓는 소현을 내려다보는 사내의 눈에 마치 소현의 대답을 알고 있다는 듯 짜증이 묻어났다. 소현은 고열로 붉어진 눈시울 속, 뜨겁게 타오르는 눈동자를 번득이며 대꾸했다.
"난 이미 죽을 각오가 되어 있다."
죽음을 각오한 소현의 짧은 답변에 복면의 사내가 분노로 눈가를 단단히 굳혔다. 입술을 덮은 복면이 파르르 떠는 것을 보니 애써 화를 참고 있는 듯했다. 사내는 소현의 머리 옆으로 고개를 숙였다. 사내의 낮고 음침한 목소리가 귓속으로 파고들자 창백한 소현의 얼굴이 납빛으로 변했다.
"네 목숨은 그렇다 치고, 처자식까지 죽일 생각이냐."
세 아들과 강빈이 떠오르자 온 전신이 경련하며 사지 끝으로 번져나갔다. 소현이 두 손을 부들부들 떨며 사내의 옷자락을 움켜쥐었다. 소현의 손가락이 옷을 파고드는 건지, 옷자락이 소현의 손가락 사이로 빠져나오는 건지, 온 힘을 줘서 붙잡아 당겼는데도 사내는 꿈쩍도 하지 않았다.
아직 걸음마도 떼지 못한 셋째 아들 석견을 생각하니 절로 눈물이 흘렀다.
'가긍한지라.'
그 짧은 생을 생각하면 가긍스러워 하염없이 눈물이 나오지만, 소현의 결심은 변함없었다. 소현의 눈물을 응시하던 사내가 문득 그 의미를 파악한 듯 뒤춤에서 무언가를 꺼내 들었다. 그리고 소현의 양 볼을 엄지와 검지로 세게 눌렀다.
"윽!"
벌어진 입술 사이로 쓴 물이 밀려들어왔다. 소현이 발버둥치며 약물을 밀어내자 이형익이 냉큼 손으로 코를 막았다. 쓴 물이 소현의 목구멍으로 모두 넘어갔는데도 코를 막은 이형익의 손은 풀어지지 않았다. 급기야 소현이 버둥거리며 흰자위를 내보이자 복면의 사내는 거칠게 이형익을 밀어냈다.
"네놈도 죽고 싶어 실성이라도 한 게냐."

맹수처럼 나직이 으르렁거리는 사내의 한 마디에 이형익의 안색이 허옇게 변색했다. 소현이 힘겹게 숨을 토해내자 사내는 또다시 소현의 귓가에 대고 위박했다.

"처자식을 살리고 싶은 마음이 들면 말하라. 내 다시 오겠다."

사내는 어둠 속으로 사라졌다. 등잔불이 미치지 않는 어둠속 그 어딘가로 사라지는 형체를 보며 소현은 연신 기침을 이었다.

그렇게 이형익과 복면의 사내가 사라진 지 하루가 되었다. 기어코 열에 들뜬 소현의 몸에서 각혈이 쏟아져 나오기 시작했다. 갑작스런 소현 세자의 각혈 소식에 세자비 강빈과 세 아들들이 달려왔지만, 소현의 토혈은 멈추지 않았다. 소현의 손을 꼭 잡은 강빈이 연신 흐느꼈다.

"저하……저하……!"

손끝에 전해지는 떨림이 강빈의 것인지, 자신의 것인지 분간조차 할 수 없었다. 코로 빠져나온 선혈 때문에 숨을 쉴 수조차 없었다. 의원이 쉬지 않고 닦아주는데도 얼굴을 뒤덮은 검붉은 피는 계속해서 피부 밖으로 기어 나왔다. 소현이 핏물이 흐르는 눈을 감고 가쁜 호흡을 내뱉자 가마득해지는 정신 한구석에서 북벌지계가 떠올랐다.

"정, 정연이……. 쿨럭!"

말을 맺지 못하고 다시 각혈을 토해내자 강빈이 고개를 쳐들었다.

"저하! 봉림 대군 말씀이십니까?"

소현은 고개를 끄덕일 힘도 없어 마주 잡은 강빈의 손 위에서 손가락을 까닥이자 강빈이 급히 고개 숙여 소현의 입가에 귀를 가져갔다. 그러자 초점 잃은 눈동자의 소현이 힘겹게 입을 열었다.

"북벌지계는……."

강빈의 창백한 얼굴이 잔뜩 일그러졌다. 피 묻은 이불을 움켜쥐며 강빈은 악문 잇새로 말했다.

"저하의 만망萬望이 저의 것입니다. 봉림 대군께 꼭 이으라 전하겠나이다."

강빈이 결연한 의지를 내보이자 또다시 소현이 각혈을 토해냈다. 서둘러 목면으로 소현의 입가를 닦아낸 강빈에게 소현 세자가 다시 입을 열었다.

"미안하오."

귓가에 밀려드는 속삭임에 강빈의 눈가에 짙고 무거운 눈물이 고였다. 곧이어 단아함이 그림 같은 강빈의 볼 위로 하염없이 눈물이 흘렀다.

"저하……!"

소현의 피 묻은 눈길이 세 아이에게 향했다. 석철, 석린, 석견이 서로 뭉쳐 한구석에서 조용히 흐느끼고 있었다. 흔들리는 등잔불이 그들의 그림자마저 떨게 했다. 자식들을 바라보던 소현이 부들부들 떨리는 손을 들었다. 그러자 강빈이 급히 이불을 놓고 소현의 손을 붙잡았다. 소현의 떨림이 얼마나 강한지 마주 잡은 강빈의 손까지 파르르 이어졌다. 그렇게 금방이라도 꺼질 불빛처럼 흔들림만 있는 손과 달리, 조용하고 나직하게 흘러나온 소현의 목소리는 결연함을 담아 무척이나 정갈했다.

"강빈, 내 죽으면 그대와 아이들도 죽을 게요."

"저하!"

강빈이 기겁해서 소리 지르자 아이들이 서로를 끌어안으며 오열을 터뜨렸다. 그 누구도 소현의 말에 그러지 않을 거라 말할 수 없었다. 그래도 강빈은 어떻게든 아이들을 지키겠노라 맹세하려 했다. 하지만 소현은 강빈이 입을 열기도 전에 가늘어진 목소리로 속삭였다.

"애써 살려 하지 마시오."

가슴이 먹먹해져 어떤 말도 할 수 없었다. 다만 두 눈을 질끈 감은 강빈은 차마 고개 돌려 아이들을 바라볼 수도 없었다. 가슴이 메여 눈물조차 흐르지 않았다. 소현의 뜻을 알기에, 강빈과 아이들도 억울함을 내보이지 않았다. 그날, 소현 세자는 기어코 숨을 거뒀다.

뜨거운 태양 아래 말발굽 소리가 요란하게 들판을 가로질러 갔다.
"어찌하여 형님이!"
울분을 참아내며 곧장 조선을 향해 달려가던 봉림 대군의 눈에서 급기야 굵은 눈물이 흘러내렸다. 몇 번이고 펼쳐봤던 형수 강빈의 서간이 떠올랐다.
'세자 저하의 만망을 저와 아이들이 함께 나눠 갖기로 하였습니다.'
이상하게도 강빈은 두 통의 서간을 보내왔다. 다른 한 통의 서간을 생각하자 감분感憤이 눈물과 뒤섞여 흘러내렸다.
'부디 저희를 살리려 하지 마시옵고 대군의 안위를 살피옵소서. 하여 이 서간은 태워버리십시오.'
봉림은 채찍질을 가하며 세차게 고개를 저었다.
"안 됩니다! 절대 안 됩니다!"
청국에서 헤어질 때, 막내 석견은 이제 막 걸음마를 시작했었다.
"그 어린 것을 어찌 지키지 말라 하십니까!"
눈물과 함께 억울함을 소리치던 봉림 대군의 목소리가 길게 늘어선 숲길로 울려 퍼졌지만, 마치 장벽에 부딪힌 듯 삽시간에 사그라졌다. 순간, 봉림이 말고삐를 거세게 잡아당겼다. 거친 발길질을 해대며 제자리걸음 하는 말머리를 겨우 돌려세운 봉림이 눈을 지릅뜨며 길 한가운데 서 있는 사내를 노려봤다. 한 그루의 나무처럼 우뚝 서 있는 사내는 검은 복면을 한 채 번쩍이는 눈만 내놓고 있었.

호위 무사장이 큰소리로 외쳤다.
"썩 비키거라!"

외침이 끝나기도 전에 복면의 사내가 움직였다. 스르륵 바닥을 훑고 앞으로 내달리는가 싶더니 어느새 허리춤에서 장도를 꺼내 휘둘렀다. 모래 먼지가 사방으로 뻗어나가고 놀란 호위 무사들이 칼을 뽑기도 전에 호위 무사장의 목이 바닥으로 떨어졌다.

"자객이다!"

재빠르게 진열을 정비한 호위무사들이 봉림을 수호했지만, 눈에 보이지 않을 정도로 빠르게 검을 휘둘러대는 자객 앞에서는 속수무책이었다.

"대군을…… 컥!"

주춤 뒤로 물러선 봉림의 눈에 낙엽처럼 쓰러져가는 호위 무사들이 보였다. 울분을 토해내던 봉림의 눈동자에 경악이 서려 어지러이 흔들렸다. 몇 번 칼을 부딪치기도 전에 말 위에서 쓰러지는 호위 무사들을 제친 자객이 눈 깜짝할 새에 봉림 앞에 유연하게 멈춰 섰다. 핏물이 뚝뚝 떨어지는 검의 뒷매기_{칼자루 끝. 칼머리에 덧댄 철물}가 햇빛을 받아 청명하게 빛났다. 봉림은 뒷매기에 새겨진 문양을 보고 큰 숨을 들이마셨다.

섬세하게 그려진 문양은 그림도 아니고 글씨도 아닌, 언뜻 봐서는 구분 못할 모양이었지만, 봉림은 단번에 그 의미를 파악하고 안색을 굳혔다. 흑사초롱. 청태종이 하사한 세 자루의 비검으로 명을 수행하는 살수 집단이었다.

"흑사초롱인가……!"

가려진 입술이 비웃음을 토해내는지 복면이 살짝 날렸다.

"천天이다."

땀방울이 봉림의 이마를 타고 흘러내렸다. 아직 이른 봄임에도 불구하고 식은땀이 줄줄 흘러내렸다. 말고삐를 움켜 쥔 봉림이 이를 악물자 자객이 봉림의 백마를 쓰다듬으며 조용히 말했다.

"북벌지계는 어디 숨겼는가?"

자객의 피 묻은 손이 백마의 갈기 위에서 부드럽게 움직였다. 오후에 한가로이 먹이를 나눠주는 거덜조선시대 사복시에 속하여 말을 돌보고 관리하는 종처럼 하얀 갈기를 쓰다듬는 붉은 손을 노려보며 봉림은 아랫입술을 파르르 떨었다. 저도 모르게 허리로 손이 움직일 거 같았다. 봉림은 도포 안, 허리춤에 숨겨져 있는 엽전을 애써 드러내지 않으려 두 손으로 단단히 고삐를 붙들었다.

'들키면 끝이다!'

문득 강빈의 서간이 생각난 봉림은 핏물을 뚝뚝 흘리는 자객의 검을 내려다보며 울상을 지었다. 가슴 속에 고이 품은 서간이 옷자락 밖으로 나오려 두근거렸다. 강빈을 생각한 봉림은 사내답지 못하게, 대군의 위엄을 버리고 크게 흐느꼈다. 그제야 강빈이 왜 서간을 두 통으로 나눠 보냈는지, 나머지 한 통을 태워버리라 했는지 알 것 같았다. 그렇게 강빈의 현명함과 배려에 봉림이 고삐를 움켜쥔 채 크게 울었다. 어린아이처럼 어깨를 들썩이며 울어대는 봉림을 보며 자객의 눈이 가늘어졌다.

"울어도 소용없다."

흐느끼는 봉림이 가슴에서 한 통의 서간을 꺼냈다. 서간을 내밀자 자객이 백마를 쓰다듬던 손으로 받아들었다. 허공에 대고 휙 서간을 펼친 자객은 빠른 눈 놀림으로 글을 읽더니 흘끗 봉림을 올려다봤다. 자객의 눈동자에 경멸이 서렸다.

"제 목숨 살리고자 아녀자와 아이들을 내놓는구나. 네놈을 죽일 마음조차 없어진다."

검을 휘둘러 핏기를 털어낸 낸 자객이 검을 회수하자 미끄러지듯 칼집으로 밀려들어갔다. 다만 핏기를 털어낸 게 아니었던가! 봉림이 앉은 백마의 말머리가 스르륵 잘려 툭 바닥에 떨어졌다. 목통에서 피분수를 내뿜은 말과 기겁한 봉림이 동시에 흙바닥에 엎어졌다. 공포에 질린 봉림의 눈빛을 혐오스레 바라본 자객이 그대로 길을 벗어나 숲으로 사라졌다. 산새가 지저귀는 산길에 진한 피비린내가 깔렸다. 짐승들이 냄새를 맡았는지 사방에서 부스럭거리는 소리가 들렸다. 봉림은 피칠갑 된 호위 무사들을 바라보며 턱이 부서져라 이를 악물었다. 사색된 봉림의 얼굴에 서서히 분기憤氣가 피어오르고 견고한 결의가 가슴을 치고 올라왔다. 봉림은 터져 나오려는 울분을 가슴에 품으며 힘겹게 일어서 햇살 속으로 나아갔다.

'지켜내겠습니다. 이루겠습니다. 혹여 이 몸이 못 이룬다 하더라도, 혼령이라도 남아 이루어내겠습니다.'

봉림이 한걸음 내딛을 때마다 허리춤에 묶인 금속이 계속해서 봉림의 허리를 두드렸다.

이후 봉림은 소현 세자의 뒤를 이을 효종대왕이 되었다. 병자년 국치를 가슴에 새긴 효종은 북벌의 원대한 꿈을 이루고자 노력했으나 노론 사대부의 반대에 부딪혀 북벌에는 채 한 걸음도 내딛지 못했다. 그리고 형님 소현 세자와 같이 효종 또한 피를 토하고 급사했다.

1장
쌍용언월도의 염원念願

그로부터 백 년 후, 1743년.

한 줄기 섬광이 낮게 깔린 먹구름을 비집고 지평을 향해 내리쳤다.

'번쩍!'

깊은 흑막 속에 뇌우를 받은 붉은 천이 스산하게 휘날렸고, 찰나처럼 반사된 섬광이 붉은 천의 글씨를 따라 악鍔, 칼날을 훑고 허공으로 사라졌다.

언월도偃月刀. 길이가 8척에 무게는 무려 82근이라.

뒷매기에 쌍용의 두상이 여의주를 물고 있어 일명 쌍용언월도라 불렸고, 역대 조선의 대왕 중에서도 오직 효종 대왕만이 이 월도를 손에 쥘 수 있었던 무보 중의 무보였다. 효종 대왕의 손을 떠난 후 백 년. 칠흑의 어둠 속에 묻혀 지낸 쌍용언월도가 마침내 그 위용을 드러내자 실로 형언하기 힘든 감동이 세자 이선李愃, 사도 세자의 눈빛에 스며들었고, 북벌지계의 한이 담긴 문구가 피처럼 붉은 천 위에서 꿈틀거렸다.

'나의 의지를 잇는 자, 북벌의 대업을 이루리라. 承我志之者 遂北伐大業'

쌍용언월도를 높이 치켜든 세자 이선은 경외감을 흘리며 눈을 번득거렸다.

"과인의 손으로 한 맺힌 조선의 역사를 다시 쓸 것이다!"

귀를 찢는 뇌전이 천지를 뒤흔들었다. 이선의 한 맺힌 외침에 뇌전과 같은 섬광이 삼전도비三田渡碑를 일도양단했고, 백 년 묵은 비석이 먼지를 일며 투둑 땅에 고꾸라졌다. 비석이 부서지자 마치 백 년 전, 이마에 피를 흘리며 항례했던 인조의 뿌리 깊은 한이 솟구쳐 오르는 듯했다. 이내 숨 막히는 적막감이 찾아들었다. 이선은 흉물스럽게 부서져 바닥에 널브러져 있는 삼전도비에 침을 뱉고 조롱이라도 던지고 싶었으나 그 순간, 지축을 울리는 함성이 귓속을 파고들었다.

임수웅이 바짝 긴장한 표정으로 이선을 돌아보며 외쳤다.

"저하! 관군이옵니다!"

당황할 여력도 없이 순식간에 횃불들이 코앞으로 밀려왔다. 밀물처럼 조여 오는 관군들을 살핀 세자 시강원의 무학 백사굉이 이선의 손에서 쌍용언월도를 빼앗아들고 나직이 읊조렸다.

"저하께선 반드시 북벌의 대업을 이루셔야 합니다."

월도를 쥔 백사굉의 손가락 마디마디에서 사생결단死生決斷의 의지가 전해졌다. 백사굉이 결의를 보이며 이선을 숨기려는 듯 앞으로 나서자마자, 어둠 속에서 날카로운 목소리가 들렸다.

"예서 뭐하는 짓들이냐!"

금속이 긁히며 굉음을 내질러도 그만큼 소름 돋지는 않을 터였다. 백사굉이 월도를 움켜쥐고 어둠을 노려보자 횃불 앞으로 포도대장 홍대주가 느릿하게 걸어 나왔다.

신경을 곤두서게 하는 날 선 목소리와 찢어진 눈, 휘어 약간은 두툼한 코, 얇은 콧수염 아래로 삐죽 한쪽이 치켜 올라간 입술이 횃불 아래 드러났다.

"이런! 저하가 아니십니까? 허허, 예서 저하를 뵙게 될 줄은 미처 몰랐습니다. 역모가 있다는 첩보에 급히 움직였거늘……."

콧수염을 매만지고 헛기침하던 홍대주의 작은 눈이 부서진 삼전도비로 향했다.

"아니! 대체 어찌된 일입니까? 청국과의 관계가 추풍낙엽과 같은 이 시국에, 설마하니 청태종과의 맹약이 담긴 저 비석을 저하께서 부순 것입니까?"

홍대주가 뱀처럼 느물거렸지만, 이선은 아무 말 않았다.

"허허 저하. 아무리 국본의 신분이라도 쉬이 넘어갈 일은 아닌 듯싶습니다."

홍대주의 눈빛이 '넌 이제 끝장이다' 하는 비웃음을 담았다. 그러자 이선을 막고 서 있던 백사굉이 천둥보다 우렁차게 소리쳤다.

"저하께선 아무 관련이 없소이다! 이는 모두 나, 백사굉이 벌인 일이오!"

홍대주의 눈가가 꿈틀하더니 백사굉을 죽일 듯 노려보다가 이선에게 비릿한 시선을 던지며 물었다.

"사실이옵니까, 저하?"

백사굉에게 죄가 없다 말하지 못함이 원통할 뿐이다. 이선은 불끈 쥔 두 주먹을 감추지 않고 낮게 이 갈았다. 홍대주는 한쪽 입술을 말아 올리며 백사굉을 나지리 보았다.

"백사굉, 자네가 벌인 짓이 왕실은 물론 이 나라의 국운을 위협하는 역모임을 모르진 않겠지?"

백사굉이 두 눈에 반기反旗 담은 발광을 펼쳤다. 어두운 밤하늘조차 태워버릴 것같이 활활 타오르는 백사굉의 눈빛에 움찔한 홍대주는 슬금 뒤로 물러서며 명령했다.

"뭣들 하느냐! 당장 반역자를 체포해라!"

힘이 없음이, 지켜줄 힘이 없음이 한없이 원망스러웠다.

백사굉이 월도를 박아 항복의 뜻을 내비치자 이선은 어깨를 부르르 떨며 눈을 질끈 감았다. 백사굉이 땅에 월도를 박는 것이 꼭 팔 한쪽을 잘라내는 것처럼 느껴졌다. 차마 볼 수 없었던 듯 이선은 고개를 돌렸다.

빽빽하게 들어선 대신들을 돌아보며 영조는 손으로 얼굴을 쓸어 내렸다. 피곤이 짙게 깔린 눈 밑은 세자에 대한 시름으로 더욱 무겁게 아래로 쳐졌다. 무거움에 눌려 두근거림조차 느껴지지 않는 가슴은 사태를 생각하자 새까맣게 타들어가 난작거렸다. 백사굉의 처우에 대해 득달같이 몰려든 대신들은 백사굉의 목숨을 놓고 서로 빼앗겠다 싸우고 있었다. 저 잣거리의 왈패들도 공으로 떨어진 것에 이리 눈에 불을 켜고 덤벼들지 않을 터였다.

"전하! 백사굉의 죄는 청국에 대한 반란과 다름이 없습니다. 이는 대역죄로 다스려야 하는 바, 삼족멸문지화가 마땅한 줄 아뢰오."

좌의정이 굳은 의지를 담아내자 발끈한 소론이 들고 일어섰다.

"대감! 삼족멸문이라니요?"

"가당치도 않사옵니다 전하! 비석 하나 부쉈을 뿐이온데 어찌 역모라 할 수 있사옵니까!"

팽팽하게 갈라선 의견에 선뜻 답을 내지 못한 영조가 영상에게 하문했다.

"영상의 생각은 어떠한가?"

슬쩍 홍대주를 살핀 영상이 곧은 목소리를 냈다.

"저속한 무리들을 모아 무기를 지급하고 훈련을 시켰다 하니, 이는 역모를 모의한 것이 분명하다 사료되옵니다."

영조는 이럴 줄 알았다는 표정으로 낮은 신음을 흘렸다. 무력한 왕권을 바로 세우겠다며 시정잡배들을 모아 무예를 가르치고 훈련시키는 것이 언젠가는 꼬투리를 잡힐 거라 생각했었다. 영조는 영락없이 세자를 내놓아야만 하는 판에 두선頭旋을 느꼈다. 어좌의 손잡이를 힘껏 붙들었음에도 사방이 옥죄여오고 뱅글뱅글 돌았다. 눈을 감자 재차 좌상의 목소리가 능그러이 들려왔다.

"전하, 죄인은 세자 저하의 무예 교육을 담당한 시강원 무학으로 이번 사건의 배후에 세자 저하가 개입……."

뒤를 받쳐주듯 바로 말을 받아 이선을 들먹이자 예조 판서가 대뜸 소리 질렀다.

"대감! 그 무슨 망언이십니까! 어찌 세자 저하를 이번 사건과 연루 짓는 것이오!"

"예판이야 말로 그 입 닥치게!"

좌상의 채찍과도 같이 날카로운 만매漫罵가 대전을 휘감자 웅성거리던 대신들이 움찔했다.

"세자 저하가 아니라, 군왕이라 할지라도 그 시시비비를 가려 공명을 지키는 것이 우리 사대부들의 역할이 아닌가!"

순간, 영조의 눈이 시뻘겋게 달아올랐다. 흰자의 핏줄들이 동공을 향해 몰려들며 좌상의 무거불측無據不測에 분노를 뿜어냈지만, 용상의 팔걸이를 움켜쥐며 터져나오려는 감분을 삼켰다. 가슴을 태운 분노는 목을 조이고 입을 바싹 타들어가게 했다.

좌상이 태연히 입을 열었다.

"전하! 역모는 가벼이 넘길 수 있는 죄가 아니옵니다! 세자 저하를 부르시어 사건의 전모를 추궁하시옵소서!"

닥치라고, 그 주둥이 다물라고 외치며 검을 뽑아 좌상의 목을 따고 싶었지만 차마 그럴 수 없었다.

영조는 부르르 떨리는 어깨에 힘주며 눈을 가늘게 떴다. 이 자리에 있게 해준 자들이다. 왕위에 오를 수 있도록 온갖 더러운 수를 써댄 자들이기에 소리칠 수 없었다. 그들에게 맞선다는 건 상상도 할 수 없을 정도로 영조는 노론이라는 거대한 권력에 묶여 있었다. 하다못해 백부의 죽음에 대해 물었던 세자에게 화부터 내야 했다. 왕위에 오르고 나서도 끊임없이 시달려왔던 소론의 비방에 더 이상 물러설 곳도 없었다. 노론이라는 단단한 벽이 사라지면 천 길 낭떠러지로 떨어지는 건 시간문제가 아닌가.

왕이지만 위엄이 없었다.

'하여, 저리 기고만장한 것이 아니겠는가!'

영조는 신음을 삼키며 손바닥에 이마를 박았다. 어떤 수를 쓰더라도 백사굉의 목숨을 구해주긴 어려울 듯싶었다. 더 이상 피를 보고 싶지 않지만, 백사굉을 던져주지 않으면 세자에게 덤벼들 게 뻔하였다. 자식 먼저 구해야 했다. 마치 맹수 우리 속에 팔을 던져주는 기분으로 영조는 백사굉의 처우를 좌상에게 넘겼다.

"백사굉을 참수하고, 삼족을 멸문하면 되는 것이냐?"

"전하, 백사굉은 이번 역모의 주동자로 참수는 당연하며……."

화살을 세자에게 돌리겠다는 뜻이었다. 영조는 눈가를 떨며 좌상의 말을 잘랐다.

"동궁은 오늘부로 대리청정에서 손을 뗄 것이다."

암묵적인 합의. 실失은 있었지만 위기를 모면한 것만으로도 다행이었다. 영조는 이마를 감싸고 있던 손을 내려 눈을 가렸다. 보고 싶지 않고, 듣고 싶지 않으며, 느끼고 싶지도 않은 더러움이었다. 오물에 발 담그고 있다 해도 이토록 욕지기가 나지 않으리라. 무강한 번뇌와 좌절이 가슴

밑에 쌓여 울분으로 차오른다 해도 토해낼 수도 없다.

하지만 영조는 들끓는 가슴을 진정시키지도 못한 채 연이어 역적 백사굉을 잡아들인 일등 공신 홍대주와 청국의 사신을 불러들였다. 착잡함에 무겁게 내리깔린 가슴을 차마 펴지 못한 영조는 잠시 사신과 홍대주의 얼굴을 응시하다가 입을 열었다.

"동궁이 이번 사건에 연루되었다는 증험이 있느냐?"

허리 숙인 홍대주가 그 음흉함을 감추고 답했다.

"전하, 극악한 범죄 현장에 죄인 백사굉과 함께 계셨으니, 이보다 더 명백한 증험이 어디 있겠습니까?"

사신이 짐짓 놀란 듯 헛기침을 남발했다. 영조가 따가운 시선을 보내도 사신은 뭐가 그리 당황스러운지 헛기침을 멈추지 않았다.

"청 황제께는 어찌 고할 셈이냐?"

마치 기다렸다는 듯 사신이 헛기침을 멈추고 재빨리 대답했다.

"더함도, 덜함도 없이 사실 그대로 고할 것이옵니다."

요구 사항이 많을수록 상대의 약점을 꽉 움켜쥐고 흔드는 게 외교의 기술이다. 덧붙임 없이 목을 조르는 사신을 노려보며 영조는 조용히 말했다.

"삼전도비를 재건하고, 청국으로 보내는 조공을 갑절로 늘릴 것이다."

"송구하오나 사안이 사안인지라……."

더 달라고 떼쓰는 아이도 이보다 덜 얄미울 듯했다.

"공녀 10명을 진헌하고, 황금 1만 냥을 더하면 되겠느냐!"

"흠, 주상의 뜻이 그리 하시다면 이번만큼은 소신이 힘을 써보겠습니다."

진정 사신이 영조의 뜻을 알았다면 살아서는 청국으로 돌아가지 못할 것이다. 영조는 손바닥을 펼쳐 바라보았다.
'얼마나 더 피를 봐야 하는 것인가! 탕평책으로도 부족하단 말인가!'
쌍거호대雙擧互對의 인사 정책으로 사색당파를 고르게 등용했지만, 노론의 힘은 억누를 수가 없었다. 영조는 젊은 날의 과욕을 뒤늦게 후회했다. 애당초 손을 잡지 말았어야 했음을, 경종의 죽음을 모른 체하지 말았어야 했음을 뼈를 깎듯 후회했다.

구생패求生佩를 손에 쥔 검선劍仙 김광택의 눈망울이 파르르 떨렸다. 구생패求生佩. 검선의 무예를 높이 산 영조가 언제든 한 번은 검선의 목숨을 약속하며 하사한 증표였다. 그러나 홍대주는 비웃음과 함께 그런 김광택의 일말의 희망마저 날려버렸다.
"아무리 구생패라도 대역죄인의 목숨을 구할 수는 없네."
만모한 눈빛의 홍대주가 짐짓 뭔가 생각하는 듯하더니 슬며시 물었다.
"하물며 백사굉이 여기서 살아난다면 세자 저하께서 가장 위험해지신다는 걸, 검선 자네가 모른단 말인가?"
모를 리 없기에 더욱 괴로웠다. 어느 쪽이 더 소중하냐 묻는다 해도 쉬이 대답하지 못할 것을 목숨 걸고 선택해야 하니 가슴만 미어졌다. 벗이냐, 주군이냐. 선택의 기로에 선 검선에게 백사굉은 단호함을 내보였다. 끝까지 사그라지지 않는 주군에 대한 충성을 두 눈 가득 담고, 흔들림 없는 목소리로 말했다.
"영감, 대역 죄인인 내 목숨은 살릴 수 없어도, 이 왈패 놈 목숨은 구할 수 있지 않겠소!"
그러자 백사굉을 구하겠답시고 형장에 뛰어들었던 장대포가 기겁해서 소리쳤다.
"형님! 왜 이러시오! 죽는 날까지 함께하자, 약조하지 않았소!"

장대포의 절절한 외침에도 백사굉의 감사심은 조금도 옅어지지 않았다. 검선은 결연한 백사굉의 표정을 보며 새삼 부끄러워졌다. 당연히 주군을 선택해야 함에도 잠시나마 흔들렸던 자신이 한없이 수치스러웠다. 어쩔 수 없었다. 검선이 고개를 끄덕이자 비릿한 미소를 흘린 홍대주가 수염을 쓸어 내렸다.
"뭐, 검선의 뜻이 그러하다면⋯⋯. 그리 하시게나."
얄미울 정도로 다정하게 말하는 홍대주에게 검선은 힘겹게 부탁했다.
"잠시, 얘기를 나눠도 되겠소이까?"
망나니가 참수도에 술을 뿌린 지 한참이 지나 있었다. 언제 백사굉의 목이 떨어질까 기다리는 사람들을 훑어본 홍대주는 우위에 선 자의 여유로움을 내보이며 거만한 모습으로 수락했다. 검선은 안타까운 마음으로 한쪽 무릎을 꿇고 의형제인 백사굉 앞에 앉았다.
"미안하네."
진심으로 말하자 백사굉이 눈을 부릅뜨며 답했다.
"자네가 미안할 게 뭐 있는가. 보잘것없는 목숨으로 세자 저하의 안위를 약속할 수 있다면, 그걸로 된 게지. 검선, 내 자네에게 부탁 하나 함세."
마지막을 앞둔 모습조차 너무나 의연해서 절로 존경심이 생겨났다. 검선은 젖어드는 눈을 내리깔았다.
"이보게, 검선. 처자식이 무슨 죄가 있겠는가. 뱃속의 아이를 부탁하네."
만삭인 백사굉의 처, 박씨가 떠오르자 검선은 힘 있게 백사굉의 어깨를 쥐었다 놓았다.
"걱정 말게나."
한껏 평안해진 백사굉의 눈을 보자 모여드는 눈물을 지울 수 없었다.

우는 모습으로 벗을 보내고 싶지 않아 눈가에 잔뜩 힘을 줬는데도 자꾸만 고이는 눈물을 멈출 수 없었다. 검선은 벌떡 일어서 형장에서 물러섰다. 홍대주는 흥이 나는 기녀들의 칼춤을 보는 듯 기꺼운 얼굴로 망나니를 바라봤다.

그렇게 망나니가 음악도 없이 덩실덩실 신기 들린 모습으로 춤을 추며, 칼을 이리저리 휘두르자 곁에 선 장대포가 앞으로 뛰쳐나가려 했다.

"형님!"

울부짖으며 앞으로 나아가는 장대포를 막아서느라 백사괴의 목으로 떨어지는 칼을 눈으로 확인하지 않아도 되었기 때문에 검선은 장대포에게 내심 감사했다. 공기를 가르는 칼날 소리에 충분히 알 수 있었다. 동시에 장대포가 하늘을 향해 오열하며 무릎 꿇었다.

"형님! 으아아아아!"

그렇게 백사괴은 끝까지 무인의 모습을 잃지 않고 당당한 모습으로 생을 마감했다. 눈조차 감지 않고 숨을 거둔 백사괴의 마지막을 지키며 검선은 솟아오르는 감분을 애써 억눌렀다. 무슨 일이 있더라도 박씨의 뱃속에 있는 아이만은 지켜내리라는 맹세가 샘솟았다.

억울함이 가슴에 품은 뱀처럼 똬리를 꼬고 눌러앉았다. 어떻게든 토해내지 않으면 울화가 치밀어 미칠 것만 같았다. 이선은 두 주먹으로 땅을 받치고 무릎 꿇고 앉아 호소했다.

"역모가 아닙니다!"

"역모가 아니면 대체 뭐란 말이냐?"

차가운 영조의 목소리가 이선의 억울함에 원망을 얹었다. 이선은 이글거리는 눈을 들어 영조에게 토로했다.

"백 년 묵은 비석 하나 부수는데도 청의 허락이 필요한 것이옵니까!"

"닥쳐라!"

이선은 망연한 눈길로 영조를 바라봤다. 몇 번이고 입속에 맴돌던 질문과 비난이 저도 모르게 튀어나올 것만 같았다.

'이 나라, 조선의 왕은 어째서 이리 무골호인입니까? 감연敢然한 왕이자 아버지가 되실 수 없는 것이옵니까? 저는 그리 되지 않겠습니다. 북벌 지계를 찾아 꼭 효묘의 뜻을 이어받고, 이 나라를 바로 세우겠습니다.'

바닥의 돌을 파고드는 손톱에 금이 갈 정도로 이선은 분노를 억눌렀다. 영조는 이선의 마음을 충분히 헤아리는 듯 한탄 섞인 질책을 토해냈다.

"작금의 조선이 청의 심기를 건드려 좋을 게 뭐가 있더냐!"

급기야 이선은 마음속의 말을 목구멍 밖으로 내밀었다. 하지 말아야 한다고 생각했기에 토해내는 입술이 바들 떨렸다.

"전하! 대체 무엇이 두려우십니까? 한때 조선이 오랑캐라 부르던 청국이 아니옵니까? 소자는 다만 그 오랑캐를 몰아내고 잃어버린 북방의 영토를 되찾고 싶을 뿐이옵니다!"

"닥치라 하였다! 이 나라 조선은 그럴 만한 힘도, 의지도 없다. 네놈의 철없는 행동으로 황금 일만 냥을 낭비했을 뿐만 아니라, 죄 없는 처자들이 공녀가 되어 청국으로 끌려가게 되었다. 대체 그 책임을 어찌 질 생각이냐!"

뜻과 의지는 분명했지만 잘못임을 깨닫고 있었다. 쌍용언월도를 손에 쥔 대가가 너무 커 의지조차 흔들렸다. 백사굉의 목숨과 백성들의 피 같은 황금, 공녀로 끌려갈 처자들의 원통함이 이선을 잡고 뒤흔들었다. 그래도 놓을 수 없는 북벌 대업의 꿈은 동궁전에 있는 쌍용언월도를 향해 꿈틀댔다. 이선은 뭐라 대답할 말이 없어 고개 숙여 죄스러움을 내보였다.

"두말할 필요 없다! 금일부로 대리청정에서 손을 떼고, 추후 명이 있을 때까지 근신하고 있거라!"

이선의 대답도 듣지 않고 영조는 대전을 향해 등을 돌렸다. 이선은 영조의 어깨에 원망어린 시선을 박으며 꿇은 무릎을 펴지 못했다. 단지 효종 대왕의 유지를 찾으려 했던 것뿐인데, 부주의와 성급함이 많은 희생을 불러왔다. 대전을 향해 고개 숙이고 앉아 있는 이선에게 다가온 임수웅은 세자가 일어나길 기다리며 허리를 굽혔다. 이선은 한줄기 흐르는 눈물을 고스란히 내보이며 임수웅에게 말했다.

"장용위를 폐쇄하고⋯⋯ 흔적을 지워라."

안타까움으로 임수웅의 눈빛이 흔들렸다.

"하오나 저하⋯⋯."

장용위에 이선이 얼마나 많은 공을 들였는지 알기에 임수웅의 목소리가 심하게 갈라졌다. 이선은 가슴을 찢어대며 울분을 토해내고 싶은 충동에 이마를 바닥에 박았다. 이마의 살갗이 벗겨질 만큼 세게 박아대자 대전 앞, 단단한 돌 위로 붉은 피가 뚝뚝 떨어졌다. 이 자리에서 백사굉 대신, 황금 1만 냥 대신, 공녀들 대신 죽겠다고 탄원하지 못하는 게 한스러워 이선은 자신을 질책하며 자해했다.

"저하!"

얼른 세자의 이마를 받치는 임수웅에게 이선은 악문 잇새로 흐느낌과 함께 책망을 흘렸다.

"더 이상의 호기는 참화를 부를 뿐이다."

이마의 피가 눈으로 들어와 피눈물이 되어 볼로 흘러내렸다. 이선은 자신의 부족함을 미친 사람처럼 상차했다. 그 모습을 본 내관들이 조용히 수군거리는 걸 알면서도 이선은 가슴속의 울화를 삭히지 못했다. 아직은 어린 이선이 감내하기엔 너무 큰 고통이자 슬픔이었다. 대리청정을 맡으면서 품었던 원대한 꿈이 펴보기도 전에 사정없이 짓밟힌 기분이었다. 이선은 눈을 지릅뜨며 조용히 말했다.

"수웅, 동궁전에 첩자가 있음이 분명하다. 그자를 찾아 꼭 이 일에 대해 응징하라."

그렇지 않고서야 기다렸다는 듯 삼전도비 앞으로 홍대주가 나타날 리 없었다. 돌이킬 수 없는 일에 대해선 어쩔 수 없다 해도 앞으로 또다시 이런 일이 생기지 않게 하려면 과감히 결단내야 했다. 임수웅은 조용히 봉명하며 세자를 일으켰다. 비틀거리는 이선의 모습이 안쓰럽고 대견했지만 굳이 내색하지 않았다.

높은 하늘에 구름조차 보이지 않아 눈이 따가웠다. 그토록 온몸이 뜨거운 연유가 하늘인지, 이선의 가슴인지. 조용히 걷는 두 사람의 그림자가 길게 드리워졌다.

형장에서 허무하게 생을 마친 백사굉의 염원 때문이었을까.

백사굉의 처, 박씨를 잡으러 갔던 포도부장은 흑사모의 엽도에 혼비백산해서 쪼르르 홍대주에게 달려갔다. 하지만 무릎 꿇고 앉아 식은땀을 흘리는 포도부장은 쉽게 입을 열지 못하고 바닥에 이마만 조아렸다. 홍대주의 눈가가 파르르 떨리며 빈손으로 돌아온 포도부장을 날카롭게 노려봤다.

"저, 그것이…… 잡아들이지 못했습니다."

조심스런 보고에 홍대주의 입가가 씰룩하자 포도부장이 서둘러 입을 열었다.

"그게, 백사굉의 수하로 보이는 자가 무공이 워낙 뛰어나……."

"그 입 다물어라. 변명 따위나 듣자고 너를 포도부장 자리에 올려놓은 게 아니다."

화살처럼 단호하면서도 나직한 말에 포도부장은 움찔했다. 계획대로 잘 풀리는 마당에 만삭인 아녀자 하나 못 잡아들여 그 씨를 없애지 못하는 게 답답한 홍대주는 원흉인 양 포도부장을 노려봤다.

"그게 무식한 언행으로 봐서는 상놈이 분명한데, 칼질이 예사롭지 않아 마치 고기 썰듯 관군들을 베어내며 막아서고 있는지라……."

그때 기둥 뒤에서 음침하고 기괴한 목소리가 흘러나왔다.

"흑사모란 자요."

화들짝 놀란 포도부장이 고개 돌리기도 전에 빛 속으로 나타난 사내는 번들거리는 눈빛으로 포도부장을 내려봤다. 한눈에 봐도 예사롭지 않은 인물이었다. 한 몸처럼 자연스럽게 허리에 차여 있는 검 또한 살아 있는 것처럼 기괴한 느낌을 주었다. 뒷매기에는 금각이 있어 햇빛에 번쩍거리기까지 했다. 포도부장은 유난히 눈에 들어오는 검의 뒷매기를 유심히 보며 사내의 말을 들었다.

"백정 출신이라 본디 칼을 잘 쓰고 힘이 좋은 놈이외다."

홍대주는 사내의 출현이 전혀 놀랍지 않다는 듯 고개를 끄덕였다.

"하면 귀하께서 직접 나서 보시겠소? 그리하시면 값은 후하게 쳐드리리다."

사내는 묘한 웃음을 흘리며 농처럼 말을 던지더니 휙하니 지붕 위로 날아갔다.

"크크크, 기생년 몸뚱아리 하나면 충분할 게요."

사내의 검이 반사해내는 햇빛이 찌를 듯 눈으로 파고들어 홍대주는 살짝 고개를 돌렸다. 눈을 감으니 선명하지만 언뜻 봐서는 알아보기 힘들 정도로 정교한 무늬가 눈앞에 아른거렸다. 홍대주는 입술을 비틀며 눈을 뜨고 멍하니 앉아 있는 포도부장을 바라봤다.

"예서 뭣 하느냐? 쯧쯧."

홍대주의 빈정거림에 포도부장은 낯을 붉히며 서둘러 달려 나갔다.

한산한 오후 햇살이 아스라이 밀려들었다. 홍대주는 손가락으로 수염을 매만지며 탁자 위에 놓여 있는 화선지를 내려봤다. 긴 칼자국이 지나 사선으로 잘린 화선지를 들추자, 흠집 하나 없는 탁자의 표면이 보였다. 흑사초롱의 세 번째 수장 인人이 언제 그었는지도 모르게 검으로 화선지를 자르고 떠난 것이었다. 홍대주는 매끄러운 탁자를 손으로 쓰다듬으며 혼잣말했다.

"실력은 출중하나 광기가 참으로 거북스럽구나."

백 년 전부터 흑사초롱은 조정의 대신들과 은밀한 관계를 맺어왔다. 그들이 어느 편에 붙느냐에 따라 왕이 바뀌기도 했다. 정권을 노린 대신들은 흑사초롱이 청국의 수하라는 걸 알면서도 욕심을 위해 손을 맞잡았다. 홍대주도 당연히 그들과 은밀한 거래를 했지만 유독 인人만은 마음에 들지 않았다.

선대 천주를 제 손으로 죽이고 천주가 된 현재의 천天 천수, 선대 천주의 여식이자 암기에 출중한 지地 가옥, 광기를 숨기지도 않고 아무 때나 드러내는 인人 대웅.

셋 중 유난히 자주 부딪치게 되는 인人이 탐탁지 않아도 홍대주는 흑사초롱의 세 번째 수장에게 반감을 드러내지 않았다.

'굳이 내색한다고 좋을 게 뭐가 있겠는가? 쓸모없어지면 버리게 될 것을. 쓸모 있을 때 비위만 맞춰주면 되는 거지.'

홍대주는 잘린 화선지를 두 손 안에 넣고 구겨 바닥에 내던졌다. 처량하게 바닥으로 던져진 화선지는 데구루루 굴러가다 벽에 부딪쳐 멈췄다.

진한 피비린내가 대문 밖까지 흘러 사방에서 진동했다. 검선은 늦은 게 아닌가 싶어 서둘러 백사굉의 집으로 들어가 대문을 잠갔다. 문이 잠기는 소리에 흑사초롱의 인人과 검을 마주하던 흑사모가 놀라 바라봤다.

"혀, 형님!"

인人의 검이 뿜어내는 검광이 기울어지는 햇빛을 받아 검선에게 향했다. 검선은 뒷매기의 문양을 확인하고 조용히 목소리를 흘렸다.

"사모야, 네 상대가 아니다. 너는 제수씨를 살펴라."

부정不正의 빛이 보였지만 흑사모는 고개를 끄덕이고 급히 방으로 뛰어 들어갔다. 검선은 인人의 검이 자신에게로 돌아서자 한숨처럼 말했다.

"네 녀석이 흑사초롱의 막내로구나."

"막내? 크크, 거 참. 검선께서 실성이라도 한 게요? 내 소문만 무성한 검선을 만나 간만에 예의라는 걸 좀 찾아볼랐더니, 이렇게 사람을 무시해서야 어디 예의를 갖추겠소이까!"

말이 끝나기 무섭게 인人의 검이 순식간에 검선의 가슴으로 파고들었다. 자법刺法, 찌르는 검법으로 보폭을 넓게 해 앞으로 나오는 인人의 검을 가볍게 검집으로 막아낸 검선의 눈이 번쩍했다. 속도에 자신 있는 자들의 특징인 자법은 세법洗法, 수평이나 사선으로 베는 검법에 비해 힘이 덜하다는 단점이 있었다. 하지만 인人의 검을 막아낸 검선의 검집이 뒤로 밀릴 정도로 힘이 강하자 자세를 바로 한 검선은 천천히 검을 뽑아들었다. 인人은 급습을 막아낸 검선에게 요상한 웃음을 흘렸다.

"검선이니, 조선제일검이니, 내 솔직히 웃어넘겼는데 그래도 빈껍데기는 아닌 모양이었소?"

은근슬쩍 약을 올릴 생각인 모양이지만 되레 검선이 던진 말에 인人이 발끈했다.

"말이 많구나. 네놈은 칼을 입에다 물었더냐?"

마치 검무 추듯 검을 휘두른 인人은 다시금 복호세伏虎勢를 취했다. 검술에선 도통 보기 힘든 자세라 그 모양새가 괴이하다고 할 수 있었다. 한 손으로 검을 눕혀 창처럼 잡은 채 뒤로 뻗은 오른발은 뒤꿈치를 세우고,

앞의 중심을 잡는 왼발의 발목은 곧게 펴 있었다. 검선은 특이한 자세를 보고 인ㅅ이 나름 무예를 쌓느라 수련을 많이 한 자라는 걸 눈치챘다. 그에 비해 안정성이 떨어져, 보는 이나 자세를 취하는 이나 불안하기 짝이 없었다.

검선은 상대가 어떤 검법을 펼칠지 내심 기대하며 검날을 세웠다.

아니나 다를까 자세만큼 희한한 검술이 공기를 갈랐다. 분명 자법처럼 밀려들어오는 도망刀芒. 칼끝은 지면과 수평으로 움직이는데, 사방으로 흩어지는 공기는 마치 검이 아래에서 위로 쳐올리는 듯이 솟구쳐 올랐다. 검선은 빠른 속도로 파고드는 검날을 보며 눈썹을 찡그렸다. 조선에서 보기 힘든 의사도擬似刀는 언뜻 봐서는 어느 쪽이 날인지 구분하기 쉽지 않았다. 칼끝에서 중간까지 양날이지만 나머지가 외날이기에 그 특이함이 남달랐다. 검에 감탄하며 검선은 아슬아슬하게 파고든 검날을 막아냈다.

허공에 철음이 찢어지듯 새어나왔다.

분명히 검을 막았는데 날카로운 공기가 발밑에서 치솟아 검선의 갓을 잘랐다. 검선은 다급히 숨을 들이마시며 뒤로 물러섰다. 잘라진 갓을 벗어던지고 앞으로 검을 내민 검선은 만만히 볼 상대가 아니라는 걸 느꼈다. 그렇다고 목숨 걸고 싸울 만한 상대도 아니었다. 검선은 상대가 공기를 이용한다는 점에 거리를 확 좁혔다. 속도 면에서 검선에 뒤지지 않는다는 듯 인ㅅ은 검선이 바짝 붙자 스스슥 뒤로 물러섰다. 하지만 검선의 발이 더 빨랐고 단숨에 인ㅅ을 향해 검을 휘둘렀다.

또다시 철음이 이어졌다.

대문 밖에서 무슨 일인가 싶어 모여든 사람들 귀가 쟁쟁할 정도로 빠른 철음이 사방으로 퍼졌다. 검선은 제법 잘 막아내는 인ㅅ에게 내심 감탄했다. 이 정도 속도로 몰아붙였을 때 막아내고 피하는 자는 없었다. 아쉽기는 했지만 이대로 더 오랫동안 인人과 검을 주고받을 수도 없었고, 인人이 얌전히 보내줄 리도 없었다. 검선은 인人의 검이 가슴을 향해 밀려오자 살짝 상체를 기울이며 그대로 검을 내질렀다.

갑자기 걸음이 멈췄다. 이어 인人의 바르르 떨리는 입술 사이로 신음이 터져 나왔다.

검선의 검이 그대로 밀고 나간 자리 끝에 인人의 엄지가 박혀 있었다. 검선이 서서히 검을 회수하자 '툭!' 하고 인人의 엄지가 떨어졌다. 아직 검을 잡고 있는 형태로 마디가 굽혀진 엄지는 흙바닥에 떨어져 누웠다. 인人은 털썩 주저앉으며 고개를 숙였다.

"졌소! 이 몸이 졌소이다!"

패배를 인정한 자의 목숨을 앗을 이유가 없었다. 검선은 때맞춰 대문을 부수고 들어오는 포도부장과 관군들을 돌아봤다.

의기양양해서 밀려들어온 관군들은 바닥에 앉아 있는 인人과 검선을 보더니 당파창을 겨누지도 못하고 어정쩡하게 섰다. 검선은 비어 있는 방안을 흘끗 본 뒤 담장으로 뛰어올랐다. 뒤늦게 정신을 차린 포도부장은 관군들에게 다급히 외쳤다.

"잡아라!"

검선이 유유히 사라지자 우왕좌왕하는 관군들이 거리로 쏟아져 나왔다.

이후로 싹을 뽑아내야 한다는 이유로 홍대주는 박씨를 뒤쫓았지만 찾아낼 수 없었다. 그런 와중에 검선과 의형제들인 장대포와 흑사모, 여초상은 요행히 박씨와 아이를 판자촌에 숨길 수 있었다. 하지만 홍대주가 눈에 불을 켜고 신생아와 산모 찾는 것을 멈추지 않았기에 위태위태한 순간이 계속되었다.

그래서 오늘내일하며 아기가 곧 나올 듯하면서도 박씨는 그로부터 2달이나 더 아이를 뱃속에 품었다. 박씨는 홍대주의 눈을 피하기 위해 단단하게 부풀어 오른 배를 천으로 꽁꽁 동여매기까지 했다. 의원과 산파는 기이한 일이라 혀를 내둘렀지만 박씨는 절대 몸을 풀지 않았다.
 마침내 위기를 벗어나자 태기를 얻은 지 12달이나 지난 뒤에 박씨의 몸이 열렸다.
 판잣집에서 태어난 아이를 산파가 받아들고 방을 나왔을 때, 밖에서 서성이던 검선과 흑사모, 장대포는 잔뜩 긴장한 모습으로 아이를 들여다봤다. 그리고 동시에 거친 숨을 들이켰다.
 팔다리가 뒤틀리고 허리 또한 곧지 못했다. 하나의 덩어리처럼 붙어 있는 몸뚱이와 구부러진 목, 주름이 자글자글한 얼굴이 괴이하기까지 했다.
 "형, 형님. 기, 기형아가 아닙니까?"
 가슴이 턱 막힌 흑사모가 어찌어찌 말을 꺼내자 검선은 일그러진 목소리로 중얼거렸다.
 "비좁은 어미 뱃속에 너무 오래 있었구나."
 "어찌…… 어찌 이럴 수가 있습니까요! 어찌!"
 "어허! 목소리가 너무 크다! 너는 당장 의원을 불러오거라."
 울분을 토해내는 장대포를 꾸짖고 검선은 산파에게 물었다.
 "잠시 들어가도 괜찮겠는가?"
 산파와 함께 판잣집 안으로 들어간 검선은 희미한 불빛 아래 얕은 숨을 내쉬고 있는 박씨 곁에 흑사모와 함께 앉았다.
 "괜찮은가?"
 손을 잡으며 묻자 박씨의 흐릿한 눈이 검선에게 향했다.
 "우리 아이, 아이는……"
 "아주 건강한 사내놈이네. 지 아비를 닮아 용골이 분명허이. 아이는 건강하니 걱정 말고, 자네나 어서 쾌차하시게. 자네가 살아야 아이도 살지 않겠나."

가파른 산을 오르는 사람처럼 박씨의 숨이 급하고 가냘팠다.

"아이 이름은 지어놓았는가?"

초점조차 흐릿한 눈동자에 잠시나마 빛이 새어나왔다. 생각만으로도 기쁜지 희미한 미소가 퍼지는 박씨를 보자 검선의 가슴이 더욱 찢어졌다.

"동…… 수, 동수라 지었습니다."

"백동수라……. 사꽹이 지었는가?"

박씨의 입술이 여전히 미소를 품고 있었다. 하지만 검선의 손 안에 있는 박씨의 손은 이미 생기가 사라졌다. 김광택의 미간이 심하게 일그러졌다. 그때까지 눈물을 참으려는 듯 고개를 숙인 채 묵묵히 있던 흑사모가 주먹 쥔 손등 위로 눈물방울을 뚝 떨어뜨렸다.

"어찌, 어찌 이럴 수가!"

급기야 흑사모는 오열을 터뜨렸고, 검선은 굵은 눈물을 흘리며 어깨를 들썩였다. 검선은 박씨가 마지막까지 쥐고 있던 비단을 펼쳐 새겨진 문구를 읽고 두 주먹을 바닥에 댄 채 울어댔다.

'옥오지애 백사꽹屋烏之愛 白師宏' 사랑하는 사람의 집 지붕 위에 앉은 까마귀까지도 사랑한다는 뜻

동수를 안고 있던 산파는 어쩔 줄 몰라 하며 울지도 않는 아이를 연신 흔들어댔다. 그러다 문득 판잣집 밖에서 기척을 느낀 검선과 흑사모는 눈물을 훔치며 벌떡 일어섰다. 서로의 시선을 교환한 뒤, 밖으로 뛰쳐나간 검선 앞에 홍대주가 야비함으로 번들거리는 미소를 지으며 유유히 서 있었다.

"검선을 상대하는데, 이 정도면 만족하겠는가?"

홍대주의 뒤로 빽빽한 관군들이 검과 활을 뽑아들고 서 있었다. 판자촌 일대를 뒤덮은 관군들은 마치 벌판에 핀 들풀과도 같이 끝이 없었다.

2장
동수의 힘겨운 귀로歸路

12년 후.

조밀 조밀 집들이 모여 있는 판자촌에는 아직 여름이 되지 않았는데도 퀴퀴한 냄새가 진동했다. 물큰 밀려든 냄새에 진주는 부친 황진기와 함께 판자촌에 들어서며 있는 힘껏 코를 틀어막았다. 커다란 봇짐을 들고 내내 걸어와 피곤한 두 다리를 뻗고 쉬어볼까 싶었는데 악취가 가득해서 바닥에 앉고 싶은 마음도 없었다. 개성 일대에서 유명한 도적패의 여식으로 평생을 냄새나는 남자들과 살아왔지만, 이런 악취는 보도 듣도 못했었다. 진주는 극구 말리던 진기를 따라 나선 것을 뒤늦게 후회했다.

'그냥 집에 있을 걸. 이런 데서 어떻게 달포씩이나 머문담?'

문득 앞서가던 부친 황진기가 걸음을 멈추자 진주는 고개를 빼꼼 내밀어 진기의 시선을 따랐다. 구석에 있는 판잣집에서 우락부락하게 생긴 흑사모가 얼굴 가득 근심을 담은 채 튀어나왔다.

"동수야! 너……."

멀어져가는 아이에게 뭐라고 외치려던 흑사모는 진기 부녀를 보자 합

죽이처럼 입을 다물었다. 진주는 요상한 모양새로 걸어가는 동수의 뒷모습을 바라보며 고개를 갸웃했다. 마치 어린아이가 가둥거리며 걷는 모양으로 절룩거리며, 뒤뚱거리며 걷는 동수의 뒷모습이 이상하게 진주의 시선을 잡았다. 아마도 동수의 어깨에서 풍기는 소조한 기운 때문이리라. 진주는 악취도 잊고 유심히 동수를 지켜봤다.

"오랜만입니다."

어울리지 않게 다소곳한 진기의 인사에 진주는 입술을 삐죽거리다가 봇짐을 내려놓고 후다닥 달려갔다.

"엇! 이 녀석!"

재빠르게 진기가 팔을 뻗었지만 진주는 유유히 손길을 피해 내달렸다. 뒤돌아보니 난감해하는 진기의 얼굴이 보였다. 그 모습이 재미있어 진주는 헤헤하고 웃으며 혀를 날름하고는, 아이들이 놀고 있는 초원으로 향했다. 드넓은 초원에는 판자촌 아이들이 이리저리 뛰며 가댁질하고 있었다. 그중 한 명이 장군인 양 목검을 들고 '와!' 하며 소리치자 다른 아이들도 따라 흉내 냈다. 아이들 장난이 같잖지도 않아 진주는 들판에 홀로 앉아 있는 동수 옆으로 다가갔다.

가까이서 보니 만면수색을 띤 동수의 얼굴이 더욱더 진주의 시선을 끌었다. 특별히 잘생기지도 않았건만 이상하게 사람의 시선을 잡아끄는 매력이 있었다. 진주는 풀잎을 뜯어 입안에 넣고 볼근거리며 만문했다.

"넌 왜 같이 안 놀아?"

바람처럼 동수의 눈이 진주에게 향했다 멀어졌다. 나푼거리는 나비도 그보다는 오래 머물 것 같았다. 무시당하는 기분에 새침해진 진주가 볼근거리던 풀을 뱉어내자, 장군을 흉내 내던 돌쇠가 진주와 동수를 발견하고 큰소리로 외쳤다.

"죽동아! 너도 끼워줄까?"

동수가 잠시 망설이다가 부목(副木)으로 댄 두 다리를 내려다봤다. 토라져 있던 진주는 그 모습을 물끄러미 바라보며 조금은 짠한 마음을 느꼈다. 때가 낀 누런 천으로 나무를 둘둘 말아 고정시킨 동수의 두 다리는 제대로 움직이기조차 힘들어 보였다.
 '그래서 걸음걸이가 그 모양이었구나?'
 입 밖으로 내 물어보고 싶었지만 또다시 무시당할까 싶어 가만있었다. 그러자 돌쇠가 다가와 손을 내밀었다.
 "뭐해? 오라니깐?"
 하고 싶다는 열망과 할 수 없다는 절망이 동수의 얼굴에서 고스란히 드러났다. 진주는 어떻게 하나 싶어 가만히 지켜봤다. 마침내 열망이 이겼는지 동수가 돌쇠의 내민 손을 붙잡았다. 잠깐이지만 진주는 돌쇠의 눈빛에서 장난이 먹혀들었을 때의 쾌감을 읽고, 저도 모르게 벌떡 일어섰다. 동시에 돌쇠가 동수의 손을 있는 힘껏 잡아당기더니 일으켜주는 척하면서 다리를 걸어 넘어뜨렸다.
 "앗!"
 진주가 붙잡아주려 했지만 이미 동수는 흙바닥에 얼굴을 처박으며 쓰러졌다. 당황한 진주가 어쩔 줄 몰라 하는데 돌쇠가 낄낄거리며 놀렸다.
 "아무래도 죽동이 너는 안 되겠다."
 진주의 두 손이 치맛자락을 움켜쥐며 바르르 떨렸다. 마찬가지로 펼쳐져 있던 동수의 두 손도 흙을 파며 둥그렇게 주먹이 쥐어졌다.
 "어쭈? 죽동이가 주먹도 쥘 줄 아네?"
 동수의 주먹 쥔 손가락 사이로 흙이 새어나왔다. 진주는 눈썹을 모으며 동수와 돌쇠를 번갈아 봤다. 말리고 싶은데 동수의 검은 앞머리 사이로 번득거리는 눈동자를 보니 섣불리 나설 일이 아니라는 생각이 들었다. 동수는 부들부들 떠는 손으로 바닥을 받쳐 홀로 일어서기를 하려 했다. 하지만 반쯤 몸을 일으켰을 때 돌쇠가 다시 다리를 걸어 넘어뜨렸고, 중심을 잡지 못한 동수는 또다시 바닥으로 엎어졌다. 그 모습에 모여든 아이들이 깔깔대고 웃었다. 결국 진주는 참지 못해 소리쳤다.

"그만둬!"

그제야 진주에게 시선을 돌린 아이들을 향해 진주는 따끔한 목소리로 훈계했다.

"니들! 아픈 동무를 보면 도와주지 못할 망정 뭐하는 짓이야?"

그러자 자존심이 상한 얼굴로 돌쇠가 진주의 어깨를 손으로 밀며 빈정거렸다.

"넌 뭐야? 계집애가 어딜……. 헉!"

진주가 어깨를 밀어대는 돌쇠의 손을 잡아 순식간에 뒤로 꺾자 돌쇠가 버둥거리며 악을 썼다.

"아야! 이거 안 놔?"

"고추 달고 태어났다고 다 사낸 줄 알아? 계집애한테 망신 한번 당해 볼래?"

진주가 있는 힘껏 앞으로 패대기치자 돌쇠는 시뻘겋게 달아오른 얼굴로 "어, 어?" 하더니 바닥에 고꾸라져버렸다. 그렇게 어깨부터 땅에 박은 돌쇠가 일어서기도 전에, 돌쇠의 두툼한 엉덩이를 발로 걸어찬 진주는 두 손을 허리에 대고 다른 아이들을 돌아봤다.

진주의 호기 어린 모습에 주춤하던 아이들은 돌쇠를 일으키지도 못한 채 슬금슬금 뒤로 물러섰다. 손바닥을 탁탁 털고 돌아보니 동수가 홀로 일어서려 애쓰고 있었다. 아무 말없이 동수를 도와 일으켜 판자촌으로 향하는 진주의 귀에 돌쇠의 외침이 들렸다.

"니들! 어디 두고 봐!"

진주가 찢어진 눈으로 돌아보니 돌쇠가 제일 먼저 도망갔다. 그 뒤로 아이들이 우르르 사라지자 진주는 동수의 팔을 잡아주며 다정하게 말했다.
"너, 흑사모 아저씨네 아들이지? 난 황진주야. 우리 아비가 장물을 흑사모 아저씨한테 팔아달라고 했으니, 아마 달포는 넘게 이곳에 머물 거야. 우리 앞으로……."
하지만 동수는 진주의 손을 뿌리치고 홀로 뒤뚱거리며 앞장서 걸어갔다. 잔뜩 일그러진 동수의 얼굴이 어쩐지 애처롭게 보였다.

후드득, 쥐엄발이 모양으로 절벽 끝에 선 동수는 아래를 보고 눈을 질끈 감았다. 판자촌의 아이들이 등 뒤에 몰려들어 제 발로 뛰어내리지 않으면 밀어낼 기세였다. 동수는 슬며시 눈을 뜨고 아득하게 보이는 강물에 어깨를 부르르 떨며 진저리쳤다. 절벽을 타고 올라오는 물소리가 유난히 크게 들렸다. 넘실대는 물줄기가 얼마나 거친지 서로에게 부딪친 수면이 잘게 세열했다. 그 속으로 뛰어들 엄두조차 나지 않아 동수는 주춤 뒤로 물러섰다.
"왜? 겁나? 겁나면 관두고."
허공에 코웃음을 뿌리며 느긋하게 팔짱 낀 돌쇠의 말에 아이들이 피식피식 웃었다. 동수는 열두 해가 되도록 달리기는 고사하고 숟가락질조차 제대로 해본 적 없었다. 온몸의 뼈마디마다 각목으로 받치고 있는 터라 거동이 쉽지만은 않았다. 동수를 키워준 흑사모는 동수가 태어날 때부터 온몸의 뼈가 뒤틀려 있었기 때문에 평생 각목을 덧대고 살아야 할지도 모른다는 이야기를 수차례 해왔다.
동수는 움직이고 싶었다. 더 이상 타인의 손가락질을 받고 싶지 않았다. 하지만 남들과 다르게 살아간다는 게, 다른 이들보다 부족하게 살아간다는 게 얼마나 비참하고 힘든지 아는 판자촌 아이들조차 동수를 비웃었다. 그때 멀리서 달려오며 외치는 진주가 보였다.

"너희들! 그만두지 못해?"

진주가 판자촌에 머물기 시작하면서 아이들의 놀림은 더해졌다. 진주가 마치 병아리를 보호하는 어미닭처럼 사사건건 동수를 감싸고돌았기 때문이었다. 진주가 무슨 이유로 그러는지 굳이 물어보지 않아도 알 수 있었다. '아픈 동무'라서, 동정심이 생겨서 그러는 거라 생각하니 동수는 진주의 간섭이 달갑지만은 않았다. 더군다나 진주는 계집아이가 아니던가.

동수는 결연한 표정으로 돌쇠와 아이들을 돌아봤다. 동수의 번득이는 눈빛에 아이들 몇은 주춤했지만 돌쇠는 귀찮다는 표정으로 코를 후볐다. 동수는 심드렁한 돌쇠에게 다짐을 받아내려 했다.

"약속해."

진주의 모습이 점차 가까워졌다. 동수는 하얗게 질려 달려오는 진주를 흘끔 보고 눈을 지릅떴다.

"진짜 뛰어내리면 동무로 인정해주기다."

아이들의 얼굴에 설마 하는 표정이 떠올랐다. 잠시 침묵이 흐르자 돌쇠가 손톱에 묻은 코딱지를 튕겨내며 시큰둥하게 말했다.

"아! 그렇다니까! 몇 번을 말해야 알아들어?"

다시금 절벽 아래로 시선을 돌리니 앞이 깜깜해졌다. 동수는 어금니를 꽉 깨물고 발을 내밀었다. 휘청하며 동수의 몸이 앞으로 기울어지는가 싶더니 그대로 절벽 아래로 곤두박질쳤다. 공기를 가르며 멀어지는 동수 위로 돌쇠와 아이들이 내질러대는 비명이 울려퍼졌다.

"으악! 죽동이! 저놈이 진짜 뛰어내렸어!"

"야! 죽동아! 죽…… 동수야!"

절벽 아래 강물이 동수의 몸을 품기 전까지 아이들의 외침이 사방으로 메아리쳤다.

'풍덩!'

각목으로 빳빳하게 덧댄 몸이 수면에 부딪치며 고통이 밀려왔다. 차라리 몸을 구부릴 수만 있었어도 충격을 완화시킬 수 있었을 텐데, 사지를 뻗고 떨어진 동수는 온몸의 마디마디가 부서지는 고통을 맛봤다. 가마득해지는 의식 사이로 수면 위를 넘실대는 햇살이 멀어져갔다.

그렇게 완전히 의식을 잃은 동수가 정신을 차린 건 꼬박 하루가 지나서였다. 익숙한 판잣집 천장이 눈에 들어오자 몸을 일으키려던 동수는 고개조차 들지 못하고 비명을 내질렀다. 모든 뼈가 살을 찢어대는 것 같았다. 아니면 살이 뼈 속으로 파고드는지도.

"이놈아……. 그리 태어난 게 억울하더냐?"

질책하듯, 달래듯, 혼잣말하듯 중얼거리는 흑사모가 시야에 들어왔다. 한 손에 탕약을 들고 다른 손에 수저를 든 흑사모는 잔뜩 얼굴을 일그러뜨렸다.

"이렇게라도 살아 있는 걸 감사하고 어여 먹어라."

수저를 내밀며 입가에 넣어주려는 흑사모의 손을 외면하며 동수는 울먹거리는 눈으로 천장을 노려봤다. 그러자 흑사모가 한숨과 함께 탕약을 내밀었다.

"그러지 말고 어여 먹어. 폐렴에라도 걸리면 약도 없다."

순간 온몸을 찌르는 통증을 무시하고 동수는 벌떡 상체를 일으켰다. 심신의 고통이 전신을 휘어감아 절로 눈물이 쏟아졌다. 이 와중에도 탕약을 들이대는 흑사모가 원망스러워 죽을 지경이었다. 동수는 각목이 덧대어진 팔을 휘둘러 있는 힘껏 탕약을 쳐냈다. 놀란 흑사모가 붙잡기도 전에 허공으로 날아간 그릇은 짚단이 깔린 바닥으로 떨어졌다. 검은 내용물을 토해내며 그릇은 뱅그르르 돌다가 흉물스럽게 뒤집어졌다. 동수는 흑사모의 눈빛이 차가워지자 억울함을 토로했다.

2장 동수의 힘겨운 귀로(歸路) 49

"뛰지도 못하고 밥도 제대로 못 먹는데 뭘 감사해! 난 태어나지 말아야 했어!"

순간 유시처럼 날아온 흑사모의 손바닥이 거칠게 동수의 볼을 치고 허공에서 멈췄다. 정확하게 과녁을 맞춘 뒤 깃을 털어대는 화살처럼 흑사모의 손가락 끝이 파르르 떨렸다. 그 떨림을 망연히 바라보는 동수에게 흑사모는 눈가를 씰룩거리며 말했다.

"두 번 다시 그런 소리 말아라! 동수야, 너는 조선제일무가의 피를 받고 태어난 무골이다. 네놈의 아비는 세자 저하께 무예를 가르친 무학이며, 할아비는 함경도 병마절도사를 지내셨다. 대대로 당대의 무인을 배출한 집안이니, 너도 언젠가는 그 어른들처럼 훌륭한 무인이 돼야 한다."

수도 없이 들었던 말이 오늘따라 유난히 가슴을 쥐었다. 동수는 바닥을 수격手格하며 가슴속의 울분을 토해내려 했다.

"그래서 뭐! 나보고 어쩌라고! 숟가락질도 못하는 병신이 뭘 할 수 있는데? 이렇게 사느니 차라리 아버지처럼 죽는 게 낫잖아!"

아무리 바닥을 쳐대도 억울함이 가시지 않았다. 급기야 동수는 옆머리를 벽에 대고 있는 힘껏 박았다. 벽의 울림이 얼마나 강한지 천장의 판자가 무너지지 않을까 싶을 정도였다. 그렇게 계속해서 머리를 박아대던 동수는 불현듯 자신이 머리를 박고 있는 것이 벽이 아님을 알게 되었다.

감았던 눈을 서서히 뜨자 흑사모의 일그러진 얼굴이 보였다.

고개를 돌리니 벽과 동수의 머리 사이에 펼쳐져 있는 흑사모의 큼직하고 거친 손바닥이 보였다. 흑사모는 동수의 머리를 받아내던 손을 뻗어 품 안에 동수를 안았다. 귀를 울리는 흑사모의 심장 소리가 동수의 마음을 때렸다. 흑사모의 가만한 목소리가 심장 소리와 함께 동수의 귀로 흘러들어왔다.

"내 한 가지는 약속하마. 네놈만큼은, 거적때기처럼 죽게 놔두지는 않을 게다."

흑사모의 품 안에서 동수는 갓난아기처럼 하염없이 울었다.

여운의 달음박질이 바닥의 흙먼지를 공기 중으로 흩뿌렸다. 뭐에 홀린 듯, 넋이 빠져 달린 여운은 대문을 박차고 들어가 숨을 몰아쉬었다. 그리고 술잔도 없이 마당에 주저앉아 술을 마시고 있는 부친 여초상이 보이자 목에 핏대를 세우며 소리쳤다.

"날 낳다가 엄마가 돌아가셨다며?"

'어디서 새가 지저귀나' 하는 표정으로 흘끔 본 여초상은 묵묵히 술병을 입에 댔다. 여운은 종종걸음으로 여초상 앞으로 걸어가 또다시 외쳤다.

"아버지가 죽였어? 아버지가 엄마를 죽였냐고!"

잠깐이지만 여초상의 손이 조심스럽게 떨렸다. 부정인지 긍정인지 알 수 없는 반응에 여운의 목구멍이 바짝 탔다. 그렇게 두 손으로 목검을 불끈 쥐고 죽일 듯 노려보는 여운에게 여초상은 시큰둥한 표정으로 답했다.

"그래! 내가 죽였다. 널 죽이려 했는데 네 어미가 막아서는 바람에!"

지금까지 술에 취한 아버지의 넋두리를 진실로 알고 있었다.

'살성殺星을 타고났기에 태어나면서 어미를 죽인 놈!' 이라는 소리를 수없이 듣고 자랐다. 그래서 아무리 모친의 정이 그리워도 묵묵히 혼자 구석에서 울어댔다. 어미를 죽이며 태어난 놈이 무슨 염치로 어머니를 찾는단 말인가.

하지만 뒤늦게 사실을 알게 된 여운은 충격으로 어미를 돌려달라는 외침조차 내지르지 못했다. 여운의 눈동자가 흰자위를 드러내며 위로 올라가는가 싶자 온몸을 떨었다. 손에 들린 목검조차 방향을 잃고 여운의 손 안에서 바들거렸다. 여초상은 금방이라도 혼절할 것처럼 보이는 여운을 올려다보며 콧방귀를 뀌었다.
"흥! 그래서 뭐? 뭐가 잘못되기라도……."
 피할 새도 없이 여운의 목검이 여초상의 머리위로 내려왔다. 날카로운 파격음이 가시기도 전에 여초상의 이마에서 피가 주르륵 흘러 흙바닥 위로 뚝 떨어졌다. 방금 전까지 눈깔이 뒤집어진 채 쓰러질 것 같던 여운은 바들바들 떨며 여초상을 죽일 듯 노려봤다.
 죽이고만 싶었다. 어머니를 죽인 아버지를 제 손으로 죽이고만 싶었다.
 여초상에게 어째서냐고, 왜 어머니를 죽였냐고 물어봤자 코웃음만 칠 게 뻔했다.
 여초상은 여운이 살성을 타고 태어났다하여 어려서부터 무기가 될 만한 건 손에 대지도 못하게 했다. 하다못해 숟가락, 젓가락조차 들지 못하게 해 여운은 아직까지도 손으로 밥을 퍼먹어야 했다. 하지만 천성 때문인지, 신창이라 불리는 아비의 핏줄 때문인지 여운은 여초상의 눈을 피해 몰래몰래 목검을 들어왔다. 그리고 그 목검으로 아비의 머리를 내리친 것으로 모자라 살기를 억누르지 못하고 온몸을 벌벌 떨었다.
 그러자 핏물이 들어가 새빨개진 눈을 번득거리며 여초상이 벌떡 일어섰다.
 본능적으로 목검을 앞으로 세우며 여운은 여초상이 애지중지하는 창을 집어 드는 것을 바라봤다. 신창이라는 말은 들었어도 실제로 그 창을 휘두르는 걸 본 적은 한 번도 없었다. 행여나 여운이 무기에 관심을 갖고, 눈으로라도 무예를 익힐까 싶어 여초상이 일부러 여운 앞에서는 창술을 펼치지 않았던 것이었다. 그런데 태어나서 처음으로 여운은 여초상이 창술을 펼치기 위해 오래 된 창을 세워 드는 걸 보았다. 그 말인즉, 이제는 죽을 때가 되었다는 뜻이었다.
 여운은 살고자 했다. 살성을 타고 났는지는 몰라도 이대로 죽는 건 너무 허무했다.

"네 이놈! 기어코 살성이 드러났구나!"

얼토당토않는 말이라고 반박할 틈도 없이 여초상의 장창이 여운을 향해 뻗어왔다. 여운은 스스로 신기할 정도로 쉽게 창끝을 목검으로 비켜 치고 얼른 뒤로 물러섰다. 무예를 알지 못하나 창이 길기에 가까이 붙지 않으면 괜찮을 거라 생각했다. 하지만 물러선 발이 땅에 닿기도 전에 시 퍼런 창날이 눈앞으로 밀려들어왔다.

'휘리릭!'

마치 돌풍처럼 공기가 몰아칠 정도로 창이 뱅글뱅글 돌며 여운의 목을 향해 곧장 달려왔다. 여운은 크게 뜬 눈으로 창끝을 주시하며 중심 잡지도 못한 발을 틀어 상체를 옆으로 기울였다. 가까스로 비켜간 창을 보고 안도할 틈도 없이 다시금 창이 파공음을 펼치며 여운 쪽으로 움직였다. 살아 움직이는 맹수도 이보다 더 집요하고 빠르지 않을 터였다.

여운은 창대가 머리를 후려치자 그대로 날아가 땅에 곤두박질쳤다. 충격이 얼마나 큰지 눈이 가물하고 정통으로 맞은 귀는 찢어져 붉은 피가 터져 나왔다.

"아버지……"

애처롭게 불렀지만 창을 크게 한 바퀴 돌려 앞으로 세운 여초상의 눈은 살벌했다. 진심으로 여운을 죽일 것만 같았다.

'내가 뭘 어쨌기에! 단지 태어났을 뿐인데! 어머니를 죽인 건 내가 아니라 아버지잖아!'

창에 맞은 충격으로 멍한 머리에 악이 받쳤다. 슬금슬금 피어오르는 살기가 원망과 살고자 하는 생존본능을 품어 더욱 짙어졌다. 여운은 덜덜 떨리는 손으로 바닥을 받치고 힘겹게 일어섰다. 꼭 쥐고 있는 목검만이 살길이라는 생각이 들었다. 그렇게 목까지 흘러내리는 피를 손으로 훔치며 일어서는 여운의 모습에 여초상의 눈빛이 잠시 흔들렸지만 여운이 목검을 바로 쥐자 곧장 살벌함을 담아 번들거렸다.
 또다시 장창이 여운의 가슴을 향해 날아왔다.
 여운은 빠르게 공기를 가르며 다가오는 창끝을 보며 '이제 끝이구나!' 싶어 두 눈을 질끈 감았다. 금방이라도 여운의 목을 뚫을 듯 뱀의 숨소리처럼 앙칼진 소리를 내며 날아오던 창이 갑자기 멈췄다. 창이 가르며 생긴 바람이 잔잔함으로 남아 여운 앞에서 숨죽였다. 여운은 서서히 눈을 뜨고 여초상의 놀란 눈을 바라봤다. 그 뒤로 검은 옷을 입은 자가 의연하게 서 있었다.
 "너, 너는 흑사초롱……."
 여초상이 떨리는 입을 열자 여초상의 혈도를 제압한 사내가 희미하게 미소 지었다.
 "네가 여운이로구나."
 어째서인지 여운은 몸에 힘이 풀려 목검을 떨어뜨리고 그대로 무릎을 꿇었다. 사내는 여초상의 창을 손끝으로 쓰다듬듯 훑으며 다가오더니 한숨처럼 말했다.
 "살기가 제법한데 그 아비가 몰라주니 속만 타겠지."
 위로가 되어서인지, 살았다는 안도감 때문인지 눈물이 주르륵 흘렀다. 사내는 다정스레 손가락으로 여운의 눈물을 닦아주며 고개 끄덕였다.
 "울어라. 피어보지도 못한 살기 때문에 아비에게 죽음을 당할 뻔했으니 울어도 괜찮다."
 단 한 번도 아버지에게서 받아본 적 없는 다정함을 낯선 사내는 한껏 안겨주었다. 여운은 어깨를 들썩이며 흐느꼈다. 힘없이 스르르 앞으로 상체를 기울자 사내가 두 팔로 단단히 감싸 안았다. 그때 온몸을 경직시킨 채 서 있던 여초상이 눈에 살기를 가득 담고 외쳤다.

"닥쳐라! 네놈이! 네놈만은! 내, 너의 주둥이를 찢어놓고야 말겠다!"

여초상의 말 한마디 한마디에서 살기가 뚝뚝 떨어졌다. 그 대상이 여운인지, 사내인지 알 수 없지만 여운은 아버지의 그런 모습이 지긋지긋했다. 사내는 살기등등한 여초상의 협박에도 의연하게 말했다.

"십여 년 전, 내가 밤하늘을 보고 있는데 기이한 현상이 벌어지더이다. 적시성이 나타났는데, 갑자기 나타난 별 두 개가 적시성을 범하는 게요. 그런데 그중 하나가 살성이니 참으로 기이하였지."

여초상의 눈썹이 꿈틀했다. 여운은 사내가 자신을 보듬자 눈을 감고 고른 숨을 들이 내쉬었다. 사내는 여운을 갓난아이처럼 안고 자장가 부르듯 말을 이었다.

"이토록 귀한 아이를 어찌 죽이려 하시오? 신창, 죽일 거라면 내가 거두겠소. 허니, 이 아이는 이제 신창의 아이가 아니라 생각하고 잊게나."

"안 돼! 절대 그럴 수 없다!"

여운은 처절한 여초상의 목소리에 눈을 번쩍 떴다. 아무리 그래도 아버지이기에 눈앞에서 자식을 남에게 빼앗기지 않으려 할 거란 믿음이 생겨났다. 하지만 이어지는 여초상의 외침에 온몸을 떨었다.

"죽이겠다! 차라리 죽이고 말겠다! 네놈 손에 키워질 바에야 내 손으로 죽이고 말겠다!"

여운은 저도 모르게 사내의 옷자락을 꽉 움켜쥐었다. 살려달라고 애원하려 고개를 드는데 이미 알고 있다는 듯 사내가 빙그레 웃었다. 사내는 여운을 두 팔로 단단히 안은 채 조용히 물었다.

"나를 따르겠느냐?"

여운이 고개를 끄덕이자 사내의 웃음이 소리되어 나왔다. 여운을 두 팔로 가뿐이 안아들고 바람 탄 꽃잎처럼 지붕위로 날아가는 사내의 등 뒤로 여초상의 절규가 터져 나왔다.

"천주! 내 기필코 네놈을 죽이고야 말겠다! 운아! 운아!"

여운은 계속해서 의문을 가져야 했다. 여초상이 죽이고 싶어 하는 이가 천天인지, 아니면 자신인지.

밤하늘을 날아가듯 지붕의 기와를 밟아대며 나아가는 천天의 각진 얼굴이 만족스러움을 가득 담고 있었다.

동궁전을 울리는 익위사들의 기합 소리가 허공을 치솟아 구름까지 가를 기세였다. 얼마나 힘이 넘치는지 듣는 이들의 가슴까지 두근거렸다.

그런 고함 속에서 익위사들과 뒤섞여 쌍용언월도를 수련하던 세자 이선은 어디선가 들려오는 금속 소리에 잠시 멈칫했다. 마치 처마 밑의 바람과 뒤섞인 풍경風磬소리처럼 아련한 그 소리는 들렸다 멈췄다를 반복했다. 이선은 월도를 들어 귀에 대고 흔들어 보았다.

좀 더 분명하게 들리는 금속 소리에 이선의 눈이 커다랗게 떠졌다. 급히 임수웅에게 손짓해 걸음을 옮기자 익위사들이 수련을 멈추고 허리를 숙였다. 빠른 걸음으로 임수웅의 집무실로 들어간 이선은 탁자 위에 월도를 올려놓고 큰 숨을 들이마셨다.

"무슨 일이십니까?"

조용히 묻는 임수웅의 질문에 대답 없이 이선은 월도의 손잡이를 잡았다. 단번에 힘 줘서 손잡이를 연 이선은 툭 떨어지는 물건에 호흡을 멈췄다. 서둘러 바닥에 떨어진 물건을 들어 올려 앞으로 내미는 임수웅의 손이 가늘게 떨렸다.

"저하, 상평통보가 아닙니까?"

받아드는 이선의 손도 마찬가지로 떨렸다. 반이 갈라진 상평통보는 극히 평범해 보였지만 쌍용언월도 안에 있었다는 의미는 그 무엇보다도 컸다. 이선은 떨리는 입술을 열어 나직이 말했다.

"이건…… 효종 대왕께서 남기신 유지가 분명하네!"

확신을 담은 말에 임수웅이 상평통보에 시선을 고정시켰다. 세자는 경이롭다는 듯 손에 든 상평통보를 들어보였다.

"상평통보. 본뜻은 항상 똑같은 가치로 널리 사용되는 보배란 뜻이나……."

상평통보常平通寶. 백 년 전, 처음으로 만들어져 이제는 조선의 곳곳에서 볼 수 있는 흔한 엽전이었다. 세자는 엽전에 빨려든 듯 시선을 박은 채 말을 이었다.

"달리 해석하면 항상 통하고 넓히어 평정하라는 뜻도 되지 않는가. 효종께서 못다 이룬 북벌의 꿈을 이 상평통보에 담으신 게야."

임수웅의 눈빛에도 경외가 서렸다. 한낱 엽전 하나일 뿐인데 새삼 그것이 달라보였다. 세자는 유심히 반쪽짜리 상평통보를 바라보다가 뒷전을 보고 눈썹 사이에 짙은 골을 만들었다. 반쪽짜리 상평통보에는 잘린 글씨가 남아 있었다.

'고孤상霜'

본디 백 년 전의 상평통보 뒷면엔 아무 표식이 없는 게 정상이었다. 뒷전에 주전소를 표시하기 시작한 건 효종을 이은 숙종 시대부터였다. 그러니 글자가 새겨져 있다는 건 특별한 의미가 있음이었다.

순간 이선이 깨달음을 얻은 사람처럼 고개를 주억거렸다.

"이 엽전이 바로 북벌지계를 찾을 수 있는 증표야."

임수웅이 놀란 숨을 들이키며 불쑥 상체를 앞으로 내밀었다.

"저하! 북벌지계라 하셨습니까?"

"보게. 이 두 글자가 바로 단서네."

세자의 손에 들린 엽전을 좀 더 자세히 보려 고개 숙이던 임수웅은 문득 기척을 느끼고 숨을 멈췄다. 고개를 드니 세자도 느꼈는지 단단한 눈매가 더욱 매섭게 굳어져 있었다. 임수웅은 잽싸게 칼을 뽑아 문밖을 향해 내질렀다. 얇은 창호지가 찢기며 날카로운 칼이 밖으로 삐져나갔다.

갑작스레 칼날이 눈앞으로 밀려오자 밖에서 몰래 염탐하던 홍대주의 부관은 꽁무니가 빠져라 부리나케 달려 도망쳤다.

식은땀을 줄줄 흘리며 곧장 홍대주의 집무실로 뛰어 들어간 부관은 쩔쩔매며 이마의 땀을 닦았다. 그러자 서책을 손에 들고 있던 홍대주가 날카로운 눈으로 부관을 흘겨보며 불편한 심기를 드러냈다.

무관인 병조 판서이면서도 두뇌 회전이 남달라 비상함을 자랑하는 홍대주는 천성이 잔인하여 남을 짓밟는 것을 즐기는 자로 유명했다. 더욱이 포도대장이던 과거와 달리 병조 판서의 직위에 오른 후로는 출세욕까지 보태져 그의 야욕은 하루가 멀다 하고 사방으로 뻗쳐갔다. 그런 홍대주 앞에 선 부관은 안 그래도 놀란 가슴이 콩알만 해지는 것을 느꼈다.

"경망스럽기는, 쯧쯧."

서책을 내려놓으며 낮게 혀를 차는 홍대주의 앞으로 쪼르르 달려간 부관은 헐떡거리는 숨 사이로 소곤거렸다.

"대감, 소인이 방금 전에 세자 저하와 임수웅의 이야기를 엿들었는데……."

부관을 나지리 보는 홍대주의 눈이 번쩍하고 빛났다. 가만히 있던 포도대장마저 관심을 내보이며 살짝 상체를 숙였다. 두 사람의 반응을 살피며 부관은 조금은 우쭐해져 얼른 말을 덧붙였다.

"엽전을 찾았는데 북벌지계를……."

"북벌지계? 세자가 진정 북벌지계라 했더냐?"

화등잔만 해진 홍대주의 눈을 들여다보며 부관은 연신 고개를 끄덕였다. 주인에게 칭찬 듣고 싶어 하는 강아지처럼 헤벌쭉한 입을 다물지도 못했다.

"예. 분명 그리 들었습니다. 또…… 효종 대왕이 남긴 엽전에 북벌지계를 찾을 수 있는 무슨 단서가 있다 하였습니다."

"단서?"

"예. 한데 미처 다 듣질 못하여……."

부관은 칼끝이 눈앞에서 멈췄던 일을 떠올리고 또다시 식은땀을 흘렸다. 그러자 듣고만 있던 포도대장이 대뜸 말했다.

"대감, 소문만 무성하던 그 북벌지계를 말함이 아니옵니까?"

홍대주가 의자에 등을 파묻으며 생각에 잠긴 듯 손가락으로 입술을 쓸더니 혼잣말처럼 중얼거렸다.

"틀림없을 것이다."

갑자기 무거워진 분위기에 공로를 인정받지도 못하고 외면당한 부관은 연신 이마의 땀을 닦으며 눈치 보듯 물었다.

"대감, 그 북벌지계가 대체 무엇인데 그러십니까?"

또다시 홍대주의 눈길이 날아왔다. 부관은 아무 말 못하고 허리만 굽혔다. 홍대주는 쯧쯧 혀를 차며 고개를 내저었다.

"이리도 무지해서야. 북벌지계는 소현 세자와 효종 대왕께서 북벌의 꿈을 담아 꼭꼭 숨긴 지도와 계책이란 말이다."

병자호란에서 청에게 무릎 꿇은 조선의 두 왕세자가 8년간 청국에 볼모로 잡혀가 있었던 사실은 누구나 알고 있었지만, 그들이 북벌의 꿈을 지니고 비책을 만들었다는 이야기는 간간히 전설로만 들릴 뿐이었다. 부관이 떫은 얼굴로 고개를 숙이고 있자 포도대장이 꽤나 진지한 투로 질문했다.

"하면 북벌지계가 실로 존재한단 말씀입니까? 백 년 동안 소문만 무성하지 않았습니까?"

홍대주는 불편한 심기를 가득 담은 헛기침을 내뱉으며 아랫입술을 삐죽 내밀었다. 포도대장에게 밀려난 부관은 이야기를 대충 눈치채고 슬며시 앞으로 한 발 내딛으며 다시금 입을 열었다.

"대감, 아무리 그렇다한들 백 년도 더 지난 지도와 계책이 지금에 와서 무슨 소용이 있겠습니까?"

홍대주는 두툼한 손바닥을 펼쳐 매섭게 서책을 내리쳤다.

"어리석긴! 지난 백 년간 조선의 지형지세가 얼마나 변했더냐? 도성은커녕, 변방의 성 하나 새로이 축조된 것이 없지 않으냐!"

부관과 포도대장의 얼굴이 순식간에 단단하게 굳었다.

"북벌지계가 지금도 유효하단 말씀입니까?"

"물론이다. 허나, 문제는 그뿐만이 아니야. 선대왕이 남긴 고명이 현왕의 어명 위에 있는 것이 이 나라, 조선 왕가의 법도가 아니더냐? 북벌지계는 선대 효종 대왕의 유지니, 만에 하나 세자가 북벌지계를 찾게 되면……."

입 밖으로 내기조차 싫다는 듯 잠시 말을 끊은 홍대주를 바라보는 부관과 포도대장이 꿀꺽 굵은 침을 삼켰다. 홍대주는 더러운 것을 뱉어내듯 단숨에 말을 토해냈다.

"팔다리를 잃고 움츠려 있던 세자의 어깨에 날개가 생기는 격이다."

부관과 포도대장이 서로를 바라보자 홍대주는 서책 위에 펼쳐놓았던 손을 주먹 쥐며 이를 갈았다.

"절대 그리 되어서는 안 될 것이야."

낮고 음침한 기운이 집무실 안에 무겁게 깔렸다.

대낮인데도 판잣집 안은 어두컴컴했다. 한쪽에 수북이 쌓인 책자들을 들추며 흑사모는 마주 앉은 동수에게 물었다.

"사독의 종류가 몇 가지나 되더냐?"

동수는 지겹다는 듯 길게 하품하더니 단숨에 답했다.

"살모사, 쇠살모사, 칠점사, 유혈목."

"그럼 칠점사는?"

"칠점사는 길이가 두 자, 무게가 한 근, 잿빛 노란색에 이마엔 화살 무늬, 몸에는 검은 줄 무늬가 있는데……."

대답을 멈춘 동수는 귀찮다는 얼굴로 진저리를 치더니 대뜸 말했다.

"계속해야 해?"

묵묵히 노려보는 흑사모의 눈을 온전히 받아치며 동수는 콧방귀를 뀌고 대답을 이었다.

"물렸을 경우 일각 이내에 상처를 베고 피를 뽑아내야 하며, 민들레 뿌리나 쇠비름 잎, 북어를 갈아 환부에 바르거나 복용하면 돼. 더 해?"

청산유수로 답하는 동수 앞에서 책자를 들척거리며 약간은 민망해진 흑사모는 헛기침했다. 그렇게 무안함을 감추려 입을 열던 흑사모는 갑자기 날아든 화살에 흠칫하며 고개를 돌렸다. 살기를 담지 않은 무촉전이기에 미리 눈치채지 못했다. 빛을 위해 열어두었던 싸리문을 비집고 판잣집 안으로 들어온 화살은 기둥에 부딪치더니, 참새가 나무에 머리부터 박은 모양처럼 날아오던 기세를 잃고 힘없이 바닥으로 떨어졌다.

흑사모는 놀란 동수가 화살을 집어 들기 전에 재빨리 빼앗아 대에 묶여 있는 밀지를 펼쳤다. 단숨에 눈으로 글씨를 훑어가는 흑사모의 어깨 뒤로 동수가 빼꼼 두 눈을 내밀었다. 흑사모는 행여나 동수가 볼까 싶어 서둘러 밀지를 접고 벌떡 일어섰다.

"내 잠시 다녀올 때가 있으니, 너는 이 책을 외고 있어라."

흑사모의 명령에 동수는 책은 거들떠도 안 보고 대꾸했다.

"이미 다 외웠어."

흑사모는 눈살을 찌푸리며 동수를 돌아봤다.

"뭐? 이 책은 구한 지 며칠 되지도 않았는데 무슨 소리냐?"

"심심하던 차에 대충 봤어. 진짜야."

건성으로 대답하는 동수의 머리를 한 대 쥐어박으며 흑사모는 꾸짖었다.

"이놈아, 대충 봐서는 안 되고 머릿속에 완전히 암기해야 진정 네 것이 되는 게야."

그러자 동수가 한숨을 푹 내쉬더니 중얼거렸다.

"제일 장. 약초방. 조선의 약초. 조선 땅에는 총 육백구십사 종의 약초가 자생하며, 향약의 채취와 처방에 따라 각각……"

후다닥 책을 펼쳐 확인하니 토 하나 다르지 않고 맞았다. 어이없는 웃음을 토해내며 흑사모는 동수의 말을 잘랐다.

"됐다. 서책을 새로 구할 때가 됐구나."

흑사모가 헛웃음 담아 중얼거리자 동수가 부목을 덧댄 몸을 일으켜 세우며 강아지처럼 처량한 얼굴을 해보였다.

"그럼, 밖에 나가 놀아도 되지?"

대답도 듣지 않고 뒤뚱거리며 나가는 동수의 뒷모습을 물끄러미 바라보며 흑사모는 혼잣말했다.

"하, 저놈이 누굴 닮아 저리 똘똘할까. 머리 하나만큼은 천재네, 천재."

불현듯 동수의 아비, 백사괭이 떠오르자 흑사모의 눈가에 눈물이 핑 돌았다. 억울하게 세상을 떠난 의형과 형수가 동수의 총오한 모습을 본다면 얼마나 기뻐할지 눈에 선했다.

"형님 형수님, 어찌 저리 머리가 비상한 놈을 낳으셨소……"

생각하다보면 온종일 울어도 한이 풀리지 않을 것 같았다. 고개 저어 눈물을 털어내고 밀지를 움켜쥔 채 판잣집을 나선 흑사모는 부지런한 걸음으로 판자촌을 벗어났다. 기울어지는 태양이 판자촌의 조밀한 집들에

서로 엉켜 그림자를 지었다. 고즈넉한 길을 따라 판자촌이 보이는 산기슭까지 걸어간 흑사모는 갑작스레 나타난 임수웅을 보고 걸음을 멈췄다.

"어쩐 일이시오?"

대뜸 묻는 흑사모에게 임수웅은 살짝 고개 숙여 보이고 바로 본론을 이야기했다.

"저하께서 아이들을 모아 장용위를 다시 재건하신다 하셨습니다."

말뜻이 머리로 이해되기도 전에 심장이 멈췄다가 거세게 요동쳤다. 뒤늦게 흑사모가 펄쩍 뛰자 주변으로 모래 먼지가 흩날렸다.

"참말인가? 저하께서 분명 그리 말씀하셨단 말이지?"

"예, 헐벗은 아이나 고아들 중에 건실한 아이들을 고르라 명하셨습니다."

가슴을 채운 의욕이 부글부글 끓어올랐다. 흑사모는 판자촌을 돌아보며 만연한 웃음을 지었다.

'드디어! 이제 때가 온 것인가!'

하지만 뒤뚱거리며 걸어가던 동수를 생각하자 가슴 한편이 아련하게 조여왔다.

'그놈, 몸만 성했어도······.'

흑사모가 가슴 저림으로 울컥하는 마음을 다스리는 동안 임수웅은 어느새 사라지고 없었다.

아이들의 재잘거림이 듣그럽게 들려왔다. 동수는 흙바닥에 나뭇가지로 낙서하며 홀로 앉아 있었다. 신이 나서 밖에서 놀겠다고 했는데 막상 밖으로 나오니 놀 거리가 없었다. 몸이 불편해서 아이들과 어울리지도 못하고 구경만 하려니, 괜히 나왔나 하는 후회도 들었다. 그렇게 할 일 없이 낙서만 하고 있던 동수의 눈에 아이들이 판잣집으로 들어가는 게 보였다.
　폴짝폴짝 뛰는 모습이 마냥 부러워 판잣집을 뚫어져라 바라보던 동수는 갑자기 또다시 우르르 아이들이 몰려나오자 고개를 갸웃했다. 그중 한 아이가 넋을 잃고 소리쳤다.
　"물. 물!"
　뭔 소린가 싶어 몸을 일으키던 동수는 화르르 타오르는 불길을 보고 멈칫했다.
　"불이야!"
　고함지르며 한데 엉켜 아우성치는 아이들 중 돌쇠가 갑자기 우뚝 서더니 새하얗게 질린 얼굴로 소리쳤다.
　"진, 진주가! 진주야!"
　동수는 뒤뚱거리며 달려가 아이들을 제치며 물었다.
　"뭐야! 어떻게 된 거야?"
　돌쇠가 덜덜 떨며, 입만 벙긋거리더니 잿빛으로 물든 얼굴로 판잣집을 바라봤다.
　"지, 진주가…… 진주가 안에 있어."
　판잣집은 이미 치솟는 커다란 화염에 싸여 꾸역꾸역 검은 연기를 토해내고 있었다. 동수는 가까이 있던 멍석을 집어 들고 허겁지겁 판잣집을 향해 달렸다. 몇 번이고 중심을 잃고 넘어지려는 몸을 바로 해 판잣집 문을 열어젖히자 불길 속에서 겁에 질려 입술까지 파래진 진주가 보였다.
　천장의 판자까지 불이 붙어 후드득후드득 불꽃이 떨어졌다.
　동수는 구부러지지 않는 무릎을 있는 힘껏 굽혀 앞으로 나아갔다. 제법 진주와 가까워졌다 생각한 순간, 등에 후끈거림이 몰려오자 뒤집어쓴 멍석에 불이 붙었음을 안 동수는 냅다 멍석을 벗어던졌다. 그리고 팔을 뻗어 진주의 손목을 잡아당겼다.

그때, 그들의 머리 위에서 우지끈하는 소리가 울렸다. 굳이 올려다보지 않아도 천장의 기둥이 무너져 내림을 알 수 있었다. 기둥이 곧장 동수와 진주의 머리 위로 떨어지자 진주의 눈에 경악이 서렸고, 동수는 본능적으로 두 팔을 뻗어 기둥을 받쳐냈다.

"윽!"

무거운 기둥을 두 팔로 받친 채 진주를 지키는 동수의 팔다리에서 기묘한 소리가 새어나왔다. 이어 부목을 감싼 끈들이 두두둑 끊어졌다. 동수는 이대로는 둘 다 죽는다는 생각에 악문 잇새로 말했다.

"진주야. 나가……. 어서!"

동수가 나무 기둥을 받치고 서 있는 모습을 올려다보는 진주의 까만 눈망울이 젖어들었다.

"너, 너는?"

"우물쭈물하다간 둘 다 죽어! 어서 나가!"

동수가 매몰차게 말했음에도 진주는 쉬이 나가지 못하고 어정쩡하게 서 있었다. 동수는 점차 팔에서 힘이 빠져나가자 턱이 얼얼할 정도로 이를 악물며 진주를 노려봤다. 그래도 진주는 꿈쩍도 안 했다.

'제발!'

진주만이라도 먼저 나가기를 바라며 눈을 질끈 감았는데, 두 팔과 어깨를 내리누르던 무게가 사라졌다. 놀란 눈을 번쩍 뜨고 올려다보니 흑사모의 커다란 어깨가 보였다.

"뭣 하느냐! 어서들 나가거라! 어서!"

안도의 한숨조차 쉴 틈이 없었다. 동수와 진주는 시선을 교환한 뒤 급히 밖으로 기어나갔다. 그들이 밖으로 나오자 사람들이 동시에 가슴을 쓸어내렸다. 돌쇠는 아예 바닥에 철퍼덕 앉아 엉엉 울어대기까지 했다. 동수는 몸을 추스르기도 전에 판잣집을 돌아봤다. 붉은 석양을 받아 불

2장 동수의 힘겨운 귀로(歸路)

꽃이 더욱 빨갛게 보였다. 조마조마한 마음으로 흑사모를 기다리던 동수는 판잣집 지붕이 모래성처럼 와르르 무너지자 사색이 되어 소리쳤다.
"아, 안 돼! 사모! 흑사모!"
정신없이 앞으로 내달리는 동수를 진주가 뒤에서 부둥켜안았다.
"놔! 이거 놔! 놓으라고!"
재를 뒤집어쓴 동수의 얼굴에 두 줄기 눈물이 흘러내렸다. 태어나서 지금까지 어미와 아비 노릇을 해준 흑사모였다. 밉네 곱네 해도 피붙이 이상으로 아껴주고 돌봐준 흑사모가 없는 세상은 생각만 해도 두려웠다. 동수가 병신으로 태어난 게 흑사모 탓인 양 원망을 쏟아내도 흑사모는 묵묵히 그 원망을 다 받아주었다. 몸이 불편하다는 이유를 대며 삐뚤어진 심성으로 심술부려도 툴툴거림으로 넘어가주기도 했다. 꼬박꼬박 반말해도 고슴도치가 새끼 감싸듯 다 들어주었다. 동수는 자신이 흑사모에게 얼마나 못되게 굴었는지 떠올리며 발악했다. 하지만 진주는 동수의 허리에 두른 두 손을 깍지 낀 채 놓아주지 않았다. 악을 질러대며 한 발 한 발 앞으로 나아가는 동수에게 매달려 진주가 질질 끌려갔다.
"이거 놓으라고! 흑사모!"
그때 판잣집 벽이 요란하게 부서지며 흑사모가 검은 재를 뒤집어쓴 채 엉금엉금 기어 나왔다. 벽이 무너지는 소리에 고개 든 동수는 툴툴거리며 기어 나오는 흑사모를 보고 움직임을 멈추고, 갑자기 다리에서 힘이 빠지자 저도 모르게 진주에게 기대섰다. 영락없이 죽은 줄만 알았던 흑사모가 멀쩡한 걸 보니 안심이 되어 맥이 탁 풀렸다. 동수는 울먹거림을 토해내며 흑사모가 얼굴의 재를 터는 것을 바라봤다.
"고놈의 불이 무지 뜨겁네."
흑사모의 중얼거림에 헛웃음까지 흘렀다. 진주가 깍지를 풀자 동수는 성큼성큼 흑사모에게 걸어가 대뜸 외쳤다.

"내가 세상에서 무서운 게 딱 두 가지 있는데, 흑사모 죽는 거랑 내 옆에 아무도 없는 거야! 그러니까 나 두고 어디 가지 마! 알았어?"

"어찌 된 놈이 살려줘도 고맙단 말을 안 하냐."

멀쩡한 흑사모에게 투정을 부리다보니 또다시 눈물이 뚝뚝 떨어졌다.

동수는 민망함에 팔을 들어 눈물을 닦으려 하다 뭔가 허전한 느낌에 멈칫했다. 동수의 눈에 팔과 다리에 묶여 있던 부목이 온데간데없이 사라져 버렸다. 헛것을 본 것처럼 두 손으로 눈을 비비고 몸을 내려다 봤지만 역시나 온몸에 덧대어 있던 나무들이 사라지고 없었다.

동수의 망연한 눈길이 흑사모에게 향했다. 흑사모는 동수의 몸이 제대로 움직이는 게 믿기지 않는 듯 꿀꺽하고 굵은 침만 삼켰다. 동수는 조심스럽게 두 발로 땅을 차서 껑충 뛰었다. 발바닥이 땅에 닿았는데 고통이 느껴지지 않았다. 한 번, 두 번, 세 번. 동수의 뜀박질이 점차 빨라졌다. 사람들 모두 믿을 수 없다는 듯 바라보자 동수는 희열에 가득 찬 얼굴로 웃었다.

"사모! 보여? 나, 보여?"

흑사모는 놀라서 입술이 달라붙었는지 고개만 주억거렸다.

땅에 발을 몇 번 굴려보던 동수는 웅성거리며 모여 있는 사람들을 제치고 들판으로 달려 나갔다.

"이야아아아아!"

허공으로 펄쩍 뛰어오르며 동수는 난생 처음으로 자유로움을 느꼈다.

3장
오래된 인연의 결집結集

　백 년 전, 소현 세자와 봉림 대군을 호위하던 세자익위사 유상도의 후손, 유소강은 여식 유지선과 함께 방 안으로 들어섰다. 천성이 여자인지라 조용하고 다소곳한 움직임으로 앉는 유지선 앞에 털퍼덕 앉은 유소강은 길게 한숨을 쉬었다.
　"심기가 어지러우십니까?"
　나긋나긋한 목소리로 묻는 지선에게 눈길을 준 유소강은 또 한 번 무거운 한숨을 내뱉었다. 아직 어린 소녀임에도 지선은 곱게 휘어진 눈썹, 오똑한 콧날, 붉은 입술을 지닌 미인이었다. 게다가 내리 깔은 눈매가 얼마나 풍아한지 보고 있자면 한 폭의 그림이 아닐까 싶었다. 참새가 지저귀는 소리가 멀리서 들려왔다. 새들의 울음이 악기의 연주인양 한참 동안 침묵을 지키고 있던 유소강은 마침내 입을 열었다.
　"지금부터 듣게 될 이야기는 칼이 목에 들어와도 입 밖으로 내면 안 된다. 알겠느냐?"
　"예."

고개 숙여 답하는 지선을 바라보는 유소강의 눈빛이 잠시나마 흔들렸다. 하나밖에 없는 여식에게 무거운 짐을 넘겨주어야 하는 아비의 마음이 천 갈래로 갈라졌다. 그래도 결국엔 지선이 떠안아야 할 짐이기에 늦기 전에 알려줘야 할 거라 판단해 유소강은 힘겹게 말을 꺼냈다.

"너도 병자년 국치는 들어 알고 있을 것이다."

지선이 의외라는 얼굴을 살짝 들었다가 수긍하듯 고개를 끄덕였다.

"그때 증조부께서 병자호란 직후 소현과 봉림, 두 왕세자를 모시고 청국에 가셨다. 그리고 왕세자들께서 북경과 심양에 머물던 8년간 두 분을 도와 북벌지계를 만드셨다."

지선이 숙이고 있던 고개를 번쩍 들며 되물었다.

"북…… 벌지계요?"

"조선의 십만 대군이 북경까지 무혈 입성할 수 있는, 역사상 전례 없는 병법서니라."

지선은 멍하니 유소강을 바라봤다. 만개한 꽃처럼 벌어진 입술을 닫지 못하는 게 어지간히 놀란 모양이었다. 유소강은 살짝 상체를 내밀며 목소리를 줄였다.

"당연히 청태종은 북벌지계를 찾아 없애려 세 명의 장수에게 천, 지, 인 세 자루의 비검을 하사하여 그 행적을 뒤쫓기 시작했지."

지선의 눈동자가 혼란스러움을 담고 흔들렸다. 그럼에도 유소강의 말을 한마디도 놓치지 않으려는 듯 또렷하게 그를 향했다.

"백 년 전 그때에 증조부께선 두 왕세자를 살해하려 했다는 역모의 오명을 쓰고 도피하게 되었다."

"왕세자를 살해하려 하셨다고요?"

"북벌지계를 숨기기 위해 스스로 오명을 자처하신 게야. 청태종에게 비검을 하사 받은 천天, 지地, 인人은 조선에 숨어들어 살수 집단으로 성장했지만, 아직까지 북벌지계를 찾아내지 못했다. 우리는 큰 뜻을 품고 지(地)에게 살해당한 소현 세자의 만망(萬望)을 지켜내야 하느니라. 효종 대왕과의 맹약대로 북벌의 꿈을 이룰 그 때를 기다리며 북벌지계를 수호해야 하는 게다."

지선의 표정이 어울리지 않게 멍해졌다.

"예? 하오면……."

"북벌지계는, 이 아비 손에 있다."

유소강이 주먹 쥔 손을 내밀며 말하자 지선의 안색이 창백해졌다. 유소강은 손가락을 서서히 펴 손바닥 안에 있는 반쪽 상평통보를 보였다.

"이것이 맹약의 증표다."

천장을 향해 펼쳐진 넓은 손 안에 있는 반쪽짜리 엽전을 내려다보는 지선의 눈동자가 충격으로 검게 변했다. 유소강은 다짐하듯 다시 주먹을 세게 쥐며 말했다.

"거부할 수도, 깰 수도 없는 대왕과의 맹약이다. 이제는, 지선이 네가 이 대업을 계승할 차례니라."

엽전을 감싼 주먹을 내려다보던 지선이 경악을 담아 고개를 들었다. 두려움과 책임감, 무겁게 가라앉은 의무감이 지선의 얼굴에서 모든 핏기를 가져갔다.

"소저가 말입니까?"

말도 안 된다는 듯 되묻자 유소강은 지선의 손을 잡으며 조금은 서글프게, 조금은 안타깝게, 하지만 강한 어조로 말했다.

"천보다. 대왕을 보필하며 북벌지계를 수호하는 것이, 이 집안의 여식으로 태어난 너의 운명이다."

움찔하며 지선의 손이 유소강의 손에서 빠져나가려 했다. 도망치고 싶은 마음이 고스란히 드러난 몸짓에 유소강은 매서운 눈길로 질책하듯 지선을 바라봤다. 물론 유소강도 커다랗게 떠진 딸의 눈을 바라보는 것조차 안타까웠다.

 춘풍에 꽃잎 떨어지듯 나란히 달려가던 사람들이 하나씩 쓰러져갔다. 얼굴 가득 생채기와 옷이 여기저기 찢어진 채로 여운은 숨을 몰아쉬었다. 그리고 사방에 불을 밝혀 밤의 어둠조차 잊게 만드는 마당에 도착하자 비틀거리던 다리를 꼿꼿하게 세우며 거친 숨을 토해냈다. 천天을 따라 흑사초롱에 들어온 뒤로 가혹하다 싶을 정도로 훈련을 강행해 온 여운은 뼈마디가 드러나는 손가락을 모아 주먹 쥐었다. 이 시험에 제대로 통과하면 마지막 관문만 남게 된다. 마지막까지 수행하게 된다면 흑사초롱의 낙인을 받아 살수로서의 삶을 살아야 한다.
 여운은 천天을 따라 살수의 길로 들어서는 것에 일말의 망설임도 없었다. 두 주먹을 불끈 쥐고 발자국을 내딛자 의연하게 서 있는 천天, 지地, 인人이 무표정한 얼굴로 맞이했다. 두 다리가 후들거릴 정도로 수많은 함정과 공격을 피해 흑사초롱의 마당에 무릎 꿇은 여운 앞에 천天이 다가왔다.
 넘실대는 불꽃을 등진 천天의 윤곽이 더욱 커 보였다.
 여운은 천天이 칼날이 짧은 검을 내밀자 흠칫하며 올려다봤다. 그림자에 가려진 천天의 표정을 읽어낼 수 없었다. 한참을 망설이다 조심스레 받아드니 천天이 나직한 목소리로 말했다.
 "진검을 손에 쥔 의미를 아느냐?"
 이제야 천天, 지地, 인人에게 인정받았다는 뜻에 여운은 씨익 미소를 지었다. 그러자 인人이 게걸스런 웃음으로 빈정댔다.
 "웃어? 크크크, 실성을 한 게 아니면 천재가 분명하구만!"
 어미가 아이를 보듬듯 검을 쓰다듬는 여운을 내려다보며 천天은 고개를 끄덕였다.

"아느냐? 살수의 손엔 한 치의 망설임도 없어야 한다."

여운은 시선을 검에게 박은 채 곧장 대답했다.

"네."

마치 홀린 듯 검만을 바라보는 여운의 모습이 아니꼬운지 인ㅅ은 낄낄대며 물었다.

"꼬마야, 아직 마지막 시험이 남았느니라. 뭔지는 알고 있느냐?"

"가장 아끼고, 가장 사랑하는 존재를 베는 것입니다."

"크크크, 잘 아는구만. 그래, 니 녀석은 그 사람이 누구더냐?"

검에 박혀 있던 여운의 시선이 바람 맞은 등불처럼 흔들렸다. 사랑하는 사람이라 하면 단 한 명밖에 없다. 여운은 가장 사랑하면서 증오의 대상인 여초상을 단박에 떠올리고, 그 의미에 잠시 주저하다 입에 올렸다.

"아버집니다."

여운의 대답이 재미있는지 인ㅅ은 어깨를 들썩이며 웃었다.

"아버지? 크크크, 이거, 이거. 부자상잔의 비극이로구만!"

그렇게 어머니를 죽인 원수, 처음으로 진한 살기를 느끼게 해준 사람을 제 손으로 죽이기 위해 여운은 천ㅈ과 함께 옛집으로 향했다. 집을 떠난 지 얼마 되지 않은 것 같은데도 낮은 담벼락을 보니 무척이나 낯설었다. 여운은 두 눈에 살기를 가득 채우고 대문 앞에 섰다. 허리 뒤로 단검을 감추고 큰 숨을 들이마시니 천ㅈ이 고개를 끄덕였다. 천천히 대문을 열자 마루에 앉아 붉어진 얼굴로 술병을 들고 앉아 있는 여초상이 보였다. 대문의 삐거덕거리는 소리에 흠칫한 여초상은 급히 고개 돌리더니 여운을 발견하고 믿기지 않는다는 듯 눈을 비볐다.

'저자다! 내 어미의 원수!'

아버지가 아닌, 어머니를 죽인 원수라 생각하며 여운은 여초상을 뚫어져라 바라봤다. 등 뒤로 감춘 손이 제멋대로 덜덜 떨렸다. 여초상의 손에서 술병이 떨어지며 마루가 젖어들었다. 술병이 깨지며 날카로운 소리가 울림에도 여운의 귀에는 여초상의 목소리만 들렸다.

"이, 이놈! 운이가 아니냐! 운아!"

여초상의 눈이 회한으로 젖어들었다.

애써 단지 어미의 원수일 뿐이라 생각했는데 그리움을 담아 자신을 부르는 여초상의 목소리에 여운의 가슴 한구석이 아릿해져왔다. 여운은 그런 속내를 감추려 차가운 미소를 지었다.

그러자 여초상이 벌떡 일어나 두 손을 앞으로 내밀며 눈먼 봉사처럼 허공을 더듬거리며 다가왔다. 비틀거리는 품새가 온종일 술만 마셔댄 모양이었다. 이상하게 처음으로 사람을 죽여야만 한다는 두려움보다, 애잔한 마음이 더 컸다.

'날 죽이려 한 자야. 날 죽이겠다고 창을 들이댄 자라고!'

여초상이 실성한 사람처럼 실실 웃어대는 여운을 두 팔로 안으려 하며 투정하듯 꾸짖었다.

"이놈, 운이가 맞구나. 이놈아……."

순간, 여운은 허리 뒤에 숨겼던 단검을 내밀어 여초상의 복부에 쑤셔 박았다.

"헉!"

누구의 숨소리인지 알 수 없을 만큼 동시에 큰 숨을 들이키는 소리가 터져 나왔다. 서로의 눈동자에 시선을 고정한 두 사람은 잠시 동안 움직임을 멈췄다. 여운은 여초상의 눈빛이 서서히 차가워지는 것을 느끼고 두려움에 한 발 물러섰다. 그러자 여초상이 입가를 떨며 원망을 담아 말했다.

"내, 그토록 막으려 했다만……. 네놈이 결국 살성이 되었구나. 천주,

그놈이 기어코……."
 슬픔이 가득 고인 목소리와 달리 여초상의 눈에 살기가 피어올랐다. 사방에서 옥죄여오는 살기를 못 이긴 여운이 주춤 뒤로 물러나자 옆구리에 박힌 단검을 뽑아든 여초상이 성큼 다가섰다.
 "지나간 시간은 되돌릴 수 없다만……. 지금에라도 네놈의 숨통을 끊어, 살성을 지울 것이다."
 한마디, 한마디에서 살기가 뚝뚝 떨어졌다. 여운은 덜덜 떨면서 두려움을 내비쳤다.
 "아버지 때문이야. 이게 다 아버지 때문이야……."
 "틀렸다! 이게 다, 네놈이 타고난 살성 때문이다!"
 여초상의 우악스런 손이 여운의 멱살을 잡아당겼다. 공포에 질린 여운의 눈에 높게 치켜든 단검이 보였다. 아버지의 피가 묻은 단검의 칼날이 금방이라도 자신의 가슴에 내리꽂힐 것만 같았다. 하지만 약간의 망설임이 보였고, 여운은 살기에 억눌려 도망가지도 못한 채 얼어붙었다.
 기어코 칼날이 여운을 향해 내려옴과 동시에 여초상의 가슴으로 날카로운 단검이 날아와 파고들었다. 숨소리조차 내지 못하고 우뚝 선 여초상은 가슴에 단검을 박은 채 서서히 고개를 돌렸다. 여초상과 함께 시선을 돌린 여운은 마당 끝에 서 있는 천天을 보고 입술을 덜덜 떨었다.
 여초상의 손이 풀리며 무릎이 힘없이 꺾였다. 바닥을 치며 내려앉은 여초상은 원통한 눈빛으로 천天을 바라보다가 여운에게로 시선을 옮겼다.
 "네놈이라도……. 크윽! 내 손으로……."
 기력이 다한 게 분명한데도 단검을 들어 올리는 여초상을 보자 여운의 가슴 아래부터 울분이 솟고라졌다.
 '내가 뭘 어쨌는데!'
 급기야 허리춤에 차고 있던 단검을 뽑아들어 여초상을 향해 내뻗었지만, 차마 찌를 수가 없었다.

　아버지다. 술독에 처박혀 하루하루 모진말로 키워줬지만 그래도 아버지다. 여운은 여초상의 가슴 앞에 머문 단검을 부들부들 떨며 원망을 내보였다. 그런 여운을 올려보며 여초상은 희미한 미소를 지었다.

　"이놈아, 다행이구나……."

　여초상의 시선이 흘끔 천天에게 향하더니 다시 여운에게 못 박혔다. 어느새 단검을 쥔 여운의 손을 여초상의 큼직한 손이 감싸고 있었다.

　"이 아비는 어차피 죽을 목숨이다. 하니 내가…… 처음이자 마지막이어야 한다……. 알겠느냐?"

　따뜻하게 감싼 두 손, 처음으로 다정하게 들리는 목소리가 무슨 뜻인지 단번에 알 수 있었다.

　"아, 안 돼. 죽지 마……. 죽지 마……."

　여운은 단검을 빼내려 애쓰며 세차게 고개를 저었다. 그렇지만 흐릿한 미소를 머금은 채 여초상은 그대로 여운의 손을 당겨 가슴에 단검을 박았다. 여운의 머릿속에 '아버지!' 란 외침이 울렸지만 목구멍에선 신음조차 터져 나오지 않았다. 충격에 휩싸여 돌처럼 굳어버린 여운에게 여초상은 신음을 흘리면서도 미소를 잃지 않았다.

　"기억하거라. 내가…… 이 아비가…… 마지막이니라……."

　그 말을 끝으로 커다랗게만 느껴지던 여초상의 몸이 힘없이 바닥으로 쓰러졌다. 여운은 흙바닥에 누워 눈을 감은 여초상을 내려다보다 절로 무릎을 꿇고 괴성을 내질렀다.

　"으아아아아!"

　그렇게 오열을 터뜨리던 여운은 여초상의 옆에 쓰러져 혼절했다.

　그 모습을 지켜보던 천天은 인상을 찌푸리며 여운을 안아들었다. 천天이 기절한 여운을 흑사초롱으로 데려오자, 지地가 서글픈 눈으로 바라봤다. 단 한 번, 사랑했던 여인의 질책하는 눈빛을 받는 게 그다지 좋은 기분은 아니었다. 그렇다 해도 이미 뽑힌 칼을 다시 검집에 넣을 수는 없는 법이다.

적시성을 범한 살성을 본 그날부터 찾아다녔던 아이였다. 여운만이 천天을 이어받을 수 있는 사람이었다. 특별히 후계자를 키울 마음은 없었다. 하지만 그날 밤, 밤하늘의 별을 보고 천天은 운명을 느꼈다. 운명을 따라야 한다는 법도는 없지만 거스를 필요도 없었다.

그런 이유로 천天은 여운이 한나절이 지나서야 정신을 차렸다는 말에 부리나케 달려갔다.

"몸은 괜찮으냐?"

대뜸 묻자 여운이 몸을 일으키며 답했다.

"예, 하온데 어찌된 일입니까?"

천天의 눈썹이 주름을 잡으며 가운데로 몰렸다. 여운의 맑은 눈동자에는 영문을 모르겠다는 표정만 떠올라 있었다.

"기억이, 없느냐?"

"예. 마지막 시험을 치르기로 했는데……."

여운이 생각해내려는 듯 얼굴을 찌푸리자 천天은 다급히 말을 잘랐다.

"시험은 없다."

"무슨 말씀이십니까? 저는, 제 아비를……."

"네 아비는 이미 숨을 거뒀느니라."

천天은 여운의 손이 바르르 떨리는 걸 놓치지 않았다. 멍한 얼굴에선 오만 가지 감정들이 보였다. 억울함, 분노, 그리움, 후회, 그리고 아비를 잃은 슬픔. 그중 유독 슬픔과 후회가 도드라져 검은 눈망울에 맑은 눈물이 맺혔다. 여운은 이불을 비틀어 쥐고 울지 않으려는 듯 눈을 부릅떴다.

"누굽니까……. 누가 제 아비를 죽였습니까?"

사실대로 말한다면 이 자리에서 여운을 놓칠 게 뻔했다. 어떻게 된 일인지 아비에 대한 그리움이 사라졌을 때 알게 된다 해도 늦지 않는다. 천天은 흑진주처럼 검은 눈동자로 여운을 주시하며 비색悲色이 담긴 어조로 입술을 열었다.

"너로서는 결코 닿을 수 없는 곳. 태산보다 높고 하늘보다도 높은 곳에 있는 자다."

"그래도 알고 싶습니다. 말씀해 주십시오."

부친을 잃은 슬픔 위로 피어오르는 살기가 느껴져 천天은 의자에서 벌떡 일어섰다. 자칫하다간 물고기를 잡았다 놓치는 격이 될까 싶어 얼굴이 단단히 굳었다.

"때가 되면, 자연히 알게 될 것이다. 그보다 첫 번째 명을 하달하겠다. 이제 넌 이곳을 떠나 네 아비의 상을 치러라. 그리고 널 찾는 자가 있으면 신분을 숨기고 그를 따르거라."

여초상은 어차피 죽을 목숨이었다. 여운이 흑사초롱에 제 발로 들어온 이상 언젠가는 이뤄질 일이었다. 천天은 '존명'을 답하는 여운에게 등을 돌렸다. 어둑해지는 실내가 고마울 뿐이었다.

들판의 풀조차 허리를 굽혀가며 웃었다. 가라지들이 우수수 나근거리는 들판 한복판에서 돌쇠는 겁에 질려 무릎 꿇은 채 항복했다. 돌쇠 앞에 떡 하니 버티고 서서 목검을 내리치려던 동수는 목검을 허공에 던지며 고개를 치켜들었다. 그동안 지더리게 대장 노릇 해왔던 돌쇠를 무릎 굽히고 나니 속이 다 시원했다. 어쩔 수 없이 돌쇠를 따르던 아이들도 은근 환영하는 눈치였다. 그렇다고 해도 해왔던 일이 있어 동수의 나볏한 얼굴을 흘끔거리며 쉽게 다가서지는 못했다.

"대장이라고 불러."

"대, 대장."

동수는 얼굴 가득 만족스러움을 담고 손 내밀어 일어서는 것을 도왔다. 그러자 구경하던 진주가 쪼르르 달려와 동수의 몸을 만져가며 신기한 듯 말했다.

"우아! 너, 어떻게 된 거야? 완전 딴 사람이 됐네?"

여자가 몸을 더듬자 화들짝 놀란 동수는 얼굴에 홍조를 피우며 당황해했다.

"뭐, 뭐야! 왜, 왜 이래!"

"치, 구해줘서 고마웠어."

새침하게 웃으며 감사하는 진주를 똑바로 바라보지 못하고 동수는 붉게 달궈진 얼굴을 휙 돌렸다. 화끈한 얼굴을 가릴 게 없었다. 이리 보아도 풀, 저리 보아도 풀뿐이다.

"당, 당연하지. 나, 나 땜에 산 줄 알아!"

동수는 그렇게 잘난 척하면서도 발간 얼굴을 감추지 못해 신경질을 내며 판자촌으로 달려갔다. 하지만 얼마 못 가 두툼한 흑사모의 손에 뒷목을 잡혀 토끼처럼 허공에서 헛발질을 해야 했다.

"이거 놔! 아, 정말! 창피하게! 그리고 누구 초상집 간다며? 왜 이리 빨리 온 건데?"

"이미 상이 다 치러진 뒤라 무덤만 갔다 왔다! 이놈아! 또 뭔 짓을 하고 도망가는 게냐?"

차마 계집애 때문에 얼굴 붉어져서 도망가는 거라고 말 못했다. 동수가 입 다물고 있자 흑사모는 뒤따라 달라오는 돌쇠와 아이들을 돌아보며 근엄한 얼굴로 다그쳤다.

"부목을 풀자마자 쌈질이라니! 네놈이 아직도 정신을 못 차린 게냐!"

동수는 억울함을 토로했지만 결국 질질 끌려 판잣집 안으로 들어가 무릎 꿇고 앉아 벌을 섰다.

"진짜라니까. 돌쇠 그 녀석이……. 아얏!"

"시끄럽다! 오늘 밤새도록 그러고 있어 보거라!"

방구석에 무릎 꿇고 앉아 두 팔을 올리고 있던 동수의 눈에 흑사모 곁에 다소곳이 앉아 있는 사내아이가 들어왔다.

"근데 얜 뭐야?"

햇빛이 띄엄띄엄 들어오는 판잣집 안이 환해질 만큼 사내아이의 얼굴은 곱상하다 못해 아름다웠다. 하얀 피부와 도톰하면서 오밀조밀한 입술, 동그란 눈매가 앙증맞게 귀엽기까지 했다. 다만 눈매와 어울리지 않는 서늘한 눈빛이 좀 어울리지 않았다. 마치 금방 제 아비라도 죽이고 온 놈처럼 시퍼런 눈빛은 근접하기 어려운 분위기를 풍겼다. 흑사모는 두 아이를 번갈아 보더니 서로를 인사시켰다.

"네놈 동무다. 이름은 여운이고."

동수는 입술을 삐죽 비틀며 빈정거렸다.

"동무는 개뿔……. 기생오라비처럼 생겨서는……. 아얏!"

흑사모의 주먹이 가차 없이 머리통으로 날아왔다. 동수가 손바닥으로 머리를 문지르며 노려보자 흑사모가 한숨을 푹 쉬었다.

"너희들 아버지는 나와 의형제였으니, 너희도 서로 형제와 같느니라. 동수야, 앞으로 운이는 우리와 함께 살 것이니 사이좋게 지내라."

동수는 입을 삐죽거리며 두 팔을 든 채 벽을 보고 돌아앉았다. 단단히 토라진 걸 알리려 했는데 흑사모는 아예 동수를 무시하고 여운에게 무거운 어조로 말했다.

"초상 형님에게 대체 무슨 일이 있었던 게냐."

동수의 등 뒤로 뭔가 부스럭거리는 소리가 들렸다. 호기심에 슬쩍 뒤돌아보니 여운이 품에서 무언가를 꺼내 흑사모에게 건넸다. 그것을 받아든 흑사모는 눈을 부릅뜨더니 온몸을 부르르 떨었다.

"흑사초롱! 이 잡것들이! 어찌 형님을 찾아냈단 말이더냐! 운아, 네가 잡혀가지 않은 게 천만다행이구나. 형님이 널 지키기 위해 그날, 네가 태어나던 날……."

흑사모가 입술을 떨자 운이가 얼른 입을 열어 애처로이 물었다.

"저는, 저는 이제 어찌합니까?"

얼굴뿐 아니라 목소리마저 고와 남자의 것이 아닌 듯했다. 동수는 계속해서 흘끔거리며 저릿해지는 팔을 슬그머니 내렸다. 흑사모는 여운의 어깨를 토닥이며 달래느라 동수를 신경 쓰지도 않았다.

"불쌍한 놈 같으니……. 널 형님 무덤에서 찾았으니 그나마 다행이구나. 너를 잃어버렸다면 내 무슨 면목으로 죽어 형님을 뵙겠느냐. 넌 내가 거두기로 형님 무덤에 약속했으니, 아무 걱정 말거라."

갑자기 짜증이 확 몰려와 벽을 노려보며 동수는 입술을 툭 내밀었다.

'누구 맘대로 동무야? 나랑 한번 붙어봐야지!'

그러나 다음 날, 동수는 여운의 옷자락 하나 건들지 못해보고 바닥에 낙장거리했다. 얼굴부터 처박혀 입 안으로 들어온 흙을 퉤퉤 뱉어내는 동수에게 여운은 아무렇지도 않은 얼굴로 중얼거렸다.

"뭐야. 대장이라며?"

눈을 지릅뜨자 진주가 한심하다는 얼굴로 혀 차는 모습이 보였다. 안 그래도 상기된 얼굴이 새빨갛게 물들자 동수는 눈썹에 잔뜩 힘주며 막대기를 쥐고 벌떡 일어났다. 벌써 몇 번째인지 알 수 없을 만큼 바닥에 고꾸라졌다가 일어나길 반복하고 있었다. 물론 단 한 번도 동수의 막대기가 여운의 몸을 스치지도 못했다. 동수는 이를 악물고 다시금 여운에게 덤볐다.

"그만하거라!"

엄한 목소리를 듣는 둥 마는 둥 여운만 노려보며 나아가던 동수는 흑사모가 막대기를 잡아 뺏어 머리를 치자 억울함을 담아 외쳤다.

"아야! 대체 왜 그래! 왜 그만두라는데? 포기하지 말라며? 맘만 먹으면 뭐든 할 수 있다며? 딱 봐도 내 또랜데 내가 이기지 못할 이유가 없잖아!"

대답을 듣는 대신 동수는 흑사모의 손에 귀가 잡혀 판잣집 안으로 질질 끌려들어가야 했다.

동수는 판잣집 안으로 들어가자 익숙하게 무릎 꿇고 앉아 흑사모의 뒤를 따라 들어오는 여운을 노려봤다. 그러자 흑사모가 어울리지 않게 굳은 어조로 입을 열었다.

"동수야, 무예를 배워보겠느냐?"

순간 번쩍하고 동수의 눈이 빛났지만 곧 시큰둥한 표정을 지으며 여운을 흘겨봤다.

"무예? 뭐든 상관없어. 난 그냥 애만 이길 수 있으면 돼."

"무예를 배운다고 다 강해지는 것도 아니고 존경받는 무인이 될 수 있는 것도 아니다."

동수는 거세게 콧방귀를 뀌었다.

"쳇! 그거야 사람 나름이지. 그리고 난, 존경 같은 거 필요 없어."

"열 중 아홉은 뜻을 펴기도 전에 목숨을 잃고, 살아도 일평생 피를 보고 살아야 하느니라. 그래도 괜찮겠느냐?"

뭐가 그렇게 거창한지 귀에 하나도 들어오지 않았다. 동수는 그림자 속에서 흔들림 없이 앉아 있는 여운을 죽일 듯 노려보며 신경질을 냈다.

"괜찮다니까! 뭘 자꾸 물어봐?"

동수의 투덜거림을 가슴에 새기듯 고개를 끄덕인 흑사모가 천천히 몸을 일으켜서 문으로 향했다.

"잠시 나갔다 올 테니 얌전히들 있어라."

흑사모가 나가자 곧장 무릎을 펴는 동수에게 여운이 희미하게 미소지었다. 어두컴컴한 실내에서 그 미소를 놓치지 않은 동수는 눈을 부라리며 슬금슬금 막대기를 집어 들었다. 그리고 의미심장하게 물었다.

"한 번 더?"

여운의 야릇한 미소가 어둑해진 실내를 헤치고 다가왔다.

투둑, 불길에 닿은 기름이 불꽃을 튀어내며 화로 안에서 꿈틀거렸다. 홍대주는 고약한 냄새가 물씬 풍겨오는 옥사에 들어서자 비단수건으로 입가를 막았다. 안내하는 포도대장과 부관을 따라 구석의 옥사 안으로 들어가자 산발한 사내가 무릎 꿇고 있는 게 보였다.

"이놈이냐?"

목에 칼을 차지 않은 사내는 눈을 번득이며 고개를 번쩍 들었다. 그 눈빛이 하도 살벌하여 홍대주는 코를 씰룩거리며 한 발 뒤로 물러섰다. 그러자 포도대장이 허리를 굽히며 답했다.

"예, 천출이라 무과에 급제하고도 병졸을 면치 못하다가, 홧김에 상관을 죽여 죽을 날만을 기다리고 있습니다."

"이름이 무엇이냐?"

살벌한 눈빛을 토해내며 사내는 굵직한 목소리로 간단히 대답했다.

"마도영입니다."

"무예 실력이 출중하다 들었는데 보여줄 수 있겠느냐?"

순간 마도영의 눈 안에 화톳불이 튀는 듯했다. 벌떡 일어선 마도영은 부관의 허리에서 칼을 뽑아들고 허공을 한 번 헤집은 뒤, 절도 있는 동작으로 칼을 내리꽂고 무릎을 꿇었다. 뭐가 어떻게 된 건지 미처 파악하기도 전에 벌어진 일에 부관은 빈 칼집과 마도영을 번갈아 볼 뿐이었다. 눈살을 찌푸린 홍대주는 거침없던 칼질을 보여준 마도영이 양가 규수처럼 다소곳 앉아 말하자 눈썹을 획 쳐들었다.

"거둬주신다면 이 목숨, 대감께 바치겠습니다."

그 말이 끝나기 무섭게 부관의 오른쪽에 있던 기둥 하나가 투두둑 사선으로 갈라졌다. 홍대주의 눈엔 놀라 흠칫하는 부관보다 마도영이 훨씬 하뭇했다.

"금일부로 너는, 내 그림자가 되는 게다."

그날 밤, 흑사초롱의 천天과 마주 선 홍대주는 멀지 않은 곳에 서서 지키고 있는 마도영을 흘끔 보고, 꽤나 만족스런 미소를 지었다. 물론 천天과 마도영이 대결을 하게 된다면 검이 휘두르는 바람 소리가 나기도 전에 마도영이 쓰러질 게 분명했다. 그래도 그만큼 자신이 도망갈 시간을 벌어줄 거라 생각하면 마도영이 꽤나 쓸모 있어 보였다. 그렇게 딴생각하는 홍대주에게 천天이 나직이 물었다.

"북벌지계라 하셨소?"

천天이 놀람을 감추지 않자 홍대주는 느긋한 표정으로 고개를 끄덕여 수긍했다.

"그렇소이다. 물론, 백 년도 더 지난 물건이니 쉽게 찾을 수야 없겠지만, 만에 하나 세자가 북벌지계를 손에 넣는다면······."

천天은 더 이상 들을 필요 없다는 듯 홍대주의 말을 자르며 호언장담했다.

"만무일실萬無一失이외다."

말을 자른 것도 그렇고, 너무나 자신 있는 말투가 마음에 들지 않아 홍대주는 눈살을 찌푸렸다. 천天은 피식 웃더니 차근차근 설명하는 투로 말했다.

"흑사초롱 또한 지난 백 년간 그 북벌지계를 찾고 있었소. 하니 세자가 어디로 향할지 정도는 내 짐작 가는 바가 있소이다."
 홍대주는 아니꼽지만 일단은 비위를 맞춰주는 게 좋다 싶어 놀란 얼굴을 해보였다.
 "오호. 그건 또 미처 몰랐구려."
 "우리 흑사초롱은 백 년 전에 청국의 용골대 대장군의 명을 받아 천, 지, 인 세 검을 하사받은 비밀 결사조직이 아니겠소? 하니 청국의 명을 받아 그때부터 북벌지계를 쫓아온 게 당연한 게요."
 홍대주는 입가의 비웃음을 감추려 찻잔을 들었다. 이제는 기껏해야 사주 받아 움직이는 살수 집단인 주제에 청국을 들먹거리며 으스대는 천天이 가소롭기 짝이 없었다. 아직까지도 청의 명을 받는지 몰라도 홍대주가 보는 지금의 흑사초롱은 돈에 눈먼 인人을 비롯하여 대의나 명분과는 거리가 멀었다. 오로지 돈만 쥐어주면 청 황제조차 쥐도 새도 모르게 죽이려 침투할 살수 집단일 뿐이었다. 주인도 없고 그나마 우두머리도 천天, 지地, 인人 세 명으로 나뉘어져 있었다.
 '조선의 세자와 대왕조차 돈 받고 죽인 네놈들이 아니더냐? 하물며 노론의 사주 받아 선대왕, 경종까지 독살하지 않았더냐?'
 덕분에 홍대주의 자리는 탄탄대로였지만 호랑이인 줄 아는 개는 주인도 무는 법이었다. 홍대주는 언제 칼날을 들이댈지 모르는 흑사초롱을 온전히 믿어서는 안 된다는 걸 누구보다 잘 알고 있었다.
 시선을 내리깔아 그런 생각을 감췄음에도 천天은 꿰뚫어 본다는 듯 갑자기 은밀히 물었다.
 "내 묻겠소이다. 만에 하나 세자가 눈에 띄면, 죽여도 되겠소?"
 듣던 중 반가운 소리였다. 때맞춰 운을 떼는 속셈이 뭔지 뻔히 알면서도 홍대주는 급히 번지는 미소를 막지 못했다. 믿음을 주지 않는 홍대주의 환심을 사려는 게 분명했다. 그럼에도 마침 사주하려던 참이었기에 먼저 말을 꺼내는 천㰦에게 홍대주는 반색을 숨기지 않고 서둘러 말했다.

"궁궐이라면 모를까. 눈엣가시 같은 세자가 무명 저자의 고혼이 된다면야…… 이 몸이 엎드려 절이라도 할 것이외다!"

너무나 적극적인 반응에 천㰦이 나직이 웃었다.

"국본이라는 자의 목숨도 한낱 먼지에 지나지 않는구려. 한데 저 친구는 못 보던 얼굴이오만."

천㰦이 턱짓하는 방향으로 시선을 돌린 홍대주는 마도영을 보고 태연히 말했다.

"앞으로 이 몸의 수족이 될 놈이다. 잘 부탁드리오."

그러자 옷깃을 털며 천㰦이 툴툴거렸다.

"이놈아, 살기가 매섭다. 좀 누그러뜨려라."

홍대주의 속셈을 진즉에 알고 있다는 듯 투덜거리고 사라지는 천㰦의 뒷모습을 보며 홍대주는 눈가에 경련을 일으켰다. 대가리가 3개로 나뉘어져 있어도 뱀은 뱀이었다. 그렇게 천㰦이 쉬이 볼 인물이 아니라는 점에서 홍대주는 더욱 믿음을 줄 수 없었다.

새소리조차 들리지 않는 동궁전을 나서며 이선은 이한주를 보고 가볍게 눈썹을 모았다.

"수웅이 자네에게 나를 보좌하라 시켰다고?"

이한주는 허리 숙여 걱정을 숨겼다. 갑작스레 부관이 임수웅에게 고古병법서를 살피고 교재로 쓸 만한 내용을 추려놓으라 시킨 것부터 마음에 걸렸다. 부득이 이한주에게 오늘 하루, 세자를 모시라 명한 임수웅도 마찬가지인 듯 몇 번이고 안전을 신신당부했다.

"오후에 전하께서 주관하시는 경연이 있으니, 늦어도 신시까지는 입궐하시도록 잘 모시라 하였습니다."

이선 또한 불길함을 느꼈는지 잠시 망설임을 보였다. 그렇다고 사정을 여겨 차일피일 미루다 여차해서 북벌지계를 누군가에게 빼앗긴다면 그 또한 큰일이었다. 결국 이선은 결연한 표정으로 동궁전을 나섰다.
　그렇게 익위사 유상도의 후손이 살고 있다 하는 주소를 찾아 저잣거리까지 말을 타고 급히 달리던 이선과 이한주는 동냥하는 아이들을 스쳐 지나갔다. 그중 한 아이의 동냥 그릇이 이한주의 말에 부딪쳐 바닥으로 쏟아진 것을 봤지만, 말을 세울 여력이 안 되었다. 이한주는 흘끗 뒤돌아보고는 이선을 호위해 계속해서 말을 몰았다.
　하지만 얼마 못 가 갑자기 골목에서 튀어 나온 사내아이 때문에 두 사람의 말이 서로 엉키며 요동쳤다. 이한주는 이선의 안전을 확인하고 갑작스레 말을 세운 사내아이에게 소리쳤다.
　"웬 놈이냐!"
　그러자 아이가 대뜸 말했다.
　"사과해!"
　"뭐라?"
　어이없어 하는 이한주에게 아이는 빈 동냥 그릇을 내밀며 외쳤다.
　"사과하라고!"
　할 말을 잃을 정도로 기가 막혔다. 세자를 바라볼 면목도 없어 이한주가 망연히 아이를 내려다보자 아이는 두 손을 허리에 대고 기고만장한 모습으로 으름장 놓았다.
　"내가 세상에서 무서운 게 딱 두 가지 있는데. 밥 못 먹는 거랑, 그래서 배때기가 등딱지에 붙는 거야! 못 알아듣겠어? 당신 눈엔 쓰레기로 보일지 몰라도 우리들에겐 한 끼 양식이라고!"
　때가 꼬질꼬질한 아이의 얼굴에 어울리지 않게 호기가 흘렀다. 기가 차서 밀쳐내고 나아갈까 하다가 주시하고 있는 이선의 눈치를 보고 이한주는 한숨과 함께 말했다.

"얼마더냐."

아이가 흠칫하며 눈을 껌벅거렸다. 이한주는 짜증을 최대한 감추고 다시금 말했다.

"그 밥값이 얼마면 되겠느냐 물었다."

얼굴에 번지는 화색을 숨기지도 못하고 아이가 서둘러 답했다.

"한 냥!"

"한 냥? 육조거리 쇠고깃국도 비싸야 닷전이니라."

밥값을 뒤집어씌우려는 속셈이 고약하여 따끔하게 말하자 아이가 고집스런 눈으로 소리쳤다.

"두 냥!"

성질 같아서는 환도를 뽑아들어 목을 쳐내고 싶을 정도로 속이 뒤집어졌다. 만약 이선이 싱긋 미소 지으며 말하지 않았더라면 그러고도 남았다.

"당돌한 놈이구나. 예까지 달려왔더냐?"

자상하게 물었음에도 아이는 빳빳한 기세를 누그러뜨리지 않았다.

"그럼 달려왔지, 걸어왔겠어?"

"네 이놈! 어디서 감히……."

급기야 솟고라지는 화를 참지 못해 이한주가 환도로 손을 뻗으며 외치자 이선이 그를 제지했다. 손을 뻗어 이한주를 막은 이선은 두 냥을 꺼내 아이의 동냥 그릇 안으로 던졌다.

"이름이 무엇이냐?"

달그락거리며 동냥 그릇 안으로 뛰어든 동전을 휘둥그레해진 눈으로 주시하면서도 아이는 퉁명스럽게 말했다.

"건 알아서 뭐하게?"

그리고는 이한주를 흘끔 보더니 빼앗길까 두려운 듯 후다닥 골목 안으로 사라졌다. 뒤넘스러운 아이의 태도에 이한주는 후끈거리는 화를 참느라 가만히 숨을 몰아쉬었다. 하지만 이선은 골목을 주시하며 중얼거렸다.

"저 녀석……낯이 익구나."

분수 넘어, 주제 파악 못하는 거지 아이에게 보이는 이선의 관심에 이한주는 토조차 달지 못했다.

이선은 한참이 지날 때까지 멈춰 서 있었다. 그리고 정신을 차린 듯 고개를 젓고 이선이 나아가자 이한주는 묵묵히 곁을 따랐다.

이선은 흘린 시간을 주워 담으려는 듯 더욱 격하게 채찍질했고 너무 늦지 않은 시간에 유상도의 후손이 산다는 주소에 도착할 수 있었다. 대문 밖에 말을 세우고 삐걱거리는 문을 열자 말라비틀어진 나무와 흙먼지로 을씨년스러운 폐가의 마당이 보였다. 영양분을 받지 못해 자라다 만 덩굴로 둘러싸인 우물에선 금방이라도 귀신이 튀어나올 것 같았다.

"사람이 살지 않는 폐가이옵니다."

애당초 유상도의 후손을 쉽게 찾을 수 있을 거라 생각하지는 않았던 터라 실망스러움도 없었다.

"백 년간이나 어둠 속에 숨어 지낸 가문이니, 응당 쉽게 찾을 수 없음이다."

"저하, 곧 경연이 시작될 시간입니다."

이제 입궐해야 한다는 말을 돌려하는 이한주에게 고개를 끄덕이고, 이선은 만지작거리던 엽전을 품에 넣었다.

'오늘은 날이 아닌 게로구나.'

실망은 않더라도 아쉬움은 밀어낼 수 없었다. 이선이 느릿하게 걸음을 옮기는 찰나, 어디선가 외침이 들렸다.

"세자 나리!"

놀리는 투로 불러대는 목소리에 움찔해서 이선이 돌아보자 사방에서 자객들이 모습을 드러냈고, 동시에 폐가의 안채 문이 열리자 방안에 앉아 검을 손질하는 사내가 나타났다. 그자는 여인의 살품을 쓰다듬듯 검을 어루만지며 눈길도 주지 않은 채 비웃음을 담아 목소리를 던졌다.

"허허, 나리 기다리다 목 빠지는 줄 알았소이다!"

"웬 놈이냐!"

이한주가 재빠르게 환도를 뽑으며 외치자 사내의 입술이 묘하게 틀어졌다.

"젊은 놈이 버르장머리하고는……. 크크크, 높으신 양반을 만난다기에 간만에 이 칼이 호강할 줄 알았건만, 높디높은 세자 나리 옥체는 웬만하면 흠을 내지 말라 하니. 거참……. 이를 어찌하면 좋겠소?"

"네 이놈! 뉘 앞이라고 망발이냐!"

이한주가 이선을 막아서며 외치자 사내가 혀로 칼날을 핥고는 눈을 번쩍거렸다.

"옳거니! 네놈은 세자가 아니렸다!"

사내가 날렵하게 일어서자 이한주가 어깨너머로 간절히 말했다.

"저하! 옥체를 보존하시옵소서!"

이한주의 앞으로 사내가 가볍게 날아듬과 동시에 이선은 가까이 있던 자객을 향해 환도를 휘둘렀다. 하지만 얼마 못 가 이한주의 어깨로 사내의 칼이 파고들었고, 이선 또한 두 명의 자객을 상대하며 고전을 면치 못했다. 급기야 사내에게 차여 바닥으로 쓰러진 이한주는 통한의 외침을 내질렀다.

"저하!"

사내는 이한주의 목을 발바닥으로 내리누르며 키득거렸다.

"크큭, 그럼 잘 가시오. 높디높은 세자 나리!"

이제는 죽었구나 싶어 이선은 두 눈을 지릅떴다. 그와 동시에 대문이 벌컥 열리며 이한주의 말이 요동치며 뛰어 들어왔다.

4장

기연奇緣이 부른 활로活路

 힘찬 발걸음이 저잣거리의 흙바닥을 성큼성큼 짓이겼다. 동수는 한 손에 동냥 그릇을, 다른 손에 두 냥을 쥐고 헤헤 웃으며 아이들이 모여 있는 집 앞으로 걸어갔다. 한 냥만 받아도 감지덕지인데 짤랑거리며 손 안에서 부딪치는 두 냥이 마냥 흐뭇했다. 동수는 아이들을 제치고 진주 앞에 우뚝 서서 진주의 손을 펼치고 그 안에 두 냥을 툭, 툭 떨어뜨렸다.
 "어?"
 놀란 진주가 뭐라 할 참에 대문 문이 열렸다. 구걸하기 위해 옹기종기 모여 있던 아이들은 주르륵 갈라지며 동냥 그릇을 내밀었다. 동수는 옆에 서서 손바닥 안의 동전을 어이없다는 얼굴로 바라보는 진주에게 씩 웃어보였다.
 그때, 대문 밖으로 고급스런 치맛자락이 나타났고, 동수는 웃음을 멈추며 고운 치마에 시선을 빼앗겼다. 서서히 눈을 드니 단아한 이목구비를 지닌 계집아이가 보였다. 선녀가 있다면 이와 같지 않을까 싶을 정도로 예쁜 아이였다. 얼마나 모양새가 좋은지 동냥 그릇을 내밀고 있던 아이들조차 동냥을 잊고 혼이 빠진 것처럼 계집아이를 바라봤다. 하지만 곧 아이들은 허기를 기억해내고, 서로 앞다퉈 동냥 그릇을 내밀었다. 계집아이는 당황한 듯 주춤 뒤로 물러섰고, 아이들은 더 앞으로 몰려들었다. 급기야 아이들이 달려들어 계집아이의 장의가 벗겨지고, 한 아이의 손이 계집아이의 옷고름을 붙잡는 사태가 발생했다. 그러자 도포 차림을 한 사내가 나서더니 계집을 뒤로 하며 아이들을 향해 검을 뽑아들었다.

"뒤로 물렀거라!"

그러나 이미 밀물처럼 뒤에서 밀어대는 통에 맨 앞에 있는 아이가 사내 앞으로 동냥 그릇을 내민 채 한 발 내딛었다. 순간, 사내의 검이 검광을 흘리며 동냥 그릇을 향해 내리쳤다. 동시에 아우성치던 아이들이 그대로 움직임을 멈췄다. 반으로 싹둑 잘린 동냥 그릇을 망연히 바라보던 아이는 전신을 사시나무 떨 듯 떨어대며 바지에 오줌을 지렸다. 살고자 먹으려 한 것인데, 먹으려다 죽게 생겼다. 동수는 사내가 검을 다시 내뻗자 소리 지르며 앞으로 뛰어나갔다.

"그만!"

사내는 멈칫하며 아이들을 두 팔로 막아선 동수를 내려다봤다. 두 사람의 눈이 서로를 응시했다. 내리 꽂는 시선에도 동수가 눈 하나 깜짝이지 않자 사내가 눈가를 꿈틀하며 말했다.

"구걸하며 대문을 두드렸다면 음식을 줬을 게다."

그 소리에 가만히 있으면 괜찮을 걸 계집아이의 옷고름을 잡아당긴 아이가 조그맣게 중얼거렸다.

"참으로 그랬겠다."

사내의 눈이 번쩍이더니 그 아이를 죽일 듯 노려봤다.

"네 손과 입을 탓하거라."

그 말이 무슨 의미인지 단박에 알 수 있었다. 동수는 사내의 팔이 올라가자 눈을 질끈 감고 사내의 가슴팍으로 돌진했다. 무작정 덤벼들어 사내를 막아보려 한 것인데, 예상외의 공격이었는지 사내는 기가 찰 정도로 쉽게 뒤로 쓰러졌다.

"어? 어?"

이어 사내의 허리에 두 팔을 감고 같이 쓰러진 동수는 허겁지겁 몸을 일으키고 허리를 굽실거렸다.

"죄, 죄송합니다."

고급스런 도포를 흙바닥에 펼친 채 사내는 쉬이 일어나지 못했다. 잘못 넘어졌는지 엉치뼈를 다친 모양이었다. 동수는 창백해진 얼굴로 얼른 사내의 손을 잡아 일어나는 걸 도우려 했다. 그러나 빠르게 사내의 손이 움직이며 시퍼런 칼날이 동수를 향해 다가왔다. 동수는 숨을 멈추며 눈을 질끈 감았다. 이대로 죽었다는 생각밖에 안 들었다. 그런데 한참이 지나도 목이 그대로 붙어 있었다. 동수는 슬며시 눈을 떠서 고개 돌렸다.

동수의 옆에 선녀 같은 계집아이가 목에 칼날을 대고 서 있었다. 검을 뺀은 사내는 계집아이가 나서 동수를 대신해 자리하자 가까스로 휘두르던 검을 멈춘 모양이었다. 계집의 목으로 빨간 피가 한 줄기 흘러내렸다. 동수는 후다닥 계집아이를 잡아 자신의 뒤에 세우고 사내를 노려봤다.

"이 몸을 죽이십시오! 그래서 분이 풀린다면 이 몸을 죽이시오."

그러자 사내가 이를 악물고 일어서더니 계집을 끌어 옆에 세웠다. 그리고 때가 묻은 계집아이의 옷고름을 칼로 자르더니 바닥에 버렸다. 동수의 발치로 힘없이 떨어진 옷고름이 무척이나 처량해 보였다. 신분 차가 크니 더 이상 심기를 건드리지 말라는 뜻이었다. 동수는 옷고름을 주워 들고 마차에 오르는 계집을 바라봤다. 살려준 은혜에 고맙다는 말도 못 했는데, 계집아이는 상처에서 흘러내리는 피를 막지도 않은 채 마차에 올라 급히 멀어져갔다. 그 단아한 눈빛이, 사내를 향해 굳은 의지를 내보이던 입술이 눈앞에 어른거렸다. 그렇게 동수는 옷고름을 꼭 쥔 채 계집아이가 멀어지는 것을 하염없이 바라봤다. 그러자 갑자기 진주가 동수의 옆구리를 팔꿈치로 세게 후려쳤다.

"아야!"

동수가 소리 지르며 옆구리를 비비자 진주는 긴장이 빠진 듯 우르르 주저앉는 아이들의 머리통을 동냥 그릇으로 통통 두드렸다.

"산 게 다행이다. 니들, 동수 아니었으면 다 죽었어."

진주에게 얻어맞은 아이들이 불평을 해대는 소리가 외양간 소 울음처럼 길게 흘러나왔다. 동수는 대문을 돌아보다 '오상고절傲霜孤節'이라 쓰여 있는 글씨에 고개를 갸웃했다. 문패도 아닌 것이 눈에 띄게 쓰여 있는 글씨가 희한했다. 그렇게 대문을 보며 갸웃하는 동수의 귀를 잡아당기며 진주는 토라진 투로 말했다.

"내가 떠나는 걸 배웅해준다며? 언제 할 건데?"

장물을 모두 처리한 황진기를 따라 진주도 판자촌을 떠나는 날이었다. 동수가 멀뚱거리며 하늘을 올려다보자 진주는 독수리가 토끼 채가듯 날쌔게 귀를 잡아당겼다. 진주를 찾아 헤맸는지 멀리서 나타난 황진기가 아이들을 발견하고, 멈춰서며 눈썹을 찌푸리는 게 보였다.

"아야야야, 이거 놓고 말해. 밥값으로 두 냥이나 받아다 준 사람한테 너무한 거 아냐?"

진주에게 귀를 잡혀 질질 끌려가는 동수 뒤를 따르던 돌쇠는 죽다 살아난 것조차 벌써 잊은 모양이었다.

"우아! 두 냥이나 줬어? 좋은 사람이었구나."

동수는 눈물을 찔끔거리면서 잘난 체했다.

"그 사람이 좋은 사람이 아니라 이 몸께서 수완이 좋은 거지."

솔직히 말은 그랬지만 두 냥이나 준 선비에게 미안함과 고마운 마음이 있었다. 그렇다고 두 냥을 돌려줄 생각은 눈곱만치도 없었다. 언젠가 살다보면 또다시 마주칠 날이 있을 테고, 여차해서 도움을 줄 수 있는 일이 생길지도 모른다는 허황된 생각만 있었다.

'사람 일은 모르잖아.'

애써 자신을 다독이던 동수는 문득 진주의 손이 귀를 놔준 것을 알게 됐다. 그리고 진주가 진심인지, 농담인지 알 수 없게 말하자 두 발을 펄쩍 뛰었다.

"잘됐네. 난 장사치니까 수완 좋은 네가 나중에 나한테 장가오면 되겠네."

"뭐? 장가? 안 가! 내가 미쳤냐? 선머슴 같은 너한테……."

순간 뭔가 부드러운 것이 볼에 닿았다 멀어졌다. 깃털이라 하기엔 너무 무겁고, 꿀이라 하기엔 너무 담백하고, 이슬 먹은 꽃잎이라 하기엔 너무 촉촉한 무엇. 동수는 그게 진주의 입술이라는 걸 아이들의 야유와 놀림 소리 덕분에 알았다.

멍하니 서 있던 동수는 진주가 손을 흔들며 황진기의 곁으로 달려가자 뒤늦게 얼굴을 붉혔다. 달포가 넘는 시간 동안 제법 정이 들었는지 아이들은 멀어져가는 진주를 바라보며 한참이나 손을 흔들었다.

"지지배……. 쳇!"

암만 손으로 비벼대도 볼에 닿았던 감촉이 사라지지 않았다. 동수는 주머니에 잘린 옷고름을 넣고, 쑥스러움을 버리지 못해 연신 볼을 쓸며 저잣거리를 방황했다. 한 손은 자꾸만 주머니 속의 옷고름으로 향하고, 다른 손은 진주의 입술이 닿았던 볼로 향했다.

"아! 정말! 난 여복까지 타고 태어났나보네! 잘생겼어, 힘 좋아, 똑똑하지, 게다가 여복까지 생겼으니 내 인생이 꽃날이네!"

큰소리 떵떵 치며 어슬렁거리던 동수의 눈에 폐가의 대문 밖에 서 있는 두 필의 말이 보였다.

주인 없이 서로를 보듬으며 서 있는 말 두 필을 보자 의아함이 들었다. 돌보는 거덜도 없이, 누가 훔쳐가도 할 말이 없을 정도로 말들은 버려진 것처럼 보였다. 동수는 고개를 갸웃하며 말머리를 쓰다듬으며 대문 쪽을 흘끔거렸다.

"어허! 이렇게 말을 내버려두는 주인이 어디 있나?"

짐짓 양반처럼 거드름 피우며 슬금슬금 대문으로 다가간 동수는 슬쩍 안을 들여다봤다. 잠기지는 않은 모양인지 손가락으로 톡 건드리니 대문이 살짝 열렸다.

순간, 동수는 안에서 벌어지는 광경을 보고 입을 쩍 벌렸다. 검은 옷을 입은 자객들에게 둘러싸인 선비는 이미 부상당했는지 고급스런 답호의 왼쪽 어깨가 피로 물들어 있었다. 동수는 손으로 입을 막아 새어나오려는 놀란 외침을 막았다. 동수에게 한 냥조차 주지 않으려 했던 무사는 여러 자객들과 검을 부딪치며 자신의 몸 하나 지키기 힘겨워 보였다. 그마저도 얼마 못 가 무사가 바닥에 쓰러졌고, 한 사내가 무사의 목을 발로 밟고 섰다. 동수는 급히 주변을 두리번거렸다. 관군에게 달려가 도움을 요청할 시간이 없어보였다.

'두 냥 값은 해야지!'

안 그래도 계속 마음에 걸렸던 두 냥이기에 동수는 큰 숨을 들이마셨다. 그리고 생전 처음 말 위로 올라탔다.

"멈춰!"

크게 외치며 문을 박차고 들어간 동수의 머릿속엔 멋지게 선비를 구하고 유유히 도망가는 그림이 그려졌다. 하지만 처음 타본 말을 다루지 못해 요동치는 말위에서 고삐조차 제대로 잡지 못해 그대로 바닥으로 굴러떨어졌다.

"아…… 이게 아닌데…….."

동수의 갑작스런 등장으로 놀랐던 이들의 얼굴에 비웃음이 깔렸다. 그중 야비하게 생긴 사내가 동수의 머리부터 발끝까지 훑어보며 빈정거렸다.

"허, 네놈은 또 뭐냐?"

마땅히 대답할 말이 없어 동수는 머리를 긁적였다.

"저, 그냥 지나가던 사람인데요?"

"뭐라? 크크크, 어린놈이 실성을 한 게로구나."

그러면서 턱을 휙 치켜드는 사내의 몸짓에 자객들이 동시에 동수를 에워쌌다. 서슬 어린 칼날이 눈앞으로 다가오자 동수는 슬금슬금 움직이며 도망갈 궁리를 했다. 동수는 엉덩이로 땅바닥을 밀어대다 등이 우물에 닿자 헤죽헤죽 웃으며 몸을 일으켰다. 동시에 자객들의 검 끝이 코앞으로 바짝 다가왔다. 슬쩍 우물 안을 들여다본 동수는 이끼가 잔뜩 낀 우물물 안에서 유유히 헤엄치는 송어를 보고 눈을 번쩍했다. 그냥 우물 속으로 도망칠까 싶었던 것뿐인데 송어를 보니 살길이 분명해졌다.

"네 이름이 무엇이냐?"

자객들에게 둘러싸인 선비가 고고함을 잃지 않고 묻자 자객들에게 명령을 내리던 사내가 낄낄거리며 웃었다.

"알아봤자 뭐하겠소? 허나, 세자 나리. 저승길 가는 세자 나리에게 인심 좀 쓰리다. 인ㅅ이라 하오."

그러고선 인ㅅ이 자객들에게 동수를 처리하라는 듯 또다시 고개를 치켜들자 선비가 기겁했다.

"아이는 아무 죄가 없질 않나!"

우물 안을 들여다보며 씩 웃는 동수의 귀에 선비의 안타까운 외침이 들렸다.

'날 살리려 하는 걸 보니 진짜 좋은 사람인가보네.'

동수가 '오호!' 하는 표정으로 선비를 돌아보자 인ㅅ이 답답하다는 듯 명령했다.

"당연히 이 자리에 있다는 게 죄지! 뭣들 하느냐! 어서 세자 저하께 저승길을 열어드려라!"

명령이 떨어지기 무섭게 자객들의 손에서 빠져나간 활이 선비를 향해 날아갔다.

"저하!"

인ㅅ에게 목이 밟힌 상태에서도 무사는 처절한 외침을 토해냈다. 선비는 제법 훌륭하게 화살을 피하고, 검으로 쳐냈지만 한꺼번에 날아드는 화살을 모두 제거하지는 못했다. 뱀처럼 빠르게 날아간 화살 중 두 개가 선비의 어깨와 허벅지에 사정없이 박혔다. 허리를 굽히며 이를 악물고 신음을 참는 선비의 검은 눈동자가 자객들에게 향했다. 어느새 자객 중 몇이 활의 방향을 바꿔 동수에게 촉끝을 겨누었다. 동수는 선비가 비틀거리며 우물 쪽으로 다가오자 후다닥 우물 위로 뛰어올랐다. 그리고 빈 표주박을 가슴에 붙이며 선비를 향해 소리쳤다.

"선비님! 따라와요!"

동수가 우물로 뛰어들자 인ㅅ이 낮게 혀를 찼다.

"실성한 놈이 분명하구나. 자, 그럼 슬슬 끝을 봅시다. 그려!"

햇빛이 들지 않는 우물 속으로 뛰어든 동수는 코로 밀려들어오는 물을 삼키지 않으려 숨을 멈췄다. 부릅뜬 눈으로 사방을 만지며 확인했지만 단단한 돌뿐이었다. 고개 들자 수면에 일렁이는 사람 그림자가 보였다. 이어 봄바람에 휘날리는 꽃잎처럼 하얀 공기방울이 피어오르며 선비가 물속으로 잠겼다. 동수는 좁은 우물 안에서 머리 위로 떨어진 선비를 붙잡고 가볍게 흔들었다. 선비는 정신을 잃은 듯 두 눈을 꼭 감고 있었는데, 가슴팍에서 새어나오는 선혈이 물에 번지는 걸 보니 부상이 심해 보였다.

'으악! 어쩌지?'

당황해서 한 손으로 선비를 잡아끌자 의식을 완전히 잃은 줄 알았던 선비가 두 눈을 번쩍 떴다. 이내 숨이 막히는지 고통스러운 표정을 짓는 선비에게 빈 표주박 안의 공기를 대주자 흐릿하게 감탄의 빛이 보였다. 그때 수면 너머 외침이 들렸다.

"세자 나리! 아직 목숨은 붙어 있는 모양이시오! 크크크, 어디 기름칠이라도 좀 해주리까? 여기, 기름통을 가져오너라!"

탁한 우물물 위로 기름이 쏟아졌다. 이어 횃불이 떨어지자 금세 우물 안의 물이 뜨거워졌다. 활활 타오르는 불 때문에 놀란 송어가 눈앞에서 기겁해 헤엄치자 동수는 눈을 번쩍이며 송어를 따라 바닥으로 내려갔다.

'그럼 그렇지! 이럴 줄 알았어!'

아래로 내려간 송어가 바위틈의 구멍으로 사라지자 동수는 두 발을 벽에 대고 바위를 끌어내려 안간힘을 썼다. 뒤따라 내려온 선비가 도와주자 바위가 빠졌고, 커다란 구멍이 드러났다. 동수와 선비는 서둘러 컴컴한 굴 안으로 헤엄쳐 들어갔다. 후끈거리는 열기가 멀어지며 점차 동굴이 넓어졌다. 동수는 부상당한 선비를 이끌며 힘차게 앞으로 나아갔다. 일렁이는 햇살이 멀리서 비춰 들어왔다. 동수는 햇빛을 향해 나아가다 갑자기 몰아치는 물살에 그만 선비를 놓치고 말았다.

'앗!'

물길에 휘말려 정신없이 흘러가며 동수는 멀어지는 선비를 향해 다시 손을 뻗었지만, 도저히 잡을 수 없었다. 그렇게 휘몰아치는 물살에 간신히 물 밖으로 고개를 내민 동수는 거친 기침을 해댄 뒤, 주변을 두리번거리며 선비를 찾았다. 하지만 선비는 그 어느 곳에도 보이지 않았다.

"선비님!"

소리쳐 불러도 선비의 모습은 보이지 않았다. 다시금 물속으로 들어가 물살을 따라 헤엄쳤지만, 어디로 떠내려갔는지 선비의 옷자락조차 보이지 않았다. 물을 토해내며 다시 물 밖으로 고개를 내민 동수는 일그러진 얼굴로 사방을 둘러봤다.

"죽지 말아야 할 텐데……."

부상 때문에 뭍으로 나오면 피 냄새를 맡고 들짐승들이 덤벼들지도 모른다는 생각에 동수는 밤이 깊어질 때까지 개천가를 떠돌며 선비를 찾았다.

마침내 하늘을 보고 물 위에 둥둥 떠 있는 선비를 발견한 동수는 서둘러 선비를 끌어 뭍으로 올렸다. 온전히 정신 잃은 선비의 입가에 귀를 대보니 얕은 숨소리가 새어나왔다. 안도의 한숨을 내쉬고 그 옆에 털썩 주저앉은 동수는 선비를 어떻게 판자촌까지 데리고 갈지 궁리했다. 하지만 가슴에서 붉은 선혈이 계속해서 흘러나오자 우선은 지혈부터 해야겠다는 생각에 선비의 도포자락을 풀었다. 선비가 어깨에 활을 맞은 건 알고 있었지만, 언제 베였는지 가슴팍에 커다란 칼자국이 있는 것을 보자 생명이 위태위태해 보였다.

동수의 머릿속에 그동안 읽어왔던 서책들이 좌르륵 펼쳐졌다.

문제는 약초와 지혈할 천이 없다는 거였다. 결국 누더기 옷을 찢어 붕대를 만들어봤지만, 작은 옷이 선비의 가슴을 묶기엔 역부족이었다.

"헤헤, 선비님. 죄송합니다."

혼절해 있는 선비의 도포를 벗긴 뒤 동수는 가차 없이 비단을 찢었다. 얼마나 부드러운지 찢어지면서도 고운 소리를 내는 천을 길게 펼쳐 바닥에 놓고 선비를 일으켜 앉혔다. 두 눈을 꼭 감은 선비의 고개가 동수의 작은 어깨에 푹 파묻혔다. 힘겹게 선비를 받치며 동수는 바닥의 천을 집어 들었다. 한 번, 두 번 감고 세 번째 감으려던 참이었다.

철썩, 물 부딪치는 소리가 나며 누군가 수면 위로 고개를 내미는 것이 보였다. 동수는 낯선 사내를 보고 흠칫하며 얼른 선비를 눕히고 몸을 낮춰 선비 위에 상체를 굽혔다. 사내는 두 사람을 발견하지 못했는지 주변을 두리번거리더니 절규하듯 울부짖었다.

"저하! 저하!"

동수의 눈이 밤톨처럼 동그랗게 변했다. 선비의 일행이 분명한 듯 목소리에 절절함이 가득했다. 동수는 몸을 일으켜 사내에게 손짓을 하려다 움찔했다. 아래를 내려다보니 가슴팍을 펼치고 누워 있는 선비가 보였다. 그 옆으로 흉하게 찢어진 도포가 널브러져 있었다. 양반의 옷을 찢어 댄 것도, 의원도 아닌 자가 상의를 벗겨 눕혀놓은 것도 들키면 곤장으로 끝나지 않을 게 분명했다.

'난 이제 죽었다!'

사내가 헤엄치며 다가오자 동수는 허겁지겁 선비의 가슴에 감싼 천을 매듭짓고 후다닥 도망쳤다. 부리나케 도망치는 동수의 뒤로 사내의 외침이 들려왔다.

"저하! 어찌 이런······."

살기마저 피어오르는 그 목소리에 도망가던 동수는 가슴을 쓸어내렸다. 그렇게 찢어진 누더기를 여미지도 못하고 꽁무니 빼며 달아난 동수가 곧 숨이 넘어갈 듯 헉헉거리며 판잣집에 들어서자, 흑사모가 기다렸다는 듯 꾸지람했다.

"이놈! 어디서 뭘 하다 이제야 기어들어오느냐!"

이부자리에 누워 있는 여운과 달리 꼿꼿하게 앉아 있던 흑사모는 금방이라도 매를 들 것 같아 보였다.

"내가 뭐, 놀다 온 줄 알아? 까딱하면 죽을 뻔한 인간 하나 살려내고 왔는데……. 아니, 뭐 살았는지 죽었는지는 잘 모르지만은…….”

자연스럽게 흑사모의 굵직한 손가락 마디가 모서리를 세워 동수의 머리통을 쥐어박았다.

"아야!"

"바른대로 불거라. 대체 어디서 뭔 짓을 하고 온 게냐!"

흑사모의 예리한 눈동자가 흥건히 젖은 채 찢어진 누더기를 훑었다. 동수는 억울함에 머리를 손바닥으로 문지르며 투덜댔다.

"말했잖아. 자객들이 멀쩡한 사람을 죽이려 해서 마당에 있는 우물에 빠졌는데, 개천으로 나와서…… 아야!"

"이놈아! 자객이 뉘 집 개 이름이냐! 그리고 집 마당에 있는 우물이 어찌 개천으로 이어지느냐! 말을 꾸미려거든 앞뒤 생각 좀 하고 꾸미거라!"

동수는 두 발을 동동 구르며 억울함을 하소연했다.

"아, 진짜라니까! 진짜라고!"

"시끄럽다!"

아랫입술을 비죽 내밀고 머리를 문지르던 동수는 어둠 속에서 씩 웃는 여운을 보고 허공에 주먹을 내밀었다. '뭘 봐?' 하는 입모양을 하며 낮게 째려보자 여운이 '내가 뭘?' 하는 표정으로 한쪽 눈썹을 살짝 추켜올렸다. 어떻게 된 일인지 대낮에도 어두컴컴한 판잣집인데, 한밤중에 여운이 누운 자리만 묘하게 환했다. 마치 달빛이 여운을 찾아들어온 것처럼.

하뭇한 마음이 가슴을 가득 채웠다. 홍대주는 거드름을 피우며 임수웅의 집무실을 나서다 문득 생각났다는 듯 물었다.

"아, 저하는 뵈었는가?"

고개를 돌리니 잔뜩 일그러진 얼굴로 바닥을 노려보는 임수웅과 이한주가 보였다. 손끝이 저릿할 정도로 쾌감이 몰려왔다. 지난 밤, 흑사초롱의 인(人)에게서 이선을 처치했다는 보고를 받은 뒤로 한껏 고조된 기분을 감출 수가 없었다. 홍대주는 태연히 능청 떨며 문밖으로 발을 내딛었다.

"그 참! 걱정일세. 저하의 파행을 참다못한 주상께서 공공연히 폐서인을 입에 담으시니…… 허허, 오늘 있을 대사례만큼은 저하께서 꼭 참관하셔야 할 터인데…… 그렇지 않은가?"

날아가는 새에게 물은 듯 등 뒤로 아무 대답이 없었다. 터져 나오려는 홍연(哄然)을 애써 참으며 홍대주는 대사례가 치러질 성균관으로 향했다.

'죽은 사람이 나타날 리가 없지. 관 속이라면 모를까!'

손가락이 제멋대로 곰지락거릴 정도로 기분이 좋았다. 대사례 준비가 끝나고 이선을 기다리는 자리에 조용히 서 있는 동안에도 기분이 나비처럼 날아다니는 것 같았다. 홍대주는 영조가 찌푸린 인상을 펴지 못한 채 나직이 말하자 때가 됐다고 느꼈다.

"동궁은 어찌 아직도 오지 않는 것이냐?"

사방에서 웅성거림이 생겨났다. 마침 상선이 허리 굽힌 채로 영조에게 다가가 귓가에 대고 뭐라 속삭였다. 순간, 움찔하며 영조의 안색이 창백해졌다. 홍대주는 말려 올라가는 입술 선을 감추려 손가락으로 수염을 쓰다듬었다. 때맞춰 다가온 부관이 너무 크지 않게, 그렇다고 작지도 않게 보고했다.

"대감, 아침 해가 뜨도록 세자가 돌아오지 않았답니다."

걱정을 담아 인상을 찌푸려야 하는데 기쁨을 감추지 못해 눈빛이 번들거렸고, 억지로 미소를 참으려니 한쪽만 비틀어 올라갔다. 홍대주가 시선을 주자 영의정 홍봉한이 기다렸다는 듯, 한 발 나섰다.

"전하, 시간이 너무 지체되었습니다."

그 말을 부인할 사람이 아무도 없었다. 영조가 난감하다는 표정으로 답이 없자 홍봉한이 곧은 목소리로 아뢰었다.

"군례의 으뜸인 대사례에 국본이 불참하는 것은 있을 수도, 있어서도 안 되는 일로 더 이상 세자 저하의 파행을 좌시할 수 없음입니다."

전날, 영조가 주관한 경연에 불참한 이선을 두고 홍봉한이 규탄할 때 영조는 약조했었다. 대사례조차 이선이 불참한다면 이선을 폐서인하겠다 큰소리쳤던 영조의 얼굴이 더욱 창백해졌다. 홍봉한은 감정을 내비치지 않고 조용히 입을 열었다.

"전하, 약조하신 대로 세자 저하를 폐서인하시고……."

그때 대사례장이 울릴 정도로 위엄 있는 목소리가 터져 나왔다.

"무슨 말씀이시오!"

사람들이 깜짝 놀라 고개 돌리자 꼿꼿하게 허리를 펴고 있던 이선이 성큼성큼 걸어왔다.

홍대주는 커다랗게 뜬 눈을 파르르 떨며 눈썹을 가운데로 모았다. 죽었다던 세자가 멀끔한 모습으로 걸어오는 모습을 보자 거품 물고 쓰러질 지경이었다. 멀쩡하다 못해 기품이 당당해 눈썹 한 올 다친 자의 모습이 아니었다. 걸음걸이 하나하나 강직함이 드러나고 눈빛 또한 총명했다. 절대로 관에서 뛰쳐나오거나 관으로 들어가기 직전의 모습이 아니었다. 이선은 엄한 표정으로 홍봉한을 노려보며 소리쳤다.

"영상 대감! 대체 누가 누굴 폐서인한단 말이시오!"

꿀 먹은 벙어리처럼 대답조차 못하는 홍봉한이 질책하는 눈길을 홍대주에게 보냈다. 자신만만하게 이선을 죽였다 했던 인ㅅ의 깝죽거리던 모습이 아른거리자 홍대주의 가슴이 부글부글 끓어올랐다.

'제대로 처치하지도 못하고선……. 그놈이!'

안 그래도 마음에 차지 않던 인ㅅ이었다. 홍대주는 두 눈을 부릅뜨며 세게 주먹을 쥐었다.

좁은 판잣집 안에 덩치가 제법 있는 두 남자와 사내아이 둘이 앉아 있자니, 퀴퀴한 냄새는 둘째 치고 열기가 후끈거렸다. 그 와중에 흑사모가 흥분해서 소리치자 집안이 화르륵 타오르는 듯했다.

"뭐라?"

흑사모의 동그란 눈이 동수에게 향하자 동수는 뒷머리를 긁적이며 투덜댔다.

"쳇! 내가 말할 땐 똥개 짖는 소리로 싸잡더니……."

흑사모는 할 말 없다는 듯 입맛을 쩝쩝 다시더니 무안한 얼굴을 임수웅에게 향했다.

"주군께서는 괜찮으시고?"

"예, 다행히 큰 부상은 피하셨습니다. 게다가 누군가 응급 처치를 해 놓아서……."

동수는 임수웅의 눈길이 자신에게 머물자 딴청 피우며 천장을 올려다봤다.

임수웅이 판자촌으로 들어섰을 때, 동수는 개천에서 선비를 찾던 무사라는 걸 단번에 알아챌 수 있었다. 처음에는 자신을 잡으러 온 게 아닐까 조마조마했는데 다행히 임수웅은 흑사모에게 선비가 위기를 넘겼다고 말할 뿐이었다. 어쨌건 간에 살린 건 살린 거고, 옷을 벗긴 건 벗긴 거라 굳이 잘났다며 나설 게 아니라는 생각이 들었다. 흑사모는 안도의 한숨을 길게 내쉬며 가슴을 쓸더니 갑자기 동수를 불렀다.

"이놈아."

뜨끔해진 동수는 화들짝 놀라며 저도 모르게 큰소리로 역정을 냈다.

"왜!"

그러자 흑사모가 그답지 않게 인자한 목소리로 물었다.

"집 마당에 있는 우물이 개천으로 연결된 걸 어찌 알았더냐?"

동수는 피식 웃으며 어깨를 으쓱했다.

"아, 별거 아냐. 우물에 송어가 있더라고. 알에서 나자마자 바다로 가는 송어가 우물에 살 리 없잖아?"

두 사내의 눈에 감탄이 서렸지만 여운은 얄미운 미소를 띠우며 놀렸다.

"아주 무식한 건 아니네?"

동수가 울컥해서 여운에게 달려들 찰나, 임수웅이 잔잔한 미소와 함께 말했다.

"백 년간이나 북벌지계를 지켜온 가문이니 만일을 대비해 우물을 만들어 두었을 겁니다. 한데 이 아이, 영특하지 않습니까?"

여운을 향해 상체를 내밀고 주먹 쥐었던 동수는 슬며시 자세를 바로 하고 팔짱 끼며 고개를 주억거렸다.

'영특하고말고. 내가 보통 영특한가?'

그러나 흑사모는 한껏 기고만장해진 동수의 마음을 가차 없이 짓눌렀다.

"계명구도鷄鳴狗盜다. 잔머리가 비상하니 이런 일에 쓰이는구나. 그건 그렇고 흑사초롱이 어찌 알고 매복을 했단 말이더냐?"

억울한 마음에 또다시 울컥하는 동수 눈에 흠칫 놀라는 여운이 보였다. 좀처럼 놀라는 기색을 보이지 않던 여운이기에 동수는 의아함을 느꼈다. 그렇지만 집 안이 어두워서인지, 생각에 잠겨서인지 흑사모는 아무 말 없었고 임수웅은 진지한 얼굴로 대답했다.

"흑사초롱에서도 오랫동안 북벌지계를 찾고 있었던 모양입니다. 하니 유상도의 후손 명의로 등재된 주소 정도는 알고 있었겠지요."

"증표를 손에 넣고서도 북벌지계를 찾을 수 없으니, 주군께서 실망이

크시겠구나. 외로울 '고孤' 자에 서리 '상霜' 자라 했더냐?"

"예, 보시겠습니까?"

품에 손을 넣으며 묻는 임수웅에게 흑사모가 깜짝 놀라 물었다.

"가지고 있더냐?"

"주군께서 잠시 제게 맡기셨습니다."

그러며 펼치는 임수웅의 손바닥 위에 반쪽짜리 엽전이 보였다. 한 냥도 아니고 일문一文으로도 사용할 수 없는 반쪽짜리 엽전이 뭐가 대단한가 싶었다. 흑사모가 받아들자 동수는 호기심을 내비치며 흑사모 어깨너머로 그것을 훔쳐봤다.

"단서가 되는 글자임은 분명하나, 두 글자만으로는 도무지 뜻을 알 길이 없습니다."

임수웅의 말에 흑사모도 엽전을 요리조리 살펴보며 고개를 끄덕였다. 동수는 아예 길게 목을 빼서 엽전을 바라보다가 글자의 낯설지 않음에 고개를 갸웃했다.

'어디서 봤더라?'

갑자기 퍼뜩하고 대문에 쓰여 있던 글씨가 떠올랐다.

"나, 알 거 같아."

"아서라. 네놈의 잔머리로 알 정도면 단서도 아니니라."

마저 듣지도 않고 면박 주는 흑사모에게 동수는 툴툴거렸다.

"쳇, 남산동에 오상고절傲霜孤節을 대문짝만하게 써놓은 집이 있단 말이야. 혹시 알아? 이 아저씨가 찾고 있는 집이 그 집인지?"

그러자 임수웅이 번개 맞은 얼굴로 동수의 어깨를 붙잡았다.

"그 집이 어디더냐?"

동수는 얼떨떨한 얼굴로 눈만 껌벅거렸다. 흑사모는 벌떡 일어서더니 두 아이에게 명했다.

4장 기연(奇緣)이 부른 활로(活路)   107

"동수가 앞장서라. 운이도 짐을 챙겨 따라오너라."
두 아이가 서로를 보며 의아함을 내비치자 흑사모가 툭 하니 말했다.
"그 집을 안내하고, 곧장 너희 두 사람은 장용위에 들어갈 것이다."
"장용위가 뭔데?"
반사적으로 주섬주섬 짐을 챙기며 동수가 묻자 흑사모가 느릿한 미소를 지었다.
"네놈 입으로 무예를 배워보겠다 하지 않았느냐?"
동수는 펄쩍 뛰며 기쁨을 분출하다 흑사모와 헤어질 것을 생각하니 덜컥 겁이 나 우물거리며 말했다.
"흑사모가 가르쳐주는 거 아니었어? 난 그냥 여기서……."
동수가 우물쭈물하다가 뒷걸음질 치자 흑사모의 커다란 손이 덥석 뒷목을 잡아챘다. 그리고 강아지 끌고 가듯 문밖으로 질질 끌고 갔다.
"어서 가자."
반항 한 번 못해보고 끌려나온 동수와 달리 여운은 차분한 모습으로 어른들을 뒤따랐다. 별수 없이 뒷머리를 털고 사람들을 따르자, 태어나서 한 번도 떠난 적이 없는 집을 등지는 동수의 걸음에 어쩐지 흥분보다 망설임이 더했다. 초라하고 냄새나는 곳이지만 동수에게는 태어나고 자란 고향이었다. 아쉬움이 짙어서인지 그림자도 판잣집을 향해 길게 늘어졌다.

대문에 큼지막하게 쓰여 있는 글씨가 두 눈에 박히듯 들어왔다. 여운은 조용히 흑사모 뒤에 서서 임수웅을 흘끗 보았다. 감격에 겨워 임수웅은 몇 번이고 입을 열었다 닫았다를 반복하더니 흑사모에게 깊이 허리숙였다.
"한시라도 빨리 이 사실을 주군께 알려야겠습니다."

흑사모가 고개를 끄덕이기도 전에 임수웅은 말에 올라 모래 먼지를 날리며 멀어져갔다. 그러자 흑사모가 사뭇 다정한 손길로 동수의 머리를 쓰다듬었다.

"아느냐. 네 녀석은 상상도 못할 일을, 해냈느니라."

가늘게 떨리는 목소리에 감동이 묻어나왔다. 동수는 '이 인간이 갑자기 왜 이래?' 하는 표정으로 경계하더니 덥석 끌어안고 뽀뽀하려는 흑사모를 피해 기겁해서 도망쳤다. 여운은 마치 가댁질하는 아이들처럼 쫓고 피하는 흑사모와 동수를 부러운 시선으로 바라봤다.

동수와 함께 있으면 항상 그랬다.

그들과 같은 사람이 되고 싶은 부러움과 어느새 동무가 되어 있는 듯한 편안함이 들었다. 살성과 흑사초롱을 잊고 평범하게 살아갈 수 있을 것만 같았다. 여운은 눈에서 살기를 풀고 마냥 부러운 얼굴로 두 사람을 바라보다 흠칫했다. 손가락 끝에 닿는 검의 손잡이가 마음을 싸하게 만들었다. 절대로 아버지의 죽음에서 벗어날 수 없다고, 흑사초롱을 떠날 수 없다고 검이 질타하는 듯했다. 잠시나마 가졌던 헛된 바람을 떨치려 여운은 허리에 찬 검을 꼭 쥐며 대문을 슬쩍 보았다. 그러자 흑사모가 빨리 오라는 손짓을 했다. 가볍게 달려 흑사모 옆으로 가니 저만치 앞서 달려가던 동수가 장난치듯 혀를 내밀었다.

"저놈 참……. 저래가지고 무예를 배우기나 할 수 있을는지."

고개를 절레절레 젓는 흑사모에게 여운은 희미한 미소를 보였다.

"한데, 그건 웬 칼이냐?"

얼마 전에 여초상의 창을 녹여 만든 검이었다. 신창이라 불리던 여초상이 애지중지하던 창을 녹였으니 여초상이 알면 무덤에서 벌떡 일어설 일이었다. 여운은 풀리지 않는 의문을 계속해서 생각해내기 위해서라도 아버지의 유품을 지녀야 했다.

여초상이 하늘보다 높은 이와 싸우다 죽었다면 창을 손에 쥐고 있어야 마련이었다. 하지만 급습 받은 듯 여초상은 마당 한가운데서 단검에 찔려 죽어 있었다. 어째서 아버지가 창을 손에 쥐지 않은 채 죽었는지 알 수 없지만, 여운은 창의 쇠붙이를 녹여 작은 칼로 바꾸었다. 저잣거리의 야장장이는 그토록 좋은 창을 어찌 녹이려 하냐며 펄쩍 뛰었지만 여운은 고집을 꺾지 않았다. 아버지의 창이자 자신의 목숨을 빼앗으려 했던 무기였다. 그에 대한 애증을 담아 항상 지닐 생각이었다. 여운의 입가에 씁쓸한 미소가 생겼다.

"아버지가 쓰시던 창을 녹여 만든 칼입니다."

사실을 말하자 흑사모가 눈썹을 꿈틀하더니 고개를 끄덕였다. 단순히 부친에 대한 정을 간직하고자 칼로 만든 줄 아는 모양이었다.

"가자."

흑사모의 뒤를 따르며 여운은 가만히 한숨을 삼켰다. 장용위까지 들어가게 되자 슬슬 천天이 왜 흑사모를 따르라 했는지 알 것 같았다. 흑사모가 보여주는 흑사초롱에 대한 반감은 그 무엇보다도 강했다. 언젠가 여운의 정체가 드러날 경우 흑사모의 표정이 어떨지 자못 궁금해졌다. 또, 자신이 그때 가서 흑사모와 동수의 등에 칼을 박을 수 있을지도.

들판을 달려가던 동수가 힘이 벅찬지 풀 위로 털퍼덕 누워버렸다.

그런 동수의 귀를 잡아끌어 일으킨 흑사모가 길을 재촉해서 한나절이나 더 걸어갔다. 급기야 동수는 생떼를 부리며 바위 위에 냅다 누웠다.

"대체 어디야! 못 가! 무예고 뭐고, 나 안 가!"

그 옆을 지나며 여운은 안됐다는 듯 혀를 찼다.

"넌 입으로 걷느냐."

그런 여운이 얄미운지 동수의 찢어진 눈길이 등을 파고들었다. 여운은 피식 웃으며 동수의 투덜거림을 들었다.

"아유, 저건 나 몰래 용이라도 삶아 먹었나! 나, 안 간다고!"

바위 위에서 아이처럼 다리를 휘젓는 동수를 놔두고 흑사모와 여운은 묵묵히 앞으로 나아갔다. 두 사람이 점차 멀어지자 동수는 신경질을 내며 부리나케 쫓아왔다. 그렇게 세 사람은 서서히 기울어가는 태양빛을 향해 쉬지 않고 걸었다.

마침내 장용위에 도착한 세 사람은 제각각 다른 표정을 지었다. 흑사모는 한 줄기 눈물로 회한을 보였고, 여운은 임무를 위한 다짐을 감췄으며, 동수는 죽으면 죽었지 더 이상은 못 간다는 표정이었다.

흑사모를 선두로 연무장을 지나치던 여운의 눈에 나자빠져 있는 아이들이 보였다. 동수는 금방이라도 그 아이들 옆에 가서 누워 있고 싶다는 얼굴이었다. 피식 웃으며 흑사모를 따라 교관 집무실 앞에 선 여운은 퍼뜩 살기를 느끼고 바짝 긴장했다. 집무실 안으로부터 흘러나오는 살기는 마치 구렁이처럼 살갗을 타고 목을 감싸 돌았다. 생전 처음 느껴보는, 질 퍽하다 못해 무척이나 끈적거리는 살기였다. 여운이 당황해서 흑사모를 올려보자 분명 살기를 느꼈을 터인데도 흑사모는 태연히 문을 벌컥 열었다. 동시에 갑자기 날아든 표창 두 개를 흑사모가 피하자 날카로운 금속이 나무 기둥에 힘 있게 박혔다.

"이 썩을 놈이……."

화를 토해내며 소리치던 흑사모는 품으로 달려드는 여인 때문에 얼른 입을 다물며 뒤로 물러섰다.

"사모 오라버니! 대체 어디서 뭘 하다가 이제야 온 게요? 내 사모 오라버니 생각에 잠 못 이룬 게 벌써 몇 년……."

"어허. 자, 장미야. 이거 좀……."

여운은 동수와 함께 고개 들이밀며 집무실 안을 들여다봤다. 여유 있게 의자에 앉아 고소하다는 얼굴로 미소 짓고 있는 사내와 흑사모의 가슴에 얼굴을 비벼대는 장미, 당황해서 애써 밀어내려 하는 흑사모가 보였다. 한껏 달아올라 발그레해진 얼굴로 흑사모를 끌어안고 있던 장미는 갑자기 동수를 발견하고는 언제 그랬냐는 듯 흑사모를 놓았다.

"어머 너! 네가, 동수냐?"

동수가 뭐라 대답하기도 전에 달려들어 동수의 볼을 꼬집으며 장미가 호들갑 떨었다.

"아이고 요놈! 어찌 이리 귀여우냐!"

그러자 동수가 버럭 소리 질렀다.

"뭐야! 이거 안 놔? 나, 성질 더러운 놈이거든?"

"뭣? 호호호, 요놈 보게? 말하는 것도 귀엽네? 어? 어머! 내가 어제 꿈을 잘 꿨나보네. 동수 동무냐?"

또다시 언제 그랬냐는 듯 장미의 관심이 순식간에 여운에게 향했다. 여운은 여인이 다가서는 게 두려워 저도 모르게 한 발 뒤로 물러서며 목례해 보였다. 그러자 흑사모가 한숨을 삼키며 말했다.

"초상 형님 자식이다."

그때까지 재미있다는 얼굴로 바라보던 사내와 오두방정을 떨던 장미가 얼굴을 굳혔다.

갑자기 무거워진 공기에 동수와 여운은 서로에게 시선을 던졌다. 한참 동안이나 아무 말 없던 어른 세 사람은 흑사모가 흠흠 헛기침하자 퍼뜩 정신이 든 것처럼 부산스럽게 움직였다.

"대포, 이 아이들을 잘 부탁하네."

흑사모가 두 아이를 앞으로 밀며 부탁하자 장대포가 어깨를 활짝 피며 답하려 했지만, 장미가 더 빨랐다.

"사모 오라버니, 걱정 마세요."

호들갑스럽게 웃어대며 말하는 장미 때문에 불안한지, 정든 아이들을 두고 가려니 발이 떨어지지 않는지 흑사모는 선뜻 밖으로 나가지 못했다. 만면수색 띤 얼굴로 어렵게 문밖으로 나가서도 흑사모는 망설였다. 흑사모가 매몰차게 돌아가지 않으니 여운의 가슴에 묘한 기운이 퍼졌다.

여운은 흑사초롱의 힘든 수련과 시험도 군말 없이 받아냈었다. 이를 악물고 하나씩 이뤄나갈 때마다 보이는 천天의 만족스런 눈빛이 기뻤기 때문에. 천天의 그 눈빛을 부정父情이라 생각하며 여초상에게서 받지 못한 사랑을 받고 있다 스스로를 위로했다. 그런데 진짜로 아버지처럼, 자식을 억지로 떼어놓는 부모의 모습으로 돌아서는 흑사모를 보니 이상하게도 심장이 덜컹 내려앉는 기분이었다. 한참 동안이나 주저하며 있던 흑사모는 아쉬움이 가득한 등을 보였다. 그러자 동수가 다급히 입을 열었다.

"사모! 앞으로 못 보는 거야?"

순간 주춤한 흑사모가 뒤돌아보더니 고개를 끄덕이며 말했다.

"포기하지 말고, 꼭 장성해서 돌아오거라. 형님께 부끄럽지 않은 무인이 되어 선대에 이루지 못한 꿈을 네놈이 이루어라."

흑사모가 애써 뒤도 안 돌아보고 멀어지자 동수가 눈물을 글썽였다. 여운은 이별하는 두 사람 사이에서 씁쓸한 감정을 느꼈다. 마치 자신이 그림자처럼, 어둠 속에 있는 촛대처럼 느껴졌다. 아무리 동무고, 조카라 하더라도 흑사모와 동수 사이에 오가는 감정을 나눠 받기는 무리라는 생각이 들었다. 그때 동수가 여운의 손을 꼭 쥐며 중얼거렸다.

"우리, 열심히 해보자."

우리라는 말이 고마운 만큼 반갑지 않았다.

5장
비밀 속에 흘러는 검푸른 혈血

 익위사 임수웅, 마루, 대홍, 마장의 호위를 받으며 유소강의 집을 찾은 이선은 큰 숨을 들이키며 대문 안으로 들어섰다. 이미 이선이 찾아온 것을 알고 있었는지 유소강은 마당 한복판에 무릎 꿇고 앉아 있었다. 이선이 그 앞에 서자 등 뒤에서 마장이 대문을 조심스레 닫았다.
 "북벌지계를 내놓게."
 그러자 고개 숙이고 있던 유소강이 단단한 의지를 내보이며 답했다.
 "저하, 증표를 보여주시옵소서."
 과연 백 년 동안 북벌지계를 지켜온 가문답다는 생각이 들었다. 세자임을 알면서도 증표를 보이기 전에는 북벌지계를 내놓을 수 없다는 결연함이 눈빛에서 드러났다. 이선은 반쪽짜리 엽전을 꺼내 유소강의 무릎 앞에 툭 던졌다. 나머지 반쪽을 꺼내 맞춰본 유소강은 두 손을 바닥에 대고 이마를 내렸다.
 "신 유소강, 어명을 받드옵니다."
 그러고는 일어서 이선을 집 안으로 안내했다. 안방에 들어 방석위에 앉은 이선 앞에 유소강은 무릎 꿇어 마주 앉았다.

"어서 북벌지계를 내놓게."

한시라도 빨리 손에 넣고 싶은 초조함이 재촉으로 나왔다. 그러나 돌아오는 대답에 이선은 눈을 부릅떴다.

"저하, 송구스럽게도 북벌지계는 소신에게 없사옵니다."

참으려 했지만 젊은 혈기 때문인지 성조한 향음이 이선의 입에서 거칠게 튀어 나왔다.

"무슨 말이냐! 북벌지계가 없다니!"

유소강은 차분한 눈을 들어 이선의 조급함을 달랬다.

"만일을 위해 청암사에 보관해 두었습니다. 저하, 소신에게 며칠 말미를 주시옵소서."

음지에서 백 년 동안 북벌지계를 지켜온 가문이니 만일을 위해 대비했음이 당연했다. 귀신같이 찾아내는 흑사초롱을 피해 유가의 자손들이 얼마나 많은 도피를 했을지 뻔했다. 알면서도 조급함이 터져 나와 이선은 무거운 신음을 터뜨리며 눈을 질끈 감고 힘겨운 목소리를 내뱉었다.

"백 년을 기다렸는데 며칠을 더 못 기다리겠느냐?"

"감사하옵니다."

잠시 동안 방 안에 정적이 흘렀다. 천천히 눈을 뜬 이선은 유소강이 머뭇거리고 있는 것을 보고 가볍게 눈살을 찌푸렸다.

"더 할 말이라도 있더냐?"

그러자 방문을 향해 유소강이 조용히 말했다.

"지선이 왔느냐?"

방문이 스르르 열리고 곱디고운 소녀가 들어오자 이선은 의아함을 내비쳤다.

"인사드려라."

유소강의 명령에 소녀는 나이에 걸맞지 않게 우아한 몸짓으로 이선에게 절했다. 청초함에 풍아함까지 더해 아름답다는 말만으로 표현하기 어려운, 묘한 분위기를 흘리는 소녀였다. 덕분에 갑자기 방 안에 무로이露異가 펼쳐진 듯 몽환적인 느낌이 들었다.

"유지선이라 하옵니다."

사람의 목소리인가 싶을 정도로 맑고 고와 이선은 눈썹을 살짝 들어 올렸다.

"자네 여식인가?"

유소강은 하믓한 미소를 짓더니 은밀한 어조로 답했다.

"예, 또한 저하의 여인이기도 합니다."

이선은 파득 놀라는 기운을 감추려 했지만 어쩔 수 없이 당황스런 시선을 지선에게 박았다. 사대부 양가 규수보다도 다소곳하고 인품 있어 보이는 지선은 그 어떤 감정도 내비치지 않은 채 얌전히 앉아 있었다.

"설마…… 자네 여식을 궁녀로 들이란 말인가?"

"아닙니다. 다만 이 아이는 저하가 아닌 어느 사내도 가까이 할 수 없음입니다."

이선이 어찌할 바를 모르겠다는 듯 인상을 찌푸리자 유소강이 화톳불 위에 바위를 얹는 것같이 단단한 말투로 말했다.

"저하, 이 또한 대왕과의 맹약이옵니다."

뭐라 딱히 답할 말이 없어 이선은 한참 동안 앉아 있다가 자리를 털고 일어섰다.

"이 이야기는 청암사에서 북벌지계를 가져온 뒤에 마저 하세."

두 사람의 배웅을 받으며 떠나는 이선은 착잡함을 떨쳐낼 수 없었다. 임수웅이 준비한 말 위로 오르며 흘끗 뒤돌아보자 살짝 열린 문틈으로 바닥에 엎드려 흐느끼고 있는 가냘픈 지선이 보였다. 자신도 모르게 나온 긴 한숨만이 갈 길을 밝혔다.

　넘실대는 파도가 금방이라도 배를 뒤엎을 것만 같아 아이들은 얼음장처럼 굳은 채 서 있었다. 동수는 계속해서 흔들리는 배 위에서 욕지기를 참으며 빨리 배에서 내렸으면 하는 마음으로 멀리 있는 육지를 안타깝게 바라봤다. 그런 아이들 앞에 장대포는 위엄 있는 모습으로 서서 쩌렁쩌렁한 목소리로 외쳤다.
　"지금부터 너희들이 과연 장용위의 일원이 될 자격이 있는지 알아볼 것이다."
　바닷물을 가를 듯 우렁찬 소리에 아이들이 움찔했지만, 동수는 계속해서 목 위로 치솟는 욕지기를 참으며 투덜댔다.
　"아저씨, 빨리 좀 하면 안 될까?"
　가차 없이 주먹이 날아왔다. 동수의 정수리를 있는 힘껏 쥐어박은 장대포는 혀를 끌끌 찼다.
　"요 녀석아, 사모가 어찌 가르쳤기에 이리 버르장머리가 없느냐? 이 몸은 아저씨가 아니라 장용위 대장이다! 하면 넌 포기하고 뭍으로 돌아가겠느냐?"
　동수의 눈이 발딱 뒤집어졌다.
　"포기는, 누가 포기한다고 그래?"
　그럴 줄 알았다는 표정으로 동수를 흘끗 본 장대포는 또다시 아이들을 향해 소리쳤다.
　"포기하고 싶은 사람은 지금 말해라! 허나, 이 시험을 통과하지 못할 것 같은 놈들은 다시 저자로 돌아가 동냥질이나 하며 사는 것이 편할 것이다!"
　아이들이 끽소리도 못하고 서 있자 대포가 씩 웃으며 호탕하게 웃었다.

"하하! 오냐, 기특하게도 예서 포기할 놈은 없는 게로구나! 좋다!"
아이들 모두 무구포가 되어 짙푸른 바닷물과 장대포를 번갈아 보았다. 그때 파도로 출렁이는 배 위에서 벌벌 떨던 양초립이 여운의 팔을 붙잡으며 애원조로 말했다.
"나 수영 못해. 지, 진짜 못해. 어쩌지? 나 어쩌지?"
여운은 팔을 붙든 양초립의 작은 손을 내려다보며 시큰둥하게 답했다.
"어쩌긴. 알아서 살아남아야지."
초립의 얼굴이 허옇게 뜨자 동수는 밉상이라는 듯 여운을 흘겨봤다. 동시에 장대포가 포탄처럼 큰소리로 외쳤다.
"모두 뛰어내린다. 실시!"
아이들의 얼굴이 금세 사색으로 변했다. 배에 달라붙어 꼼짝도 하지 않는 아이들을 교관들이 바다로 집어던지고, 발로 쳐 배에서 떨어뜨리자 배는 순식간에 아수라장이 되었다. 동수는 머리부터 고꾸라져 입안으로 밀려들어온 바닷물을 내뿜으며 파도 위로 고개를 내밀었다. 그러자 누군가 살려달라고 악을 지르며 동수의 머리를 내리눌렀다.
'아! 정말!'
뽀그르르 코에서 나온 공기 방울이 수면 위로 치솟았다. 동수는 머리를 짓누르는 손을 피해 헤엄쳐 다시금 물 밖으로 고개를 내밀었다. 짠 바닷물이 목구멍으로 꿀떡꿀떡 넘어왔다.
"웩! 짜!"
어느새 배는 육지로 향하고 있었다. 파도 위에는 콩알처럼 아이들 머리가 나타났다 사라졌다 반복했다. 동수는 먼저 앞서가고 있는 상각과 태용의 뒷머리를 보고 눈을 번쩍거렸다.
'질 수야 없지!'
여운도 수영에는 그다지 자질이 없는지 파도에 밀려 도통 앞으로 나아가지 못하는 모양이었다. 그나마 여운보다 잘하는 게 있다는 것에 흥분하며 동수는 힘차게 팔을 휘저었다. 그때 뒤에서 초립의 고함 소리가 들렸다.

"살…… 쿡! 려줘! 살려…… 쿡! 줘!"

소리 지르면서도 계속해서 물을 먹는지 말이 이어지지 않았다. 동수는 헤엄을 멈추고 잠시 머뭇거렸다. 돌아보니 파도를 쳐대며 허우적거리던 초립의 두 손이 파도 속으로 가라앉고 있었다. 나란히 가던 여운은 흘끔 뒤돌아볼 뿐 멈추지 않았다. 동수는 짠물을 뱉어내며 몸을 돌려 초립에게 향했다.

"진짜!"

신경질을 내면서도 바닷속으로 가라앉는 초립을 찾아 손을 붙잡은 동수는 힘겹게 수면 위로 올라갔다. 그런데 기절한 듯 얌전히 끌려오던 초립이 물 밖으로 고개가 나오자마자 갑자기 손발을 헤젓더니 동수의 머리를 짓누르기 시작했다.

"야! 컥! 이거! 컥! 놔!"

젖 먹던 힘까지 다하는지 동수의 머리를 내리누르는 초립의 힘은 이겨낼 엄두가 안 날 정도였다. 동수가 물속으로 들어가 초립의 등 뒤에서 물 밖으로 나와 뒤에서부터 한쪽 팔로 초립의 목을 감싸 쥐자, 초립이 두 손을 허공에 대고 휘저어댔다.

"이러다 둘 다 죽겠네!"

허우적거리는 초립을 끌어 육지로 향하며 동수는 몇 번이고 초립을 놓아버릴까 하는 갈등에 빠졌지만 모래사장이 발에 닿을 때까지 초립을 놓지 않았다. 까끌거리는 모래 위를 무릎으로 기면서도 한 손에 쥔 초립을 풀어주지 않은 동수는 머리 위에서 들려오는 대포의 목소리에 눈을 지릅떴다.

"제 힘으로 오지 않았으니 이 녀석은 탈락이다."

짠물을 토해내고 큰 숨을 들이마신 동수가 벌떡 일어섰다.

"그래도 죽는 것보단 낫잖아요."

대포의 코웃음이 젖은 모래까지 날릴 기세였다.

"죽음을 두려워해서는 아무것도 할 수 없다."

동수의 기억 속에서 절벽으로 뛰어내리던 절절함이 튀어나왔다. 얼마나 애를 썼던가. 죽을 각오로 뛰어내렸어도 돌아오는 건 고통스런 몸뚱이와 아이들의 놀림뿐이었다.

"죽을 각오로 해도 안 되는 것도 있어요."

지글거리는 눈빛으로 바락바락 대드는 동수에게 급기야 대포가 역정을 냈다.

"무예를 배우는 게 장난인 줄 알았더냐! 여긴 철없던 네놈이 뛰놀던 판자촌 언덕이 아니라, 장용위다!"

동수는 반항을 굽히지 않으며, 바닥에서 힘겹게 일어서는 초립을 내려다봤다.

"아니요, 동무를 버려두고 가는 게 무인이라면 저는 그런 무인은 되고 싶지 않습니다."

"뭐라?"

금방이라도 내리칠 것 같은 모습의 장대포에게 동수는 의연하게 맞섰다.

"동무를 죽이고 가는 게 무인이면 대체 살수와 다를 게 뭐가 있습니까!"

사람들의 시선이 동수에게 몰렸다. 멀지 않은 곳에 있던 여운도 의미를 알 수 없는 눈길을 던졌다. 동수는 장대포를 올려다보며 선포하듯 말했다.

"무예를 익히는 게 이런 거면 그만둘 겁니다."

아이들이 놀라 들이키는 숨소리가 파도 소리를 삼킬 만큼 컸다. 대포는 눈을 가늘게 뜨더니 볼을 씰룩거렸다.

"그래? 오냐, 정 원한다면 그리 하거라."

그러자 곧 죽을 것처럼 힘없이 숨만 토해내던 초립이 벌떡 일어서 소리쳤다.

"자, 잠깐! 잠깐만! 난 싫어! 포기하지 않을 거야! 대장님! 열흘만 시간을 주세요. 열흘 안에 반드시 성공할게요."

동수는 초립의 말이 가슴을 찌르는 느낌에 움찔했다. 포기하지 않겠다는 다짐이 파도보다 더 강하게 몰아쳤다. 입술까지 새파래진 얼굴로 결연함을 내보이는 초립의 모습에 어쩐지 민망함도 들었다. 장대포가 의외라는 얼굴로 초립을 바라보는 순간 어디선가 돌멩이 하나가 날아와 동수의 머리를 때렸다. 욱하는 마음에 돌아보는 동수에게 한쪽 입술을 삐죽 올리고 서 있던 여운이 보란 듯이 손 흔들었다.

"약해 빠져서는…… 쯧, 잘 가라."

한심하다는 얼굴로 혀까지 차는 모습을 보니 동수의 눈이 뒤집혔다. 동수는 어깨를 단단히 굳히며 여운을 노려봤다.

'저 자식을! 저걸 그냥 콱!'

마음은 그래도 백 번 덤벼봤자 백 번 모두 질 게 뻔하다는 걸 알고 있었다. 그런 생각에 울컥하고 더 화가 치밀어 올랐다. 판자촌에 여운이 온 날부터 지금까지 무기가 될 만한 건 뭐든 들고 여운에게 덤벼왔던 동수였다. 번번이 지면서도 끝까지 포기할 수 없었다. 부목을 몸에 대고 살아오면서 흑사모에게 수없이 들어왔던 "포기하지 마라"라는 말을 스스로에게 되새기며, 동수는 여운을 이길 수 있는 날이 언젠가는 꼭 올 거라 믿어 의심치 않았다.

"포기 안 해! 너 따위한테 질 거 같아?"

동수는 싱긋 웃는 여운의 입술을 양옆으로 쫙 늘려주고 싶었다.

그런 동수를 무시하며 대포는 아이들에게 훈계했다.

"명심해라! 자신이 선택한 길을 달려가다 죽는 것은 세상 그 어떤 죽음보다 값지고 숭고한 것이다! 무인에게 있어 죽음이란 늘 그림자처럼 붙어 다니는 것이다! 다들 꼭 명심해라!"

동수는 그 말에 반발심을 느끼면서도 토를 달진 않았다. 방금 전에 한 번 입 밖으로 낸 말을 되삼킨 덕분에 더 이상 나서서 입만 산 꼴이 되고 싶지 않았다. 대포는 아이들에게 연무장으로 돌아갈 것을 명령했고 기운 빠진 아이들은 입만 내민 채 힘없이 모래사장을 걸어갔다.

그렇게 터벅터벅 걷는 아이들과 함께 연무장으로 향하는 동수의 등 뒤, 바다 한가운데서 대나무를 입에 문 교관들이 물 밖으로 고개를 내밀었다.

정자를 품은 연못은 한가로운 그림자를 드리우며 얌전히 연꽃을 피우고 있었다. 한차례 소나기를 받아낸 연못은 물에 젖은 여인처럼 묘한 감흥을 안겨주었다. 그토록 한 폭의 그림과 같은 경치를 눈에 넣고 있던 홍대주는 부관의 보고에 콧수염을 매만졌다.

"틀림없느냐?"

"예."

깊이 허리 숙여 답하는 부관의 대답에 홍대주는 비스듬히 앉아 있던 몸을 바로 하고 천天에게 보란 듯 부채를 접었다.

"말을 타고 갔다면, 목적지는 장용위가 분명한데, 어찌하시겠소? 귀하는 백 년을 기다려온 북벌지계를 손에 넣게 되고, 나는 세자의 목을 틀어쥘 수 있으니……. 이거야 말로 일거양득이 아니겠소?"

천天의 나직한 웃음이 정자 안을 맴돌았다.

"기실 이 몸이 움직이는 이유는 하나뿐이오. 그 북벌지계란 거 말이오. 그게 대체 뭔가 궁금해서 말이오."

"하면, 이번에는 직접 움직이겠단 말이오? 저번의 실수 때문에 이 몸이 참으로 난처했구려. 거참! 살수 집단이 살수를 제대로 못해서야……"

슬쩍 비꼬자 천天의 입가가 단단히 굳었다. 살살 약 올려야 악이 받쳐서라도 세자의 목을 따려 애를 쓸 거란 생각에 홍대주는 계속해서 '허, 참!'을 내뱉었다. 그러자 천天이 매서운 눈을 가늘게 뜨며 단조로운 투로 답했다.

"검선이 다시 나타나면 모를까. 내 검을 막을 자, 조선 어디에도 없을 게요."

십 년이 넘도록 소식조차 없는 검선이 이제와 세자를 살리려 나타날 리 없었다. 홍대주는 검선이 백사궁의 아이를 살리기 위해 제 팔 한 짝을 내놓던 과거를 떠올리며 낮게 웃었다. 아이를 살려주는 조건으로 제 손으로 팔을 자른 검선은 그 뒤로 종적을 감췄다.

'검을 휘두를 팔이 없으니 낯부끄러워 사람들 앞에 나타나지 않는 게 당연한 바. 병신 하나 살리고자 한 팔을 내놓다니! 쯧!'

검선을 비웃고 나니 살수로 조선 제일이라 하는 천天도 별거 아니라는 생각이 들었다. 그나마 살아 있는지도 모르는 외팔잡이를 강적으로 추대하는 모습이 얕보였지만 쉽게 마음을 놓고 천天을 나지리 봐선 안 된다.

홍대주의 가는 눈이 천天의 각진 얼굴을 훑었다. 제일의 살수면서도 완벽하게 살기를 감추고 있는 천天의 속셈이 무엇인지 가늠하기 힘들었다. 천天이 어수룩하게 속을 내줄 인간이 아니라는 걸 익히 알고 있던 바였다. 홍대주는 태연하게 말을 돌렸다.

"그래, 귀하께서는 북벌지계와 장용위 중, 어디로 가실 생각이오?"

천天의 눈빛이 반짝했다. 홍대주가 일부러 관심 돌리는 걸 알고 있다는 눈치였다. 그러나 천天은 내색 없이 유장한 미소를 지으며 천천히 일어섰다.

"세자가 장용위를 향했다면 아무래도 그쪽이 더 재미있지 않겠소?"

홍대주가 야비한 미소를 지으며 고개를 끄덕이기도 전에 천天의 모습이 감쪽같이 사라졌다. 그러자 부관이 조심스레 다가와 속삭였다.

"저자들에게 맡겨두어도 괜찮겠습니까?"

홍대주는 업신여기는 시선을 부관에게 던지며 매몰차게 말했다.

"듣그럽구나. 네놈은 칼질도 제대로 못하는 주제에 머리도 굴릴 줄 모르느냐? 본디 흑사초롱은 청국의 수하가 아니더냐? 행여 일이 잘못되어 뒤가 잡히더라도 내가 아닌 청국에 떠넘기면 되는 것을."

"그, 그거야……. 아니 대감, 한데 네놈이라니요. 저도 엄연히 종삼품 당하관으로……."

더 이상 듣기 싫어 홍대주는 부관의 말을 싹둑 잘라버렸다.

"그게 어디 제 힘으로 된 종삼품이더냐!"

아무 소리 못하고 고개 숙인 부관에게 등을 보이고 앉아 홍대주가 손을 뻗으니, 처마에 맺혀 있던 빗방울이 색기色氣 담은 여인처럼 손가락에 감겨들었다.

"손에 피 한 방울 묻히지 않으니, 일거양득이 아니라 일거삼득이로구나."

또다시 소나기가 내릴 모양인지 우레와 같은 천둥소리가 먼 곳에서부터 들려왔다.

먹구름이 낮게 깔린 하늘을 올려다본 흑사모는 집무실 창문을 닫았다. 한층 조용해진 실내에 이선의 목소리가 그윽하게 퍼졌다.

"아이들의 수준이 어느 정도냐?"

허리 굽힌 장대포가 난감하다는 듯 머리를 긁적이더니 답했다.

"좀 더 지켜봐야 알겠습니다만, 자질이 보이는 녀석은 몇 있습니다."

흑사모는 '그중 동수가 있을까?' 하는 기대감을 갖고 대포 옆에 나란히 섰다.

"커서 이 나라의 기둥이 될 아이들이니 최선을 다해 훈련시키게."

"예, 저하."

좀처럼 보기 드물게 공손한 장대포를 보니 히죽 웃음이 나와 흑사모는 얼른 입가를 가렸다. 그러자 이선이 아련한 눈빛으로 집무실을 둘러보며 혼잣말처럼 말했다.

"오랜만에 이곳에 오니, 옛 생각이 간절하구나……. 술이 있느냐?"

술을 준비하러 가는 장대포를 따라나선 흑사모는 문밖에서 기웃거리던 동수를 보고 그대로 뒷덜미를 낚아챘다.

"예서 뭐하느냐?"

"사모!"

두 팔로 단단히 허리를 안고 품에 안기는 동수의 어깨를 감싸자, 헤어져 있던 시간이 꽤 길었다는 걸 실감하게 되었다. 분명 여린 어깨였는데 어느새 제법 사내처럼 단단함이 느껴졌다.

"그래, 훈련이 고되진 않더냐?"

"고된 거보다 아니, 됐어. 근데 혹시 내가 구해준 선비가 저 안에 있는 주군이라는 양반 아냐?"

기가 차서 도리질밖에 안 나왔다. 흑사모는 오랜만에 동수의 머리에 꿀밤을 먹이며 엄하게 말했다.

"이놈아, 너는 항상 그 입이 문제다. 행여나 후에 저분을 뵙게 되면 꼭 주군이라고 부르거라, 알겠느냐?"

아프다고 펄쩍 뛸 줄 알았는데 동수는 흑사모의 가슴에 두른 팔을 풀지 않았다.
"알았어……."
어리광 한 번 부려본 적 없던 동수가 엄마 품을 찾는 아이처럼 파고들자 흑사모는 가슴이 아련해졌다. 팔다리가 붙어 있는 뼈를 바르게 하고, 젖동냥으로 먹여 살린 아이였다. 제 나이가 되어도 기지 못하는 아이를 들쳐 업고, 산과 들을 쑤시고 다니며 온갖 약초를 구해다 달여 먹이기도 했었다. 다른 아이들과 자신이 다르다는 것을 알게 되면서부터 빙퉁그러지는 아이를 보면서도 엄하게 회초리 한 번 제대로 들어본 적 없었다. 행여나 죽을까, 마음의 상처로 제 목숨을 버릴까 싶어서.
그랬던 동수가 단단해진 어깨와 팔로 흑사모의 가슴을 꼭 끌어안고 있었다. 흑사모는 동수의 정수리에 턱을 대며 길게 한숨 쉬었다. 그러다 문득 여운이 떠올라 주변을 두리번거렸다.
"운이는 어딨느냐?"
여운이 언급되자 꼭 안고 있던 팔을 풀며 동수가 눈을 번득거렸다.
"어디서 훈련하고 있겠지. 참! 나도 이럴 때가 아니지. 그놈 이기려면 더 연습해야 해! 사모, 나 간다!"
부리나케 달려가는 동수의 뒷모습을 물끄러미 바라보며 흑사모는 헛웃음을 지었다.
"그놈, 참……. 변한 게 없구나."
여운을 못 본 게 아쉽긴 하지만 마침 장대포가 술상을 들고 오자 흑사모는 얼른 문을 열었다.
옛 생각이 간절한 사람은 이선뿐이 아니었다. 술잔을 나누었던 의형제들 생각이 흑사모의 가슴을 비집고 들어왔다. 형장에서 생을 마감한 백사괭과 생사조차 알 수 없게 되어버린 김광택, 쓸쓸한 무덤만 남긴 여초상.

　흑사모는 묵묵히 이선 옆에 서서 과거를 그리고 기억을 회상했다. 장대포도 마찬가지인지 아무 말 없었고, 이선은 두 사람의 추억을 공유하기라도 한 듯 침묵 속에서 술을 마셨다.

　"한잔 하게나."

　불쑥 잔을 내밀며 권하는 이선의 손을 내려다보며 흑사모는 퍼뜩 정신을 차렸다. 동시에 장용위에 빠른 종소리가 울려 퍼졌다. 반사적으로 임수웅이 이선을 감싸듯 다가서자 집무실 문이 벌컥 열리며 초립이 뛰어들어왔다.

　"대장님!"

　낯빛이 시퍼렇게 변한 초립이 소리치자 위험을 감지하고 흑사모가 먼저 뛰쳐나갔다. 그 뒤를 장대포가, 임수웅이 이선을 막아서며 밖으로 나갔다. 연무장 한가운데에 장용위 현판이 초라하게 널브러져 있었다. 흑사모는 연무장 앞에 있는 종을 계속해서 쳐대는 동수를 보고 눈썹을 모았다. 그러자 흑사모와 다른 이들을 발견한 동수가 종을 멈추고 난처한 표정으로 돌아보았다.

　연무장에는 이미 한차례 교전을 했는지 쓰러진 교관들이 신음을 흘렸고, 그 속에서 유유히 모습을 나타낸 천天은 현판을 내리밟으며 인사했다.

　"허허, 잘들 계시었소?"

　싸한 공기가 습기를 먹어 눅눅한 대지 위로 흘렀다. 흑사모가 이를 바드득 갈자 장대포가 이선에게 조용히 아뢰었다.

　"흑사초롱의 수장입니다."

　이선이 눈을 가늘게 뜨자 장대포가 연무장 앞으로 쏟아져 나온 아이들을 보며 흑사모의 옆구리를 쿡 찔렀다.

　"사모, 네가 아이들을 인솔해라!"

흑사모는 한 줄기 살기마저 내뿜지 않는 천天을 노려보며 코웃음 쳤다.
"흥! 네놈이 이 녀석들의 대장이 아니냐! 이 몸께서는……."
긴장한 손으로 엽도를 잡던 흑사모는 대포의 결연한 모습에 멈칫하며, 종 앞에서 한 발자국도 안 움직이는 동수와 옹기종기 모여 덜덜 떨고 있는 아이들을 둘러봤다. 이선은 임수웅이 있으니 그나마 안심이지만 흑사모와 대포, 둘 중 누군가는 아이들을 돌봐야했다. 또 다른 누군가는 이선과 아이들이 피신할 동안 천天의 발목을 잡고 있어야 했다. 흑사모는 장대포가 비장한 기운을 뿜어내자 이를 악물고 이선을 향해 고개 숙였다.
"저하, 옥체 보존하시옵소서!"
임수웅이 고개를 끄덕이자 흑사모는 재빠르게 몸을 날렸다.
"너희는 날 따르거라!"
흑사모의 외침에 아이들은 무예를 배운 이들답게 날렵하게 달렸다.
앞서 가며 돌아보니 종 앞에 있는 동수가 고집스런 눈으로 한 발자국도 안 움직이는 게 보였다. 다시 되돌아가서 동수를 끌어와야 하나 싶었는데 다행히 초립이 동수를 잡아끌고 달렸다. 그 뒤를 흑사초롱의 자객 셋이 뒤쫓았다. 아이들을 앞으로 보내고 자객들과 맞붙은 흑사모는 쉽게 두 명을 쓰러뜨렸다. 분명 셋이었기에 남은 한 명을 급히 찾던 흑사모의 눈에 목검으로 자객을 상대하고 있는 동수가 보였다. 한눈에 봐도 터무니없는 실력 차에 무기부터 맞서기에 역부족이었다. 그럼에도 동수는 이를 악물고 자객을 향해 덤벼들었다. 흑사모는 자객의 눈이 살기로 번득이는 것을 보고 있는 힘껏 엽도를 던졌다.
자객의 검이 사선을 그으며 내려왔다. 그러자 목검을 앞으로 내밀고 달려가던 동수가 멈칫했고, 순식간에 목검이 반으로 갈려져 바닥으로 툭 떨어졌다. 동시에 자객의 몸이 철퍼덕 쓰러지자 동수가 흑사모를 돌아봤다. 엎드려 누운 자객의 등에 흑사모의 엽도가 깊이 박혀 있었다. 흑사모는 자객의 등에서 엽도를 빼내는 동수에게 재촉했다.

"어여 오너라!"

초저녁의 노을이 핏빛으로 물들어갔다.

정신없이 내달려가던 동수는 문득 여운이 없는 것을 느끼고 발을 멈췄다. 나란히 달리던 초립은 무슨 일인가 싶어 잔뜩 겁먹은 눈동자를 돌렸다.

"운이, 운이가 없어!"

동수의 외침에 초립의 눈이 휘둥그레졌다. 동수는 엽도를 손에 꼭 쥔 채 눈썹을 찌푸리곤 그대로 몸을 돌려 다시 장용위로 향했다. 등 뒤에서 초립과 흑사모가 부르는 소리가 들렸지만, 있는 힘껏 연무장으로 달려갔다. 다행히 살수들과 맞닥뜨리는 일 없이 연무장 입구에 도착한 동수는 눈앞의 광경에 아연실색했다.

"자네 뭣 하는가! 어서 저하부터 뫼시게!"

장대포가 고함치자 이선과 함께 천天을 둘러싼 임수웅이 다급하고 안타까운 심정을 얼굴 가득 내비쳤으나, 이선은 고집스럽게 검을 놓지 않고 고개 저었다.

"피하지 않을 것이다! 우리 셋이 힘을 합친다면 충분히 승산이······."

장대포는 이선이 입을 다물기도 전에 빠른 어조로 말했다.

"저하! 저희 세 사람이 힘을 합쳐도, 이자의 무위를 당해낼 수 없습니다! 허나, 이 목숨 하나면 잠시 발을 묶어둘 수는 있을 겝니다. 어서 저하를 뫼시게!"

동수는 대포의 말이 틀렸다고 생각했다. 덤빌 수 있을 것 같았다. 충분히 승산이 있어 보일 만큼 천天은 살기를 내비치지 않게 느껴졌고, 조금 전 자객의 검이 눈앞으로 내려올 때 느꼈던 살기가 주던 공포감도 없었다. 그러나 동수가 나서기 전에 이선은 임수웅에 이끌려 연무장을 벗어났다. 휑한 연무장에 두 사람이 남자 묘한 기운이 사방으로 뻗쳐나갔다. 선뜻 돕겠다고 나서려던 동수는 그 기운에 눌려 손가락 하나 까닥이지 못하고 멈춰 섰다.

"검선이라면 모를까. 어림도 없는 소리다."

나직이 비웃는 천天에게 장대포가 거센 콧방귀를 날리고는 천天을 향해 휘리릭 암기들을 날렸다. 천이 '아차!' 하며 급히 피하는 새에 앞으로 돌진한 장대포는 무시무시한 힘으로 공기를 가르며 검을 내리쳤다. 하지만 이미 예상하고 있었던 듯 천天은 유유히 검을 피하더니 물 흐르듯 자연스럽게 대포의 어깨를 칼끝으로 베었다.

동수의 눈이 점차 커졌다. 뒤늦게야 온몸을 내리누르는 기운이 천天에게서 뿜어져 나오는 살기라는 걸 깨달았기 때문이었다. 자객의 살기가 공포를 주었을 뿐이라면, 천天의 살기는 마치 맹수 앞에 고스란히 드러난 토끼가 된 것처럼 손가락 하나 까닥할 수 없을 만큼의 위압감을 안겨주었다. 덜덜 떨지도 못할 만큼 온몸을 제압하는 힘이 옥죄여왔다.

장대포는 그런 살기를 이겨내고 천天에게 또다시 검을 휘둘렀다. 그러나 여유 있게 검을 막아낸 천天은 마치 붓처럼 검을 휘둘렀다. 장대포의 얼굴과 가슴에 시뻘건 선혈이 생기지 않았다면 화선지 위에 붓 놀리는 걸로 착각할 정도였다.

"참으로 가상한 충심이다. 허나, 발버둥 쳐본들 겨우 일각의 목숨을 더 얻은 것일 뿐이다."

잔잔하게 흘러나오는 목소리에 등줄기로 굵은 소름이 일어났다. 그제야 장대포가 세 사람이 힘을 합쳐도 당해낼 수 없다고 했던 말에 공감할 수 있었다. 동수는 흥건한 피를 흘리면서도 다시 공격하던 장대포가 천天의 검을 가슴에 묻자 '헉!' 하고 숨을 들이켰다.

"대장님!"

온몸을 연결해놨던 줄이 끊어진 것처럼 동수가 단숨에 튀어 앞으로 달려나갔다.

천天은 동수가 나타남에도 전혀 놀라지 않았다는 듯 장대포의 가슴에서 검을 뽑아 들며 매서운 눈길만 던졌다. 허겁지겁 달려가 부축하는 동수의 품에 쓰러지며 장대포가 울컥 피를 토했다.

"대장님! 대장님!"

커다란 어깨를 부둥켜안고 외치는 동수에게 장대포가 엄하게 말했다.

"이놈…… 어찌 돌아왔느냐……. 도망치라 하지 않았더냐!"

두 사람을 지긋이 내려다보던 천天은 입술을 비틀었다.

"어서 가거라! 어서!"

부축하는 동수를 밀어낸 장대포는 힘겹게 몸을 일으키고는 동수의 앞을 막아섰다.

"흥! 갈 때 가더라도, 네놈 팔 한 짝은 가지고 가야겠다."

장대포의 굳센 어깨와 등, 곧은 다리가 눈앞에서 흔들림 없이 서 있었지만, 동수는 검으로 바닥을 짚어 몸을 의지하는 장대포의 손이 떨리는 것을 봤다. 말리고 싶어서, 이대로 도망치자고 하고 싶어서 동수는 장대포의 옷자락을 잡으려 했다. 그런데 동수가 손을 뻗어 펼치려는 찰나 장대포의 몸이 앞으로 튀어나갔다. 이어 천天과 바짝 붙은 채로 선 장대포의 등으로 기다란 검끝이 쑥 빠져나오는 것이 보였다. 크게 뜬 눈으로 망연히 바라보는 동수의 귀에 천天의 빈정거림이 들렸다.

"동귀어진同歸於盡이라도 할 생각이었더냐?"

동수는 바들바들 떨리는 손으로 엽도를 움켜쥐었다. 서로를 마주하고 있는 장대포와 천天은 동수가 일어서는 것도 눈치채지 못한 듯했다. 동수는 장대포가 입안에서 대롱을 내밀어 독침을 쏘는 것을 보고 그대로 앞으로 내달렸다.

"흡!"

천天이 독침을 피하느라 고개를 젖혔다. 동시에 동수가 천天의 허리 쪽으로 파고들며 있는 힘껏 엽도를 박았다. 숨소리조차 들리지 않았다. 너무 놀라 숨마저 멈췄는지 천天이 느리고 조용하게 동수에게로 시선을 내렸다. 동수는 눈을 질끈 감고 두 손에 힘을 줘서 천天의 옆구리에 박힌 검을 더 밀어 넣었으나 단단한 돌처럼 검은 꿈쩍도 하지 않았고, 당황한 동수가 눈을 번쩍 뜨자 천天이 한 손으로 엽도의 칼날을 쥐고 있는 게 보였다.

"이놈……."

순식간에 장대포의 몸에서 검을 뽑아낸 천天은 동수가 뒤로 물러설 틈도 없이 빠르게 검을 휘둘렀다. 화끈한 감각이 가슴팍에서 배까지 이어졌다. 고통으로 얼굴이 일그러지기도 전에 날아온 천天의 발에 공중으로 붕 뜬 동수는 바닥으로 곤두박질치며 쿨럭하고 기침했다. 숨 쉬는 것조차 고통스러웠다. 동수는 두 손으로 땅을 짚고 일어서려 노력하며 가쁜 숨을 몰아쉬었다. 두 다리가 후들거리고 등줄기가 서늘한 게 저승사자를 만나도 이보다 덜 무서울 거 같았다.

'대장님!'

연무장 한복판에 쓰러져 있는 장대포를 보며 천天에게 공격받으면서도 놓지 않고 있던 엽도를 세게 쥐는 동수에게 천天은 또다시 검을 위로 치켜들었다. 멀리서 들리는 천둥소리와 함께 번쩍이는 번개가 순간적으로 사방을 밝히자, 천天의 검에서 뿜어져 나오는 검광劍光이 마치 꽃잎을 뿌리는 것처럼 찬연히 펼쳐졌다.

그때였다. 갑자기 눈앞에 작은 몸이 나타나더니 두 팔을 쫙 펼친 채 천天을 막아섰다. 천天의 고고한 살기에도 눌리지 않고 흔들림 없이 막아서고 있는 여운의 뒷모습을 보며, 동수는 경악 어린 시선으로 떨리는 목소리를 뱉어냈다.
"운아…… 비켜…… 어서 도망가……."
그렇지만 여운은 돌이 된 듯 부동으로 천天을 막고 서 있었다. 먹구름 사이로 달이 떠올랐다. 묘한 시선으로 여운을 바라보는 천天의 살기에 동수가 어깨를 부르르 떨자 곧이어 천天이 발로 여운의 가슴을 걷어찼고, 신음도 흘리지 못하고 기둥으로 날아간 여운은 장작처럼 힘없이 쓰러졌다.
"운아!"
천天의 냉혹한 시선이 여운과 동수를 번갈아 움직이더니 입술에 느릿한 미소가 그려졌다. 살기를 거두지 않은 채 어떤 의미로 짓는 건지 불분명한 미소를 흘리며 천天은 말했다.
"네 녀석이 입신의 경지에 이른 이 몸에 흠집을 냈구나."
편안한 말투였지만 한마디, 한마디에서 떨어지는 살기에 눌려 동수는 털썩 주저앉으면서도 손에 움켜쥔 엽도를 내려놓지 않고 천天을 향해 내밀었다. 서서히 상체 숙인 천天은 어두운 기운을 펼쳐내는 눈동자를 가만히 동수의 얼굴에 박고 자신을 향해 서 있는 칼날을 손가락으로 부드럽게 쓸었다. 가야금 타듯 손가락이 절도 있게 움직였다.
"사람을 죽이려거든 여기 목이나, 여기 심장을 찔러야 한다. 그리고 칼은 그리 잡는 게 아니다."
차가운 눈동자와 달리 동수의 손에 닿는 천天의 손바닥은 따뜻했다. 천은 동수의 손에서 엽도를 꺼내 새끼손가락 쪽으로 칼날이 오도록 바로 잡아줬다.
"이리 잡아야 손목을 다치지 않느니라, 알겠느냐?"
사뭇 다정한 말투에 어리벙벙해진 동수가 저도 모르게 고개를 끄덕이자 죽은 줄로만 알았던 장대포가 간절함을 담아 외쳤다.

"동수야!"

장대포의 목소리가 연무장을 맴돌았다. 이어 배가 후끈후끈해졌다. 무슨 일이 벌어진 건지 파악하지 못한 동수가 서서히 눈을 아래로 내리니 복부를 관통한 천天의 검에서 벗어나려는 듯 온몸이 제멋대로 꿈틀대고 있었다. 동수는 이를 악물고 천天을 노려보며 엽도를 들어 올리려 했다.

"움직이지 말거라. 이름이 동수냐?"

동수는 대답 대신 어금니를 빠드득 갈았다.

"급소를 피했으니 죽지는 않을 게다. 하니 기억하여라."

단숨에 복부에서 검이 빠져나가자 뒤늦게 고통이 밀려와 동수는 신음과 함께 멀어지는 천天의 뒷모습을 노려봤다.

"동, 동수야."

"대…… 장…… 님……."

연무장 바닥을 기며 동수를 향해 다가오는 장대포에게 가려 했지만 몸이 움직이지 않았다. 동수는 장대포 앞에 선 천天의 뒷모습에 원망을 던졌다. 감정이 무기가 될 수만 있다면 당장에 천天을 죽일 수도 있을 터였다.

천天은 원래의 차가운 목소리로 대포를 내려다보며 말했다.

"세자를 보냈으니 너는 살려둘 수 없게 되었다."

동수가 손가락 하나 까닥이지 못하는 몸을 앞으로 나아가려 했지만 내민 상체부터 철퍼덕 바닥에 엎어졌다. 동수는 천天이 무슨 뜻으로 하는 말인지 충분히 알고 있기에 어떻게 해서든 장대포에게 가려 했다. 하지만 이를 악물고 기어가는 동수를 흘끔 본 천天은 보란 듯이 검을 내리찍으며 말했다.

"보거라. 약자의 최후는 허무한 죽음뿐이다."

"아, 안 돼! 안 돼!"

장대포의 등을 사정없이 쑤시고 들어간 검이 허공으로 다시 올라오자 붉은 선혈이 사방으로 튀었다. 동수의 눈에 서서히 눈을 감는 장대포가 가득 들어온 순간, 천天에 대한 증오가 등을 타고 뒷목으로 피어올랐다. 혹한 훈련을 지휘하며 훈련생들의 온갖 원망을 묵묵히 받아내었던 장대포의 주검은 여전한 걱정과 안타까움을 드러내며 동수를 향해 손 뻗고 있었다. 동수는 손바닥에 흙이 파고들 정도로 흙바닥을 움켜쥐었다. 얼마나 힘들게 훈련시켰던가. 모진 말로 상처주고 채찍질하던 장대포였지만 동수에게는 첫 스승이었다.
　"대…… 대장님. 대장……."
　정신을 잃지 않으려 안간힘을 썼지만 결국 동수는 가물거리는 의식을 끝까지 붙잡지 못했다. 거머득해지는 의식 속에서 천天의 목소리가 점차 멀어져갔다.
　"살기가 등등하니 보기 좋구나. 이 녀석을 지켜보거라. 언젠가 네가 넘어서야 할 아이다."
　동수는 누구에게 하는 말인지 알고 싶어 눈을 뜨려 했지만 사방이 어둠뿐이었다.

6장
번뇌를 버리고 날아가는 화살

한차례 바람이 불어 등불이 위태로운 모습으로 휘어지자 가만히 창문을 닫고 유소강 앞에 다소곳이 앉은 지선은 들려오는 말에 화들짝 놀라 고개를 치켜들었다.

"내일, 저하께서 너를 데려갈 것이다."

"아버님!"

원망 섞인 부름에도 아랑곳없이 유소강은 책자를 앞으로 내밀었다.

"이 북벌지계를 제 몸처럼 여기고……."

그때 밖에서 항아리 깨지는 소리와 함께 비명이 들려왔다. 놀란 지선이 흠칫하자 유소강이 내밀었던 북벌지계를 한 손으로 말아 쥐었다. 유소강은 서둘러 북벌지계를 품에 넣고 지선에게 눈짓한 뒤 벌컥 문을 열었다. 유소강을 따라 마루로 뛰쳐나간 지선은 사방에서 달려드는 자객들에 의해 비명을 지르며 쓰러지는 가솔들을 보며 안타까운 신음을 흘렸다. 두 사람이 마루 위에 나타나자 자객들이 재빠르게 그들을 향해 달려왔다. 그 앞을 익위사 마장과 마루, 대홍이 막아서며 서로 눈짓을 교환했다.

"먼저 피하십시오."

자객들과 대치한 마루가 외치자 대홍이 길을 텄고, 지선은 버선발로 유소강과 함께 뒷마당으로 피했다. 대홍이 가볍게 담장을 뛰어넘은 뒤로 유소강이 지선을 들어 올려주자 지선은 예의범절을 잊은 채 치맛자락을 들며 대홍에게 뛰어내렸다. 고운 버선발이 흙에 얼룩지고 주름 하나 없던 치마가 담장에 걸려 생채기가 났다. 지선은 발이 땅에 닿자 황급히 종아리가 보이는 치맛자락을 내리고, 가쁜 숨을 몰아쉬며 담을 돌아보았다. 대홍보다는 가볍지 않지만 단숨에 담 위로 올라선 유소강이 뛰어내릴 찰나, 어디선가 바람 소리가 들렸다. 이어 유소강이 신음을 터뜨리더니 쓰러질 것처럼 몸을 앞으로 기울였다.

"아버님!"

화들짝 놀라 손을 뻗은 지선은 떨어지는 유소강을 받아낸 대홍에게 감사의 눈길을 보냈다. 비틀거리는 유소강을 놓고 대홍이 빠르게 등에 맨 철궁을 뽑아드니, 움츠리고 있던 용이 승천하듯 철궁이 철음을 흘리며 활짝 펴졌고 눈 깜짝할 새에 화살이 공기를 갈랐다.

'슈숙! 퍽!'

담장을 따라 넘어오려던 자객이 철궁에 맞아 비명 한 번 못 지르고 담장 너머로 떨어졌다.

숨 돌릴 틈도 없이 또 다른 자객들이 담장을 넘어오고 있었다. 대홍은 활에 화살을 끼우며 다급히 말했다.

"아이를 데리고 가시오. 어서!"

유소강이 급히 잡아끌자 지선은 대홍을 돌아보지 못하고 달렸다. 어둠 속, 길을 막고 서 있는 대홍에게 고맙단 말 한마디 못한 게 죄스러워 끝내 돌아볼 수가 없었다. 오로지 앞만 보고 달린 지선은 마을을 벗어나 청암사가 있는 산길로 들어선 후부터 유소강이 부상 때문에 몇 번이고 주저앉기를 반복하자, 그를 부축하며 손바닥에 물드는 피에 눈물을 삼켰다. 얼마나 더 갔을까. 밤이 깊어 길조차 제대로 보이지 않았다. 수도 없이 들락거리던 청암사이건만 오늘따라 유난히 그 길이 멀게만 느껴졌다. 지선은 힘겨운 숨을 토해내면서 유소강을 부축해 험한 산길을 걷다 숲속에서 유소강이 앞으로 풀썩 쓰러지자 화들짝 놀라 외쳤다.

"아버님! 아버님!"

사방에서 산짐승의 울음소리가 들려왔다. 이대로 있다가는 짐승들의 공격을 받기 쉬워 지선은 어떻게든 유소강을 일으켜 세우려 애썼다. 그러나 유소강의 팔을 어깨에 두른 채 지선은 땅에 박힌 무릎을 펴지 못하고 눈물을 뚝 떨어뜨렸다. 홀아버지 손에 자라며 어리광도 부려본 적 없는 지선은 아직 어린 소녀임에도 소리 내어 울지 못한 채, 치맛자락으로 떨어진 눈물이 서서히 번져나가자 코만 훌쩍거렸다. 그때 어깨를 무겁게 짓누르던 유소강의 팔이 멀어졌다.

지선이 깜짝 놀라 올려다보니 익위사 마장이 유소강을 등에 업고 있었다. 슬쩍 손가락으로 눈가를 닦고 서둘러 마장을 도운 지선은 성큼성큼 앞서가는 그를 따라 치맛자락을 들고 산길을 올랐다. 청암사의 108계단은 세월이 흐름에 마모된 돌 사이에 자갈을 심어놨기 때문에 버선발로 오르기가 쉽지 않았다. 발바닥에 파고드는 모난 자갈을 밟고 올라가던 지선은 앞서가는 마장을 올려보며 몇 번이고 이마의 땀을 닦았다.

마침내 청암사에 도착해 스님을 부르며 지선이 먼저 뛰어 들어가자 주지 스님이 화들짝 놀라 달려 나왔다.

"어와! 이게 어찌 된 일이냐!"

주지 스님은 유소강의 등 뒤에 꽂혀 있는 단검을 보고 당황해하며 어쩔 줄 몰라 했다. 마장은 묵묵히 스님에게 유소강을 넘겨준 뒤, 무언가를 발견한 사람처럼 눈을 번쩍이더니 바람처럼 사라졌다. 스님과 함께 유소강을 방으로 옮긴 지선은 옅은 숨을 내쉬며 눈을 감고 있는 유소강의 손을 꼭 잡았다. 동자승에게 끓인 물과 삶은 천을 가져오라 시킨 스님은 유소강의 옷을 찢고 등에 박힌 단검을 조심스레 뽑았다.

"윽!"

고통스런 신음과 함께 유소강이 피를 왈칵 토하자 지선은 두 손을 바르르 떨며 고운 이마를 접었다. 일찍이 어머니를 여의고 아버지에게 의지해 살아온 지선은 어둠처럼 밀려드는 두려움에 다급히 물었다.

"괜찮으시겠습니까?"

침착하려 했지만 이빨이 딱딱 부딪칠 정도로 떨리는 입술에서 심하게 갈라진 목소리가 나오자 스님이 걱정과 놀란 눈을 지선에게 향했다.

"이게 대체 무슨 일인가……. 너는 괜찮은 게냐?"

지선이 고개를 끄덕이자 어느새 정신을 차렸는지 유소강이 힘겹게 말했다.

"지선아, 잠시 나가 있거라."

지선은 두 손에 힘을 줘 유소강의 손을 놓고 싶지 않다는 표정을 지었으나 흔들림 없는 유소강의 눈빛을 보고 조용히 일어나 문밖으로 나섰다. 닫히는 문 사이로 유소강과 스님의 목소리가 아련하게 들렸다.

"목숨을 부지할 수 있겠습니까?"

"허허, 출혈이 심한데다가 장기도 많이 상했네. 어쩌다가……."

왈칵 쏟아지려는 눈물을 참으려 지선은 두 손으로 눈을 꾹 눌렀다. 얇은 창호지 너머 강직한 유소강의 목소리가 들렸다.

"스님, 부탁이 있습니다."

지선은 문 앞에서 벗어나지 못하고 두 사람의 대화를 엿듣다가 동자승이 끓인 물그릇을 들고 나타나는 바람에 슬며시 물러났다. 지선은 유소강과 스님이 무슨 이야기를 하는지 궁금해 동자승이 문을 닫고 들어가자 다시금 문에 귀를 댔다. 잠시 물수건을 짜내는지 물방울 튀는 소리가 들리더니 한참 동안 침묵이 흘렀다. 지선은 갑작스레 동자승이 문을 벌컥 열자 화들짝 놀라 얼른 뒤로 물러섰다. 동자승은 귀여운 미소를 보내더니 어둠 속으로 종종 걸어갔다.

잠시 후, 동자승이 다시 나타나고 안에서 지선을 부르는 소리에 후다닥 일어서 방으로 들어가니 얼굴색이 창백한 유소강이 정좌를 하고 있었다.

"이리 앉아라."

주춤하며 유소강과 마주 앉은 지선은 그제야 바닥에 있는 약사발을 보고 눈을 보름달처럼 동그랗게 떴다.

"이게, 무엇입니까?"

유소강은 앉아 있는 것조차 힘에 겨운 듯 잠시 숨을 몰아쉬더니 단호한 말투로 명령했다.

"대업을 위한 일이다. 두려워 말고 마셔라."

"아버님……."

지선이 애처로운 눈빛으로 유소강을 바라봄과 동시에 그의 입술 사이로 붉은 피가 흘러내렸다. 산짐승을 잡아먹은 것처럼 시뻘건 피가 흐르는 입가를 소매로 닦아내는 아비를 보자 쉬이 거역할 수가 없었다. 지선은 조심스레 약사발을 들고 두 눈을 질끈 감았다. 생각보다는 맛이 달고 향이 좋았다. 지선은 빈 약사발을 다소곳이 내려놓고 유소강의 눈을 올려다봤다.

항상 엄한 눈동자로 바라보던 유소강이었는데 무슨 일인지 수많은 감정들이 쉽게 읽혔다. 지선에 대한 부정父情 아래 진한 미안함, 그보다 더 깊이는 안타까움, 그 속에 갈등이 파도처럼 출렁거렸다. 지선은 갑자기 혼미해지는 정신을 바로 잡으려 유소강에게 시선을 못 박았다. 하지만 스르르 감기는 눈을 뜰 수 없어 힘없이 바닥으로 쓰러졌다.

'아버님!'

유소강을 믿기에 두렵지는 않으나 유소강의 눈에 비친 감정들이 멀어져가는 의식 속에서 뒤섞여 지선의 가슴을 내리눌렀다.

달빛이 고고해서 처처한 바람만 일었다. 초저녁까지만 해도 천둥 번개가 치더니 한밤중이 되어서는 구름조차 사라져 환한 달빛만 홀로 외로이 비추었다. 그제야 정신이 든 동수는 눈을 번쩍 뜨고 상체를 급히 일으키려다 고통으로 악성과도 같은 신음을 흘렸다.

"으으으윽!"

"가만히 좀 있어. 간신히 지혈시켰는데 소용없게 되었잖냐."

여운이 멀쩡한 왼쪽 종아리에 붕대 감는 모습을 보고 동수는 눈을 껌벅이며 안도했다.

'운아, 살았구나. 살았어. 정말 다행이다.'

마음은 그런데 열린 입에서 튀어나온 말은 달랐다.

"죽으려고 환장했어? 왜 날 막아? 너까지 죽었으면 어쩌려고!"

여운이 묘한 시선으로 바라보며 슬며시 미소를 짓자, 동수는 또다시 그 입술 양쪽을 잡아당기고 싶은 충동을 참으며 노려봤다. 그러자 여운이 어깨를 으쓱하며 다리를 털고 일어섰다. 종아리에 두툼하게 감긴 붕대는 바지춤에 완벽히 가려졌다. 평소에 여운이 종아리에 예비로 사용할 붕대를 감고 다니는 줄도 몰랐었다.

"둘 다 살았으니, 고맙다는 말로 들으마."

"뭐? 누가 고맙다고 그래? 내가 죽어도……."

고개조차 들지 못하면서도 큰소리치던 동수는 퍼뜩 장대포가 떠오르자 저도 모르게 눈물이 차올랐다. 누운 채로 고개를 돌려보니 멀지 않은 곳에 죽어 있는 장대포가 보였다. 죽어서도 동수를 구하겠다는 의지를 내보이는 것처럼 한 손을 동수 쪽으로 뻗은 상태였다. 그 모습이 너무나 절절해서 목이 메고 가슴이 잘게 세열되는 느낌이었다.

"운아, 대장님 모습 좀……."

흐느낌 때문에 말을 멈추자 여운이 의아하다는 표정으로 내려다봤다. 마치 '왜?' 하고 묻는 것 같았다. 동수는 여운이 지혈해놓은 가슴을 매만졌다. 검이 관통한 부분, 칼끝이 흐른 자국을 약초도 없이 완벽하게 지혈한 뒤, 상처가 터지지 않게 붕대로 꽁꽁 동여매기까지 했다. 여운의 정성이 느껴질 만큼 매듭 또한 정교했다.

그런데도 여운은 장대포의 시신을 수습해달라는 부탁에 의문을 가졌다. 치료와 붕대는 평소 매정해 보이는 여운이 그나마 동수를 동무로 생각하고 있었다는 의미가 분명하지만 스승이던 장대포의 시신조차 정갈하게 해주지 않는 여운의 삭막함은 기가 막힐 뿐이었다. 고마운 마음조차 사라질 만큼 여운이 얄미웠다. 동수가 여운을 지글거리는 눈으로 노려보고 있는데 갑자기 연무장에 흑사모의 목소리가 울려 퍼졌다.

"대, 대포 이놈! 이놈아! 어쩌다……! 네놈 혼자 저승 가면 형님이 좋아할 줄 알았더냐! 이놈아……."

연무장 흙바닥에서 숨을 거둔 장대포 앞에 주저앉아 울부짖던 흑사모는 일그러진 동수의 얼굴을 보더니 벌떡 일어나 달려왔다.

"도, 동수야!"

그때 장대포의 딸 장미소가 달려오며 절규했다.

"아버지!"

흐느끼며 장대포의 몸 위로 엎드린 미소가 하염없이 우는 모습을 바라보며 동수는 힘겹게 중얼거렸다.

"그 봐요……. 세상에 값진 죽음이 어딨어요. 그런 건 없다구요. 그런 건 없어, 없다구요……."

동수의 목소리가 가늘어지더니 또다시 의식을 잃었다.

그리고 오랫동안, 깊은 잠을 자고 난 뒤의 개운함을 느끼고 동수가 눈을 떴을 때는 이미 장대포의 장례까지 모두 치러진 상태였다. 장대포의 무덤 앞에서 기력이 다할 만큼 울어대는 동수의 등 뒤로 아이들의 훌쩍거림이 파도처럼 밀려왔다. 한참 동안 천x을 떠올리며 이를 악물고 소리 없이 울어대는 동수에게 흑사모는 냉정하게 말했다.

"지체할 시간이 없다. 움직일 수 있으면 일어서거라."

분명 맞는 말이지만 선뜻 장대포의 무덤을 떠날 수가 없어 동수가 눈물만 뚝뚝 흘리고 있자 흑사모가 대뜸 소리를 질렀다.

"대포 놈은, 제 목숨으로 네 녀석들의 미래를 담보한 것이다. 모르겠느냐! 진짜 무인이 되고 싶은 사람만, 각오가 선 녀석들만 따라오너라!"

아이들 중 반은 벌써 포기한 모양이었다. 슬그머니 뒤로 물러난 아이들 앞에 선 나머지 중 또다시 반이 뒤로 물러난 아이들을 따라 후다닥 물러섰다. 결국 여자인 장미와 미소를 제외한 열한 명의 사내아이들이 불안함을 떨쳐내지 못하면서도 자리를 지켰다. 동수는 남아 있는 여운과 초립, 상각, 태용, 용걸을 보고 고통으로 힘겹게 일어나 그들 옆에 가서 섰다. 이로써 12명의 아이가 되자 흑사모는 남은 아이들을 둘러보고 고개를 끄덕였다. 흑사모와 두 명의 교관을 따라 길을 떠나며 동수는 몇 번이고 장대포의 무덤을 돌아봤다.

"어디로 가는 겁니까?"

좀처럼 질문을 않는 여운이 묻자 흑사모가 눈썹을 휘릭 올리면서 답했다.

"아무도 찾을 수 없는 깊은 산속으로 갈 것이다."

동수는 계속해서 뒤를 돌아보다가 주먹을 불끈 쥐며 말했다.

"사모, 나 강해질 거야. 반드시 강해져서······."

울지 않으려 했는데 어쩐 일인지 왈칵 눈물이 쏟아져 나왔다. 동수가 눈물을 줄줄 흘리며 주먹을 쥐고 서 있자 흑사모가 머리를 매만져주며 격려했다.

"그리 될 게다. 네 녀석은, 반드시 그리 될 게야."

몇 날 며칠을 걸어서 아이들이 완전히 녹초가 되었을 때 흑사모는 이동을 멈췄다. 오래된 폐가같이 보이는 큰 집이 산속에 있는 것을 이상하게 생각할 겨를도 없이 동수와 아이들은 새로운 장용위 팻말을 걸며 가슴을 활짝 폈다.

터벅거리는 걸음걸이마다 초조함이 먹물처럼 툭툭 떨어져 바닥을 흥건히 적셨다. 이선은 주위 사람들이 바짝 긴장해 있는 것조차 느끼지 못할 만큼 조급함에 빠져 계속해서 정원을 오갔다. 그러자 급히 달려온 임수웅이 한쪽 무릎을 꿇고 앉더니 서찰을 건넸다.

'수웅 보게. 대포 놈은 걱정 마라. 사굉 형님 곁으로 갔으니. 지금쯤 입이 귀에 걸렸을 게다. 내 기필코 이놈들을 잘 키워서 다시 한양 땅을 밟을 것이니, 그때까지 저하를 잘 뫼시고 기다려라. 장용위는 권토중래捲土重來할 것이다.'

흑사모의 걸쭉한 필체를 한눈에 읽으며 이선은 묵직한 신음을 흘렸다.

'기어코 장대장은 세상을 떴는가.'

그나마 다행인 것은 흑사모가 아이들을 안전하게 숨겼다는 사실이었다. 더군다나 그 아이들이 앞으로 조선을 이끌어갈 무인이 되도록 키우겠다는 말에 감사와 존경이 생겼다. 이로써 장대포의 희생은 가슴 아프지만 장용위 쪽은 어느 정도 마음을 놓을 수 있게 되었는데, 돌아오지 않는 익위사들이 걱정이었다. 이선은 서찰을 수웅에게 돌려주고 또다시 초조하게 정원을 거닐었다.

'설마 다들 죽은 건 아니겠지!'

불길함이 등골을 타고 올라와 뒷목을 적셨다.

"저하!"

불쑥 들려오는 마장의 목소리가 그토록 반가울 줄이야. 이선은 마장이 무릎 꿇고 머리를 숙이자 길게 한숨을 내쉬었다.

"살아 돌아왔구나. 장하다. 그래, 여소강은 어찌 되었는가?"

"출혈이 심한 듯 보였습니다. 아마도 목숨을 부지하기는 힘들 듯하옵니다. 청암사로 모셨는데 자객인 듯한 자가 보이기에 쫓느라 그 뒤는 확인을 못하였사옵니다."

청암사까지 자객이 쫓았다는 말에 간담이 서늘해졌다. 그런 이선의 마음을 읽고 마장이 급히 말을 이었다.

"자객은 소신이 처리하여 청암사는 안전할 듯하옵니다."

그나마 다행이지만 이선은 여소강을 생각하고 싸해지는 가슴을 주먹으로 누르며 안타까움을 내비쳤다.

"여식은 어찌 되었느냐?"

"다행히 무탈해 보였습니다."

이선은 신열身熱이 있는 사람처럼 손바닥을 펼쳐 이마에 대고 지그시 눈을 감았다.

"과인이 그 아이에게 죄를 지었구나. 한데 마루와 대홍은 어찌 오지 않는 것이냐?"

마장이 아무 말 못하고 고개만 푹 숙이자 이마에 얹은 손이 후들 떨렸다. 다리에 힘이 빠져 휘청하고 기울어지는 몸을 임수웅이 잡지 않았다면 흉하게 바닥으로 쓰러졌을지도 몰랐다.

"설마……"

두 사람의 생사에 대해 불안함을 느끼며 말끝을 흐리던 이선은 기척을 느끼고 눈을 번쩍 떴다. 그러자 납빛이 되어 나타나는 대홍이 보였고 이선은 손을 앞으로 내밀며 대홍을 반겼다. 허공에서 풀피리처럼 바르르 떠는 이선의 손을 똑바로 바라보지도 못하고 대홍은 사내답지 못하게 울먹이며 납죽 엎드렸다.

"저하! 용서해 주십시오!"

처음에는 무슨 말인가 싶었다. 여소강을 지키지 못해서라는 뜻인가, 아니면 북벌지계를 빼앗겼단 말인가, 잠시 어리둥절해하던 이선은 깊은 한숨을 쉬었다.

'죽지 않고 살아와서 죄스러운 것인가.'

돌아오지 않는 마루는 저 세상으로 떠났다는 의미였다. 마루와 함께 죽지 않고 살아 돌아온 것에 대홍은 죄책감과 무력함, 치욕감을 느끼고 있는 게 분명했다. 이선은 허리를 굽혀 가만히 대홍의 어깨를 부여잡았다.

"목숨보다 귀한 건 없느니라. 살아왔으면, 그걸로 됐느니."

손에 잡힌 어깨가 사정없이 흔들렸다.

"저하!"

이선은 허리를 펴고 임수웅에게 명했다.

"유소강의 여식은 과인이 직접 볼 것이다."

하지만 지선을 찾아 청암사로 향한 건 그로부터 이레 가까이 된 뒤였다. 청암사의 108계단을 오르던 이선은 마지막 계단에 쭈그리고 앉아 울고 있는 지선을 보고 멈칫했다. 고개를 두 팔에 묻고 이선이 온 것조차 모를 정도로 하염없이 우는 소녀를 보자 가슴이 짠해졌다. 임수웅이 세자의 방문을 알리려 앞으로 나아가려 하자 이선은 가만히 그를 말리고, 홀로 올라가 지선의 옆에 조용히 앉았다. 계속해서 울고 있던 지선은 손바닥으로 얼굴을 문지르다 이선을 보더니 화들짝 놀라 벌떡 일어서 깊이 허리를 숙였다.

"저하!"

지선은 눈물범벅인 얼굴인데도 빛이 날 정도로 아리따운 소녀였다. 아마 여인이 된다면 그 어떤 사내도 흠모하는 마음을 감추지 못할 정도로 아름다워질 게 분명했다. 이선은 지선이 쩔쩔매며 허리를 숙이고 있자 천천히 일어났다.

"내 너에게 미안하구나."

"저하! 어찌 그런 말씀을……."

눈물로 얼룩진 두 볼이 발갛게 물들었다. 잘 익은 복숭아 같아 한 입 깨물어보고 싶은 마음이 들 정도로 곱게 퍼지는 홍조가 보기 좋았다. 이선은 청암사를 올려보며 나직이 말했다.

"초상은 잘 치렀느냐? 내 직접 오지 못하여 미안하다."

"스님께서 여러모로 도움을 많이 주셨습니다."

고개를 끄덕이고 다시 계단을 오르는데 지선은 가만히 서 있기만 했다.

"할 말이 있더냐?"

"어찌하여 북벌지계는 묻지 않으십니까?"

희미한 웃음이 이선의 입술로 퍼져갔다. 지선은 아직 소녀답게 아비를 잃은 충격과 두려움, 불신을 눈에 담고 있었다. 이선은 다시 계단을 오르며 무심히 답했다.

"난 백 년 동안 북벌지계를 지켜온 너희 가문을 믿고 있느니라. 그리고 아직 너희 가문은 끝난 게 아니잖느냐? 네가 있으니 분명 북벌지계도 있겠지. 이제 시원한 그늘로 가서 이야기를 나누자꾸나."

그러나 지선은 망설임을 내보이며 걸음을 떼지 않았다. 왜 그러나 싶어 이선이 돌아보자 지선이 우물쭈물하며 입을 열었다.

"저하, 한 가지 부탁이 있사옵니다."

"말해 보거라."

궁으로 들여 달라는 부탁이 아닌 다음에야 얼마든지 들어줄 의향이 있던 이선은 의외의 대답이 들려오자 눈썹을 추켜올렸다.

"제게 무예를 가르쳐 주십시오."

다소곳한 규수의 입에서 나올 소리가 아니라 잘못 들은 게 아닌가 싶었다. 하지만 눈물이 마르지도 않은 눈매가 단단히 굳어져 있는 것을 보니 진심인 듯했다.

"진심이더냐?"

"소녀는 유가 집안의 마지막 후손입니다. 소녀가 스스로를 지키지 못하면 북벌지계를 지켜낼 수가 없습니다. 하여 소녀의 비천한 몸을 지켜낼 수 있도록 단련시켜 주시길 부탁드립니다."

그 마음가짐이 이선을 감동시켰다. 아울러 스스로를 질책하는 계기가 되었다.

'여린 소녀조차도 이토록 대업을 위해 스스로를 희생하는데, 세자인 나는 무얼 하고 있는 게냐!'

이선이 조금 떨어진 아래 계단에 서 있는 대홍에게 손짓하자 후다닥 달려 올라온 대홍은 허리 굽혀 명을 기다렸다.

"대홍, 넌 이제부터 유지선 소저小姐의 스승이 되어 무예를 가르쳐라."

대홍의 놀란 눈이 잠시 지선에게 향했다. 이선은 부드러운 눈길로 지선을 바라보며 단단히 약조했다.

"내, 멀어도 두 달에 한 번씩 와서 실력을 가늠해 보겠다. 열심히 배우겠느냐?"

앙증맞은 입술을 꼭 다물고, 결심을 내보이며 고개 끄덕이는 지선이 그토록 대견할 수 없었다.

새로운 시작의 새로운 각오, 더 깊어진 의욕을 지닌 채 아이들은 흑사모의 가르침 아래 훈련을 더해갔다. 하지만 산속에서의 훈련은 나날이 강도가 깊어져 육신의 피로가 쌓여갔고, 달포가 지나자 급기야 앓아눕는 아이들까지 생겨났다. 동수는 판자촌에서 뛰놀지 못할 때 익혀두었던 의학을 기초로 동무들을 돌봤지만 체력이 고갈되어서인지 몸살이 심해 아이들은 쉽게 일어서지 못했다.

"아무래도 자객들과 맞닥뜨렸던 충격이 쉬이 가시지 않는 모양이구나."

모질게 훈련을 강행시키던 흑사모조차 아픈 가슴을 내보이자 동수는 대뜸 말했다.

"사모, 활 쏘는 법을 알려줘."

곁에 있던 여운과 초립이 놀란 눈을 해 보이자 동수는 주먹을 불끈 쥐며 의지를 내보였다.

"무예에 검법만 있는 게 아닐 거 아냐? 활을 쏠 줄 알면 사냥이 쉬워서 앓아누운 동무들도 고기를 좀 더 먹을 수 있잖아. 그러면 빨리 회복될 거고 더 빨리 무예를 익힐 수 있을 거잖아."

흑사모는 무릎을 탁 치며 고개를 끄덕였다.

"좋은 생각이로구나. 한데 활을 쏘려면 우선 활을 만들어야 할 터인데……. 재료인 흑각黑角, 물소뿔은 구하기도 어려울 뿐더러 이런 산속에선 습기가 많아 어교가 풀어질 게 뻔하구나."

동수는 답답함에 발을 동동 굴렀다.

"누가 그런 대단한 활을 만들래? 그냥 나무로 만드는 거 없어?"

"죽궁이나 목궁이라면 모를까……. 허나, 그 또한 쉽지 않을 터."

동수는 눈을 부릅뜨며 급히 대문으로 뛰었다. 대문을 박차고 산으로 뛰어드는 동수의 목소리가 길게 메아리쳤다.

"그냥 나무를 베어오면 된다는 거잖아! 까짓 거!"

등 뒤로 흑사모가 버럭 소리 질렀지만 동수는 들은 체도 안 하고 달렸다.

"대나무나 산뽕나무니라!"

대나무라면 널렸고 산뽕나무라면 열매 따며 봤던 기억이 났다. 동수가 후다닥 대나무 숲으로 향하자 어느새 여운과 초립이 따라붙으며 물었다.

"그런데 나무 벨 도끼는 있어?"

동수는 코웃음 치며 자신만만하게 답했다.

"대나무쯤 발로 몇 번 차면 부러질 거 아냐?"

얇은 게 더 잘 부러질 거라 생각해 여린 대나무를 다리가 부서져라 차댔지만 옆으로 휘어질 뿐 부러지지는 않았다. 얕은 수를 부렸는데 안 먹히자 도리어 오기가 생겨 다른 나무를 칠 마음도 안 생겼다. 동수가 악에 받쳐 대나무에 발길질을 해대자 가만히 지켜보던 초립이 살살 약 올리듯 말했다.

"동수야, 내 식견으론 말이지. 이렇게 얇은 대나무로 활을 만들 수는 없을 거 같은데."

그 말에 아랑곳없이 동수는 수련도 이런 수련이 없다 생각할 정도로 대나무를 계속해서 후려쳤다. 천天의 검이 꿰뚫었던 상처는 거의 아물었기에 육체적 고통은 그다지 없었다. 단지 빨리 활을 만들어 동무들에게 고기를 먹이고자 하는 조급함이 커 차대는 발에 힘이 들어갔다. 계속 치다 보니 대나무가 휘어지는 방향과 돌아오는 시간이 익숙해져 처음에는 무디게 차대던 발의 움직임도 점차 빨라졌고, 방향도 요리조리 순간적으로 바꿀 수 있게 되었다. 초립은 옆에서 팔짱 낀 채 지겹다는 듯 하품까지 해보였다.

그때 한쪽에서 굵디굵은 대나무가 요란한 소리를 내며 쓰러지는 소리가 들렸다. 우지직하는 소리와 함께 기울어진 대나무는 길게 뻗은 다른 대나무들을 짓누르며 쓰러지다 사선으로 누웠다. 동수가 화들짝 놀라 돌아보니 여운이 검을 거두며 아무렇지도 않은 투로 중얼거렸다.

"자르면 되네."

계집애처럼 시샘이 나서 팔짝 뛸 노릇이지만 어찌 되었건 통이 굵은 대나무를 보니 그럭저럭 쓸 만해 보였다. 그래도 포기할 수 없어 동수는 몸을 펄쩍 뛰어 두 발로 함께 대나무를 가격했다. 그러자 뿌득하며 대나무에 균열이 갔고 동수는 금이 간 곳을 노려 몇 차례 더 발로 찼다.

"나도 됐다!"

기어코 얇은 대나무를 부러뜨린 동수는 한껏 기고만장해져서 여운과 초립을 돌아보았다. 동수가 그러거나 말거나 두 사람은 이미 굵은 대나무를 어깨에 짊어지고 앞서 가고 있었다.

"야! 같이 가! 같이 가자고!"

그렇게 동수와 여운, 초립은 대나무를 들고 장용위로 돌아갔다. 그들이 길게 늘어진 대나무를 들고 대문으로 들어서자 흑사모가 혀를 끌끌 찼다.

"대나무 하나 부러뜨려 오는 데 반나절이 걸리는구나."

동수는 자신이 든 얇은 대나무를 내밀며 어깨를 활짝 폈다.

"하나가 아니라 두 개라고! 이제 활 만드는 거 알려줘!"

흑사모는 상체를 숙여 대나무를 유심히 보더니 허리 두드리며 하늘을 올려다봤다.

"거참, 비가 오려나. 비에 젖은 대나무는 아무짝에도 쓸모없거늘."

흑사모를 따라 올려다보니 잔뜩 먹구름이 몰려오고 있었다. 동수는 허겁지겁 얇은 대나무를 들고 집 안으로 들어갔다. 하지만 길이가 길어 끝이 벽을 쳐도 다른 쪽이 방 밖으로 삐죽 나왔다. 동수는 대나무를 휘어서라도 방에 넣으려 두 팔에 힘을 주었다. 그런 동수에게 흑사모가 대뜸 명령했다.

"뭐 하고 있느냐? 어서 잘라야지. 다섯 자로 맞춰 잘라야 하느니라. 얇은 건 잎을 떼어내고 반을 잘라 내거라."

그제야 멍하니 있던 아이들이 합세해 대나무를 자르느라 난리법석이 났다.

동수는 아이들이 너 나 할 것 없이 굵은 대나무에만 몰려들자 입을 툭 내밀고 얇은 대나무를 무릎에 얹고 앉아 잎사귀를 뜯어내고 단검으로 정리한 뒤, 반으로 자르자 방에 쑥 들어가게 되었다. 굵은 나무를 자른 아이들도 방에 쌓아놓자 후드득 비가 내렸다. 그렇게 한 차례 쏟아진 소나기가 그치고 해가 다시 떠오를 때까지 흑사모는 아무런 명령을 내리지 않았다. 마침내 동수는 방구석에 쌓인 대나무들을 흘겨보며 흑사모에게 투덜거렸다.

"도대체 언제 활을 만들 건데? 활 만들어서 고기 먹으려다 굶어 죽겠다."

흑사모는 소나기가 걷히고 맑아진 하늘을 보더니 인상을 찌푸렸다.

"활만 있으면 사냥이 가능하더냐? 화살도 있어야지. 가서 새 몇 마리 잡아 깃털이나 뽑아오너라. 사슴 심줄도 필요하니 하는 김에 사슴도 좀 잡고."

동수는 벌떡 일어서며 흑사모를 노려봤다.

"나는 새를 잡으려고, 사냥하려고 활 만드는 거였잖아!"

"쯧쯧, 알이 먼저냐, 닭이 먼저냐……."

동수가 신경질 내며 엽도를 들고 뛰쳐나가자 그 뒤로 아이들이 우르르 쫓았다. 밤이 깊어서까지 산속을 헤집으며 사냥하던 아이들은 동수의 고집에 결국 사슴 한 마리와 메추리, 꿩 한 마리씩을 잡아들고 돌아왔다. 흑사모는 만족스런 얼굴로 사냥물을 손질하도록 한 뒤, 인심 쓰듯 저녁으로 고기를 먹자고 했다. 뜻밖에 고기를 먹게 된 아이들은 적은 양이라도 감지덕지한 얼굴로 먹어댔고, 모처럼만에 깊은 잠을 잘 수 있었다.

하지만 활에 미련을 못 버린 동수는 다음 날 오전이 지나기까지 마당 한구석에서 말라가는 대나무를 불만 어린 시선으로 바라봤다. 급기야 훈련을 지시하는 흑사모에게 큰소리를 질렀다.

"대체 활은 언제 만들 건데!"

"이놈아! 대나무가 말라야 만들지! 네놈은 한 가지를 생각하면 그것만 볼 줄 아는 조급한 성격이 문제니라. 오냐, 그리도 활이 만들고 싶다면 실컷 만들게 해주마. 오늘 하루, 대나무 숲에 가서 네 기량껏 대나무를 베어와 봐라. 네가 저만한 대나무 열 그루를 잘라온다면 당장에 만들게 해주마."

동수는 굵은 대나무를 베었던 여운을 흘끔 보고 후다닥 대나무 숲으로 달렸다.

'내가 못할 줄 알고?'

그냥 검으로 휙 그으면 잘려나갈 것만 같았지만 몇 번이고 대나무를 향해 검을 내리쳐도 작은 흠집만 날 뿐 대나무는 기울지도 않았다. 해가 질 때까지 쳐대도 굵은 대나무 하나도 제대로 벨 수 없었다. 마음만 앞서이 나무, 저 나무 한 번씩 검을 휘둘러본 동수는 노을이 지는 하늘 아래 털썩 주저앉고, 하소연이라도 하고 싶은 마음을 담은 한숨만 쉬었다.

"뭐가 이리 빳빳하냐. 발로 차면 부드럽고, 칼로 치면 빳빳하고. 어떻게 해야 쓰러뜨릴 수 있는 거야?"

원망을 섞어 말했지만 대나무는 곧게 서 있기만 했다.

동수는 이를 악물고 벌떡 일어서 대나무를 노려봤다. 바람이 불 때마다 우수수 잎을 흔드는 대나무를 가소로이 본 것부터 잘못이 아닌가 싶었다. 아무리 태풍이 몰아쳐도 그 뿌리가 뽑히지 않는 대나무였다. 바람을 따라 쓰러지다 다시 곧곧하게 서는 대나무를 애당초 힘으로 밀어붙일 생각을 한 게 틀렸음을 뒤늦게 눈치챘다. 동수는 대나무 앞에서 가만히 심호흡을 하고 두 팔을 들었다. 가만히 기합을 넣어 검을 세우자 사방에서 휘몰아치는 바람에 흔들리는 대나무가 휘청거리며 약 올리는 것만 같았다.

동수는 두 눈을 감고 다시 심호흡을 한 뒤, 있는 힘껏 검을 내리쳤다.

'푹!'

사선으로 내리친 검날이 대나무를 파고들었다. 두 손에 감각이 고스란히 느껴졌다. 이대로라면 대나무를 쉽게 벨 수 있을 거란 확신이 들었다. 섣부른 자만 때문일까. 검은 더 나아가지 못하고 대나무에 꼭 잡혀 움직이지 않았다.

"어? 어?"

동수는 눈을 번쩍 뜨고 마치 대나무가 물고 있는 것처럼 박혀 있는 검을 황당하게 바라봤다. 두 손에 힘을 줘 빼보려 했지만 도무지 빠지지 않았다. 동수가 낑낑대며 검을 빼려 하고 있을 때 언제부터 보고 있었는지 흑사모가 낮게 혀를 찼다.

"뭐든 힘으로 하려 하니 그 모양인 게다. 또, 힘으로 하려 했으면 끝까지 긴장을 놓지 말아야지. 잘났다고 중간에 힘을 푸니 대나무가 검을 먹어버릴 수밖에 없지 않으냐?"

"흑사모, 이거 좀 빼줘."

애원하는 눈길로 바라보니 흑사모가 매정하게 등을 돌렸다.

"네놈이 사내라면 대나무를 벨 때까지 이 숲을 나서지 말거라."

사라지는 흑사모를 애타게 부르며 동수는 박혀 있는 검을 노려봤다. 호랑이가 나타날지도 모르는 숲에 홀로 남겨지자 동수는 아등바등 검을 뽑으려 애썼다. 하지만 동수가 대나무에게서 검을 되찾은 건 한밤중이 되었다. 동수는 곧 죽어도 사내라고 우기며, 달빛만 소연히 들어오는 대나무 위로 기어 올라가 매달린 채 밤을 지내고 새벽을 맞이했다. 그날부터 죽순을 뽑아 먹고, 이슬을 마시며 동수는 대나무 베기에 열중했다.

그렇게 며칠이 지나 초췌해진 모습으로 굵은 대나무를 끌고 장용위로 돌아간 동수는 억울함에 빽 소리 질렀다.

"왜 나만 빼놓고 만들어!"

집 뒤에 궁장까지 만들어 활쏘기를 연습하고 있는 동무들을 보자 왈칵 눈물도 났다. 피골이 상접할 정도로 핼쑥해진 채 대나무를 질질 끌고 온 자신이 어리석게만 느껴졌다. 그런 동수의 발밑에 있는 대나무를 들여다본 흑사모는 싱긋 웃으며 칭찬했다.

"잘했다. 아주 깔끔하게 베었구나. 수고했으니 좀 쉬고……."

하지만 동수는 바짝 마른 손으로 초립의 활을 빼앗아들었다. 얼떨결에 활을 빼앗긴 초립은 눈을 껌벅이며 헛웃음 지었다.

"하하, 내가 만들었지만 참 잘 만들지 않았나?"

동수는 손바닥이 착 감기는 활을 쥐었다 폈다 하고 초립의 화살집에서 화살을 뽑아 시위에 걸었다. 활을 쏴본 적은 없지만 대충 폼은 알고 있었다. 팔뚝에 힘을 주고 시위를 잡아당기자 아이들이 동수를 주시했다. 그들 모두 시위가 휘어짐과 같이 입이 벌어지기 시작했다.

더 이상 휘어지지 않을 만큼 잡아당긴 시위를 동수가 막 놓으려던 찰나, 갑자기 흑사모가 동수의 손을 잡았다.

"멈춰라. 그대로 활을 쏘면 네 손이 다친다."

동수는 서서히 시위를 풀고 지릅뜬 눈으로 흑사모를 노려봤다.

"그러니까 가르쳐 달라고."

흑사모는 동수의 뒤에 서서 활을 다시 잡아주고 함께 손을 뻗어 시위를 당겼다. 두 사람의 시선이 한 곳으로 향했다. 과녁을 노려보며 시위를 꼭 붙들고 있는 동수의 손가락에서 흑사모의 손이 멀어졌다.

"놓아라."

동시에 동수의 손가락이 시위를 풀었고 과묵하게 진동하며 시위가 제자리로 돌아가자 화살이 과녁을 향해 날아갔다. 동수의 힘을 담아 무섭게 앞으로 나아간 화살은 과녁의 가장자리에 박히며 부르르 깃을 떨었다. 동수는 활을 내리며 길게 한숨을 쉬고 과녁에 박힌 화살을 물끄러미 바라보다, 뜬금없이 초립에게 투덜댔다.

"활이 이게 뭐냐? 힘이라고는 눈곱만치도 없게. 꼭 저승사자를 앞에 둔 할아비 같구만!"

"뭐야?"

동수는 히죽 웃고 후다닥 부엌으로 뛰었다. 며칠 굶었으니 배부터 채워야겠다는 생각에 부엌으로 뛰어 들어가는 동수를 아이들이 어이없다는 얼굴로 바라봤다. 궁장에는 과녁까지 못 간 화살들이 바닥에 줄지어 누워 있었다. 여운이 피식 웃고 다시금 시위를 잡아당겼다 놓으니 동수보다 못하지만 빠르게 날아가는 화살이 예리하게 공기를 찢었다. 아이들도 정신 차렸는지 이를 악물고 시위를 당겼다.

세월은 그들이 쏘는 유수처럼 흘러만 갔다.

7장
달빛 속에 타오르는 화火

1762년.

강산이 초록으로 물들다가 눈으로 뒤덮이길 수없이 반복했다. 작은 어깨는 넓게 펴지고 기골이 단단해진 아이들의 무예 실력은 하루가 다르게 발전해갔다. 그렇게 끝까지 남아 흑사모에게 훈련을 받은 12명의 청년들은 일렬로 앉아 명령을 기다렸다. 그들 앞에 작은 약사발이 조르르 줄지어 있고 두 다리를 벌리고 선 흑사모는 날카로운 눈빛으로 한 명, 한 명 주시했다.

"예고한 대로 약사발엔 복어 독이 들어 있다."

청년이 되었음에도 산속에서만 지내서인지, 아직 앳된 모습의 12명이 흠칫하며 약사발을 내려다봤다.

"백동수!"

그러자 듬직한 모습으로 앉아 있던 동수가 큰소리로 답했다.

"예!"

동수의 부리부리한 눈과 오뚝 선 코, 사내답게 각이 진 입술이 시원시

원한 인상을 풍겼다. 12명 중 가장 체격이 좋으면서 기골이 튼튼한 동수는 각진 손마디조차 힘이 넘쳐보였다. 흑사모는 목청 좋은 동수의 대답에 피어오르는 미소를 감추고 명령했다.

"복어 독에 대해 읊어 보거라!"

동수의 입에서 물 흐르듯 자연스럽게 설명이 흘러나왔다.

"복어 독은 극소량으로도 신경 마비, 혼절, 사망에 이를 수 있는 맹독으로 완전한 해독제는 존재하지 않습니다!"

동수가 어깨를 쫙 펼치며 우쭐해하는데 갑자기 옆에서 여운의 목소리가 들렸다.

"허나, 중독 후 네 시진8시간 동안 의식을 잃지 않고 견뎌내면 면역이 생겨 살 수 있습니다."

동수는 '이 자식이!' 하는 표정으로 여운을 흘겨봤다.

여전히 계집애같이 고운 선의 여운은 좀 더 다양해진 표정을 지녀 한결 부드러워 보였다. 끝이 가늘게 찢어진 눈매, 뽀얀 피부, 이따금 미소 지을 때마다 만월보다 부드럽게 구부러지는 입술의 여운은 같은 남자인데도 가슴이 두근거릴 정도로 아름다웠다.

물론 독을 숨긴 맹수와 같이 누구도 예쁘장하게 생겼다는 말을 대놓고 하지는 못했다. 외모는 한결 부드러워졌어도 성격은 더욱 모나게 변한 여운이기에 동수가 흘겨봐도 신경도 안 쓰는지 곧은 자세로 앞만 바라봤다. 차라리 날름 혀라도 내밀며 장난치면 주먹질이라도 하겠는데, 아예 무시해버리니 동수는 입술만 비틀 뿐이었다.

대조되는 두 사람을 바라보던 흑사모는 속으로 혀를 찼다. 산속에 머무는 지난 몇 년간 하루가 멀다 하고 여운에게 덤벼드는 동수를 보면 답답하기도 하면서 자랑스럽기도 했다.

12명의 아이들의 실력은 매일같이 일취월장했다. 그중 단연 여운이 눈에 띄었다. 뭘 시켜도 완벽하게 해내는 여운은 부친의 피를 단단히 이어받은 게 분명했지만, 어떤 때는 여운이 너무 뛰어나 불안함이 들기도 했다. 흑사모는 여운에 대한 걱정을 털어버리려 큰소리로 외쳤다.
"정확하다! 그럼 지금부터 발밑에 있는 복어 독을 남김없이 마신다! 실시!"
그동안의 훈련 덕분인지 두려움을 내보이면서도 12명은 단번에 약사발을 들이켰다. 동시에 들었던 약사발이지만 내려놓는 데는 차이가 있었다. 가장 먼저 그릇이 깨지지 않을까 싶을 정도로 거칠게 내려놓은 동수가 씩 웃더니 소매로 입술을 닦았다. 그 뒤로 여운이 정갈한 모습으로 사발을 내려놓고 곧은 자세로 가부좌를 틀며 조용히 호흡했다. 이어 순서대로 그릇들을 내려놓았고, 가장 늦게 내려놓은 초립은 가늘게 아랫입술을 떨면서 이마를 손등으로 닦았다.
초립의 장점은 어느 곳에 있어도 눈에 띄지 않는다는 것이었다. 굳이 나서지만 않는다면 있는 줄도 모를 정도로 자신을 드러내지 않았다. 외모도 그에 맞게 아주 평범하게 자라 특별히 내세울 구석도 없었다. 본인도 그런 장점을 잘 아는 듯 이따금 비상할 정도로 그 점을 이용했다. 예를 들어 모두가 벌 받는 일이 생길 때 은근슬쩍 빠져도 그 누구도 초립이 빠진 걸 알아채는 사람이 없었다. 그런 초립이 눈에 잘 띄는 동수와 붙어다니는 건 아무리 생각해도 희한했다.
그렇게 모두가 약사발을 내려놓고 조금 시간이 지나자 첫 번째로 바닥을 뒹구는 훈련생이 나타났다.
"으악! 배 아파!"
발을 동동 구르기도 하고 옆으로 떼굴떼굴 구르기도 하면서 한 명이 난동을 부리자 갑자기 훈련생들 대부분이 좌르르 쓰러졌다. 제각각 할 수 있는 한 최대로 요동치며 아프다고 하소연을 하더니 급기야 살려달라며 흑사모에게 손을 흔들어댔다.

흑사모는 교관들에게 눈짓한 뒤, 가만히 앉아 있는 세 사람을 바라봤다.

가장 늦게 마셨음에도 바짝 긴장한 탓인지 초립은 이미 독이 퍼진 모양이었다. 눈빛은 상한 생선처럼 탁했고, 정수리부터는 폭포 아래 있는 것처럼 땀을 쏟아내면서도 움직이지 않고 가만히 정면을 주시했다. 고개를 끄덕인 흑사모는 여운에게 시선을 돌렸다. '과연!' 이란 감탄사가 나올 만큼 여운은 아무런 상태 변화가 없었다. 눈동자도 맑고 부드러운 곡선을 그린 입술도 떨림이 없었다. 지극히 평화로운 모습을 보자 만족스러움이 밀려와 미소 짓던 흑사모의 눈에 동수가 들어왔다.

"헉!"

저도 모르게 큰 숨을 들이마신 흑사모의 이마에 한 줄기 땀이 흘렀다.

동수는 두 눈을 부릅뜨고 정면을 응시하고 있었는데, 마치 시체가 아닐까 할 정도로 얼굴과 입술이 새파랬다. 눈 주위가 검게 변해 마치 숯으로 그림을 그려놓은 것 같았다. 그럼에도 깜박임조차 안 하는 눈에서 흘러나오는 빛은 사방을 태울 것처럼 강렬했다.

'고놈, 참……'

고개를 절레절레 흔들며 바위에 걸터앉은 흑사모는 해가 지길 기다렸다. 무료한 시간 속에서 가만히 아이들을 지켜보고 있자니 온갖 잡생각이 다 들었다.

'형님들, 보고 계시오? 이놈들이 이리 장성했소이다.'

하늘을 올려다보니 하얀 구름이 웃는 것만 같았다. 시간이 점차 흐르자 눈처럼 하얗던 구름이 붉게 물들어갔다. 지평선을 바라본 흑사모는 교관들에게 눈짓을 준 다음, 바위에서 일어섰다.

"그만! 백동수! 여운! 양초립은 합격! 나머지는 모두 불합격이다!"

억울하다는 표정과 아쉽다는 표정으로 제각각 불만을 나타내는 훈련생 중 상각이 흘끗 동수를 노려봤다. 흑사모는 교관들이 여운, 초립에게 물약을 먹이는 걸 지켜보다가 동수에게 다가간 교관이 난처하다는 표정으로 돌아보자 눈썹을 꿈틀하며 다가갔다.

두 눈을 부릅뜨고 주먹을 불끈 쥔 동수는 조금의 미동도 없었다. 정신이 완전히 나간 듯 손을 눈앞에서 휘휘 저어도 꿈쩍없었다. 그때 옆에 있던 초립이 슬쩍 동수의 어깨를 밀자 스르르 동수의 몸이 기울어지는가 싶더니 흙먼지를 날리며 바닥에 파묻히듯 쓰러졌다.

"동수야!"

놀란 흑사모와 교관들, 훈련생들이 모여들었다.

흑사모는 기절한 채로 여전히 입술을 양쪽으로 밀어 올려 웃고 있는 동수를 보며 또다시 고개를 절레절레 흔들었다. 지극히 동수답다는 생각에 태연한 흑사모와 달리 교관들과 훈련생들 사이에선 난리법석이 났다. 기절한 동수에게 교관이 억지로 약을 먹이자 초립이 숙소로 업고 달려갔고, 그 뒤를 훈련생들이 우르르 따라 달렸다. 흑사모는 멀어지는 훈련생들을 바라보며 중얼거렸다.

"이번에도 그냥 넘기나 했더니 하산할 녀석들이 나왔군."

그러자 교관 한 명이 흠칫 놀라며 물었다.

"동수도 합격인 겁니까?"

"제시간 동안 참아냈으니 당연히 합격이다."

"정신을 잃은 게 아닙니까?"

흑사모는 피식 웃으며 농을 던졌다.

"너라면 혼절하는 순간에 웃을 수 있겠느냐?"

그제야 교관들이 '푸훗!' 하며 웃음을 뱉어냈다. 급히 손으로 입을 막았지만 터져 나온 웃음을 참을 수 없는 모양이었다. 흑사모도 새파랗게 질린 얼굴로 눈만 번득이며 웃고 있던 동수를 생각하니 절로 웃음이 나왔다. 한차례 웃음을 공유한 흑사모는 한숨과 함께 말했다.

"이번 시험에 등수를 매긴다면 동수는 장원 급제다."

가만히 있던 다른 교관이 갑자기 머리를 긁적이며 조심스럽게 말했다.

"대장님, 하지만 아직……."

흑사모가 날카로운 눈으로 바라보자 교관은 진심을 담아 중얼거렸다.

"철이 없지 않습니까……."

흑사모도 그 의견에 백 번 동감하는 바였다. 동수가 12살에서 변한 모습이라고는 오로지 덩치뿐이었으니까.

평안도의 넓은 벌판을 앞에 둔 훈련장에는 밤이 깊었는데도 군사들이 훈련을 계속하고 있었다. 저녁식사를 끝낸 지 한참인데도 평야를 가득 채운 군사들의 사기 충만한 기합소리에 이선은 흡족한 마음을 숨기지 않았다. 그때, 서유대 장군이 다가와 예를 갖추며 서찰을 건넸다.

"궁에서 온 서찰이옵니다."

단숨에 읽어 내려간 이선은 한 손으로 서찰을 구겨 잡으며 상길에게 내밀었다.

"청국 사신단이라……. 상길아, 궁을 떠나온 지 얼마나 되었느냐?"

그러자 서유대가 대답을 준비한 사람처럼 바로 입을 열었다.

"평안도에 머문 열흘을 합쳐 달포가 다 찼사옵니다."

"청국에서 사신을 보내온 걸 보니, 과인의 관서유랑이 청 황제의 귀에까지 들어간 모양이군."

서유대는 걱정스런 얼굴로 한숨처럼 말했다.

"저하, 평안도와 함경도는 청국과 마주하는 변방입니다. 저하께서 오래 머물러 계실수록 밖으로는 청국의 의심을 살 것이며, 안으로는 노론에 빌미를 제공할 것이옵니다."

손가락을 입술에 댄 채 이선은 깊은 한숨을 쉬었다. 조금도 틀린 말이 없었기에 당장 궁으로 돌아가야 한다는 생각이 들었지만 떠나고 싶지 않아 이선은 뚫어져라 군사들의 훈련을 지켜봤다. 그러자 상길이 허리 숙여 이선의 귀에 대고 속삭였다.

"한데 저하, 유가의 아씨께서 청국에서 돌아오셨습니다."

생각에 잠겨 게슴츠레했던 눈이 번쩍 뜨였다. 이선은 그대로 일어나 성채 안으로 들어갔다. 이선이 방밖에 서자 상길이 보고하기도 전에 문이 열리며 지선의 고운 목소리가 흘러나왔다.

"들어오시지요."

물러서는 상길을 밖에 두고 방 안으로 들어가자 여인이 된 지선에게서 분향이 풍겼다. 소녀의 티를 벗고 우아한 여인이 된 지선의 안내에 탁자 앞에 앉은 이선은 희미한 미소를 지었다.

"날이 밝는 대로 난 한양으로 출발할 것이다. 너도 청암사로 가서 기다리거라."

지선이 다소곳하게 고개 끄덕이자 흐린 등불이 까닥하고 불꽃을 내렸다. 다소 피곤해 보이는 모습을 보니 이선은 슬쩍 미안한 마음이 들었다.

"청국에서 돌아온 지 얼마 되지 않았는데 미안하게 되었구나."

"여독은 모두 풀었사옵니다."

지선이 거짓말하고 있음은 가뭇한 눈 밑을 보지 않아도 알 수 있었다. 이선은 대화를 빨리 끝내고 조금이라도 더 쉬게 해줘야겠다는 생각에 단도직입적으로 물었다.

"그래, 직접 다녀보니 어떠하더냐?"

"지형지세는 북벌지계와 다름이 없었사옵니다."

깜짝 놀란 이선의 목소리가 본의 아니게 높아졌다.

"하면 백 년이 지난 지금에도 북벌지계가 유효하단 뜻이냐?"

"유효하긴 하나 아직은 아닙니다. 제 아비께서 남기신 북벌지계엔 아직 소녀가 해석하지 못한 부분이 몇 곳 있사옵니다."

"그래? 그것이 무엇이냐?"

지선은 까만 눈동자를 이선에게 박으며 묘한 말을 언급했다.

"저하, 아직은 말씀드리기 어렵습니다. 좀 더 고민한 연후에 말씀드리겠습니다. 허나, 염려 마십시오. 긴 시간이 걸리지는 않을 것입니다."

이선은 고개를 끄덕이며 지선을 다독였다.

"그래…… 믿고 기다리마. 그리고 익일, 청국에서 넘어오는 상단에 널 합류시키도록 하마. 호위 무사를 붙일 터, 신변을 걱정할 필요는 없다."

"두려움 따위, 이미 오래전에 버렸습니다. 소녀가 두려운 것은 오직 저하의 안위뿐이옵니다."

이선은 약간은 일그러진 미소를 보이며 푸념처럼 말했다.

"이제는…… 너마저도 나를 걱정하는구나."

그러자 지선이 살짝 당황한 모습으로 급히 입을 열었다.

"저하께서 가시는 길은 고통 배인 가시밭길이 아니옵니까? 누구도 가려 하지 않고, 누구도 가본 적 없는 그 험난한 길에, 저하의 발이 되어드릴 수 없음이 안타까울 따름입니다."

미안하고, 고맙고, 부끄러워 이선은 등불에게로 시선을 돌렸다.

장용위의 12명 중 최초로 하산한 동수와 여운, 초립에게 첫 임무가 내려졌다. 청국에서 넘어오는 상단에 동행하는 사미니비구니가 되기 전의 여승를 호위하는 가벼운 임무였지만, 첫 임무라 바짝 긴장하면서도 흥분해 있던 동수는 맥빠질 만큼 한가로운 호위에 하품을 해대며 터벅터벅 걸었다. 그러다 급기야 가마 안에 있는 사미니가 궁금해서 흘끔거리며 들여다보기까지 했다.

　가마의 작은 창 안에는 고운 여인이 앉아 있었다. 안이 어둡고 창이 작아 제대로 볼 수 없었지만 자수가 놓인 수홍색 치마의 고급스러움은 확실하게 볼 수 있었다. 계속해서 흘끔거리던 동수는 호기심에 아예 대놓고 고개를 빼며 뒤꿈치를 들었고, 마침 가마 안의 사미니가 동수를 쳐다봤고 본의 아니게 눈이 딱 마주쳐 버렸다. 동수는 화들짝 놀라 얼른 뒤꿈치를 내리고 슬그머니 가마 뒤로 물러 따라가며 겸연쩍음을 숨기려 투덜거렸다.

　"스님이라더니, 한복을 입고 있네?"

　뒤에서 따라오던 초립이 귀신같이 그 소리를 듣고 흑사모처럼 말했다.

　"사미니랬잖느냐. 아직 스님은 아니니라."

　말투가 똑같아 웃음이 나왔지만 으스대는 꼴이 얄미워 동수는 초립에게 돌멩이 하나를 던졌다. 획하니 돌을 피하며 초립이 날름 혀를 내밀자 눈을 부라리던 동수는 여운이 낮게 혀 차는 소리에 얼른 나달거렸다.

　"고대하던 첫 임무가 고작 이런 거라니. 자객단 정도는 상대해줘야 이 몸의 진가가 제대로 나올 텐데. 아! 아쉽다, 아쉬워!"

　그러자 등 뒤에서 초립이 아주 진지한 목소리로 불렀다.

　"동수야."

　"어?"

　"니 실력으로 자객단 만났다간, 황천길로 직행이야."

　너무나 진심을 담은 목소리에 동수는 고개를 주억거리다 그 의미를 깨닫고 펄쩍 뛰며 항의했다.

　"뭐? 내 실력이 뭐가 어때서! 무예로 치자면 하늘 아래 여운이 다음이 나 아니냐! 조선제⋯⋯ 이검 백동수! 흠흠."

　동수를 쳐다보지도 않고 여운은 피식 웃었다.

"안다니 다행이다."

반면 초립은 동수를 흘겨보며 빈정거렸다.

"조선제이검은 개뿔. 그럼 나는 조선제삼검이냐?"

동수가 홧김에 초립에게 덤벼들 참이었다. 한 팔을 뻗어 그들을 제지한 여운이 숲 속을 노려봤다. 이어 20명 남짓한 도적패가 일제히 상단을 향해 뛰어들었다. 순식간에 상단의 호위 무사들과 도적들의 검이 부딪치며 사방에서 철음이 울리자 봇짐장수들은 제 몸 피하느라 서둘러 사방으로 흩어졌고, 가마꾼조차 벌벌 떨며 서로 눈치 보기에 바빴다. 동수는 재빠르게 가마 앞을 막아서며 툴툴거렸다.

"아, 잔뜩 기대하고 있었는데. 뭐야, 고작 산적 패거리야?"

그러자 가마의 왼쪽을 맡은 여운이 턱으로 도적 한 명을 가리키며 말했다.

"만만히 볼 상대는 아니야."

그 말이 끝나기 무섭게 어디선가 세 개의 화살이 동시에 날아왔다. 동수가 미처 쳐내기도 전에 가마에 두 개의 화살이 날아가 박혔다. 나머지 하나는 가마의 창으로 날아들었고, 창밖으로 무슨 일인가 싶었는지 고개를 내밀고 있던 사미니의 얼굴이 당황으로 일그러졌다. 하지만 화살은 아슬아슬하게 사미니의 얼굴 앞에서 멈췄다. 동수는 맨손으로 화살을 잡은 여운에게 아랫입술을 삐죽 내밀었다.

샘이 나서 죽을 지경이지만 여운이 아니었다면 임무에 완전히 실패했을 거란 생각에 다행으로 여겼다. 동수는 여운의 묘기에 도적들이 놀라 멍한 표정을 짓자 간결이 말했다.

"배운 대로 하자. 여운은 목표물과 함께 현장 회피, 초립은 후방 호위, 나는 방해물 제거!"

마지막 부분이 무척 신 났다. 그런 동수에게 여운이 무심한 표정으로 토를 달았다.

"호위 임무는 안전 피신이 최우선 아닌가?"

동수는 무기조차 꺼내지 않은 여운을 노려보며 경악이 담긴 목소리로 외쳤다.

"그럼, 이 재밌는 상황을 두고 셋 다 꽁무니를 빼자는 거야?"

초립의 눈에 공감이 퍼지는 걸 확인한 동수는 은근슬쩍 여운의 눈치를 보며 소곤거렸다.

"운이만 보내면 안 될까?"

서로 의견이 맞은 두 사람은 공범자의 눈짓을 교환하며 의미심장한 미소를 지었다. 그런 동수와 초립에게 운이가 다 안다는 듯 씩 웃으며 말했다.

"안 돼."

"쳇!"

고개를 치켜들며 불만을 표시하던 동수는 뒤에서 들리는 바람 소리에 저도 모르게 손을 뻗어 손바닥을 쓸며 지나는 화살을 꽉 붙들었다. 무슨 일이 벌어진 건지 스스로도 파악하지 못하던 동수는 서서히 두 눈을 크게 떴다. 손에 잡혀 있는 화살이 어디서 날아왔는지조차 알 수 없었다. 단지 날아오는 화살을 맨 손으로 잡았다는 것만 분명했다.

"어? 봤어? 봤어? 크하하하!"

그러자 초립이 멀뚱거리며 되물었다.

"뭘?"

"방금 못 봤어? 손으로 화살 잡았잖아! 카, 역시 천재야, 천재! 운아, 여긴 이 천재님에게 맡기는 게 어때?"

호들갑 떠는 동수를 쳐다보지도 않고 가마 앞으로 다가가 창을 두드린 여운은 사미니가 얼굴을 내보이자, 잠시 머뭇거리더니 조용히 말했다.

"저……, 밖으로 나오셔야겠습니다."

가마에서 내린 사미니와 함께 멀어지는 여운을 돌아보며 동수는 달려드는 자객을 향해 검을 빼들었다. 흑색 복면 위로 동그란 눈만 내민 도적은 동수가 여유 있게 검을 쳐내자 눈을 반짝이며 가는 목소리로 빈정거렸다.

"실망이야. 오랜만에 쓸 만한 사내를 봤다 싶었는데, 젖비린내 나는 꼬마들이잖아?"

동수의 눈이 번쩍번쩍 빛을 토해냈다.

"꼬마? 야, 이렇게 큰 꼬마 봤어? 목소리도 계집애 같은 게! 확! 내가 너보다 밥을 먹어도 삼천 그릇은 더 먹었고, 길을 걸어도 천 리! 아니, 만 리는 더 걸었겠다!"

도적이 어이없다는 듯 코웃음 치며 또다시 빈정거렸다.

"흥! 밥 많이 먹었다고 세상이 보이나? 생각을 하고 살아야 세상이 보이지! 나 원, 자랑할 게 없어 나이 자랑이냐?"

그 순간 동수는 확실히 알게 되었다. 상대가 여자라는 것을.

"그러는 너는? 세상이 그리 잘 보여서 계집이 도적질부터 배웠냐!"

"이게!"

그러더니 도적이 또 하나의 검을 뽑았다. 그렇게 쌍검을 양손에 쥔 도적 옆에 다른 도적이 달려왔다. 동수와 초립은 이제야 숫자가 맞는다는 생각에 씩 웃으며 검을 치켜들었다. 하지만 동수가 먼저 선수 치기도 전에 쌍검 중 하나가 '휙' 하고 눈앞으로 지나갔고, 여도적은 눈을 반짝이며 살살 약 올렸다.

"꼬맹이. 세상 구경 좀 더 하구 와라. 생각도 좀 하면서 살고!"

"이게!"

동수의 검이 힘을 안고 내리치자 여도적이 정면에서 받아냈다. 쌍검이 서로를 교차하며 동수의 검을 쉽게 막아내자 동수는 문득 쌍검을 든 상대와 대련해본 적이 없다는 사실을 떠올렸다. 교차된 쌍검 가운데 잡힌 동수의 검 너머로 여도적의 눈동자가 보였다. 순간, 동수는 묘한 느낌에 잠시 움직임을 멈췄다. 그러자 여도적이 쌍검을 풀며 동수의 검을 밀어냈다.

힘이 좋은 동수는 항상 세법이나 자법보다는 격법格法, 위에서 아래로 내려치는 검법을 주로 사용했기 때문에 방패가 없어도 방패 역할을 할 수 있는 쌍검을 상대로 이기려면 오로지 힘이 우선이었다. 하지만 상대가 여자이면서 살기殺氣를 내보이지 않는 걸 생각하니 쉽게 온 힘을 다해 내리칠 수도 없었다. 동수는 은근 난감함을 느끼며 또다시 검을 내리쳤다. 조금 더 힘을 주었기 때문에 여도적의 손목에 충격이 갔는지 교차된 검이 약간이지만 흔들렸다. 아마도 몇 번 그렇게 내리친다면 여도적은 검을 떨어뜨릴지도 몰랐다. 동수는 괜히 피를 보고 싶지 않아 도적이 쌍검을 풀기 전에 또다시 검을 치켜들었다.

그때 어디선가 독특한 피리 소리가 길게 울려 퍼졌다. 귀를 찢는 소리가 철음 사이로 퍼지자 신기 들린 듯 무사들과 대치하던 도적들이 동시에 주춤했다.

그러자 여도적이 신경질을 내며 쌍검을 아래로 내리며 소리쳤다.

"누가 이른 거야! 막내, 막내 어딨어! 이 자식이……."

그리고선 땅을 차대더니 큰소리로 외쳤다.

"모두 철수!"

순식간에 썰물 빠지듯 길에서 벗어나는 도적들과 같이 도망가는 여도적의 등에 대고 놀림을 던졌다.

"야! 가서 엄마 젖이나 더 물고 와라!"

여도적은 단단히 화가 올랐는지 지글거리는 눈으로 돌아보며 신경질을 냈다.

"아우, 저게!"

그러고선 성질을 담아 거칠게 사과 한 개를 던졌다. 투석기처럼 동수의 가슴으로 날아오는 사과를 받자 손바닥이 얼얼했다. 고개 들어보니 이미 도적들이 모두 사라지고 없었다.

가마에서 한참 멀어졌는데도 도적 둘이 포기하지 않고 계속해서 쫓아왔다. 여운은 지선이 제대로 따라오나 수시로 확인하며 앞으로 나아갔다. 세 명의 호위 무사는 지선이 생각했던 것과 판이하게 달랐다. 스승인 대홍에게서 느낄 수 있었던 위압감과 무게감이 전혀 없는 젊은 사내들이어서 못미더운 마음이 있지만 그들을 호위 무사로 보내준 이선을 믿기로 했다.

"앗!"

생각에 잠겨 여운의 뒤를 따라 달리던 지선은 뒤에서부터 날아온 물풀매_{가죽 끈 양쪽에 돌 두 개를 묶어 던지는 무기}에 발목이 걸려 그대로 바닥으로 쓰러졌다. 뱀처럼 빠르게 발목에 감기던 돌이 복사뼈를 후려쳤는지 욱신거림이 몰려왔다. 급히 되돌아온 여운은 지선의 발목에서 물풀매를 풀어주고 일어나도록 도와줬다. 그때 지선은 살짝 벌어진 목깃 사이로 여운의 시선이 흘러들어온 걸 느끼고, 서둘러 옷을 여민 뒤 일어나려 두 다리에 힘을 줬다. 하지만 발목이 시큰거려 다시 주저앉은 지선은 신음을 삼키며 눈을 감았다.

여운이 일어나라고 재촉할 줄 알았는데 이상하게 침묵이 흘렀다. 지선은 조용히 눈을 떠 자신을 향해 등을 내밀고 있는 여운을 바라봤다. 아무리 위급한 상황이지만 남자의 등에 업히는 건 선뜻 행할 수 있는 일이 아니었다. 지선은 한 손으로 땅을 받치고 무릎을 세우며 조용히 사양했다.

"괜찮습니다."

홀로 일어서기를 해보려는데 발목에 힘이 들어가지 않았다.

"지체하면 둘 다 위험해집니다."

결국 여운에게 업힌 지선은 어쩔 줄 몰라 하며 여운의 어깨 위에 주먹 쥔 손을 올려놨다. 지선을 업은 채 전혀 힘든 기색 없이 달려가던 여운은 갑자기 나무 뒤에서 도적 둘이 칼을 빼들며 나타나자 급히 발을 멈췄다. 그제야 뒤따르던 도적들이 사라진 걸 알게 됐고 지선은 자신 때문에 도적이 앞질러 갈 수 있게 된 것을 미안해했다.

"부탁인데, 조용히 좀 지나가면 안 될까?"

여운이 나직하게 부탁하자 도적들이 킬킬거리며 웃었다.

"그려, 아주 조용히. 고 품속에 있는 것만 털어놓고 조용히 가면 된당께."

그다음은 어떻게 된 일인지 도적들이 돌멩이에 맞아 이마를 쓸고, 어깨를 비벼댔다. 지선은 자신을 업은 채 발로 돌멩이를 차서 도적들을 공격한 여운에게 내심 감탄했다. 그렇다고 계속 돌멩이만 차댈 수는 없는 노릇이다.

"내려 주십시오. 제 한 몸 정도는 지킬 수 있습니다."

여운은 잠시 망설이더니 조심스럽게 지선을 내려줬다. 얼마나 조심스러운지 발이 땅에 닿았는데도 쉬이 놓아주지 않아 지선은 여운의 어깨를 가만히 두드려야 했다. 지선의 앞을 막아선 여운은 뒤도 돌아보지 않고 말했다.

"제 뒤로, 바싹 붙어 계십시오."

그러고선 활집弓家, 천으로 만든 살동개화살집, 검을 차례대로 바닥에 던지더니 여유롭게 도적들을 향해 손가락을 까닥이며 덤비라는 몸짓을 해보였다. 여운의 도발에 불끈 화를 내며 도적들 셋이 동시에 달려들자 지선은 얼른 바닥에 있는 활집과 살동개를 집어 들었다. 서둘러 활을 꺼내 화살을 끼우고 여운 쪽으로 몸을 돌려본 지선은 시위를 겨누려다 눈을 동그랗게 떴다.

'탁, 탁.'

여운은 아무 일도 없었다는 듯 손바닥을 맞부딪쳐 털었고, 그 앞에 세 명의 도적이 돌처럼 굳어 낑낑 신음을 흘리며 서 있었다. 지선은 묘기를 보는 것 같아 눈을 깜박이며 그들을 주시했다. 그때 여운의 왼쪽에서 숨어 있던 도적이 검을 휘두르며 덤불속에서 튀어나왔다. 여운이 '아차!' 하는 표정으로 몸을 빼는 것과 동시에 지선의 손가락에 걸려 있던 시위가 '퉁' 소리를 내며 튕겨졌다. 허공을 가르며 날아간 화살은 깃을 털며 우아함을 뽐내더니 그대로 도적의 팔꿈치에 박혔다.

"으아악!"

도적이 새된 비명을 지르며 검을 떨어뜨리자 여운이 내심 놀랐는지 천천히 지선을 돌아봤다. 지선은 또 다른 화살을 장착하고 시위를 겨누며 조용히 경고했다.

"돌아가십시오."

"윽! 저, 저년이!"

도적이 지꺼분한 눈으로 노려보며 소리쳤지만 지선은 평정심을 잃지 않고 조언했다.

"목숨은 누구에게나 귀한 법입니다."

"뭐, 뭐시여? 머리에 피도 안 마른……."

지선은 도적이 발을 내딛자 정확히 발등을 향해 시위를 풀었다. 또다시 묵직하면서도 경쾌한 진동음이 울리는가 싶더니 화살이 도적의 발등에 박혔다. 아예 비명조차 지르지 못하고 멈춰선 도적을 보고 다시 화살을 장착하자 여운에 의해 움직이지도 못하던 도적들이 되레 소리쳤다.

"살, 살려주십시오!"

화살 맞은 도적도 두 손을 싹싹 빌었다. 지선이 시위를 풀고 활을 내밀자 여운은 아무 말 없이 활을 활집에 넣더니 살동개와 검을 집어 들었다. 절룩거리며 앞장서는 지선의 등 뒤로 느껴지는 여운의 시선이 따가웠다.

뿔뿔이 흩어진 봇짐장수를 쫓는 도적들 또한 사방으로 뻗어나갔다. 남루한 옷을 입은 봇짐장수의 뒤를 쫓은 도적은 검을 빼들고 자신만만한 어조로 입을 열었다.

"이보쇼. 목숨은 살려줄 테니 봇짐만 놓고 얼른 사라지쇼."

그러자 한 팔이 없는 봇짐상이 낑낑거리며 봇짐을 내려놓더니 온전한 팔로 품에서 무언가 꺼냈다.

"가져갈 수 있으면 가져가 보거라."

눈앞에 바짝 들이댄 호패를 읽어 내려가던 도적의 눈이 점차 커졌다.

"김, 광, 택? 설마 검선?"

믿기지 않는다는 얼굴로 멍한 시선을 드는 도적의 이마에 호패가 '딱!' 소리를 내며 부딪쳤다. 얼마나 세게 얻어맞았는지 이마가 금방 시뻘겋게 물들었다. 아마 모서리로 맞았으면 피를 철철 흘렸을지도 몰랐다. 도적은 띵한 통증이 이마에서부터 뒷골까지 타고 흐르자 눈을 부라리며 검선을 노려봤다.

"글을 읽을 줄 아는 도적이라……."

뭔가 생각에 잠긴 듯 중얼거리는 검선에게 덤벼들려 하던 도적은 또다시 호패에 오른쪽 볼을 맞아 고개가 휙 돌아갔다. 눈앞에 별이 번쩍거리고 입안의 살이 터졌는지 비릿한 피가 목구멍으로 넘어오자 화가 치밀어 오른 도적이 죽기 살기로 다시 덤벼드는데, 하늘을 바라보면서 검선이 또다시 호패를 휘둘렀다. 왼쪽 볼이 얼얼하고 눈두덩이 화끈거렸다. 도적은 정신을 차릴 새도 없이 연신 호패로 양쪽 볼을 맞아가며 고개를 왼쪽, 오른쪽 돌렸다.

"단순한 도적 떼가 아닌 모양이구나."

눈물을 글썽이며 제발 그만 멈춰줬으면 하는 도적의 볼을 후려치며 검선은 여전히 생각에 잠긴 얼굴로 하늘을 바라봤다. 급기야 도적은 검을 떨어뜨리고 이빨을 딱딱 부딪쳐가며 떨었다. 그제야 호패를 허공에서 멈춘 검선은 피범벅이 된 도적의 얼굴을 보고 흠칫 놀란 듯하더니 안쓰러운 표정을 얼굴 가득 담았다.

"이런! 생각에 잠겨 나도 모르게 심하게 했구나. 이제 그만 가보거라."

도적은 엉덩이에 불붙은 것처럼 검도 내팽개치고 허겁지겁 도망쳤다.

멀어지는 도적의 뒷모습을 보며 검선이 힘겹게 한 팔로 봇짐을 다시 들쳐 매자 어디서 나타났는지 검을 든 청년이 툭 튀어나와 능청을 떨었다.

"어흠, 영감님. 거참 요상한 손기술을 쓰시는구려?"

검선은 젊은 놈이 능글맞게 말하는 폼새가 재미있어 낮게 소리 내서 웃었다. 그러자 청년은 기분이 상했는지 아랫입술을 삐죽 내밀며 퉁명스럽게 말했다.

"하도 요상한 손기술이라 한번 붙어보고자 하는데 수락하시겠소?"

검선은 호패를 내보이며 다시금 웃었다.

"호패술이니라. 배워보겠느냐?"

"하! 거참! 이 양반이 날 뭘로 보고……. 이 몸으로 말할 것 같으면…… 아야!"

인정사정없이 날아들어 부딪치는 호패를 피하지 못한 청년은 아프다는 듯 눈살을 찌푸리며 손으로 머리를 비볐다. 검선은 젊은 놈에게 예의 좀 가르쳐줄까 싶어 연신 호패를 휘두르자 청년이 제 딴에는 피한답시고 이리저리 상체를 움직였지만 검선의 호패를 벗어나지는 못했다.

"아야야야야!"

결국 청년은 비명을 지르더니 뒤로 펄쩍 뛰어 물러서고 검을 뽑아들었다.

"뭐, 뭐야! 당신 뭐야!"

검선은 품에 호패를 넣으며 청년이 그랬던 것처럼 능청을 떨었다.

"보면 모르느냐? 약초꾼이니라."

청년의 시선이 검선의 머리부터 발끝까지 단숨에 흘렀다. 흐트러진 채 산발한 머리, 약간은 끝이 늘어져 보이는 눈매, 단단해 보이는 입술, 남루한 옷을 입었지만 풍채가 느껴지는 몸, 헐렁이며 날리는 한쪽 소매.

"약초꾼은 개뿔. 보슈! 어디서 굴러먹던 양반인지는 몰라도……."

지기 싫어하는 놈인지 바락바락 대들던 청년은 검선이 검을 들고 유심히 바라보자 입을 조개처럼 탁 닫았다. 그리고 어이없다는 표정으로 검을 뺏긴 빈손을 내려다봤다. 검선은 검을 돌려주며 인자하게 충고했다.

"좋은 검이구나. 허나, 살인검은 결코 좋은 검이 될 수 없느니라."

충격을 받았는지 청년의 눈동자가 빛을 잃은 채 검선을 바라봤다. 검선은 선해 보이는 청년의 눈을 주시하며 희미하게 미소 지었다.

"사람을 해할 눈이 아니구나."

굳이 청년을 해칠 이유가 없어 몸을 돌려 산길을 찾아 떠나는 검선의 귀에 어디선가 아련히 누군가를 부르는 소리가 들렸다.

"동수야!"

환청처럼 들리는 소리에 검선의 눈동자가 추억을 담고 흐려졌다. 평생 잊을래야 잊을 수 없고, 지울래야 지울 수 없는 '백동수'라는 이름이 가슴으로 파고들었다. 20년 전, 울어대는 동수를 한 팔에 안고 도망치던 검선은 서낭나무 아래 아이를 숨긴 뒤 자객들과 상대했다. 홍대주 앞에서 스스로 팔을 잘라내고 처치도 못한 터라 평소라면 쉽게 물리칠 수 있는 자객들과 고전한 검선이 서낭나무 아래로 돌아갔을 때 느꼈던 좌절감은 이루 말할 수 없었다. 흐트러진 배냇보만 덜렁 남아 있는 그 나무 아래서 얼마나 울었던가. 사방에서 울어대는 늑대 울음소리가 그토록 원망스러울 수 없었다. 약속을 지키지 못하여, 맹세를 깨뜨려서 자신을 용서할 수 없었다. 검선은 마른하늘을 올려다보며 젖어드는 눈시울을 지우지 못했다.

8장
번민煩悶하는 굳은 약속

편전에 모인 대신들이 바짝 긴장해서 어깨를 움츠리고 있었다. 영조는 청국 사신의 눈치를 보고 있는 대신들에게 불만 어린 시선을 던졌다. 사신은 예를 취하자마자 입을 열어 구약현하口若懸河했다.

"주상, 세자가 변방에서 군사 훈련을 지휘했다는 것이 사실이옵니까? 이번 일로 황제 폐하의 심기가 무척이나 불편하십니다!"

질문을 해놓고 대답도 듣지 않은 채 단정해버리는 사신을 노려보며 영조는 이를 악물었다. 청국의 간섭은 백 년이 지나도 여전했다. 다행히 예조 판서 김윤서가 나서서 한마디 했다.

"오해가 있으십니다. 세자 저하께서 관서 지역을 순시하신 것은 사실이오나, 손수 군사 훈련을 지휘한 것은 아니옵니다."

그러자 사신이 얇은 콧수염을 매만지더니 매서운 눈길로 김윤서를 노려봤다.

"하면 도성을 지키는 병력이 겨우 오 천일 진데, 어찌 청국과 접하는 변방에는 그 열 배인 오만 명의 대병력을 주둔시킨단 말이오!"

일침을 가하여 김윤서의 입을 막은 사신은 다시금 화살을 영조에게 돌렸다.

"행여 도발을 생각하는 게 아니십니까?"

영조는 불끈 쥐어지는 주먹을 감추며 조용히 말했다.

"말을 삼가시게."

하지만 사신은 기름통에 붙인 불처럼 활활 타올라 소리쳤다.

"폐하께서는 이 문제를 소상히 알아오라 소신을 보내셨고, 주상께서는 합당한 이유를 대셔야 할 겁니다!"

급기야 영조는 손가락 마디가 하얗게 변할 정도로 세게 쥔 주먹으로 어좌의 팔걸이를 내리쳤다.

"이놈! 말을 삼가라 하지 않았느냐!"

"주, 주상! 지금 소신에게 이놈이라 하셨소이까?"

당황해하면서도 분개하며 얼굴을 붉히는 사신에게 영조는 따끔하게 말했다.

"그렇다! 일국의 세자가 군사 훈련을 하건 말건, 대체 청국이 무슨 연유로 일일이 관여한단 말이냐! 네놈 말대로라면, 조선엔 병졸 한 명 없어야 한단 말이더냐!"

"흠흠, 신은 다만 황제 폐하의 뜻을 받들어……."

영조는 또다시 어좌를 내리치며 강한 의지를 내보였다.

"과인이 책임질 것이다!"

대신들과 사신이 입을 떡 벌리며 영조를 올려다봤다. 영조는 사신을 노려보며 말을 이었다.

"세자가 결코 도발을 생각지 않았음을. 과인의 목숨으로 보장하면 되겠느냐!"

그러자 김한구가 앞으로 나서며 화급히 아뢰었다.

"전하! 당치도 않으신……."
"시끄럽다! 동궁은 과인의 자식이고, 모든 책임은 과인이 질 것이다. 알아들었느냐!"

모두가 숙인 고개를 들지 못했다. 사신은 헛기침을 하며 시간을 벌더니 살살 약 올리는 투로 답했다.

"주상의 변명을 듣고자 소신이 이 먼 길을 온 것은 아닙니다만, 주상의 충심을 모르는 바 또한 아닙니다. 황제 폐하께 주상의 충심을 잘 전언해 드리겠습니다."

말투와 달리 사신의 입꼬리가 살짝 올라간 것을 보며 영조는 낮게 이를 갈았다. 더 이상 이 자리에 있다가는 울화병으로 쓰러질 것만 같아 대신들을 쳐다보지도 않고 편전을 나섰다. 곧장 강녕전으로 향한 영조는 이선을 불러들였다. 잠시 후, 영조는 이선이 들어오고 문이 닫히기도 전에 소리쳤다.

"네놈은 뭣 하는 놈이더냐!"

그래도 분이 풀리지 않아 손에 잡히는 화병을 벽에 던진 영조에게 이선은 머리를 숙였다.

"과인이 청국 사신에게 농락당하는 꼴을 보고 싶었던 것이냐!"
"아바마마……."

눈조차 마주치지 못하는 이선을 보자 더욱 울화가 치밀었다.

"그래, 내 명을 어기고 달포간 어디서 무얼 했더냐!"

이선은 입도 벙긋 못했고 영조는 계속해서 화를 토해냈다.

"고할 필요도 없다! 지난 달포간 네놈이 만난 이들은 모두 병졸로 강등할 터이니, 그리 알거라!"

그러자 고개 숙이고 가만히 있던 이선이 영조에게 한 발 다가서며 사정했다.

"전하! 벌은 소자가 달게 받겠나이다! 어찌 아무런 죄 없는……."
"시끄럽다! 애초에 네놈이 벌인 일이 아니더냐! 그만 물러가거라!"
"전하!"
애원하는 이선의 눈빛이 가슴을 찔렀지만 그래도 분이 풀리지는 않았다. 한 나라를 책임져야 할 세자가 도통 무슨 생각인지 알 수 없어 더욱 화가 솟구라졌다. 이 중요한 시기에, 세자를 탐탁지 않아 하는 이들이 많은 이때에 자꾸만 책잡히는 세자가 원망스러웠다. 영조는 두 손에 얼굴을 묻고 깊은 한숨을 흘렸다.

사방에서 흐드러지는 관기들의 웃음소리가 무척이나 들그러웠다. 인ㅅ은 짜증을 삼키며 영화관 안으로 뛰어 들어가 청국 사신이 머물고 있는 방으로 곧장 향했다. 흑색 복면에 눈만 내놓은 인ㅅ은 풍악 소리 사이로 깔깔거리는 여인들의 웃음소리가 흘러나오는 방문을 세게 걷어찼다.
'쿵!'
문짝이 부서지며 바닥으로 쓰러지자 시끄럽게 웃어대던 기생들이 동시에 비명을 질렀다. 기생들이 부리나케 도망치는 사이 인ㅅ이 검을 뽑아 들고 사신 앞으로 성큼성큼 걸어가자 사신이 바닥을 기며 애원했다.
"사, 살려주시오."
개처럼 기어가며 애원하는 사신의 모습이 참으로 가녀스러웠다. 인ㅅ은 샐쭉 입술을 비틀어 비웃음을 담고 사신의 옷자락을 밟았다. 사신은 더 나아가지 못하고 공포가 가득한 눈으로 뒤돌아봤다. 인이 등불에 번쩍 빛나는 검을 사신의 어깨에 인정사정없이 내리 꽂자 생살을 뚫고 지나간 칼끝이 바닥에 부딪쳤다.
"으윽! 사, 살려주시오……."
한쪽 무릎을 꿇고 사신과 눈높이를 같이한 인ㅅ은 아무 말 없이 한 손을 내밀었다. 제법 눈치가 빠른 사신이 허겁지겁 떨리는 손으로 품을 뒤지더니 금화 몇 개를 꺼내놓았다.

인ㅅ은 금화를 쥐고 몸을 일으켜 사신의 어깨에 박혀 있는 검을 단숨에 뽑았다. 검이 빠져나오자 고통스러운지 사신은 바닥을 뒹굴며 신음을 흘려댔다. 바닥을 향해 검을 털고 인ㅅ은 나직이 웃으며 말했다.

"영감, 운이 좋수다. 크크크."

신음만 흘려대는 사신을 뒤로하고 인ㅅ은 지붕 위로 풀썩 뛰어올랐다. 날렵한 몸이 고양이처럼 지붕들 사이로 사라지자 뒤늦게 영화관에서 관군들의 외침이 들렸다.

"자객이다!"

인ㅅ은 홍대주의 저택으로 향하며 빈정거렸다.

"크크크, 이미 갔다. 이놈들아."

쉭쉭 날아가듯 지붕을 뛰어넘어 홍대주의 저택에 들어선 인ㅅ은 은밀하게 안방으로 숨어들었고, 그림자와 함께 인ㅅ이 들어서자 기다리고 있었다는 듯 홍대주가 함을 내밀었다. 바닥에 털썩 앉아 함을 열어보니 번쩍거리는 금이 가득 들어 있었다. 눈이 부실 정도로 노란빛의 덩어리들을 손가락으로 쓸어보고 인ㅅ은 겨드랑이에 함을 끼워 들며 무심히 말을 던졌다.

"한데 이유나 압시다. 대체 청국 사신을 건드려 좋을 게 뭐요? 게다가 죽이지도 말고 도적으로 가장해 살짝 겁만 주라니……. 하 참, 별일이 다 있소."

홍대주는 부채를 좌르륵 펼쳐 우아하게 부채질을 하며 묘한 미소를 지었다. 남을 업신여기는 눈빛이 인ㅅ을 향해 날아왔다.

"궁금하오?"

소사스런 홍대주의 잘난 체하는 표정을 보니 호기심이 싹 가셨다. 인인은 여느 때처럼 홍대주의 속을 살짝 긁었다.

"크크크, 생각해보니 알 게 뭐요. 난 이렇게 맛난 걸 얻었으니 그걸로 됐소. 한데 영감이 걱정되는구려. 괜히 모혈을 파는 건 아닐는지……."

홍대주의 눈이 발끈해서 길게 찢어지자 인은 나지막이 웃으며 방을 나서려 몸을 돌렸다. 그런 인의 등을 홍대주의 낮게 가라앉은 목소리가 두드렸다.

"검선이 살아 돌아온 모양이던데, 혹 들은 바 있소?"

웃고 있던 인의 입술이 파르르 떨렸다. 인은 휙 뒤돌아서 홍대주를 노려보며 이를 갈았다.

"지금, 검선이라 했소이까? 검선이, 조선 땅을 밟았다 했소이까!"

인의 격한 반응에 홍대주의 얼굴에 여유가 생기며 능글맞은 표정으로 수염을 다듬었다.

"나야 사사건건 내 앞을 가로막는 검선이 사라져서 좋고, 그대는 그 엄지손가락 빚을 되갚으니, 서로 좋은 일이 아니겠소?"

20년 전, 검선과의 대전에서 잘린 엄지손가락이 뼈근해져 인은 저도 모르게 되붙인 엄지를 까닥였다. 검선에 대한 증오도 증오지만, 눈앞의 홍대주가 보이는 타기는 도저히 봐줄 수가 없어 인은 번들거리는 눈동자로 홍대주를 바라보며 느린 미소를 입가에 걸쳤다.

"틀렸소이다. 궐 안에 똬리를 틀고 앉은 대감이야 딱히 잃을 게 없겠지만, 이 몸은 하나뿐인 목숨을 걸어야 하지 않겠소? 어느 쪽으로 보나 손해라면 내 쪽이 훨씬 손해올시다. 허니, 내가 검선의 목을 가져오면 대감께서도 뭔가 소중한 걸 내놔야 하지 않겠소이까?"

홍대주는 입술을 비틀며 인이 원하는 게 뻔하다고 생각했는지 고민 없이 물었다.

"원하는 걸 말해보시구려."

인ᄉ의 눈이 번쩍 발광하며 천천히 입술이 열렸다.
"금은보화는 평생 쓰고도 남을 만큼 모아뒀으니 더는 필요가 없고……. 대감 슬하의 딸자식들 중 셋째 딸이 양귀비 뺨치는 미인이다 들었는데……, 어떻소?"
예상했던 대로 홍대주의 눈가가 꿈틀하며 얼굴에 경련이 일어나는지 부르르 볼이 떨렸다. 인ᄉ은 대답도 듣지 않고 기분 좋은 웃음을 흘리며 방을 나갔다. 하지만 지붕 위로 뛰어오르며 인ᄉ은 미소를 접고 바드득 이를 갈았다.
'홍대주, 네놈이 언제까지 살지 두고 보마.'
가족이 눈앞에서 몰살당하던 오래전 그날을 떠올리는 인ᄉ의 눈가가 바르르 떨렸다.

오백 년은 더 되어 보이는 고목이 달빛을 받아 소조해 보였다. 주렁주렁 매달린 한지와 동아줄이 음산한 느낌도 줬지만 가지들을 길게 뻗고 서 있는 모습은 보는 이가 처처해지도록 만들었다.
동수는 나무 뒤에서 검선을 몰래 흘끔거리며 용기 내려 몇 번이나 검을 쥐었다 놓았다를 반복했다.
"꼬맹아, 어찌 쥐새끼처럼 졸졸 따라다니느냐!"
눈치채지 못하게 조심한다고 했는데 검선의 꾸짖음을 듣자 아무 소용없었다는 걸 깨달았다. 동수는 폴짝 뛰어 나무 뒤에서 모습을 드러내고 검선에게 맞섰다.
"나 참! 영감님! 꼬맹이라뇨! 이래봬도 올해 나이가 스물이오, 스물!"
"그래, 어쩐 일이냐?"
나직이 웃으며 묻는 검선에게 동수는 잠시 머뭇거리다가 가슴을 쫙 펴고 외쳤다.

"영감님하고 한판 붙으러 왔수다!"

사분거려도 대련해줄까 말까 한데 나달거리는 동수의 품새가 웃긴지 나직이 웃은 검선이 나무 뒤를 향해 슬쩍 물었다.

"너도?"

동수가 화들짝 놀라며 검선을 멍하니 바라봤다. 초립이 전혀 기척을 내지 않았는데도 나무 뒤에 숨어 있다는 걸 알아낸 검선은 생각했던 대로 예사롭지 않은 인물이라는 확신을 주었다. 초립은 우물쭈물 모습을 드러내더니 급히 손사래 치며 거절했다.

"저는 그냥…… 구경꾼인데요."

검선은 인자한 얼굴로 고개 끄덕이더니 동수에게 물었다.

"준비는 다 됐느냐?"

대답할 필요도 없이 동수는 검을 뽑아 들었다. 팔뚝 아래가 없는 검선의 왼팔은 신경 쓸 이유도 없었지만 호패를 쥔 채 뒷짐 지고 있는 오른손은 달랐다. 동수는 예를 취하고 칼날이 위로 가도록 뒤집어 든 다음 곧장 검선에게 달려들었다. 그러자 너무나 편안하게 뒷짐 지고 있던 손이 어느새 앞으로 나와 호패로 검을 막아냈다. 검선을 지릅뜬 눈으로 노려보며 동수는 연신 공격을 멈추지 않았다. 모든 공격이 무용지물이었다. 정확도에서는 뒤떨어져도, 속도와 힘에서는 누구보다 자신 있던 동수였다. 그럼에도 동수의 검은 검선의 옷자락 근처도 가지 못했다.

계속해서 공격이 무용지물이 되자 동수는 안 되겠다 싶어 치사하다고 느끼면서도 검선의 왼쪽을 노렸다. 검을 오른쪽 어깨로 올려 곧장 가로로 뻗으며 동시에 왼발을 옆으로 뻗어 검에 힘을 더하자 검선이 눈썹을 휘익 올렸다. 동수는 아슬아슬하게 검선이 호패로 검을 막아내고 뒤로 물러서자 그대로 검을 위에서 아래로 처내리며 발을 앞으로 내뻗었다. 또다시 검선이 뒤로 물러나고는 놀란 빛을 내보였다.

"좌익세左翼勢에 이어 표두세豹頭勢를 펼치다니. 응용 기술이 뛰어난 놈이구나."

동수는 허공에 대고 검을 한 바퀴 돌린 뒤 앞으로 내밀며 씩 웃었다.

"영감, 내가 봐도 좀 치사하지만 왼쪽 좀 치겠소."

좌각좌수左脚左手를 노리겠다 호언장담하는 동수에게 검선은 홍연을 터뜨렸다.

동수는 사방으로 울리는 웃음소리에 찡긋 인상을 쓰고 예고한 대로 검선의 왼쪽을 겨냥해 검을 휘둘렀다. 하지만 어떻게 칼날을 나뭇조각으로 그리 쉽게 쳐막을 수 있는지 검선은 가볍게 동수의 검을 옆으로 쳐냈다. 동수는 재빨리 검을 아래로 내렸다. 위에서 내려치는 공격이 소용없다면 아래서 위로 후려쳐 올려보자는 생각이 들었다. 동수가 땅을 베듯 아래에서부터 검을 끌어 올려 검선의 왼쪽을 향해 올려치기하자 검선이 싱긋 웃었다.

그리고 호패로 칼배칼날과 칼등 사이를 후려치자 동수는 '헉!' 소리를 내며 휘어버린 검을 내려다봤다. 칼자루를 쥔 손끝에 찌르르 통증이 느껴졌다. 동수는 엿가락처럼 휘어버린 칼날을 어이없다는 얼굴로 바라보다가 검선을 올려다봤다. 검선은 언제 대전을 했냐는 듯 호패 쥔 손을 허리 뒤에 대고 잔잔한 미소로 충고했다.

"혈기를 다잡지 못하니 아직 어린 게다. 이름이 무엇이냐?"

충격으로 입도 벙긋 못하자 검선이 물 흐르듯 부드럽게 몸을 돌렸다.

"검은 손으로 잡는 게 아니다. 검은 마음으로 잡고, 간절한 마음만이 검을 움직이느니라."

그렇게 유유히 멀어지는 검선에게 뭐라 한마디 못한 동수는 나무 뒤에서 폴짝 뛰어나오는 초립을 향해 부글거리는 속을 눈빛에 담았다.

"야! 뭐하냐? 한심하다 못해 안쓰럽다. 뭐? 자객단? 약초꾼한테도 꼼

8장 번민(煩悶)하는 굳은 약속

짝 못하면서 자객단은 개뿔……."

"이게!"

신경질을 내며 검을 들었지만 낫처럼 휜 모양새가 오히려 더 초립의 비웃음을 샀다. 동수는 검집에 어떻게든 휜 칼을 집어넣어보려 낑낑대다 포기하고 터덜터덜 걸어갔다. 뒤에서 초립이 전서구를 날리자 푸드득 날갯짓하며 밤하늘로 날아갔다. 예고 없이 전서구를 날린 초립은 재빨리 앞으로 튀어나갔다. 동수는 흘끗 초립을 흘겨보고 서둘러 뒤따랐다.

한참을 달려 숲으로 들어가자 하얀 전서구의 모습이 사라졌다. 동수와 초립은 전서구가 날아간 방향을 따라 풀숲을 헤쳐 앞으로 나아갔다. 잔가지를 쳐내고 낮은 풀을 짓이기며 나아가다 보니 작은 공터가 나타났다. 잔가지들을 쳐내며 공터로 들어서자 바짝 긴장해 검을 뽑고 서 있는 여운이 보였다.

"사미니는 어떻게 됐어?"

동수가 바지에 달라붙은 잎사귀를 털어내며 묻자 여운이 살짝 옆으로 비켜섰다. 때맞춰 달을 가렸던 구름이 벗어나자 공터 위로 환한 달빛이 내려왔다. 고개를 든 동수는 달빛을 받으며 목례하는 사미니를 보고 입을 쩍 벌렸다.

선녀가 내려온 게 아닌가 싶을 정도로 신비로운 분위기를 지닌 여인이었다. 이토록 아름다운 여인은 난생 처음이었다. 어디선가 '띠링' 하는 거문고 소리가 울리는 것 같았다. 천상의 음악이 들려오고 눈에 보이는 거라곤 오로지 사미니의 아리따운 얼굴뿐이었다. 동수가 침이 흐르는 것도 모르고 멍하니 서 있자 초립이 나뭇가지로 동수의 턱을 올려 쳤다.

"침 좀 닦아라."

그제야 소매로 허겁지겁 침을 닦은 동수는 여운이 한쪽 눈썹을 치켜뜨자 손에 들린 검을 얼른 감췄다.

"왜 그 모양이 됐냐?"

동수는 옆에서 초립이 키득거리는 소리를 무시하며 딴청 피웠다.

"아! 배고프다! 먹을 거 없나?"

그러고는 후다닥 숲 속으로 다시 뛰어갔다. 그 뒤를 초립이 따라오며 웃음을 멈추지 않았다. 한밤중이라 새 울음소리도 들리지 않았다. 멀리 부엉이의 서글픈 울음만 공허하게 들릴 뿐이었다. 동수는 신경질이 나서 휘어진 검을 바닥에 대고 발로 펴보려 낑낑댔으나 되레 구불구불하게 휘어지기만 할 뿐 검은 원래의 곧은 모습을 되찾지 못했다.

"정말!"

화가 나서 나무 위로 휙 던졌는데, 가지에 부딪쳤는지 투둑 소리가 나더니 곧장 칼끝이 동수의 머리 위로 떨어졌다. 화들짝 놀라 피한 동수는 초립이 소리 죽여 웃자 머리를 박박 긁어댔다. 그런 동수 주변으로 뭔가 툭, 툭 떨어졌다.

"어?"

던진 검이 둥지를 쳤는지 참새 몇 마리가 기절해서 떨어지자 동수의 얼굴이 점차 환해졌다.

"봤냐? 검은 손으로 잡는 게 아냐. 던지는 거지."

어이없어하는 초립에게 잘난 척하고 검과 함께 참새들을 주섬주섬 주운 동수는 의기양양해져서 여운이 있는 공터로 돌아갔다. 그리고 보란 듯이 나무꼬치에 참새를 꿰서 모닥불에 구웠다. 여운은 동수의 한껏 기고만장해진 얼굴과 구불구불 휘어진 검을 번갈아 보며 피식 웃었다. 급히 굽느라 깃털을 다 벗기지 않아 고약한 냄새가 좀 났지만, 그런대로 먹을 만해 보였다. 동수는 사미니를 흘끔거리다가 조심스럽게 꼬치 하나를 내밀었다. 그러자 사미니가 고개 돌리며 조그맣게 말했다.

"저는 괜찮습니다."

"거참, 사양 마시고 조금만 드십시오. 보기엔 이래도 이놈이 닭고기나 진배없다니까요?"

동수가 계속해서 꼬치를 내밀며 권하자 여운이 고개를 갸웃하더니 혼잣말했다.

"정말 무식한 건가……."

"뭐?"

동수가 눈을 부라리며 말하자 초립이 혀를 끌끌 찼다.

"야! 스님이 고기 먹는 거 봤냐?"

뜨끔했지만 동수는 내색 않고 꿋꿋하게 주장했다.

"뭐? 사미니는 아직 스님이 아니라며!"

초립은 이마를 손바닥으로 탁 치더니 한숨처럼 말했다.

"어이구, 내가 뭔 말을 못해요."

그때, 사미니가 추운 듯 어깨를 움츠리는 게 보이자 동수는 꼬치를 초립의 입에 물리고 벌떡 일어서 상의를 벗었다. 그리고 여운과 초립이 말릴 틈도 없이 사미니의 어깨에 옷을 덮어줬다. 사미니는 깜짝 놀란 듯 눈을 동그랗게 뜨더니 옷자락을 잡으며 입을 열었다.

"저……."

거절의 눈빛이 보이자 동수는 팔을 휘휘 휘두르며 일부러 큰소리쳤다.

"아! 시원하다! 요즘 수련을 너무 열심히 했나? 몸에서 왜 이렇게 열이 나냐!"

호탕한 목소리와 달리 어깨를 부르르 떨자 초립이 참새를 뜯으며 중얼거렸다.

"제대로 미쳤구만."

여운은 고개를 절레절레 흔들더니 사미니에게 정중히 말했다.

"저 녀석이 철이 좀 없습니다. 이해하십시오."

두 동무들을 번갈아보며 노려보던 동수는 문득 여운의 손에 감긴 천을 보고 눈을 가늘게 떴다. 반사적으로 사미니의 장의를 돌아보자 한쪽 옷고름이 떨어져 나가 있는 게 눈에 띄었다.

'설마 운이가 다쳤나?'

사미니가 고운 손으로 여운의 손에 옷고름을 감겨줬을 거라 생각하니 울컥하고 시기심이 밀려와서 동수는 여운의 손과 사미니의 장의를 번갈아 보다가 입술을 씰룩거렸다. 하지만 사미니가 의아함을 담아 쳐다보자 몸을 쭉쭉 피며 또다시 소리쳤다.

"이 백동수가 무서운 게 딱 두 개 있거든요. 배고픈 거, 더운 거! 아 덥네! 더워! 올해는 여름이 좀 빨리 오려나."

하지만 터져 나오는 재채기를 막을 수 없었다. 동수는 동무들의 혀 차는 소리를 무시하고 콧물이 찔끔거리는 코를 막으며 부리나케 숲 속으로 뛰어 들어갔다. 그러고는 막대기 하나를 집어 들어 허공에 휙휙 휘둘렀다. 검선의 호패술을 흉내 내며 몇 번 공기를 휘젓고 나니 어쩐지 여운과 한번 붙어보고 싶어졌다. 여운의 손에 감긴 사미니의 장의 옷고름을 생각하자 다시금 시샘이 몰려와 그 욕구가 더 거세졌다. 동수는 다시 공터로 돌아가 대뜸 외쳤다.

"여운아! 오랜만에 나랑 한판 붙자!"

여운의 얼굴에 귀찮다는 표정이 언뜻 퍼졌다. 그래도 묵묵히 일어나 동수와 자리 잡고 선 여운은 동수의 손에 들린 나뭇가지를 보고는 검을 뽑지 않았다. 동수는 검선이 했던 것처럼 나뭇가지를 단단히 잡고 좌우로 움직이며 여운을 공격했다. 맨손으로 나뭇가지를 막아내는 여운의 움직임이 점차 빨라졌다. 동수의 손놀림도 눈으로 쫓을 수 없을 만큼 빠르게 변했다. 대나무 숲에서 수도 없이 연습했던 손놀림이 제법 도움이 되었다. 살아 움직이는 여운과 충격에만 휘는 대나무의 차이를 느낀 동수가 검선의 손놀림을 떠올리며, 두 가지 기술을 접목시켜 손동작 흐름을 달리 하자 여운이 잠시 당황한 눈빛을 보였다. 두 사람을 지켜보는 초립과 사미니의 눈에 얕은 감탄이 서렸다.

여운의 반응과 초립과 사미니가 바라보는 시선을 느낀 동수는 금방 의기양양해져서 대범하게 여운의 머리를 공격했다. 검법도 격법을 좋아하는지라 저도 모르게 호패술을 잊고 내리친 것이었다. 위에서부터 내려오던 나뭇가지가 여운의 머리통을 때릴 것만 같았다. 그런데 갑자기 팔이 움직이지 않았다. 허공에서 딱 멈춰서 손가락 하나 꿈쩍하지 않자 동수의 시선이 팔꿈치와 팔뚝으로 향했다. 달빛을 받아 반짝이는 침이 삐죽 보였다. 여운은 무심한 표정으로 뒤로 한 발 물러섰고 동수는 씩 웃으며 부탁했다.

"침 좀 빼줄래?"

하지만 여운은 못 들은 척 동수의 손에서 나뭇가지를 빼앗아 모닥불을 쑤시기 시작했다. 동수는 웃음을 참고 있는 초립에게 다시 애원했다.

"초립……."

초립도 활활 타오르는 모닥불이 꺼지기라도 할까 연신 마른 나뭇가지를 얹으며 동수를 무시했다. 동수의 얼굴이 일그러졌다. 어떻게든 혼자 침을 빼보려 했지만 고개를 까닥할 수도 없었다. 그때, 사미니가 다가와 동수의 목과 팔에서 침을 뽑아주었다. 사미니는 뽑은 침을 손에 쥐더니 조용히 말했다.

"침은 기혈을 잡아 질병을 치료하는 도구이지, 사람을 해하는 도구가 아닙니다. 괜찮으십니까?"

동수는 가뿐하게 움직이는 팔과 목을 휘휘 저어보이며 감탄했다.

"아하! 선녀님께선 침술에도 일가견이 있으시군요. 역시! 제가 첫눈에 보통내기가 아닌 줄 알았지만……."

어느새 사미니는 모닥불 앞에 앉아 불을 쬐고 있었다. 동수는 면괴한 마음을 감추려 숲 속으로 도망쳤다. 나뭇가지를 툭 부러뜨려 허공에 대고 휘두르는 동수의 얼굴이 난연(赧然)해서 붉게 핀 대문자초와 같았다.

편전에 모인 대신들 앞에서 이선은 무표정한 얼굴로 영의정 홍봉한, 예조 판서 김윤서, 홍대주를 차례차례 바라보았다. 등 뒤에 느껴지는 영조의 따가운 시선이 어깨를 바짝 움츠러들게 만들었지만, 이선은 내색하지 않으려 눈을 가늘게 떴다. 그러자 홍봉한이 예를 갖추며 말했다.

"시정을 살피던 청국 사신이 도적떼를 만나 큰 봉변을 당하였고, 그로 인한 사신단의 불평불만이 이루 말할 수가 없사옵니다."

이선은 홍봉한을 노려보며 매몰차게 답했다.

"과인도 이목이 있소이다. 시정을 살핀 게 아니라 기생 치맛자락에 얼굴을 파묻고 있었던 게 아니요!"

마치 기다리고 있었다는 듯 홍대주가 대뜸 나섰다.

"저하, 사신이 어찌 모화루를 떠나 저자의 기생집을 찾았겠습니까? 청국 사신들의 거처인 모화루는 공간이 협소할 뿐 아니라, 서대문 밖에 위치해 늘 사신들의 안위에 문제가 있어왔습니다. 또한 이는 사신단이 꾸준히 제기해온 불만 사항이 아닙니까?"

"병판, 하고자 하는 말이 무엇이오?"

홍대주는 잠시 뜸을 들이더니 천천히 입을 열었다.

"저하, 이참에 청국 사신관을 건립하는 것이 어떻겠사옵니까?"

대신들의 입에서 놀란 숨소리가 소쩍새 울듯 연이어 터져 나왔고 이선은 홍대주의 지록위마(指鹿爲馬)에 치를 떨었다. 그러자 김윤서가 나서며 한마디 했다.

"저하! 아니 될 말씀입니다. 사신단이 조선에 머무는 보름 동안에만 조정 예산의 1할이 넘는 황금 일만 냥의 비용이 소요되옵니다. 한데 사신관을 건립하여 도성에 주둔한다면 그 비용을 어찌 열악한 조정이 감당할 수 있으며, 근간 없는 그들의 위세와 정치 간섭이 어명 위에 설 것입니다."

정확한 지적을 하는 김윤서를 노려보며 홍대주가 목소리를 높였다.

"예판 대감! 식견이 어찌 그토록 짧단 말이오! 청국이옵니다, 저하, 소홀히 대하여 조선에 이로울 것이 무엇이겠습니까!"

답답함이 가슴을 억누르기 시작했다. 조선의 대신들인지, 청의 관리들인지 구분 못할 정도로 청국 편만 드는 노론이 지긋지긋했다. 이선은 큰 숨을 들이마시며 분을 삭이려 노력했다. 그러자 영조가 등 뒤에서 조용히 나섰다.

"과인의 생각엔 각각이 장단과 일리가 있다. 예판 들거라. 사신관 건립은 무엇보다 심사숙고할 국사니라. 이해득실을 따져보고 이레 후 조계대신들이 임금에게 국사를 아뢰는 정규 회의 때 계문정무에 관한 신하의 보고토록 하라."

"예, 전하."

이선은 등 뒤에 영조가 있음이 그토록 든든할 수가 없었다. 흘끔 보니 홍대주가 죽일 듯 김윤서를 노려보고 있었다. 뱀처럼 사악하고 교활한 홍대주를 어떻게든 내리눌러야만 했다. 하지만 힘이 없음에 무도리했다.

편전 회의가 끝난 뒤, 예상대로 영조는 이선을 강녕전으로 부름했다. 서둘러 달려간 이선은 불같이 화를 내는 영조 앞에서 고개 숙였다.

"보았느냐! 조정 대신들이 네놈의 심장까지 칼을 들이밀지 않더냐!"

책상을 내리치며 소리치는 영조에게 답할 말이 없어 이선은 시선을 내리깔기만 했다.

"사신관 건립은 있을 수도, 있어서도 안 될 일이다. 합당한 명분을 찾아내지 못한다면 저들의 뜻대로 될 것이 불 보듯 자명하니, 이레 안에 해결책을 찾아내야 할 게다. 무슨 뜻인지 아느냐?"

이선은 고개 숙여 대답을 대신했다. 그저 막막할 뿐이었다. 심연 안에 갇힌 듯 무기력하고 고통스럽기만 했기에 한숨조차 내뱉지 못하고 이선은 조용히 강녕전에서 물러났다.

흥이 절로 나는 연주가 사방에서 들려오고 여인들의 웃음소리가 낮게 깔렸다. 청나라 사신은 홍대주의 말에 관심을 내보이며 약간 상체를 내밀었다.

"하면 모화루에 가짜 자객을 들여 연기를 하자, 이겁니까?"

"누이 좋고 매부 좋은 일 아니겠습니까?"

홍대주의 웃음과 같이 사신은 만족스러움이 가득한 미소를 지었다. 그리고 은밀한 목소리로 물었다.

"만에 하나 일이 틀어질 경우엔 그자 목숨을 장담할 수 없을 터인데, 어디 마땅한 사람이 있소이까?"

홍대주는 콧수염을 매만지며 눈을 반짝이더니 크지 않은 소리로 외쳤다.

"게 있느냐?"

그러자 무관이 조용히 들어와 예를 취하고 명을 기다렸다. 홍대주는 무관에게 확인하듯 물었다.

"나를 위해 기꺼이 목숨을 바친다 했더냐?"

"예, 대감."

철저하게 준비한 홍대주에게 하뭇한 미소를 보내며 사신은 술잔을 들어 권했다. 그렇게 거나하게 흥에 취해 술을 마신 뒤, 홍대주가 떠나자 바로 잠자리에 든 사신은 정신없이 곯아떨어졌다. 한참을 자는데 스르르 문이 열리는 소리가 들렸다. 반사적으로 몸을 벌떡 일으키려던 사신은 홍대주와의 협약을 생각하고 얼른 다시 눈을 감았다.

'옳거니!'

사신은 슬그머니 실눈 뜨고 자객이 달각거리며 문갑을 열어 뒤적거리는 걸 지켜봤다. 어둠속이라서 그런지 저녁에 봤을 때보다 왜소해보이는 무관은 문갑 안에 있는 귀금속을 챙기더니 무언가 둘둘 말아 품에 넣었다.

'잘한다!'

진짜 자객처럼 모조리 싹 쓸어가는 무관이 내심 마음에 들어 사신은 희미한 미소까지 지었다. 무관은 뒤꿈치를 들고 살살 걸어 문을 열고 다시 나갔다. 그제야 낮은 웃음을 흘리며 사신은 옆으로 돌아 누웠다. 홍대주의 눈빛에서 고스란히 드러나는 야심이 이럴 때는 아주 흡족했다. 덕분에 가만히 누워 조선의 왕실을 손바닥 안에 넣고 쥐었다 폈다 할 수 있게 되었다. 사신은 기분 좋게 잠이 밀려오자 길게 하품하고 눈을 감았다. 그때 등 뒤에서 또다시 문이 스르르 열리는 소리가 들렸다. 사신은 깜짝 놀라 벌떡 일어나 소리쳤다.

"웬 놈이냐!"

열린 문 사이로 들어오는 달빛에 자객으로 변장한 무관이 당황해하며 엉거주춤 서 있었다.

"자넨…… 아니 그럼, 방금 전……."

'아차!' 하는 마음에 후다닥 일어선 사신은 고래고래 소리 지르며 문을 박차고 나갔다.

"자객이 들었다! 어서 쫓아라!"

허겁지겁 달려온 포도대장과 호위병들은 서로 멀뚱거리는 시선을 주고받았다.

"예? 하오나……."

사신은 발을 동동 구르며 답답함을 내보였다.

"진짜! 진짜 자객이 들었단 말이다!"

그제야 포도대장이 큰소리로 명령했다.

"쫓아라!"

우르르 사라지는 호위병들을 보며 사신은 눈가를 바르르 떨었다. 숨어 있던 무관은 예를 취하고 슬그머니 도망쳤다.

오랜만에 술을 마신 동수는 돼지 멱따는 소리로 흥얼거리며 앞장서 걸어갔다. 한 팔로 초립의 어깨에 팔을 걸치고 걸어가는 동수에게 질질 끌려가며 초립은 오만상을 다 찌푸렸다. 그 뒤를 따르며 여운은 피식 웃었다. 초립은 동수에게서 벗어나려 안간힘을 쓰는 모양인지 엉덩이를 뒤로 쭉 빼고 걸어갔다. 그러다 갑자기 동수가 멈춰 서며 초립을 놔주자 초립은 그대로 엉덩방아를 찧었다.

"백동수!"

초립이 엉덩이를 문지르며 벌떡 일어나 소리치는 것도 무시한 채 동수는 어두운 골목을 손가락으로 가리켰다.

"어? 저…… 저! 맞지? 맞지?"

동시에 어둠 속에서 관군들의 외침이 들렸다.

"저기다! 쫓아라!"

여운이 뒤돌아보니 횃불 든 관군들이 떼로 몰려오고 있었다. 동수는 뒤를 보지도 않고 갑자기 앞으로 튀어나갔다. 초립은 당황해서 멀어지는 동수와 가까워지는 관군을 번갈아 봤다.

여운의 어깨를 밀치며 관군들이 우르르 지나쳐갔다. 초립은 얼른 옆으로 비켜 벽에 찰싹 붙고서는 눈만 껌벅거렸다. 그때 묘한 기운을 느낀 여운은 슬쩍 처마 위를 올려다봤다. 달빛조차 들지 않는 그림자 속의 또

다른 그림자가 보이자 여운은 벽에 붙어 어쩔 줄 몰라 하는 초립의 어깨를 밀었다.

"네가 동수 좀 잡아와."

초립은 어리벙벙한 얼굴로 고개 끄덕이고 후다닥 달려 나갔다.

초립이 멀어지자 여운은 급히 지붕 아래로 달려가 무릎 꿇고 단정한 목소리로 인사했다.

"천주를 뵙습니다."

그러자 지붕 위에서 천天의 목소리가 들려왔다.

"그래, 하산했으면 언질을 줬어야지."

까마득하게 잊고 있었다고 말을 할 수 없었다. 흑사초롱을 완전히 잊고 동무들과의 즐거운 나날에 흠뻑 젖어 있었음에, 뜨끔하는 가슴을 드러내지 않으려 여운은 더욱 고개 숙였다.

"여유가 없었습니다. 죄송합니다."

"동무들이냐?"

사과를 받은 건지, 무시하는 건지, 마음속에 잘못을 두고 있는 건지. 내색 없이 두 동무에 대해 묻는 천天에게 여운은 골목 끝을 슬쩍 보고 답했다.

"예."

무엇이 즐거운지 나직이 웃던 천天이 의미심장한 말을 중얼거렸다.

"살려두니 재미있어졌구나. 적시성을 범한 별 두 개가 동무라니."

언젠가 들었던 말 같아 여운은 인상을 찌푸렸다. 하지만 무슨 뜻이냐고 묻기엔 천天은 너무 깊이 생각에 잠겨 있었다. 마치 여운의 머리가 과녁판이 된 것처럼 정수리에 느껴지는 천天의 시선이 매서웠다. 여운이 길어지는 침묵에 초조함으로 바닥에 댄 손을 주먹 쥐자 천天은 피식 웃으며 말했다.

"살기는 많이 누그러뜨렸으나, 여전히 거칠구나. 그래, 그간 공부는 많이 했느냐?"

"공부라 하시면……?"

여운이 조심히 묻자 천天이 낮게 혀를 찼다.

"서생이 책을 보는 것이나, 도인이 도를 닦는 것이나, 무인이 무예를 수련하는 것이나, 모두 공부가 아니냐? 대답해 보거라. 살수와 무인, 이 둘의 차이점이 무엇이냐?"

여운은 곰곰이 생각하다 차분하게 답했다.

"검을 잡는 마음가짐이옵니다."

흥미롭다는 듯 천天은 즐거운 어조로 명했다.

"마음가짐이라…… 풀어보거라."

"예, 심중에 살을 지녔느냐, 그렇지 않느냐의 차이입니다."

"그래? 흠, 심중에 살을 품든 말든, 네 손에 피를 묻히는 건 매한가지가 아니냐?"

누군가를 죽이면 자연스레 손은 피에 물들게 되어 있다. 생판 모르는 남이든, 가장 친한 동무든 죽이는 건 매한가지라는 의미에 여운은 아랫입술을 지그시 깨물었다. 죽이기 싫다 해서 죽이지 않을 수도 없는 살수의 삶을 선택한 건 본인이었다. 어째서 살수가 되었는가, 은근 후회가 들자 문득 여운은 때를 놓치면 안 된다는 생각에 서둘러 입을 열었다.

"하온데, 여쭤볼 것이……."

고개 들어보니 천天의 모습이 온데간데없이 사라져 버렸다. 여운은 바닥에 주먹 쥐고 있던 손을 내려다보며 얕은 한숨을 내쉬었다. 언젠가는 이 손에 동수의 피를 묻혀야 할 날이 올 지도 몰랐다. 바라지 않지만 그런 날이 오면 손은 피를 볼 테고 가슴은 울어댈 게 분명했다. 멀리서 관군들의 발자국과 외침 소리가 들렸다.

8장 번민(煩悶)하는 굳은 약속 197

9장
하류河流에 흘러온 만남

 검은 복면 위로 드러난 눈동자가 기억 속에서 새록새록 피어나왔다. 동수는 숨을 몰아쉬며 검은 복장을 한 여도적을 뒤쫓아 달렸다. 잡아서 어쩌겠다는 생각도 없이 우연히 만난 여도적을 무작정 뒤쫓은 동수는 여도적이 막다른 골목에서 멈춰 돌아서자 가쁜 숨을 몰아쉬며 외쳤다.
 "야! 너…… 헉헉, 그때 그 산적 패거리…… 헉헉, 맞지? 오늘 아주 딱 걸렸어!"
 동수가 의기양양해 소리치자 여도적의 눈망울이 반짝 빛났다. 그 눈동자를 잊으려야 잊을 수 없었다. 복면을 벗으면 어떤 얼굴일지 몰라도 샛별처럼 반짝이는 눈동자만은 이상하게 뇌리에 박혀 지워지지 않았다. 분명히 본 적 있는 눈동자인데 도통 기억나지 않아 더욱 그랬다. 어쨌건 여도적이 죄를 지은 건 확실했고 사미니가 가마에서 내려 청암사까지 걸어갔던 이유가 여도적 때문이었다는 걸 생각하니 괘씸함도 들었다. 때맞춰 뒤에서 발자국 소리와 함께 관군들이 들이닥치자 동수는 그들을 바라봤다. 골목을 가득 채운 관군들의 횃불이 눈앞에서 난비했다.

"아아! 잘 오셨습니다요. 이 녀석은 제가 이미……. 어라? 없네."

여도적을 가리키며 말했는데 뒤돌아보니 벽만 있었다. 동수가 계면쩍어 씩 웃으며 머리를 긁적이자 포도대장이 근엄한 목소리로 명령했다.

"체포해라!"

관군들이 재빠르게 앞으로 몰려들었다. 동수는 눈을 휘둥그레 뜨며 자신을 둘러싼 관군들에게 해명하려 했다.

"그게 아니라. 저, 저기 오해가 있으신 모양인데……, 어어?"

결국 관군들에게 붙잡혀 결박까지 당하자 뒤늦게 사태를 파악하고 동수는 악을 질렀다.

"이거 오해요! 오해라니까! 이 보슈! 아, 아니라고!"

관군들에게 질질 끌려가며 동수는 때맞춰 골목 끝에 나타난 여운을 다급히 불렀다.

"어어? 여, 여운아! 운아!"

그렇지만 여운은 못 본 체 딴청을 부렸고, 동수는 여운 곁에 있는 초립을 향해 또다시 외쳤다.

"야! 초립아! 양초립!"

마찬가지로 초립도 딴청을 부리며 모르는 척했다. 동수는 질질 끌려가며 두 동무에게 원망의 눈길을 던졌다. 곧장 포도청으로 끌려가 옥사에 갇힌 동수는 꼬리에 불붙은 강아지처럼 뱅뱅 돌며 씨근덕거렸다.

'아, 진짜! 다음에 만나기만 해봐라!'

여도적만 만나면 모든 일이 흉하게 변했다. 여도적만 아니었어도 사미니가 옷고름을 뜯어 여운의 손을 감싸주지도 않았을 터였다. 또, 이리 억울하게 누명을 쓰고 무고하게 갇히지도 않았을 거였다. 물론 자신이 괜히 뒤쫓아 이렇게 된 거지만 동수는 모든 일의 원흉을 여도적에게 덮어씌웠다. 그때 서책을 읽던 죄인 하나가 대뜸 소리쳤다.

"어허! 정신 사납게 뭐하는 겐가! 서책 읽는 데 방해가 되지 않나!"
동수는 매섭게 죄인을 노려보며 반박했다.
"이 양반이! 예가 옥사지, 글방이오?"
옥사를 밝힐 만큼 음흉한 미소를 지으며 죄인이 서책을 툭 던져줬다.
"자네도 이 책을 보면 빠져들 수밖에 없을 걸세."
날아오는 책을 얼떨결에 받아든 동수는 아랫입술을 툭 내밀고 휘리릭 책장을 넘겼다. 그리고 저도 모르게 감탄사를 내뱉었다.
"오!"
아예 바닥에 털썩 앉아 처음부터 다시 꼼꼼히 읽는 동수에게 죄인이 서글픈 목소리로 중얼거렸다.
"곧 참수 당할 자네에게 내 무엇이 아까우리……"
그 말도 듣지 못할 정도로 춘화가 그려진 서책에 빠져든 동수는 시뻘겋게 충혈된 눈으로 세상사 잊고 몰입해서 보았다. 옥사에 있다는 사실조차 잊어버릴 정도로 서책은 훌륭했다.

모화루로 향하는 이선의 마음이 조급했다. 함께 달려가며 임수웅이 조용히 설명했다.
"허나, 동수 그 아이는 도적을 뒤쫓았을 뿐 아무런 죄가 없다 항변하고 있답니다."
당연한 일이었다. 동수가 그런 일을 저지를 이유도 없었고 그럴 아이도 아니었다. 이선은 눈을 부릅뜨며 고개를 끄덕였다.
"그 아이가 그랬을 리 없지."
단호하고 확신에 찬 말에 임수웅이 걱정을 담아 물었다.
"저하, 청국 사신을 해한 죄는 대역죄이옵니다. 어찌하옵니까? 진범을 잡지 못하면, 단 하루도 연명할 수 없사옵니다."

이선은 낮게 이 갈며 분노를 삭이려 노력했다. 분명 음모가 있음인데 어쩌다 동수가 연류된 것이 안타깝고 화가 났다. 이선이 큼직한 걸음으로 사신이 머무는 방에 들어서자 병색을 흉내 내며 누워 있던 사신이 힘겹게 일어났다.

"존체는 좀 어떠시오?"

사신이 이선에게 툴툴거리며 대답했다.

"저하라면 어떻겠습니까? 내 한시도 맘 편히 발을 뻗을 수가 없소이다!"

사신의 불평을 들으려 이곳까지 달려온 것이 아니었다.

"옥사에 갇힌 자가 간밤에 든 도적이 맞습니까?"

확인하려 따지듯 묻자 사신의 눈이 실처럼 가늘어졌다.

"직접 확인해보지 않았으나, 그게 중요하오? 감히 청국 사신을, 그것도 두 번이나 해하려 했다는 것! 그게 중요한 게 아니오?"

누명 씌우기로 단단히 마음먹은 모양이었다. 청의 이득을 위해서라면 진실 따윈 거들떠보지도 않을 사신은 백년하청百年河淸과 같아 그 마음을 돌리기 쉽지 않음이었다. 이선은 잠시 숨을 멈추었다가 내쉬며 힘겹게 말했다.

"억울하게 갇힌 자입니다. 구명해 주시지요."

예상했던 대로 사신이 콧방귀를 뀌며 빈정거렸다.

"흠, 조선의 세자는 천한 망나니의 목숨도 귀히 여긴다 하더니 가히 틀린 말은 아닌가 보오!"

"대신 귀하게 해를 입힌 자는 내 반드시 잡아들이겠소."

약속을 다짐하는 이선에게 사신은 얼굴을 굳히며 뜬금없이 화냈다.

"절대 그럴 필요 없소! 조선의 속담에 이런 말이 있지 않소? '소 잃고 외양간 고친다.' 나는 이 말이 참 좋소. 어찌 되었건 고치면 되는 게 아니오?"
 사신의 의도가 분명치 않아 이선은 가만히 그를 주시했다. 그러자 사신이 입술 끝을 치키며 은밀하게 말을 이었다.
 "사신관 건립을 약조해 주시오. 세자께서 약조만 해주신다면야, 내 그 아이 목숨 정도는 백번이고 구명해 줄 수 있소이다!"
 아랫배에서부터 울렁임이 치솟아 목구멍으로 터져 나올 것만 같았다. 당장에 사신의 목을 비틀어버리고 싶은 충동을 참으며 이선은 이를 악물었다.
 '이를 어쩐다!'
 한숨밖에 안 나왔다. 동수를 구하자니 나라가 위험하고, 나라를 구하자니 가슴이 울었다.

 여자의 젖가슴이 보일락 말락 한 춘화에 코를 박고 들여다보던 동수는 옥문이 열리면서 포졸들이 들이닥치자 깜짝 놀라 서책을 덮었다. 포졸들은 순식간에 동수를 덮쳐 양팔을 붙들더니 문밖으로 끌고 나갔다. 뒤돌아보니 죄인이 슬그머니 서책을 숨기며 안됐다는 듯 혀를 쯧쯧 찼다. 그제야 위험을 느끼고 동수는 두 다리에 힘을 줘서 안 끌려가려 애쓰며 소리쳤다.
 "이보시오! 나는 정말 죄가 없소! 죄가 없단 말입니다!"
 아무리 하소연해도 소용없었다.
 포도청의 마당에 내동댕이쳐진 동수의 눈에 시퍼런 참형도를 들고 있는 망나니가 들어왔다. 마당 한가운데 곧게 서 있는 기둥과 그 앞에 펼쳐 있는 멍석, 두 개의 화살이 참수를 위해 준비되었다는 걸 깨닫고 동수는 뒤꿈치로 흙바닥을 밀어댔다. 어떻게든 뒤로 물러나려 하는 동수의 등에 관군의 다리가 닿았다. 동수는 더 이상 물러날 곳이 없자 다시금 하소연했다.

"정말로 나는 죄가 없소! 이건 오해요!"

그러자 근엄한 표정으로 서 있던 포도대장이 불쑥 소리 질렀다.

"네 이놈! 그 입 닥치거라!"

그러고는 청국 옷을 입은 자에게 물었다.

"사신, 저자가 맞습니까?"

사신은 하얗게 질린 동수를 물끄러미 바라보더니 시큰둥하게 말했다.

"코와 입을 가려주시오."

등 뒤에서 관군이 천으로 코와 입을 가리자 동수는 애처로운 눈빛으로 포도대장을 바라봤다. '이대로 죽는구나' 하는 생각에 앞이 깜깜했다. 그때 사신이 고개 저으며 입을 열었다.

"흠, 아니외다."

"아닙니까?"

포도대장이 엉덩이에 불붙은 것마냥 화들짝 놀라 되묻자 사신이 확신을 담아 답했다.

"아니외다. 간밤에 든 도적은 눈 모양새가 매와 같았소. 허나, 저자는…… 똥강아지 눈이 아니오."

고개를 주억거리며 사신의 말에 동의하던 동수는 '똥강아지'라는 말에 발끈했다.

"똥강아지? 이 보슈! 내 눈이 어딜 봐서……."

'아차!' 하는 마음에 동수는 눈가를 내리고 강아지처럼 낑낑거리기까지 했다. 듣고 보는 이의 가슴이 애처로워질 정도로 동수의 눈가가 아래로 축 쳐졌다. 동수는 만만쟁이처럼 어깨까지 늘어뜨리다가 사람들 눈에 의구심이 떠오르자 벌떡 일어나 포도대장에게 항의했다.

"거 봐요! 나 아니라니까! 나랏일 하는 사람들이 그러면 안 되지. 죄

없는 사람을 잡아다가 참수라니! 에이 퉤퉤!"

동수는 이대로 줄행랑 칠 생각으로 당당하게 포도청 대문으로 향했다. 그런 동수의 뒤로 포도대장이 어이없다는 듯 외쳤다.

"저, 저놈이!"

그 말이 떨어지게 무섭게 다시 잡아들이라는 명이 나올까 두려워 동수는 있는 힘껏 내달렸다. 그렇게 포졸이 보초 서고 있는 문을 동수가 나서자마자, 밖에서 노심초사하며 기다리고 있던 장미가 후다닥 달려와 동수의 볼을 꼬집었다.

"어이구 인석아! 네 목숨이 몇 개라도 되는 줄 알아?"

"아야야! 이거 좀……. 아! 아프다고!"

장미의 손이 떨어지자마자 흑사모의 손가락이 귀를 잡아당겼다.

"아파? 이 욕도 아까운 잡것아, 지금 아프다는 말이 나오냐! 가자. 가서 진지하게 대화를 나눠보자!"

웬일로 대화인가 싶어 동수의 눈이 휘둥그레졌다. 당연히 벌을 서거나 두드려 맞을 걸 각오했는데 대화를 나눈다니 기분이 한결 좋아져 동수는 희희낙락 흑사모를 따라 산으로 올라갔다. 그리고 한 시진 뒤에 여운, 초립과 함께 물구나무서기 한 채 동수는 투덜거렸다.

"이게 대화야?"

흑사모는 눈썹을 꿈틀하더니 사뭇 다정한 투로 말했다.

"허면, 몽둥이로 대화를 나눠볼까?"

이게 정상이란 생각에 동수가 씩 웃자 흑사모가 여운을 돌아보며 훈계했다.

"여운! 셋 중에 그나마 제일 낫다는 놈이, 저 금수 같은 놈 하나 못 추슬러 이 모양이냐!"

동수는 흑사모와 여운을 번갈아가며 노려봤다. 마치 여운이 대장이라

하는 것 같아 불평이 혀끝까지 몰려왔다. 여운은 흑사모의 질책에 할 말 없는지 가만히 사죄했다.

"죄송합니다."

그때 밖에서 장미가 흑사모를 부르는 소리가 들렸다. 흑사모는 세 명을 흘끔 보고 헛기침을 몇 번 하더니 밖으로 나갔다. 흑사모가 사라지자마자 땅에 발을 내린 세 명은 어깨를 돌리며 몸을 풀었다.

"아, 죽다 살았네."

동수가 허리를 까닥거리며 기분 좋은 듯 말하는데 갑자기 여운이 몽둥이를 들며 초립에게 말했다.

"초립아, 잡아."

그러자 동수가 피할 새도 없이 초립이 달려들어 목에 팔을 감고 뒤로 끌어당겼다.

"내 식견으로는, 넌 오늘 맞아 죽어도 싸다!"

컥컥거리면서도 동수는 헤벌쭉 웃고 기술 좋게 초립의 팔에서 빠져나와 요리조리 피하며 담으로 향했다. 여운과 초립이 붉으락푸르락한 얼굴로 뒤쫓자 훌쩍 담을 뛰어넘은 동수는 손바닥을 탁탁 털며 혼잣말했다.

"어디 그럼, 이제 청암사로 가보실까?"

절대 옥사에서 봤던 춘화가 그려진 서책 때문이 아니었다. 곱디고운 사미니의 모습을 한 번 더 볼 수 있을까 싶어 가볼 생각이었다.

'암, 내가 누군데. 그런 저속한 생각 때문이 아니지. 스님이 되면 그렇게 고운 한복을 입고 있는 걸 볼 수도 없는데, 지금 봐둬야 하지 않겠어?'

사미니가 입고 있는 한복의 부드러운 비단천이 살짝 벌어진 모습을 상상하자 저도 모르게 '캬!' 하는 감탄사가 나왔다.

"캬? 뭔 소리야?"

갑자기 눈앞에 나타난 얼굴에 깜짝 놀라 동수는 기겁해서 뒤로 펄쩍 뛰었다. 생전 처음 보는 여자가 멀뚱거리며 서 있었다. 동수는 눈을 껌벅이며 벽에 손을 댄 채 물었다.

"누, 누구냐?"

얄밉다는 눈초리를 던진 여자가 손으로 코와 입을 가리자 낯설지 않은 동그란 눈매와 초승달처럼 휘어진 눈썹이 도드라졌다. 뚫어지게 바라보던 동수는 여도적에게 손가락을 세워 보이며 입을 쩍 벌렸다.

"너, 너……!"

여도적은 손을 내리고 생긋 웃더니 고개로 아래를 가리켰다. 움직임을 따라 시선을 내린 동수는 포박 당해 재갈 물린 채, 무릎 꿇고 앉아 있는 무관을 보고 식겁해서 벽에 달라붙었다.

"뭐, 뭐야? 너 이번엔 또 뭔 죄를 나한테 뒤집어씌우려고……."

"그게 아냐. 내가 모화루에서 나올 때 이자가 자객 옷을 입고 숨어드는 걸 봤어. 그러니까 이자가 범인이라는 거지."

동수는 눈만 껌벅이는 무관을 내려다보며 의심어린 목소리로 말했다.

"이 인간이 모화루 습격한 자객이 맞긴 한 거야? 무관이잖아."

여도적은 두툼한 자루를 내밀며 확신 어린 말을 내뱉었다.

"이게 증거야."

냉큼 받아 들여다보니 휘황찬란한 보석들이 가득 들어 있었다. 햇빛을 받아 세열하는 반짝거림에 눈이 부실 지경이었다. 동수는 자루와 무관을 번갈아보다가 울컥 화가 치밀어 무관의 머리를 세게 후려쳤다.

"너 때문에 이 백동수 님이 이승 하직할 뻔했잖아!"

여도적은 샐샐거리며 새침한 눈을 들어 말했다.

"야! 나한테 좀 고맙지 않냐?"

충분히 고마운 일이었지만 절대 인정할 수 없었다. 동수는 엄지와 검지를 거의 맞붙이다시피 해보였다.

"뭐, 요만큼?"

여도적은 샐쭉 눈을 흘기더니 불현듯 생각났다는 듯 물었다.

"근데 네 이름이 뭐라고?"

"나? 조선제일검이 될 백동수!"

노을 지는 하늘처럼 서서히 커져가는 여도적의 눈을 보며 동수는 '너무 잘난 척했나?' 하는 생각에 뒷머리를 긁적거렸다. 그러자 여도적이 충격 받은 얼굴로 조용히 속삭였다.

"백…… 동…… 수."

"어? 왜?"

뭔가 분위기가 묘해지자 어쩔 줄 몰라 하며 동수는 서둘러 답했지만 여도적은 끝내 입을 열지 않았다. 어쨌건 간에 여도적 덕분에 진범을 잡게 되었으니 흑사모에게 말할까 싶었지만 괜히 일에 더 엮였다가 곤란해질 수도 있겠다 싶었다. 더군다나 범인으로 몰렸던 동수가 범인을 잡았다며 포도청에 무관을 끌고 가면 되레 불똥 맞을지도 모를 일이었다. 무관의 표정을 보니 더더욱 그랬다. 조금도 불안해하거나 겁먹은 얼굴이 아닌 무관을 보자 섣불리 나설 일이 아니라는 판단에 동수는 재갈 물린 채 반항조차 안 하는 무관을 내려다보며 능청스런 미소를 입가에 가득 채웠다.

이선의 말에 임수웅이 경악하며 급히 허리 숙였다.

"청국 사신을 추방하시겠다니요? 하면 삽시간에 청과의 관계가 냉각될 것이옵니다."

하지만 이선은 고집스럽게 정면을 바라보며 의지를 굽히지 않았다.

"도성에 청국 사신관을 지어 스스로 목을 죄느니, 차라리 모든 외교관계를 청산하는 게 낫지 않겠느냐."

"저하, 너무 성급한 판단이 아니옵니까? 분명 다른 방도가 있을 것이옵니다."

이선은 깊은 한숨을 내쉬며 고개를 저었다.

"없다. 진범을 잡지 못하는 한, 사신관 건립을 무마할 방책이 없느니라."

그렇게 굳은 결심으로 편전에 들어선 이선은 미소를 머금고 있는 홍대주를 보고 눈을 가늘게 떴다. 배후에 홍대주가 관여되어 있을 거란 예상을 하고 있기에 그를 보는 눈이 고울 수가 없었다. 이선은 대신들을 향해 마른 입술을 열어 말했다.

"병자년 국치 이후 백 년이라는 긴 시간이 흘렀건만, 어찌 일개 사신의 위세가 주상을 능가할 수 있소이까!"

대신들은 세자가 무슨 말을 하는 건지 도통 감을 못 잡겠다는 얼굴로 바라봤다.

"경들이 말해보시오! 그러고도 이 나라를 조선이라 부를 수 있겠소이까!"

이선은 죽 늘어선 대신들을 꼼꼼히 바라본 뒤 큰 숨을 들이마시고 결심을 토해내듯 외쳤다.

"하여 과인은, 금일부로 청과의 모든 관계를 청산……."

"저하!"

이선은 갑자기 문을 박차고 들어오며 외치는 임수웅의 목소리에 입을 닫았다. 임수웅이 대신들을 지나 무릎을 꿇고 앉자 홍대주가 바르르 떨며 화를 냈다.

"어허! 예가 어디라고 감히 발을 들이느냐!"

임수웅이 이렇듯 예를 범할 사람이 아니라는 걸 아는 이선은 놀람을 감추고 보고를 기다렸다.

"저하, 결례를 용서하시옵소서!"

"무슨 일이냐?"

대신들의 시선을 의식하고 근엄히 물으니 임수웅이 고개 들며 의미심장하게 보고했다.

"궐 밖에 나가보셔야 할 듯싶습니다."

이선이 임수웅을 따라 편전을 나섰고 그 뒤를 대신들이 우르르 몰려 따라왔다. 걸음마다 조급함이 담겨 빠르게 궐 밖으로 간 이선은 바닥에 기절해 있는 무관을 보고 인상을 찌푸렸다.

"어찌 된 것이냐?"

이선이 묻자 임수웅이 대답 대신 무관의 가슴에 있는 종이와 자루를 들어 올렸다. 가만히 내미는 종이를 펼쳐본 이선은 헉하고 숨을 들이켰다.

"칙사를 해하려 한 흉적?"

맞춰 임수웅이 자루를 펼쳐 금은보화를 보여줬다. 서서히 상황이 이해되며 그 배후가 누군지 분명해졌다. 이선은 종이를 움켜쥐고 잔뜩 굳은 얼굴로 입술이 파랗게 질린 홍대주를 향해 질책하듯 물었다.

"포청의 무관이면, 병판 대감의 직속이 아니오?"

홍대주의 입술이 아교로 붙었는지 도통 떨어지지 않았다. 이선은 오랜만에 쾌감을 느끼며 단단히 얼굴 굳혔다.

"대감! 사안이 사안인 만큼 사건의 진상을 명명백백히 밝혀, 한 치의 오해도 없도록 하시오!"

아랫입술을 깨물며 대답 못하는 홍대주를 지나쳐 궐 안으로 들어서는 이선의 발걸음이 한결 가벼워졌다. 웅성거리는 대신들을 지나쳐 동궁전으로 곧장 간 이선은 안도의 한숨을 쉬며 두 다리를 길게 뻗었다. 그러자 임수웅이 조용히 입을 열었다.

"저하, 범인이 잡혔으니 배후를 캐야 하지 않겠습니까?"

이선은 눈을 지그시 감으며 잠꼬대처럼 말했다.

"그자는 이미 죽은 목숨이다."

덜미 잡힌 홍대주가 더 이상 과욕을 부릴 인물은 아니었다. 전술에 능한 만큼 물러서는 것도 과감할 게 분명했다. 무관은 홍대주의 사주를 받았음이 분명하고, 꼬리 내린 홍대주가 뒤를 밟히지 않기 위해서라도 그자를 살려두지 않을 게 확실했다. 그나마 사신과의 약조를 지킬 명분이 없어졌다는 것과 홍대주가 당분간은 계책을 부리지 않을 것이 다행이었다. 이선도 이 정도에서 욕심을 버려야 했다. 가슴을 채운 증오와 울분을 생각하면 꼬투리 잡아 홍대주를 몰아붙이고 싶었지만, 상대가 상대인지라 섣불리 덤벼들었다간 묘혈을 파는 경우가 될지도 몰랐다.

생각에 잠겨 있던 이선은 문밖에서 들려오는 상길의 목소리에 길게 한숨 쉬었다.

"저하."

고개를 끄덕이며 눈을 뜨고 힘겹게 상체를 일으킨 이선은 임수웅의 어깨를 다독였다.

"내 청암사를 다녀올 터이니, 넌 포청에 들려 어찌 조치하였는지 알아보거라."

"예."

누구인지 몰라도 궐 앞에 진범을 잡아다놓은 덕분에 위기를 모면하게 되었다. 이선은 그자에게 깊이 감사했다.

분주한 저잣거리 한쪽에 자리한 푸줏간에서 흑사모는 동수를 떠올리고 볼을 씰룩거렸다.

'그놈을 어찌해야 철이 들려나!'

하루가 멀다 하고 일 저지르는 걸로 모자라 호위했던 사미니에게 푹 빠져 밤낮으로 청암사를 들락거리는 동수를 말릴 재간이 없었다. 지난밤에는 아예 들어오지도 않은 걸 보니 청암사 문밖에서 새우잠을 잔 모양이었다. 장가갈 나이가 훌쩍 지났으니 여색을 밝히는 것도 이해하지만 상대가 사미니인지라 난감하지 않을 수 없었다. 게다가 세자 저하의 보호를 받고 있는 여인이 아니던가. 사미니의 정체가 뭔지 몰라도 세자 이선은 흑사모에게 각별히 보호를 요청했다.

흑사모는 사미니를 마음에 품은 동수가 가엽고 그 처지가 안타까워 애꿎은 고기에 화를 토했다. 시뻘건 피가 뚝뚝 떨어지는 고기를 향해 있는 힘껏 칼을 내리치자 싹둑 썰리며 반으로 갈라졌다. 흑사모는 칼날을 도마 모서리에 대고 쓱쓱 비벼댄 다음, 옆에 내려놓고 고기를 향해 손을 뻗었다. 그때 낯설지 않은 기운이 비릿한 피 냄새를 뚫고 다가왔다.

'설마!'

후딱 고개 드니 그립던 얼굴이 마주하고 있었다. 이십 년간 생사도 알 수 없었던 검선의 새까만 눈동자가 흔들림 없이 곧장 흑사모를 향해 날아왔다. 흑사모는 꿈인지, 생시인지 분간 못하고 파르르 떨리는 눈을 비비며 앞으로 걸어갔다.

"형님, 살아계셨소? 멀쩡히 살아 있으면서 어찌 그간에 연통 하나 없었소!"

감사와 원망, 그리움과 반가움이 뒤섞여 울먹임으로 흘러나왔다. 흑사모는 헛것이 아닌가 싶어 피 묻은 손을 제 바지에 쓱쓱 문지르고 조심스럽게 검선의 얼굴과 가슴을 어루만졌다. 죽은 줄로만 알았던 검선이 눈앞에 서 있는 걸 만져보고도 믿을 수가 없었다.

"고맙수다……. 살아줘서 고맙수다……. 팔은, 팔은 괜찮소?"

마지막으로 보았을 때, 검선이 동수를 살리고자 팔 한쪽을 스스로 잘

랐던 걸 떠올리며 더듬거린 흑사모는 왼쪽 팔뚝 아래로부터 휑한 기운을 느끼고 낮게 흐느꼈다. 그러자 검선이 그리운 목소리를 흘렸다.

"미안하구나. 낯이 부끄러워 연락할 수 없었느니라……."

검선의 목소리 또한 심하게 떨렸다. 오랜만의 재회에 감정을 억누르지 못하는 건 흑사모뿐이 아니었다. 흑사모는 검선의 오른손을 잡으며 애절하게 말했다.

"뭐가 부끄럽단 게요. 형님이 부끄러울 게 뭐가 있소."

그러자 검선이 눈을 질끈 감았다.

"죄인이다. 사굉 놈과의 약속을 지키지 못했으니……."

뭔 말인가 싶어 울먹거림조차 잊고 바라보자 검선이 일그러진 얼굴로 입술을 떨었다.

"내 죽어서도 사굉의 얼굴을 볼 수 없게 되었다. 그놈을 지키지 못했느니라. 사굉의 자식 놈을……."

흑사모는 백사굉의 자식이 누군가 하고 잠시 멍하니 생각했다. 그러다 동수의 씩 웃는 얼굴을 떠올리고 기겁해서 소리쳤다.

"예? 그게 당최 뭔 소리요?"

"동수……. 그 불쌍한 아이 말이다."

흑사모의 머릿속에 띵한 울림이 퍼져갔다. 그리고 저도 모르게 벌컥 화를 냈다.

"동수? 그 망할 놈 말이요?"

이번에는 검선이 머리에 망치 맞은 듯한 표정을 지었다. 흑사모는 검선의 충격 받은 얼굴을 보며 기가 막혀 말했다.

"설마하니, 지금껏 동수가 죽은 줄 알았던 게요?"

고개를 끄덕이는 검선이 그토록 가녀스러워 보일 수가 없었다. 백사굉과의 약속을 지키지 못했다 생각하고 종적을 감췄던 검선을 생각하니 가슴이 땅 밑으로 가라앉았다.

"대포는 잘 지내느냐?"

안 그래도 무거운 가슴이 더욱 땅을 파고들어 우물처럼 깊숙이 내려갔다.

"그놈은…… 사굉 형님과 초상 형님 곁으로 갔소."

순간, 검선의 몸이 휘청하며 기울어졌다. 붙잡으려 손을 뻗은 흑사모는 빈 소매만 덥석 잡고 그 허전함에 눈물을 글썽였다. 검선은 흐릿하게 눈물이 피어오르는 눈으로 힘겹게 입을 열었다.

"초상이와 대포가…… 어쩌다 그리 되었느냐?"

흑사초롱을 떠올리니 입술이 떨렸다. 흑사모는 칼을 던져 도마 위에 박고 앞장서며 말했다.

"우선 갑시다. 내 보여드릴 놈들도 있으니."

그동안의 이야기를 나누려면 온밤을 지새워도 모자랄 판이었다. 흑사모는 뒤따르는 검선의 발놀림을 보며 속으로 '역시!' 하며 고개 끄덕였다. 검선의 보폭이 넓지 않음에도 성큼성큼 걷는 흑사모가 뒤처지지 않기 위해선 뛰다시피 해야 했다. 이십 년 동안 검선이 어디서 무얼 했는지 몰라도 무예의 경지는 한층 높아진 게 확실했다.

정오의 햇살이 머리 위에서 뜨겁게 작열했다. 동수는 두 팔을 늘어뜨린 채 터벅터벅 걸어 들어오더니 초립과 여운이 훈련하고 있는 마당에 벌렁 누워버렸다. 여운은 슬쩍 동수를 보고 훈련을 계속했다.

"아침 댓바람부터 어디 갔다 오는 거야?"

초립이 날카롭게 묻자 동수는 두 팔을 활짝 벌린 채 눈을 감으며 잘난 척했다.

"몰라도 된다. 뱁새가 어찌 황새의 뜻을 알겠느냐!"

"말은 청산유수지."

초립이 빈정 상해 입을 삐죽거리자 동수는 눈을 번쩍 뜨고 주변을 두리번거렸다.

"근데 사모는 아직 안 돌아왔어?"

"어."

동수는 초립의 대답에 가볍게 몸을 일으켜 다시 문을 향해 걸어가며 능구렁이처럼 말했다.

"그래? 그럼 어디…… 청암사나 다녀올까나?"

청암사라는 단어에 퍼뜩 사미니가 떠올라 여운은 급히 동수를 불렀다.

"동수야!"

대문 밖으로 발 한 짝을 내민 동수가 뒤돌아보자 여운은 눈썹을 찌푸리며 조용히 말했다.

"느낌이 안 좋아."

어리둥절해하는 동수의 눈을 보며 여운은 검을 아래로 내렸다. 산적의 습격을 받을 때 얼핏 보았던 사미니의 어깨가 떠오르자 여운의 미간이 더욱 좁아졌다. 일부러 살품을 보려 한 게 아니지만 우연히 보게 된 하얀 살결 위에 촘촘히 그려져 있던 그림이 대수롭게 여길 일은 아닌 듯했다.

"청암사엔 가지 않는 게 좋겠어."

여운의 진지한 말투에 동수가 헛웃음 지으며 고개를 비틀었다.

"뭐야, 뜬금없이."

동수가 사미니에게 마음이 있다는 건 진즉에 눈치채고도 남았다. 사미니 앞에서 쩔쩔 매던 모습이나, 틈만 나면 청암사로 달려가려 하는 걸로 봐선 단단히 흑심을 가지고 있는 모양이었다. 문제는 여운의 본능과 감정이었다. 뭔가 내막이 있는 사미니 곁에 어슬렁거리다 보면 또다시 동수가 문젯거리에 휘말릴 게 분명했고 아울러 동수가 사미니를 찾을 때마다 생기는 묘한 감정도 난처할 뿐이었다. 여운은 뭐라 설명할 길 없어 막연하게 말했다.

"그 사미니, 범상한 여인이 아니야."

순간 동수의 눈이 샛별처럼 반짝거렸다.

"그래? 네 눈에도 그리 보여? 암, 이 천재 님 색시가 될 사람인데 범상하면 안 되지! 그럼 다녀올게!"

더 이상 붙잡을 거리가 없어 여운이 대문 밖으로 휙 사라지는 동수의 뒷모습만 바라보자 초립이 혀를 차며 고개를 절레절레 흔들었다.

"대단한 일편단심 나셨네."

동수가 일편단심인 건 상관없었다. 여운은 두 손을 펼쳐 손바닥을 내려다보며 이를 악물었다. 살성을 타고 태어났다는 소리를 듣고 자라 동무를 사귈 수도 없었기에 외로움을 벗 삼기로 작정하고 살수의 길로 들어섰다.

'그런데 어찌 된 일인가. 살수를 위해 숨어들어온 이곳에서 동무를 얻게 되다니. 내가 동무를 걱정하는 인간이 되다니……'

10년의 시간 동안 쌓아온 것이 실력만이 아니라 감정이라는 걸 뒤늦게 깨닫자 그 감정들을 한순간에 베어버릴 수 있을까 새삼 두려워졌다.

여운은 깊은 한숨으로 갈등을 털어내고 검을 휘둘러 마음을 정리하려 했다. 하지만 얼마 안 가 뛰어 들어온 흑사모로 인해 여운의 마음이 더욱 어지러워졌다.

"동수! 이놈 어딨느냐!"

초립은 움찔하며 조심스럽게 답했다.

"나갔는데요."

"뭐라! 동수 이놈이 또! 형님, 우선 안으로 듭시다."

여운은 흑사모 곁에 있는 자를 보며 저절로 손에 힘이 들어가는 걸 느꼈다. 어쩐 이유인지 피어오르는 살기를 제어할 수 없었다. 근래에 들어 이렇듯 살기를 품은 적이 없었다. 마치 몸이 싸우고 싶어 안달 난 것 같은 스스로의 살기에 당황해하자 흑사모가 여운에게 툴툴거리며 집무실로 들어갔다.

"운아, 살기 좀 치워라."

여운은 얼른 허리 숙여 사과했다.

"죄송합니다."

그러자 초립이 다가와 소곤거리며 흑사모와 사내가 들어간 집무실을 흘끔거렸다.

"설마, 진짜 저 아저씨가 검선 김광택인가?"

깜짝 놀라 초립에게 되물으려던 여운은 등 뒤에서 몰아치는 살기에 눈을 부릅떴다. 익숙하면서도 두려운 감각이 전신을 에워쌌다. 여운이 서서히 고개 돌리자 마당 한가운데 고목처럼 서 있는 천天이 보였다. 여운의 시선을 따라 함께 고개 돌린 초립이 천天을 발견하고 멍하니 물었다.

"누구지? 아는 사람이야?"

여운은 싸한 떨림이 밀려오는 손가락으로 검을 부여잡으며 애써 모르는 척했다.

"아니."

천天은 무표정한 얼굴로 힐끔 여운을 보더니 집무실을 향해 크게 외쳤다.

"광택이 왔느냐!"

동시에 집무실 문이 벌컥 열리며 흑사모가 엽도를 뽑아 들며 뛰쳐나왔다.

"네, 네 이놈! 예가 감히 어디라고!"

그런 흑사모의 어깨를 붙들어 저지한 검선이 미끄러지듯 밖으로 나오더니, 천天에게 묘한 표정을 지었다. 그리고 마치 오랫동안 손 나눴던 정인들처럼, 애틋함마저 느껴질 만큼 오랫동안 시선을 주고받은 천天은 느린 어조로 인사를 건넸다.
  "후, 그간 잘 지냈느냐?"
  검선은 대답대신 미풍처럼 부드러운 미소만 날렸다.

10장

만월彎月을 품은 서늘한 밤

 청암사의 계단을 오르는 동안 꺾은 꽃이 양팔 가득 안기고도 남았다. 동수는 제법 묵직해진 꽃다발을 낑낑대며 안아 들고 청암사로 몰래 숨어들었다. 노을이 지기 전의 뜨거운 햇살 때문인지, 타오르는 가슴 때문인지 동수의 품 안에 있는 꽃들이 금세 말라갔다. 동수는 힘없이 처지는 꽃들을 내려다보며 초조함으로 계속 사미니의 방을 기웃거렸다. 동수의 뒤로 서서히 하늘이 붉게 물들어갔다. 시간 가는 줄도 모르고 사미니가 방 밖으로 나오길 기다리며 동수는 기둥에 기대섰다가, 바닥에 쭈그리고 앉았다가, 벽에 머리를 기댔다가 하며 긴장을 풀어보려 노력했다.
 그렇게 두근거리는 가슴으로 연신 방문만 바라보던 동수는 청암사 문이 열리며 기척이 느껴지자 얼른 기둥 뒤로 숨었다. 이마와 눈만 빼죽 내밀어보니 어둠 속에서 사람들이 걸어오고 있었다.
 양반인 듯한 사내와 무사들이 줄지어 다가오자 동수는 얼른 기둥 뒤로 다시 숨었다. 저녁 시간에 사내들이 왜 이곳에 왔을까 생각하니 오만상이 다 찌푸려졌다. 호기심에 다시 빼꼼히 고개 내민 동수는 양반이 사미니 방 앞에 서서 조용히 말하자 작은 숨을 들이마셨다.

"들어가도 되겠느냐."

이어 비단처럼 부드럽게 방문이 열리고 양반이 자연스럽게 신을 벗고 안으로 들어갔다. 동수는 기둥 뒤로 다시 몸을 숨기며 커다래진 눈으로 시들해진 꽃을 내려다봤다. 사방이 암흑으로 뒤덮였다. 언제 해가 졌는지도 모르고 마냥 기다렸던 자신이 한심해 보였고 양반이라는 신분이 동수의 순정을 내리 짓밟은 듯한 기분이 들었다. 이 밤중에 사미니의 방으로 들어갈 수 있는 자가 누군지 알아야 직성이 풀릴 것만 같았다. 동수는 꽃다발을 바닥에 내팽개치고 주먹을 불끈 쥐며 성큼성큼 걸어 사미니의 방 앞에 섰다.

"저하, 저를 구하십니까, 북벌지계를 구하십니까?"

가슴을 두드려대는 사미니의 목소리가 조용히 흘러나오는 방 앞에 서자 무사가 어둠 속에서 팔을 뻗어 동수를 막았다.

"웬 놈이냐?"

무사들이 단단히 긴장하여 동수를 노려봤다. 동수는 그들을 마주 노려보다 빠르게 가로막은 무사의 팔목을 잡아 꺾었는데 어찌 된 일인지 반대로 무사에게 팔목이 잡힌 꼴이 되어 버렸다. 동수가 당황스러움을 숨기고 급히 팔을 빼 후다닥 뒤로 물러서고는 태연히 팔짱 끼자 방 안에서 양반이 낮게 물었다.

"무슨 일이냐?"

문이 열리고 모습을 드러낸 양반에게 무사들이 허리 숙여 예를 취했다.

"아무 일도 아닙니다."

마루 아래 서 있는 동수에게 시선을 준 양반의 눈에 잠시 놀람이 지나치자 동수는 팔짱 낀 손을 단단히 여미며 따졌다.

"이 야심한 시각에 남정네가 사미니 방에 있는 게 어째 아무 일도 아니야? 당신! 나 좀 봅시다!"

큰소리 떵떵 치며 양반에게 다가가던 동수는 무사가 또다시 팔을 뻗어 막자 허공에 콧방귀를 뿌렸다.

"허! 나, 이거 참! 이거 안 치워? 당신들, 내가 누군지 굳이 주먹맛을 봐야……."

갑자기 눈앞에 은하수가 유유히 흐르다가 별들이 사방으로 흩어졌다. 무사의 주먹이 코를 치고 돌아간 걸 깨닫는 덴 오래 걸리지 않았다. 주르륵 흘러내리는 코피를 손등으로 훔치며 동수는 또다시 콧방귀를 뀌었다.

"하 참, 여보쇼! 내가 세상에서 무서워하는 게 딱 두 개 있는데, 쪽팔리는 거! 그리고 쪽팔리는 데 그냥 참는 거!"

기습할 생각으로 말을 끝내기도 전에 주먹을 날렸는데 어찌 된 일인지 또다시 달님까지 번쩍였다. 무사는 태연하게 코피가 묻은 주먹을 손바닥으로 닦으며 동수를 바라봤다. 양쪽으로 흐르는 코피를 두 손으로 벅벅 문지른 동수는 기가 찬다는 듯 말했다.

"아, 나 진짜! 대체 날 뭐로 보고……."

마음 같아서는 상대를 금방 제압할 수 있을 거 같았다. 하지만 무사에게 팔이 잡혀 바닥으로 주저앉은 동수는 목에 칼날이 들어오자 얼른 화제를 돌렸다.

"흠흠, 그 보아하니 명문 있는 양반가 나리 같은데……. 어찌 속세를 떠난 여인에 마음을 둔단 말이요?"

그러자 마루에 서서 양반이 피식 웃으며 농을 던졌다.

"하면 상투도 틀지 않은 젊은 사내가 들락거리는 건 괜찮더냐? 시정잡배들이 쓰는 무술 정도는 배운 듯한데……."

동수는 눈을 지릅뜨며 분개했다.

"어허! 이 양반이 진짜 사람을 뭐로 보고! 여보쇼! 이 몸으로 말할 것 같으면 곧 무관이 되어 이 나라 조선의……."

"무관? 거참, 무관 되기가 그리 쉽더냐? 그 실력으로는 무관은커녕 봉수지기도 어려울 게다."

말을 자르며 약 올리는 양반에게 동수는 계속해서 허세 부렸다.

"봉수지기? 아, 나 이거 도저히 말로는 안 되겠구만. 진짜 내 실력을 보여줘야……."

또다시 양반이 끼어들어 빈정거렸다.

"그리 실력이 뛰어난데 왜 무릎을 꿇고 있느냐?"

무사가 다리를 밟고 있는 통에 일어설 수가 없어서 무릎 꿇고 있다고 하고 싶었지만, 자존심이 상해 아무 말 못했다. 속을 읽었는지 양반은 낮게 웃으며 물었다.

"이름이 무엇이냐?"

"내 이름 따위 알아서 어따 쓰게?"

양반은 혀를 차더니 고개를 절레절레 흔들었다.

"그놈 참……, 상길아, 그만 놓아주어라. 보아하니 한평생 이 산골을 벗어나기 힘든 놈이다. 그만 돌아가자."

"예."

상길이라는 무사가 발을 떼자 허벅지를 짓누르던 무게가 사라졌다. 동수는 벌떡 일어서 마당을 걸어가는 양반을 뒤쫓았다.

"거기 안 서?"

호기부리며 쫓아가자 상길이 동수의 발을 걸어 넘어뜨리려 다리를 뻗었다. 어둠 속에서 상길의 다리가 뻗어 나오는 걸 본 동수는 재빨리 몸의 체중을 왼발에 두고 오른발을 들었다. 그리고 왼발 뒤꿈치를 붙인 상태에서 빙글 몸을 돌려 오른발이 땅에 닿자마자, 다시금 들어 올려 제자리로 몸을 돌렸다. 너무나 순식간의 일이라 동수의 다리를 공격하려 했던 상길조차 뻗은 다리를 바로 하지 못했다. 반 바퀴를 돌아갔다 제자리로 오는 동수의 오른발이 고스란히 뻗어 있는 상길의 다리를 향해 내려왔다. 그러자 동시에 무사들이 숨을 들이켰다.

"보법이 아닌가?"

동수는 그들이 무슨 말을 하는지 몰라도 쌍코피를 흘린 만큼은 돌려줘야겠다는 생각에 있는 힘껏 오른발로 상길의 발목을 내리 밟으려 했다. 하지만 상길이 아슬아슬하게 다리를 뺐고 땅을 짓이긴 동수는 아쉬움을 담아 씩 웃었다. 순간, 상길의 손바닥이 동수의 목 밑을 세게 후려쳤다.

"컥!"

동수는 숨이 턱 막히자 거친 소리를 토해내며 그대로 벌렁 낙장거리했다. 그렇게 바닥으로 쓰러진 동수의 목을 상길이 인정사정없이 내리밟았고 동수는 숨이 막혀 상길의 발목을 양손으로 잡아떼려 발버둥 쳤다. 그러자 발바닥을 비틀어 더 세게 밟으며 상길이 협박조로 말했다.

"죽고 싶은 게냐."

"컥!"

도저히 숨을 쉴 수가 없어 동수는 상길의 종아리를 손으로 계속 쳐댔다. 그때 방에서 사미니의 목소리가 들려왔다.

"그만하십시오."

사미니가 문가에 서자 상길의 발이 동수의 목에서 멀어졌고 동수는 벌떡 일어나 주먹만 불끈 쥐었다. 사미니는 조용히 말하고 찬바람이 느껴질 만큼 냉랭한 모습으로 방문을 닫았다.

"악의가 있는 사람은 아닙니다."

이미 양반과 무사들은 청암사를 벗어나고 있었다.

동수는 어둠 속에서 발에 짓눌린 목을 매만지며 면괴스러움에 고개 들지 못했다. 기둥 뒤, 초라하게 말라 바닥에 뿌려진 꽃들과 같은 마음이 들었다.

동수는 한참 동안 불빛이 새어나오는 사미니의 방을 바라보며 서 있다가 터덜터덜 청암사를 떠났다. 108계단을 내려오는 걸음이 무척이나 힘들었다. 몇 번이고 멈춰 서서 뻐근한 목을 매만지며 동수는 이 갈았다. 이대로라면 양반의 말대로 이 산골에서 벗어나 무관이 되긴 힘들 게 자명했다. 실력이 있어야만 하는데 하찮은 검술로 여운조차 이기지 못하고, 무사에게 짓이김 당하는 현재로써는 막막하기만 했다.

'내가 너무 안이했나?'

그렇다고 훈련을 소홀히 한 것은 아니었다. 나름 열심히 했지만 실력이 늘지 않는 게 문제였다. 흑사모는 동수의 부친이 뛰어난 무인이었으니, 동수도 그 피를 받아 훌륭한 무인이 될 거라 했지만 사실 같지가 않았다. 동수는 마지막 계단에 서서 밤하늘을 올려다봤다. 어린 날, 동무들에게 무시당했던 나날들이 별 하나씩 새겨져 기억으로 떠오르자 몸을 자유롭게 움직이게 된 날부터 기고만장해져서 살아온 게 아닌가 싶었다. 그렇다고 천성이 진중하지 못한지라 당장에 여운처럼 입술 꼭 붙이고 살 자신도 없었다.

"한번 해보자고. 까짓 거 죽기 살기로 하다보면 실력이 늘겠지."

성격대로 낙천적인 결론을 내린 동수는 머리를 털며 장용위로 향했다. 문득 달빛이 내리쬐는 바닥에 깊이 파인 발자국이 보였다. 동수는 나뭇가지를 부러뜨려 발자국을 하나씩 가리키며 세어봤다. 청암사 쪽으로 난 발자국은 분명 다섯인데, 돌아가는 발자국은 넷밖에 없어 이상하다 싶어 청암사를 돌아보고 머뭇거리던 동수는 급히 다가오는 상길을 보고 얼른 몸을 숨겼다. 상길은 한번 마음잡고 겨뤄보고 싶은 상대이긴 하나 아직은 아니라는 생각이 들었다. 또, 그리 헤어졌으니 눈에 띄면 진짜 죽일지도 모른다는 생각이 들어 가만히 지켜보니 상길이 넓은 보폭으로 급한 일 있는 사람처럼 청암사 계단으로 향했다.

'뭐야? 또 사미니 만나러 가는 거야?'

울컥하는 마음에 동수는 수풀 속에서 벌떡 일어섰다. 그러자 계단 쪽으로 급히 가던 상길이 휙 돌아서며 단번에 검을 뽑아 들었다. 언제 휘둘렀는지도 모르게 칼날이 동수의 목으로 향했다. 동수는 반사적으로 나뭇가지를 휘둘러 상길의 검을 쳐냈다. 약초꾼 흉내를 내본 것인데 의외로 쉽게 상길의 검이 튕겨나갔다.

동수가 제 기술에 제가 놀라 거친 숨을 들이키자 상길도 놀랐는지 숨을 멈췄다. 달을 향해 칼끝이 뻗어 있는 검을 서서히 내리며 상길은 눈썹을 찌푸렸다.

"어찌하여 여태 이곳에 남아 있는 것이냐?"

동수는 나뭇가지로 바닥에 패인 발자국을 가리켰다. 상길은 동수가 나뭇가지로 발자국을 하나하나 세듯 움직이자 알겠다는 얼굴로 고개 끄덕였다.

"넌, 그만 돌아가거라."

상길을 찢어진 눈으로 노려본 동수는 콧방귀를 뀌고 냅다 장용위로 달렸다. 청암사로 향한 나머지 한 개의 발자국이 신경 쓰이긴 했지만, 상길의 무예가 얕지 않음에 상관할 바가 아니라는 생각이 들었다. 괜히 나섰다가 사미니 앞에서 만만쟁이로 보이기도 싫었다.

쉬지 않고 달려가 세월에 부딪쳐 허름해진 현판이 보이자 숨을 몰아쉬며, 동수는 서서히 속도를 줄였다. 그때 대문이 열리며 키가 훤칠한 사내가 장용위에서 나왔다. 동수는 누군가 싶어 멈칫하고 사내를 주시했다. 어디선가 본 듯한 얼굴인데 도통 기억나지 않았다. 사내도 잠시 걸음을 멈추고 날카로운 눈빛을 흘끔 던지더니 그대로 동수를 스쳐 지나갔다.

머리는 멍한데 몸이 바짝 긴장해서 금방이라도 힘줄이 끊어질 것만 같았고 이상하게 불끈 쥔 주먹의 힘줄이 불룩하게 튀어나올 정도로 온몸이 긴장되었다. 스쳐 지나가는 사내에게서 풍기는 묘한 기운이 완전히 낯설지만은 않았다. 동수가 눈을 껌벅이며 고개를 갸웃하고 있자니 열린 문 너머 초립이 동수를 발견하고 쪼르르 달려와 소곤거렸다.

"너, 대체 어디서 뭐하다가 이제 오는 거야?"

"왜? 뭔 일 있어?"

"너, 사고치지 말고 얌전히 있어."

영문을 몰라 멀뚱거리며 묻는 동수에게 여운이 딱딱하게 굳은 얼굴로 말하고 어둠 속으로 휙 사라졌다.

동수는 뒷머리를 긁적이며 인상 찌푸렸다.

"뭐야, 왜? 뭔 일인데?"

초립은 집무실을 흘끔거리며 눈치 보더니 동수를 끌고 장용위를 나섰다. 익숙해진 산길을 내려가며 동수는 '왜들 이러나?' 하는 생각에 눈살만 찌푸렸다. 멀리서 밤새가 서글프게 울어댔다.

반 각 뒤, 장미의 주막에 도착하자마자 털썩 앉은 초립의 맞은편에 자리 잡은 동수는 유난히 심각한 초립을 보고 피식피식 웃었다. 초립은 장미에게 술을 부탁하고는 길게 한숨 쉬었다.

"동수야, 난 오늘 밤 죽지 않고 산 게 꿈만 같다."

웬 뚱딴지같은 소린가 싶어 동수는 초립의 이마를 주먹으로 한 대 박았다.

"아야! 진짜라니까! 오늘 검선 김광택이 대장님과 함께 왔는데……."

"뭐? 검선 김광택이 왔어?"

멍한 정신이 순식간에 청명한 하늘처럼 맑아졌다. 이름만 들었을 뿐인데도 흥분이 몰려와 짜르르한 감각이 손가락까지 퍼졌지만 동수는 소문이 자자한 검선에 대한 경외감을 드러내고 싶지 않아 어깨 펴며 잘난 체했다.

"이 백동수 님의 이름 석 자가 벌써 검선의 귀에까지 들어갔단 말인가……."

그러고 보니 검선이 와 있는데 술이나 마실 게 아니었다. 동수는 한 수라도 더 배워서 하루빨리 실력을 향상시키고 싶은 욕심에 벌떡 일어섰다.

"날 보겠다고 검선께서 친히 먼 길을 왔는데, 당장에 만나야지."

초립이 황당하다는 표정으로 코웃음을 치더니, 동수가 금방이라도 산으로 뛰어갈 태세를 보이자 뜬금없이 물었다.

"동수야, 며칠 전에 만난 약초꾼 기억나?"

당연히 기억하고도 남았다. 호패로 그렇게 두드려 맞은 적은 한 번도 없으니까.

"그 영감님은 왜?"

초립은 안됐다는 듯 동수를 측은한 눈길로 바라보며 답했다.

"그 영감님이 검선이셔."

놀란 숨을 들이키며 동수는 쓰러지듯 풀썩 주저앉았다. 아무리 덤벼도 옷자락 하나 건들지 못하고, 호패로 흠씬 두드려 맞은 게 이해되었다. 동수는 자신을 뚫어져라 바라보는 초립을 흘낏 보고 부산을 떨었다.

"아, 어쩌지. 이 몸이 천재는 맞지만, 아직 검선을 상대할 정도는……."

그러자 초립이 그럴 줄 알았다는 얼굴로 소리쳤다.

"야! 너, 설마하니 검선께서 널 만나러 왔다고 착각하는 건 아니지?"

"어? 아냐? 아, 아니구나? 하하하하!"

동수가 멋쩍은 웃음을 토해내자 초립이 기가 차서 상대하기도 싫다는 표정을 지었다. 하지만 곧 상체를 내밀어 목소리를 줄이며 말했다.

"그런데 검선이 오자마자 흑사초롱의 천주가 왔다 갔다고. 이상한 게 대장님은 길길이 날뛰는데, 두 사람은 태평하게 술만 마시더니 헤어졌어."

'천주'라는 이름만 들었을 뿐인데도 8년 전에 느꼈던 공포와 고통, 분노가 소연히 밀려왔다. 동수는 조금 전, 낡은 현관 아래 서 있던 사내를 떠올리고 충격으로 눈동자를 굳혔다. 몸이 기억하고 있었던 거다. 완전히 잊고 있던 기억인데 몸은 기억하고 천주를 떠올려 그토록 긴장하고 꿈틀댔던 거였다. 동수는 치밀어 오르는 분노를 참지 못해 있는 힘껏 평상을 수격했다. 마침 술병과 안주를 들고 다가온 장미가 동수의 머리통을 세게 쥐어박았다.

"이놈들! 예가 싸움장이야? 술이나 마시고 얌전히 있어."

가슴이 부글거렸지만 동수는 헤헤 웃으며 고개를 끄덕였고 술병을 가로챈 초립은 그대로 벌컥벌컥 마셨다.

"야! 술잔은 뒀다 어따 쓰냐?"

동수가 술병을 빼앗자 초립이 손등으로 젖은 입술을 닦으며 눈물을 글썽거렸다.

"동수야, 나 정말 죽는 줄 알았다. 그런 살기殺氣는 태어나서 처음 봤어. 운이 살기에 익숙해져서 보통 살기는 느끼지도 못하는데……. 검선과 천주가 마주했을 때, 그 자리에서 죽는구나 하는 생각만 들었잖냐. 운이는 두 사람이 안법眼法, 눈으로 하는 기싸움을 나눴다는데 난 도무지 모르겠더라."

8년 전 연무장에서 자신도 그렇게 느꼈었기 때문에 동수는 초립이 어떤 기분이었는지 충분히 알 거 같았다. 그때의 무력함과 분노, 증오가 서로 뒤엉켜 가슴을 마구 흔들었지만 동수는 술잔에 술을 따르며 농을 걸었다.

"카, 아깝다! 내가 거기 있었으면, 내 살기에 검선과 천주가 기죽었을 텐데."
 어이없어하는 초립에게 동수는 잔을 내밀며 또다시 능청 떨었다.
 "술이나 마시자. 그런데 살기만 내뿜고 그냥 간 그놈은 뭐냐? 이름도 괴상해서는. 천주가 뭐냐? 천주."
 초립이 무거운 한숨을 푹 쉬며 고개를 절레절레 흔들었다. 동수는 술잔을 들며 씩 웃고 단숨에 입안으로 술을 털어 넣었다. 묘하게 긴 밤이었다. 사미니를 만나러 간 시간부터 지금까지가 옛 추억처럼 아련하게 느껴질 만큼 기나긴 밤이었다.

 한밤중의 저잣거리는 인적이 드물었다.
 진주는 종종 걸음으로 한산한 거리를 걸어가며 혼자 배시시 웃었다. 황진기는 제발 얌전히 살라고 잔소리를 해대지만 성질이 불같은 진주는 양가 규수처럼 살 마음은 눈곱만치도 없었다. 더군다나 동수를 다시 만난 이 마당에 엉덩이가 들썩거려 냄새나는 의적들과 함께 있고 싶지도 않았다. 진주는 손에 든 술병을 품에 고이 안고 또다시 샐쭉 웃었다.
 그때 어둠 속에서 주위를 살피며 걷는 청년이 보이자 진주는 본능적으로 벽에 찰싹 달라붙었다. 굳이 숨지 않아도 되지만 청년이 뿜어내는 긴장감과 살기가 만만치 않아 본능에 따르기로 했다. 더군다나 의적들과 한평생을 살아왔다고 해도 과언이 아닌지라 어둠에 동화되어 숨는 건 일도 아니었다. 가만히 지켜보자 청년이 어떤 사내 앞에서 무릎 꿇고 앉아 조용히 입을 열었다.
 "궁금한 것이 있습니다."
 사내의 얼굴이 어둠에 가려져 있어 제대로 볼 수 없자 진주는 살짝 고개를 뺐다. 사내의 허리에 있는 검의 뒷매기가 달빛을 받아 요란하게 빛이나 눈에 확 들어온 조잡한 문양을 가만히 주시하니 글씨라는 걸 알 수 있었다.

'천天? 무슨 뜻이지?'

두 사람이 무슨 대화를 나누는지 알고 싶지만 더 이상 가까이 갔다가는 들킬 위험이 너무 컸기에 진주는 석상처럼 굳은 채 벽에 달라붙어 귀만 쫑긋 세웠다.

"제 아비를 죽인 자가 누구입니까? 혹 세자 저하입니까?"

말소리가 얼마나 나직한지 밤공기를 타고도 잘 흘러들지 않았다. 진주는 인상을 찌푸리며 술병을 꼭 쥐었다.

"토사구팽 아니겠느냐? 사냥이 끝나고 쓸모없어진 개는, 언제든 잡아먹는 법이다."

사내의 냉랭한 목소리만으로도 어깨에 한기가 들었다. 진주는 숨소리가 새어나갈까 호흡을 죽이며 계속해서 귀를 기울였다.

"세자 저하의 옥수에 피를 묻히진 않았을 겁니다. 제 아비의 몸에 칼을 박은 자는 누구입니까? 혹, 검선 김광택이 아닙니까?"

청년의 목소리가 가는 떨림을 안고 낮게 퍼지자 사내가 웃으며 빈정거리듯 답했다.

"그렇다면 어찌할 테냐?"

청년은 충격 받은 듯 흙바닥을 손에 움켜쥐며 어깨를 부르르 떨었다. 진주는 순식간에 사내가 지붕위로 사라지는 것을 보고 가만히 숨을 내쉬었다. 다행히 들키지는 않은 모양이지만 바짝 긴장했던 몸이 저릿저릿했다.

마침 구름이 지나자 달빛이 흘러내렸고, 진주는 바닥에 무릎 꿇고 앉아 이를 악물고 있는 여자가 아닐까 싶을 정도로 아름다운 외모를 지닌 청년의 얼굴을 볼 수 있었다. 보는 것만으로도 흐뭇해질 정도로 예쁘장하게 생긴 청년은 외모와 어울리지 않게 격한 분노를 얼굴 가득 담고 있었다. 진주는 잠시 동안 청년을 바라보다가 살그머니 그 자리를 벗어났다. 괜히 들켜서 좋을 게 하나도 없으니 되도록 빨리 피하는 게 좋겠다 싶었다.

종종걸음으로 부지런히 걷던 진주는 어디선가 들려오는 목소리에 걸음을 멈췄다.

"이 백동수 님을 무시하지 말란 말이지! 언젠가는 이 나라 조선을 위해……."

진주는 주막 앞에서 까랑까랑한 목소리를 내질렀다.

"야! 백동수!"

동수가 술에 취한 듯 게슴츠레 한 눈으로 돌아보자 진주는 허리에 손을 얹고 새침하게 턱을 치켜들었다.

"여긴 웬일이냐?"

동수의 시큰둥한 목소리에 기분 상한 진주는 커다란 술병을 들어 보였다.

"술 한잔 할까 해서 왔는데, 필요 없나 보네."

말이 끝나기도 전에 벌떡 일어선 동수가 진주를 반겼다.

"술? 오, 좋지! 얼른 이리 앉아!"

진주가 마지못한 척 술병을 내려놓고 합석하자 초립이 찢어진 눈으로 흘겨봤다. 그러다가 진주를 알아봤다는 듯 손가락을 세우며 입을 떡 벌렸다.

"어어, 너, 그때……."

"야, 너도 마셔."

진주는 급히 술병을 들어 초립의 잔에 부어주었다. 늦은 시각까지 부산한 주막에서 초립이 산적떼 운운하면 곤란했다. 그렇게 진주가 가져온 술병까지 모두 동낸 초립과 동수는 평상 위에 널브러져 코까지 골며 잠이 들었다. 진주는 동수의 얼굴을 물끄러미 바라보며 어릴 적 모습을 떠올렸다. 아이들과 어울리지 못해 구경만 하던 동수가 온몸의 부목을 떼고 난 뒤, 활기차게 변했던 걸 생각하자 슬며시 미소가 번졌다. 불이 난 판잣집에 뛰어들어 진주를 구하던 그날, 동수는 완전히 다른 사람이 되었고 진주는 그런 동수를 마음에 품었다. 진주는 동수의 뺨을 쓰다듬으며 가만가만 두드리는 심장의 속삭임을 느꼈다.

그때 기척을 느끼고 벌떡 일어선 진주는 의아한 눈으로 바라보고 있는 흑사모를 발견하고 서둘러 인사했다.

"안녕하세요? 오랜만에 뵙습니다."

"누구더라?"

흑사모는 전혀 기억에 없다는 듯 눈을 가늘게 뜨며 물었다. 진주는 당황해서 더듬거리며 답했다.

"화, 황진주라고……"

"진주? 진주! 우리 동수 쫄랑쫄랑 따라다니던 그 진주 말이냐?"

얼굴이 확 달아올라 진주는 두 손으로 양 볼을 감쌌다. 그런 진주를 환한 웃음으로 대하며 흑사모가 동수와 초립을 가리켰다.

"그래그래, 이놈들하고는 벌써 인사한 게고?"

"예? 예. 저, 그럼 저는 이만……"

차마 동수에게 자신이 진주라고 말 못했다고 밝히지 못한 채 진주는 후다닥 그 자리에서 도망쳤다. 한껏 기울어진 달을 향해 내달리며 진주는 붉게 물든 볼을 몇 번이나 두 손으로 감쌌다.

낮은 침묵이 실내를 뒤덮었다. 이선은 무릎 꿇고 앉아 무거운 침묵에 숨조차 죽이고 있었다. 영조는 오랫동안 세자를 빤히 바라보더니 손바닥으로 볼을 쓸어내렸다.

"영문은 알 수 없으나 사신이 조용히 넘어가려는 듯하니, 과인도 이번 사안에 대해서는 더 이상 묻지 않겠다. 허나, 명심하여라. 팔을 내주면 목을 물어뜯는 게 나라 간 외교니라."

이선은 피곤함이 짙게 밴 영조의 목소리에 걱정을 담아 올려다보았다. 위태위태한 세자를 지키기 위해 고민하느라 밤잠을 설쳤는지 영조의 눈 밑에 검은 그림자가 짙게 드리워져 있었다. 이선은 죄스러움과 감사를 눈빛에 담아 답했다.

"소자, 명심하겠사옵니다."

가슴속에 담긴 울분과 격분을 꾹꾹 눌러놔야만 했다. 더 이상 겉으로 드러냈다간 자신뿐이 아니라 조선의 왕실이 위태로워질지도 몰랐기에 이선은 가만히 예를 갖춰 인사하고 강년전을 나섰다. 밖으로 나오자 기다리고 있던 임수웅이 그림자처럼 달라붙었다. 8년 전에 폐가에서 인사의 습격을 받은 뒤로 어딜 가든, 무엇을 하든 임수웅은 이선을 시야 밖에 두지 않았다. 그런 임수웅이 고맙다 못해 존경심까지 생겨 이선은 툭툭 어깨를 두드려 주었다.

난데없이 격려의 손길을 나눠주는 이선에게 임수웅이 의아한 눈빛을 보냈다. 이선은 빙그레 미소 짓고는 농을 던졌다.

"어깨에 충蟲이 앉았구나. 떨어지지 않는 걸 보니 고약한 놈이로다."

좀처럼 당황하지 않는 임수웅이 순식간에 새하얗게 질린 얼굴로 어깨를 마구 털었다. 이선은 그윽하게 웃으며 상체를 살짝 내밀어 임수웅의 어깨를 주시했다.

"다시 보니 곤충昆蟲이 아니라 충심忠心이로구나."

그제야 이선이 장난친 걸 깨달은 임수웅이 질렸던 얼굴을 붉게 물들이며 콧잔등을 모아 올렸다. 임수웅의 눈썹 사이로 몰린 주름들이 세월을 고스란히 드러냈다. 오래된 벗이자 충신이며 보호자인 임수웅의 얼굴에 가득한 주름을 보니 가슴이 짠해왔다. 이선은 손가락으로 임수웅의 주름진 미간을 쿡 찌르고 계단으로 향했다.

"저하."

임수웅이 후다닥 계단을 내려와 뒤를 따르며 조용히 부르자 이선은 고개 돌려 물었다.

"진범을 잡아온 자가 누군지 알아보았느냐?"

"알아는 보았으나 목격자가 없사옵니다."

무공이 뛰어난 자거나, 몸을 숨기는 것이 익숙한 자일지 몰랐다. 그렇지 않고서야 백주에 궐 앞에 죄인을 잡아다 놓고 갔는데 그 행방이나 목격한 이가 없다는 게 말이 안 되었다.

"궐 앞의 만목(萬目)을 비켜간 자라……. 누구인지는 모르나 의인이 분명하다. 좀 더 알아보거라."

"예, 저하."

동궁전으로 향해 가면서 이선은 간밤에 청암사를 지키던 상길의 보고를 떠올렸다. 자객이 숨어들었는데 안타깝게 놓쳤다는 보고를 받았을 때 얼마나 간담이 서늘했던가. 한시라도 빨리 지선을 다른 곳으로 숨겨야 할 상황이 되었지만 지선을 보호하면서 숨겨줄 곳을 찾아내기가 쉽지는 않았다.

'이런 때에 장용위가 있었더라면…….'

문득 흑사모가 생각나자 이선은 지키고 서 있는 임수웅에게 질문을 던졌다.

"흑사모는 만나보았느냐?"

임수웅의 얼굴에서 보기 드문 미소가 떠올랐다.

"예, 아이들은 이미 기대만큼 장성하였습니다."

가슴이 한껏 부풀었다. 어리기만 했던 그 아이들이 어떻게 변했을지 잔뜩 기대되었다.

"이제 때가 되었구나. 아이들을 궐로 들이거라."

"예."

임수웅도 의견에 백번 동의한다는 듯 밝은 얼굴로 답했다. 하지만 이선은 아이들을 생각하며 밝아진 마음이 다시 지선을 생각하자 어둡게 가라앉는 걸 느꼈다.

"지선이를 안전한 곳으로 보내야겠는데, 어디 마땅한 곳이 있겠느냐?"

임수웅의 얼굴도 급작스럽게 어두워졌다. 임수웅은 곰곰이 생각하더니 조심스럽게 입을 열었다.

"흑사모 님께 맡기는 게 어떻겠습니까?"

이선은 '왜 미처 그 생각을 못했을까?' 하고 자신의 어리석음을 탓했다. 흑사모보다 더 안전한 곳은 조선 팔도에서 찾아보기 힘들 게 분명했다. 해답이 나오자 한시가 급해져 이선은 바로 청암사로 출발할 것을 명했고, 수족手足과 같은 임수웅은 이선의 조급함을 이어받아 이선이 평복으로 갈아입고 동궁전에서 나오자 이미 모든 준비를 갖춰놓았다.

말을 타고 청암사로 급히 달려간 이선은 108계단을 오르며 가쁜 숨을 몰아쉬었다. 몇 번 숨을 토해내기도 전에 팔을 부축하는 임수웅에게 이선은 희미한 미소를 지었다.

'최고의 벗을 이토록 가까이 두었으니 무엇이 두려우랴.'

청암사로 들어서니 은은하게 퍼지는 향이 몰큰 코끝에서 느껴졌다. 해가 져서 그런지 유난히 적막한 절에는 목탁 소리조차 없어 풍경 소리만 도드라져 더욱 크게 들렸다. 마당을 쓸던 동자승도 안 보이자 이선은 스스로 지선의 방 앞으로 향했다.

"들어가도 되겠느냐?"

언제나와 같이 대답 대신 미끄러지듯 문이 열렸다. 이선은 신을 벗고 들어가 지선이 내어준 방석 위에 앉았다. 밤이 시작되었는데도 등불을 켜지 않고 있던 지선이 사박거리는 옷자락 소리를 내며 불을 밝혔다. 흔들리는 불빛은 여리게 시작해 점차 기둥을 세우며 방 안을 충분히 밝힐 만큼 커졌다.

"지난밤, 이곳에 자객이 들었느니라. 내 미리 걱정되어 심어둔 수하가 다행히 쫓아냈지만……. 그 일로 이제야 확신할 수 있게 되었다."

지선의 눈빛이 놀람에서 의아함으로 변했다. 이선은 인내가 느껴지는 여인의 다소곳함에 내심 감탄하며 자신의 의지를 내보였다.

"지선이 너와 북벌지계, 둘 중 하나를 택하라면 과인은 너를 택할 것이다."

지선의 눈동자가 등불처럼 가늘게 떨렸다. 물기를 머금고 빛나는 눈매가 너무도 아리따웠지만 이선은 지선을 여인으로 받아들일 수 없었다. 자신 때문에 마음 고생하는 여인은 혜경궁 홍씨로 충분했다. 노론 집안 출신이기에 사사건건 노론에 반대하고 나서는 이선을 보며 끙끙 앓는 홍씨를 보면 답답한 만큼 가슴이 저렸다. 이선은 지선에게 그 점을 확실히 해야겠다는 생각으로 입을 열었다.

"허나, 여인으로서가 아니다. 나는 다만……."

"소녀를 선택하겠다는, 그 한마디만으로도 충분하옵니다."

지선이 담담한 말투와 어울리는 무표정한 얼굴을 바라보며 이선은 눈썹을 모았다.

"무슨 뜻이냐?"

그러자 지선이 이선을 향해 등 돌렸다. 등불이 꺼질듯 휘어지자 고운 뒤태가 어둠에 흔들렸다. 이선은 지선이 겉옷을 벗어 가지런히 접어 내려놓자 화들짝 놀라 소리쳤다.

"무슨 짓이냐!"

큰 호통에도 스스럼없이 저고리를 벗으며 지선은 등 돌린 채 답했다.

"소녀는 태어난 그 순간부터 비구니가 되던가, 저하의 여인이 될 운명이었습니다. 저하, 이것이 저의 답변이옵니다."

불빛을 받아 살이 비치는 속적삼이 부드럽게 벗겨졌다. 지선의 드러난 어깨를 차마 바라보지 못하고 이선은 고개 돌리며 명했다.

"그만하여라! 내 비록 선대의 맹약에 자유롭지 못하다 하나……."

마침내 지선이 가슴을 동여맸던 가리개용 허리띠를 풀어 바닥에 내려놓자 뽀얀 피부가 환히 드러났다. 이선은 눈썹을 모으며 그 자리를 박차고 나서려다 문득 지선의 등에 새겨진 그림을 보고 우뚝 멈췄다. 하얀 피부 위에 먹으로 그려진 지도가 한눈에 들어왔다. 무엇이 더 흉한지 알 수 없었다. 눈이 부실 정도로 하얀 살결 위에 그려진 먹인지, 빽빽하게 지형지세가 그려진 지도 아래 뽀얗게 빛나는 피부인지.

"대체…… 이것이 무엇이냐?"

충격으로 다시 방석 위로 털썩 앉은 이선에게 지선은 고개도 돌리지 않고 답했다.

"제 등에 새겨진 이것이, 저하께서 찾으시는 북벌지계이옵니다."

지선의 등에 새겨진 지도가 순식간에 청나라의 평야와 산으로 변했다. 이선은 놀란 숨을 삼키며 끝없이 펼쳐지는 청나라의 땅을 느꼈다. 충격을 담은 입술이 경외감과 환희로 부르르 떨렸다.

'하지만 어찌하여 여인의 몸에!'

이선이 충격에서 벗어나 당황스러움을 내보이며 시선을 돌리자 지선이 서책 읽듯 고조 없는 목소리로 말했다.

"아버님께서 돌아가실 적에 상황이 몹시도 급박하였사옵니다. 자객들을 피해 이곳으로 숨어들었지만 이곳 또한 안전을 보장받을 수 없었지요. 더군다나 아버님의 생사가 위태로워지자 아버님께선 책자 속의 지도를 찢어 불태워버렸사옵니다. 대신 소녀의 몸에 지도를 남겼지요."

이선은 생사입판生死立判 앞에서 여식의 몸에 흠을 낸 유소강을 생각하자 목이 턱 막혀왔다.

"그때부터 소녀는 죽을 수도, 지울 수도 없는 낙인의 몸이 되어 살았습니다."

애써 감추려 하는 듯했지만 목소리에 눈물이 묻어나왔다. 이선은 여인의 등 뒤로 다가가 바닥에 접혀 있는 겉옷을 펼쳐 등을 덮어주었다.

"참으로 가련한 업보가 아니냐! 삶에 자유가 없음이, 너와 나는 이미 같은 길을 가고 있었구나."

안타까움이 두 사람 사이를 비집고 들어와 뱀처럼 똬리를 틀고 앉았다. 더 이상 나눌 이야기도, 하고 싶은 말도 없어 바닥만 바라본 채 묵묵히 있던 이선은 갑자기 '쾅!' 소리가 나며 문짝이 떨어져나가자 급히 몸을 돌렸다.

"이 자식이 진짜!"

입만 살아 무관이 되겠다고 호언장담한 산골 청년이 씩씩거리며 서 있었다. 지선이 깜짝 놀라 급히 옷을 추스르자 이선은 얼른 지선 앞을 막아섰다. 하지만 이미 지선의 하얀 살품을 본 모양인지 청년의 얼굴에 붉은빛이 돌더니 당혹스러움이 번졌다.

동시에 상길의 검이 늦은 감이 있지만 청년의 목 앞에 바싹 다가붙었다. 슬금슬금 물러서다 마루에서 굴러떨어졌다가 벌떡 일어서는 청년을 보며 이선은 짜증 섞인 목소리로 물었다.

"오늘은 또 무슨 일이더냐?"

당돌하게도 청년이 벌컥 소리쳤다.

"당신! 대체 정체가 뭔데 밤마다 사미니 방을 들락거려?"

상길은 참다 참다 화를 억누르지 못하고 칼날을 청년의 목에 바짝 대며 울화를 터뜨렸다.
"무엄하다! 네가 진정 죽고 싶은 것이냐? 허락해주소서! 소신, 이놈을!"
신분을 감추는 것조차 잊을 정도로 흥분한 상길에게 이선이 동의의 뜻으로 고개를 끄덕일 찰나, 어둠 속에서 두 청년이 후다닥 뛰쳐나오며 소리쳤다.
"잠깐!"
이선은 갑자기 나타난 두 청년을 보고 눈을 가늘게 떴다. 익위사들도 깜짝 놀란 모양이지만 반사적으로 두 청년을 막아서며 검을 뽑아들었다. 상길에게 목을 내어주고 있는 청년은 동료의 등장에 여유 있게 씩 웃었다. 두 청년 중 한 명이 급히 무릎을 꿇으며 외쳤다.
"저하! 무례를 용서해 주시옵소서!"
다른 청년도 눈치 보며 슬그머니 무릎 꿇었다. 반면 정신 나간 청년은 상길의 검이 목에 닿아 있는데도 여전히 헛소리를 해댔다.
"저하? 하하, 저하는 개뿔! 야, 일어나! 뭘 무릎까지 꿇고 그래? 내가 사람 보는 눈이 좀 있잖냐? 에이, 저 양반은 아니야."
사람들 모두가 가납사니처럼 나달거리는 청년을 주시하자 '어라?' 하는 표정으로 청년이 이선을 올려다봤다. 무겁게 내려앉은 분위기를 파악했는지 서서히 무릎을 꿇으면서도, 청년의 입에서 나오는 말은 만불성설 했다.
"안 그러냐? 저하께서 처녀보살 만나서 뭐, 점이라도 보실 것도 아니고……."
그러더니 동료들과 익위사들을 둘러보고는 이선을 향해 나부죽이 몸을 낮추더니 아예 땅에 코를 박다시피 하고 소리쳤다.

"저하! 주, 죽을죄를 졌사옵니다!"

그 모습이 황당하여 이선은 저도 모르게 낮게 웃었다.

"아주 맹랑한 놈이로구나. 죽을죄라는 걸 알긴 아느냐?"

"용서하십시오, 저하! 제가 원래 정신을 집에다 두고 다니는 놈입니다! 이번 한 번만, 딱 한 번만 봐주시면 소인의 이 한 목숨 저하를 위해……"

완전히 정신 나간 놈이 분명했다. 그래도 이선을 위해 목숨 내놓겠다 하는 걸 보니 한번 시험해 보고 싶은 마음이 들었다.

"됐다. 네 녀석이 날 위해 목숨 바칠 날을 기약하느니, 이 자리에서 네 동무들의 목숨을 위해 한 팔을 내놓아라."

"예?"

신기하게도 대답은 청년이 아닌 동무에게서 터져 나왔다. 놀라서 커다랗게 뜬 눈으로 상길의 검과 청년을 번갈아 보는 동무의 얼굴이 하얗게 질렸다. 청년도 놀란 듯 눈을 크게 떴지만 이내 당연하다는 듯 고개를 끄덕였다. 그러자 동무가 청년의 소매를 잡아당기며 외쳤다.

"야! 어쩌려고! 저하! 한 번만 용서해 주시옵소서!"

동무가 기절할 것처럼 청년에게 바짝 붙어 사정했지만 이미 상길이 굳은 얼굴로 검을 뽑아 들었다. 이선은 강한 의지를 내보이는 청년에게 가늘게 뜬 눈으로 물었다.

"어찌 살려달라 애원하지 않느냐?"

청년은 흔들림 없이 부리부리한 눈으로 당당히 답했다.

"배우지 못한 상놈이지만 이 나라, 조선의 세자 저하께 무례를 범한 건 죽어 마땅하다는 것 정도는 아옵니다. 한데 목숨을 내주어도 부족한 이 죄를 억울한 동무들이 함께 하게 되었으니, 팔 한 짝 버리는 게 대수겠습니까. 동무들을 위해서라면 팔 한 짝뿐이 아니라 목숨도 내놓을 수 있사옵니다."

문경지교刎頸之交를 내보이는 청년의 팔을 붙들고 있던 동무가 눈물을 글썽이며 중얼거렸다.

"말은 청산유수라니까."

청년이 말만 잘하는 게 아니라는 것쯤은 알 수 있었다. 눈빛에서, 내민 팔에서 그 의지가 곧게 담겨 어둠을 헤쳤다. 이선은 청년의 마음가짐에 흡족함을 느껴 상길에게 명했다.

"상길아, 검을 거둬라."

상길은 명을 받들어 스르륵 검을 검집에 넣었다. 그제야 안심했는지 청년의 동무가 바닥에 이마를 조아리며 연신 감사를 외쳤다. 이선은 그때까지 눈가에서 힘을 풀지 않는 청년에게 물었다.

"이름이 무엇이냐?"

순간 청년의 입에서 나온 대답에 이선은 눈을 휘둥그레 떴다.

"백동수라 하옵니다."

"백동수? 네가 백동수란 말이냐?"

지난 세월 동안 가슴에 품어놓았던 희망이었다. 흑사모가 장용위를 지키겠다고 서약했기에 언젠가는 그들이 이선 앞에 나타날 거란 희망을 버릴 수 없었다. 이선은 단번에 동수와 함께 있는 동무들이 누군지 알아보았다. 이선이 저도 모르게 신발도 신지 않고 마당으로 내려서자 급히 상길이 이선의 발 앞에 신발을 가지런히 놓았다. 하지만 이선은 맨발로 동수와 함께 무릎 꿇고 있는 두 청년에게 다가가 떨리는 입술로 말했다.

"네가 여운, 네가 양초립이구나."

"예, 저하."

이선은 여운의 어깨에 손을 얹으며 감격을 토해내었다.

"고맙게도, 이리도 잘 자라주었구나. 이제 너희들이 이 나라 조선의 빛이 될 거다."

 얌전히 고개 숙인 여운, 초립과 달리 동수는 자신 있게 고개 끄덕이며 가슴을 활짝 펼쳤다. 당연하다는 듯 고개를 빳빳하게 든 모습이 맹수가 숨어 있는 줄도 모르고 뽐내는 백학 같았다. 이선은 헛웃음으로 황당함을 감췄다. 이곳에서 이들을 만난 건 기쁘지만 동수가 실력이 조금도 향상되지 않은 듯하여 아쉬운 마음을 버릴 수 없었다.

11장
필연의 운명

낡은 장용위 현판을 지나면서 동수는 한탄했다.

"아, 천생연분을 만났다 싶었는데, 왜 하필 세자 저하께서 낙점한 여인이냐! 왜!"

초립은 축 늘어져 아예 자신에게 업혀 가듯 하는 동수를 떨어뜨리려 하며 짜증냈다.

"야, 그만해! 모가지 붙어 있는 것만도 다행이야. 세상 어떤 인간이 저하 앞에서 그런 욕지거리를……."

문득 여운을 본 초립은 코를 씰룩거리더니 입술을 닫았다. 여운은 취한 동무를 끌고 가느라 등이 흥건할 정도로 땀에 젖은 초립을 눈곱만치도 도와주지 않았다. 그러면서도 눈빛이 서늘할 정도로 화를 내고 있는 여운이기에 초립은 짜증이 배로 늘어났다.

"뭐야! 운이 넌 또 왜 그래?"

초립이 집무실과 떨어진 숙소 앞에 동수를 내던지다시피 밀어놓고 화를 내자, 여운이 퍼뜩 정신 차리고 동무들을 돌아봤다. 동수는 저고리가 위로 올라가 드러난 배를 손바닥으로 문지르며 바닥에 누워 괴로운 듯 다리를 움찔거렸다. 여운은 동수를 빤히 바라보며 또다시 생각에 잠겼다.

'세자 저하께서 진실로 아버지를 죽이셨습니까?'

어깨를 잡으며 조선의 빛이 될 거라고 힘주어 말하는 세자는 절대 충신을 버리지 않을 사람처럼 보였다. 잘 알지는 못해도 부친 여초상은 세자 저하에게 충성을 맹세했고 맹세를 지킨 사람이었다. 여운은 도대체 누구의 말을 믿어야 할지 갈피 잡지 못해 두선까지 느꼈다. 그러자 초립이 한심하다는 듯 혀를 차며 말했다.

"쯧쯧, 내 식견으로는 너희 둘 다 문제가 있다. 그것도 아주 심각한."

말이 끝나기 무섭게 완전히 술에 취해 곯아떨어진 줄 알았던 동수가 꼬부라진 목소리로 중얼거렸다.

"심각하지. 암, 심각하지……. 이 백동수 님이 평생 한 번 배필을 만났는데……."

그리고선 고개를 푹 떨어뜨리더니 코를 드르렁 골아댔다. 초립은 신경질이 난다는 듯 술병을 입에 대고 벌컥벌컥 들이켠 뒤 동수의 배를 베고 벌렁 누웠다. 잠시 후 초립도 동수와 쌍수 겨루듯 질세라 코를 골아댔다. 여운은 초립의 손에서 술병을 빼서 마루에 걸터앉아 조금씩 입에 대며 가슴을 비트는 갈등과 싸웠다.

'수장님을 믿어야 한다. 허나, 세자 저하와 이놈들은…… 내가 진정 믿고 있는 건 누군가…….'

만월이 삐뚤어져 있자 구름이 바로 세우려는 듯 사방에서 몰려들었고 여운은 가느다랗게 비추던 달빛마저 구름에 가리자 입술을 비틀었다. 여인보다 뽀얀 피부에 붉은 입술이 비틀어져 묘한 매력이 발광했다. 차라리 달빛이 없음에 쓸쓸함을 담은 미소가 더 환해진 듯했다. 여운은 눈썹을 모으며 술병을 입에 댔다. 순간, 등 뒤에서 기척이 느껴지자 여운은 입으로 가져가던 술병을 재빨리 던졌다. 분명 술병 깨지는 소리가 들려야 하는데, 아무 소리도 들리지 않았다.

벌떡 일어나 돌아서자 검선이 술병을 받아 빙빙 돌리고 있었다. 검선이 외손잡이라 지금 공격한다면 무기를 잡을 틈도 없을 거란 생각이 들어 여운은 살기를 뿜으며 검을 뽑아 들었다. 그러나 정확하게 내리친 칼날은 검선의 가슴 앞에서 멈췄다. 그리고 공명을 울리며 검선의 손가락에 튕겨 다시금 허공으로 치솟았다.

"헉!"

여운은 너무나도 쉽게 맨손으로 검을 튕겨낸 검선을 바라보았다. 검선은 여전히 손에 술병을 든 채 여운의 검을 손가락만으로 튕겨냈다.

'하늘이다! 이자는 내 손이 닿지 않는 하늘이다!'

서서히 구름이 걷히고 얇은 달빛이 흐르자 여운은 얼른 무릎 꿇었다.

"용서해 주십시오. 어두워서 미처……."

"달이 구름 속에 있으면 빛이 나지 않더냐. 본래 지닌 빛은 숨기지 못하는 법이다."

검선은 그를 향한 여운의 살기를 느꼈고, 그것이 거짓이 아님을 알고 있음이 분명했다. 알면서도 따듯하게 말을 건네는 검선에게 여운은 고개조차 들 수 없었다.

"운아, 잠시 앉거라."

여운은 검선과 나란히 마루에 앉아 침묵을 지켰다.

"아느냐? 너희 두 사람은, 내게 아들이나 진배없느니라. 네 아비와 난 목숨을 내놓고도 아깝지 않은, 둘도 없는 의형제였다."

추억을 더듬는 자의 아련함이 검선에게서 흘러나왔다. 과거로 되돌리고픈 욕망이 주는 후회와 그리움이 견고한 성처럼 쌓여 검선을 둘러쌌다. 여운은 온몸으로 검선의 감정을 느끼며 분개했다.

'한데 왜 죽였습니까! 왜!'

맨바닥에 누워 코 골고 있는 동수를 바라보던 검선은 천천히 동수 앞으로 다가가 손을 뻗어 아주 소중한 물건을 쓰다듬듯 조심스럽게 동수의 머리를 어루만졌다. 이내 검선은 떨리는 한숨을 토해내더니 회한이 깃든 목소리로 말했다.

"뒤돌아보니…… 두 친구 모두 가고 없구나……."

여운은 검을 불끈 쥐며 정면을 노려봤다.

'벨 수 있다! 지금이라면 벨 수 있어!'

구부정하게 앉아 외팔을 동수에게 대고 있는 검선의 뒷모습을 노려보며 여운은 이를 악물었다. 바짝 긴장한 손가락이 검을 들어 올리려 꿈틀댔다. 그때, 검선이 조용히 말했다.

"자신은 있느냐."

검을 쥐고 있던 여운의 손가락들이 경련 일으키듯 세차게 떨렸다. 조용한 말투였는데도 여운이 온몸으로 뿜어내던 살기를 단 한순간에 날려버렸다. 검선은 여전히 동수의 머리를 어루만지며 조언했다.

"칼을 쓸 때는, 명분에 자신이 있어야 한다."

검선이 시선을 여운에게 옮겼다. 여운은 자신이 워낙에 하얀 피부라 창백한 안색을 감출 수 있는 게 무척이나 다행스러웠다.

"무슨 말씀이신지요."

태연히 거짓을 말하자 검선이 매서운 눈길을 보내더니 천천히 일어섰다. 그가 일어서자 위압감이 어깨를 짓눌러 여운은 허리를 꼿꼿하게 세우기조차 힘들었다.

"세 치 혀는 속일 수 있어도, 눈빛은 속일 수 없는 법이다."

숨조차 멈춘 여운 앞에 선 검선은 슬픔을 뚝뚝 떨어뜨리며 말했다.

"네 녀석 아비를 만나고 오는 길이다. 말은 없어도 마음으로 들을 수는 있다. 운아, 네 아비가 말하더구나. 너를, 운이 너를 보살펴달라……이 늙은 몸에게 부탁하더구나."

어째서 눈물이 왈칵 쏟아졌는지 도무지 알 길이 없었다.

한 가지 분명한 건, 검선은 절대로 부친 여초상을 죽이지 않았다는 것이다.

밤늦게 찾아온 청나라 사신을 맞이한 홍대주는 불쾌함을 감추지 않았다. 홍대주가 '어허!' 하는 헛기침을 연신 토해내며 콧수염을 다듬자 사신은 안절부절못하더니 한번에 말을 꺼냈다.

"황제 폐하의 칙서를 도둑맞았소. 이를 어쩌란 말이오!"

"예? 본인이 지금 잘못 들은 겁니까? 아니면……."

의심쩍은 눈빛으로 바라보자 사신이 이마의 식은땀을 비단 천으로 두드려 닦으며 답했다.

"잘못 듣지 않았소이다. 저번에 자객이 들었을 때 훔쳐간 게 분명하오."

"어허…… 이거 큰일이로소이다. 도둑의 행적은커녕 정체조차 모르니……. 보통 일이 아니외다. 한데 소신이 칙서의 내용을 좀 들어봐도 되겠소이까?"

잠깐의 망설임이 사신의 눈동자에 머물렀다. 홍대주는 윗입술 한쪽을 끌어 올려 못마땅함을 내보였다. 사신은 이리저리 시선을 움직이며 고민하더니 갑자기 구토하듯 단번에, 하지만 내용은 엄청난 걸 말했다.

"조선 왕가의 전도(前導)가 달린 거요. 특히나 세자의……."

홍대주의 입술이 꿈틀대며 볼에 경련이 일었다. 왕가의 전도가 달렸다면 영조와 세자의 위치가 달라질 수도 있다는 의미였다. 홍대주는 이 기회를 잘 잡으면 반역자가 되지 않으면서 왕가를 갈아치울 수도 있음을 예상했다.

"그게 정말이오? 그렇다면 어찌 진즉에 말씀하시지 않은 게요?"

탁자를 내리치며 화를 토해내는 홍대주에게 사신은 쩔쩔매며 연신 이마를 닦았다.

"폐하의 주의가 계셨기에, 본인도 어쩔 수 없었소이다."

"허허."

사신의 변명에 홍대주는 비틀어진 웃음을 흘렸다. 그러자 사신이 납빛 얼굴로 썩은 동아줄이라도 매달리고 싶은지 애절하게 물었다.

"방법이 없겠소이까?"

흘끔 사신을 노려본 홍대주는 결연함을 담아 손바닥을 쫙 펼쳐 탁자 위로 내리치며 눈매를 가늘게 했다.

"어떻게든 찾아내야지요."

그래도 근심을 버릴 수 없는지 주저하던 사신이 무거운 걸음으로 돌아가자 홍대주는 수염을 더듬으며 낮게 이 갈았다.

'믿을 놈이 하나도 없구만!'

사신이 진즉에 칙서를 밝혔다면 세자의 목줄을 꽉 잡아당길 수 있었다. 시간에 쫓겨 북벌지계를 빼앗기 위해 혈안이 될 필요도 없었다. 탁자 위를 내리쳤던 손바닥을 접어 주먹 쥐며 홍대주는 가늘게 뜬 눈가에서 힘을 풀었다. 마침 사신을 배웅하고 돌아온 부관이 홍대주의 표정을 보며 조심히 입을 열었다.

"청국 사신이 이 늦은 시각에 무슨 일입니까?"

대답하기도 귀찮지만 어차피 찾아야 하니 부관에게 미리 일러두는 게 좋겠다 싶어 홍대주는 간단히 답했다.

"황제 폐하의 칙서를 도둑맞았느니라."

"예? 어찌 그런……."

부관이 어리벙벙한 표정을 짓자 갑자기 짜증이 솟구친 홍대주는 윗입술을 씰룩거리며 화제를 돌렸다.

"그보다 사미니의 정체는 알아봤느냐?"

"예? 예. 알아는 봤으나, 영 신통치가 않습니다. 10여 년 전부터 절간을 들락날락했다는데 어디 사는 누군지는 통 아는 사람이 없어서……."

홍대주의 눈썹이 꿈틀했다.

"지금, 10년 전이라 했느냐?"

급히 상체를 앞으로 내밀어 확인하듯 묻는 홍대주에게 부관은 고개를 갸웃거리며 답했다.

"예, 뭐 청국을 다녀왔다는 얘기도 들리고……."

"청국? 나이가 몇이나 됐더냐?"

"방년 전후이옵니다."

세자가 이유 없이 절간을 들락거리며 사미니를 만날 이유가 없었다. 미치지 않고서야 책잡힐 일을 그렇게 드러내놓고 할 리도 없었다. 홍대주는 손가락으로 수염을 쓸며 슬며시 웃었다.

"대감, 왜 웃으십니까?"

어리벙벙한 표정의 부관은 영락없이 정중지와井中之蛙와 같았다.

"어리석은 놈, 생각나는 게 없느냐? 세자가 그리 조심스레 만나는 여인이라면 10년 전 그날, 유소강과 함께 도망친 여식이 분명하다."

그나마 부관을 곁에 두는 이유는 단 하나, 어리석어 배반을 하지 않을 거란 확신 때문이었다. 일이 틀어졌을 경우 제 한 몸 살고자 도망가거나, 도망가다 죽을 놈이었고 미련스럽게 어리석어 얄팍한 충심을 내보이며 함부로 홍대주를 입에 올릴 재량도 안 되었다. 그래서 항상 멍청한 질문만 해대는 부관이지만 홍대주는 인내심을 가지고 곁에 두었다.

"예? 유소강의 딸자식이라면……."

"되었다. 이제야 이 지루한 싸움의 끝이 보이는구나! 칙서를 찾아야 한다! 어떻게든 칙서를 찾아야 해!"

관절이 하얗게 드러날 정도로 주먹 쥔 손으로 탁자를 후려치며 홍대주는 결의를 다졌다. 그런 홍대주 앞에서 부관은 연신 고개만 끄덕였다.

"치, 칙서요? 예, 예. 찾아야죠. 암! 찾다 말다요."

전혀 믿음 가지 않는 모습이지만 홍대주는 떨떠름함을 삼키며 부관에게서 시선을 거뒀다. 어둡기만 하던 밤이 환하게 밝혀졌다. 이제 길이 보이니 그 길에 들어오는 놈을 쳐버리기만 하면 되는 것이다.

조급함에 안달 난 아이처럼 부리나케 달려오고 싶지는 않았지만 여운은 결국 흑사초롱의 연무장을 찾아갔다. 천天은 여운을 보자마자 무슨 이유로 찾아왔는지 알고 있다는 표정을 지었다.

"세자 저하도, 검선도 아닙니다. 말씀해 주십시오."

"어찌 그리 확신하느냐?"

천天답지 않게 대답을 회피하는 느낌이 들자 여운은 흔들리는 눈빛을 털었다. 더 이상의 애매모호함은 원하지 않기에 이 자리에서 여초상을 죽인 이가 누구인지 알아내고야 말겠다는 의지를 내보이며 여운은 창백한 얼굴을 단단히 굳혔다.

"그분들은, 결코 제 아비를 죽일 사람이 아닙니다."

"진정 알고 싶으냐?"

확인하듯 혹은 대답을 주저하듯 묻는 천天에게 여운은 곧은 눈을 들어 보였다.

"예."

새벽이 오려는지 기울어진 달조차 어두웠다. 천天은 가만히 여운을 주시하더니 아주 느리게 입술을 열었다. 입술이 열리고도 목소리가 나오기까지 한참이 걸렸다.

"네 아비를 죽인 사람은 운이 너다. 그날, 네 손으로 아비를 죽였느니라."

여운의 동공이 얼어붙어 천天에게 고정되었다. 잘못 들은 게 아닐까 싶어 다시 묻고 싶었지만 똑같은 대답이 나올까 두려워 차마 입술을 뗄 수 없었다.

충격으로 온몸이 돌처럼 굳은 채 앉아 있던 여운의 어깨가 차츰 흔들리기 시작하더니 이내 바람조차 불지 않는 초여름의 새벽인데도 한파 속에 던져진 새끼 새처럼 덜덜 떨었다. 이를 세게 악물었건만 흔들리는 턱이 원망스러울 정도로 어둠 속으로 이빨 부딪치는 소리가 울렸다. 여운은 흙을 움켜쥐며 손가락의 떨림을 막아보려 했다. 하지만 손가락 사이로 흙이 모두 빠져나갈 정도로 손이 떨려 주먹조차 쥘 수 없었다.

"으흐흑!"

마침내 여운의 떨리는 입술 사이로 흐느낌이 비집고 튀어나왔다. 동시에 머릿속으로 꼭꼭 닫아두었던 기억들이 쏟아져 나왔다. 마치 물이 가득 찬 항아리에 돌을 던져 깨뜨린 것처럼, 사방으로 튀어 오르며 쏟아져 나온 기억들은 바닥을 적시며 온몸에 스며들었다. 여운은 두 손으로 귀를 막으며 머리에 울리는 여초상의 목소리를 지우려 노력했다.

'내가…… 처음이자 마지막이어야 한다……. 알겠느냐?'

또렷하게 들리는 목소리를 따라 여초상이 보일 것 같았다. 두 손을 적신 게 눈물인지 여초상의 피인지 헷갈릴 정도로 여운은 터져 나온 과거의 환영에 괴로워했다. 여운은 축축한 손으로 땅을 치며 오열했다.

"으흐흑, 나였어. 나였다고! 바보같이 그것도 모르고…… 살성을 타고난 주제에 남들처럼, 동수처럼 그렇게 살 수 있을까 봐……. 병신같이. 병신이야……."

어깨를 들썩이며 굵은 눈물을 뚝뚝 흘리는 여운 앞에 천天이 가만히 한쪽 무릎을 꿇고 앉았다. 눈물로 흐릿해진 시야 때문에 천天의 각지고 단단한 얼굴이 출렁거렸다. 고인 눈물이 흐르기도 전에 새로 차오르는 눈물을 닦아내지도 못하고 있자 천天이 한숨처럼 말했다.

"어리석구나. 변한 건 아무것도 없다."

기억의 고통 속에서 흐릿했던 여운의 눈동자가 거부감을 내보이며 아주 작은 빛을 발산했다. 여운은 흐느낌을 멈추지 못해 계속 떨리는 입술을 열었다.

"그래도 아는 것과 모르는 것은 엄연히 다릅니다."

"틀렸다. 너는 다만, 살수의 삶을 벗어나려 발버둥 친 것일 뿐이다. 하여 스스로 기억을 지운 것이고. 애써 살성을 누르고 있었던 게지."

스스로 기억을 지울 정도로 살성을 누르기 힘든 삶을 선택해야 한다는 게 무거웠다. 어쩌면 살성이 기억을 지웠는지도, 부친에 대한 복수심을 키워 또 다른 누군가를 죽이는 데 정당한 이유를 만들려고 한 걸지도 몰랐다.

'어차피 억누르지 못할 바에야……'

여초상이 핏덩어리인 아들을 죽이려 했을 때 어떤 심정인지 알 것 같았다. 여운이 평생 동안 살성을 지니고 살면서 타인의 피에 젖은 손으로 살길 원하지 않았을 게 분명했다. 여운도 자신이 없어졌다. 남은 생이 두렵고 무거웠고 평생 동안 뒤집어쓸 피가 한꺼번에 머리 위로 쏟아져 내리는 것 같았다. 여운은 불현듯 지금이라도 늦지 않았으니 죽어야겠다는 생각이 들어 가차 없이 검을 뽑아 들었다. 죽이는 것에 망설임이 없는 만큼 죽는 것도 쉬웠다. 여운이 검을 세워 목에 대려는 순간, 천天의 검이 빠르게 다가와 칼날을 쳐냈다.

"윽!"

단단히 각오하고 검을 붙들었던 만큼 검이 밖으로 튕겨나가는 충격이 제법 컸다. 여운은 이를 악물며 원망 어린 시선을 올렸다. 천天은 여운이 부친에게 받지 못한 애정과 가르침을 쏟아주었기에 여운에게 아버지 이상이며 존경과 경외의 대상이었다. 그래서 여운은 지금까지 한 번도 보이지 않았던 원망의 눈길을 천天에게 보이며 울먹거렸다.

"저는…… 맘대로 죽지도 못하는 겁니까?"

잠깐이지만 천天의 얼굴에 안타까움이 흘렀다. 하지만 딱딱하게 굳은 표정의 천天은 고조 없는 억양으로 말했다.

"죽을 수 없다. 그것이 살수의 인생이다."

여운은 고개 떨어뜨리며 진심으로 말했다.

"도망치고 싶습니다."

천天의 커다란 손바닥이 머리에 느껴졌다. 마치 아버지가 아들을 대하는 것처럼 천天은 여운의 머리를 따스하게 쓰다듬었다. 여운은 차마 고개 들지 못하고 다정하게 들려오는 천天의 목소리에 귀 기울였다.

"나는 살수의 삶이 어떤 것인지 명확히 알고 있느니라."

여운이 다음 말을 기다리며 이를 악물고 있자 천天이 느릿하게 말을 이었다.

"아픔이다. 상대의 아픔을 제 가슴에 품는 자가, 바로 살수니라."

여초상의 가슴에 비수를 박은 자는 여운 자신도, 천天도 아니라는 생각이 들었다. 그렇다고 여초상 스스로도 아니었다. 순간, 여운은 번개 맞은 것처럼 전신에 짜르르한 통증을 느꼈다. 어째서 천天이 부친의 가슴에 단검을 던졌는지 알 것 같았다. 여운이 망설이는 바람에 위험해져서 천天이 도와준 거라고만 생각했는데 지금 여운은 천天이 왜 그 순간에 단검을 던져 여초상의 가슴에 박았는지 알 수 있게 되었다. 고스란히 여운의 몫이 될 아픔을 천天은 스스로 나눠 가졌던 것이었다. 여운은 지글거리는 눈빛으로 천天을 올려다봤다.

"소인, 이제야 깨달았습니다. 용서해 주십시오."

"좋은 눈빛이구나. 상처를 가슴에 품은 지금의 네 눈빛이야말로. 인간의 생사여탈권을 손에 쥔, 진정한 살수의 눈빛이다."

여운이 살수의 길로 들어선 것을 행운으로 여긴 그 순간, 앞으로 무슨 일이 있더라도 천天의 명령과 의지를 따를 것을 맹세했다. 그때 어둠 속에서 지地가 무표정한 얼굴로 돌아서더니 달빛 아래로 유유히 사라졌다.

아침 햇살이 어깨 위로 내려앉아 마치 검선의 인영을 따라 빛이 나는 것 같았다. 훈련장이자 마당의 한가운데에 떡 하니 정좌로 앉아 있는 검선에게 여운과 초립이 예를 갖춰 인사하는 모습을 보면서도, 동수는 배만 긁적거렸다. 마치 허수아비를 본 것처럼 무심히 지나치던 동수는 뒤늦게 검선을 보고 펄쩍 뛰었다.

"어라? 약초꾼 영감……. 아! 그게 아니라 거, 검선……. 아야!"

어느새 나타난 흑사모가 동수의 뒤통수를 세게 후려쳤다.

"이놈아! 백부님에게 얼른 인사드려라!"

얼마나 세게 맞았는지 눈물이 찔끔 나오자 동수는 뒤통수를 문지르며 꾸벅 고개 숙였다.

"처음 뵙겠습니다."

눈도 뜨지 않은 채 슬며시 미소짓는 검선에게 흑사모는 혀를 끌끌 차더니 하소연하듯 말했다.

"형님, 이놈들이 이제 대가리가 굵어서 내 말을 똥개 짖는 소리로 들으니, 형님이 이놈들 좀 살펴주시오."

한탄하는 흑사모에게 동수는 언제나와 같이 코웃음 치며 잘난 척했다.

"대가리가 굵어서가 아니라, 무예 실력이 워낙 뛰어나서……."

그때 갑자기 검선이 예고 없이 목검을 휘릭 던졌다. 너스레 떨던 동수는 빠른 속도로 날아오는 목검을 눈 끝으로 쫓으며 저도 모르게 손으로 낚아챘다. '턱!' 하고 손안에 들어온 목검의 묵직함이 느껴지기까지 시간이 좀 걸렸다. 동수는 자신의 행동을 믿을 수가 없어 눈을 껌벅이다가 의기양양하게 웃어댔다.

"오오! 으하하하! 봤지? 이게 바로 초고수만 할 수 있다는 칼날 잡기! 카, 이건 진짜 반사 신경을 타고나야 하는 거거든."

우쭐해서 보란 듯 어깨까지 들썩이는 동수를 보고 흑사모와 여운, 초립은 '어디서 개가 짖나?' 하는 표정으로 각자 무시했다. 하지만 검선은 대견함을 가득 담은 눈으로 바라보며 진지하게 말했다.

"아주 맹랑하게 자랐구나."

상대가 진지하게 나오니 되레 할 말이 없어져 동수는 새삼스레 무안해짐을 느꼈다. 검선은 한 술 더 떠 눈가를 적셨다.

"네놈이 이리 장성했으니, 내 저승에 가서도 네놈 아비 얼굴을 볼 수 있겠구나."

지금까지 동수의 나불거리는 입을 조개껍데기처럼 꼭 다물게 만든 이는 없었다. 그 순간, 동수는 뼛속 깊이 느꼈다. 검선이 그냥 단순한 고수가 아님을. 완전 초고수였다.

동수는 검선의 눈이 은밀하게 빛나는 걸 보며 등줄기로 서늘한 기운이 올라오는 걸 느꼈다. 그 느낌은 오전이 지나가기 전에 오기와 악으로 변했다.

"주마회두세는 항상 보법에 허점이 있으니, 최대한 몸의 중심을 단전에 둬야 하느니라."

곧 이마에 머리카락이 착 달라붙을 정도로 흥건히 땀을 흘린 동수가 검선의 다리에 걸려 바닥으로 곤두박질쳤다. 검선은 평범한 목검을, 동수는 휘두를 때마다 요란한 파공성이 울리는 봉을 들고 있었다. 그럼에도 동수는 검선의 그림자조차 건드려보지 못했다.

가만히 지켜보던 흑사모는 동수가 땀으로 번들거리는 얼굴을 소매로 훔치고 벌떡 일어서자 다가서며 물었다.

"형님, 어떻습니까? 아직 멀었죠?"

동수는 입술을 툭 내밀며 봉을 내밀어 공격 자세를 취했다. 상오가 지나가는 시간 내내 검선에게서 수도 없이 지적받은 덕에 두 팔을 곧게 내밀고 다리에 힘을 줘 흔들림 없는 자세가 나왔다. 검선은 공격 자세를 유지하고 있는 동수에게 하뭇한 미소를 보냈다.

"훌륭하다."

동수가 내심 놀라 흐트러질 뻔한 자세를 곧게 바로 잡고 서자 흑사모가 기절할 듯 기겁했다.

"예? 참말입니까?"

동수는 석상처럼 꼿꼿이 서서 눈동자만 데굴 굴려 흑사모를 노려봤다. 검선은 고개를 끄덕이며 칭찬했다.

"두 시진 만에 기본자세를 완전히 익혔구나. 눈동자 하나 움직이지 않고 있지 않느냐."

얼른 흑사모를 째려보던 눈동자를 정면으로 끌고 오자 흑사모가 어슬렁거리며 다가와 동수의 눈앞에서 손을 휘휘 저었다. 동수는 흔들림 없이 정면만을 주시했고, 흑사모는 입술을 삐죽거리며 웃음을 참더니 얼른 뒤로 물러섰다.

"고놈, 내가 가르칠 때는 뺀질거리기만 하더니. 역시 형님이십니다."

검선에게 칭찬 받아 잔뜩 부푼 마음에 흑사모가 냉수를 들이붓는 기분이 들었지만, 동수는 봉술의 기본자세를 풀지 않았다.

정오의 태양이 정수리 위에서 작렬했다. 관자놀이를 따라 굵은 땀 한

방울이 주르륵 흘러내렸다. 동수는 '날 좀 봐줘요!' 하는 해바라기처럼 연무장 가운데 봉을 잡고 서 있었다.

그렇게 오랫동안 서 있던 동수는 슬그머니 몸을 풀려고 하다가 뒤에서 기척이 느껴지자 얼른 힘을 주고 바로 섰다. 그러자 낄낄거리는 웃음소리와 함께 초립의 놀림이 들렸다.

"문밖에 세워두면 문지기가 따로 필요 없겠네."

"뭐?"

큰소리 지르며 봉을 내리자 어깨와 허벅지, 허리가 끊어질 듯 고통스러웠다. 동수는 봉을 내리던 자세 그대로 멈춰서 손가락 하나 까딱이지 못하고 비명 질렀다.

"으아악! 아파! 아파! 나 죽네!"

그러자 여운이 갑자기 동수의 오른쪽 발목 뒤를 툭 치더니 기우뚱 하는 동수를 앞으로 밀었다. 깜짝 놀란 동수가 오른발을 앞으로 뻗으며 균형 잡자마자 여운이 동수의 왼발을 걸어 뒤로 잡아당겼다.

"야! 너! 뭐 하는 거야!"

비명을 지르며 앞뒤로 다리를 쫙 벌린 동수 앞으로 온 여운이 오른쪽 무릎을 눌러 굽히니 허벅지 근육이 찢어지는 것 같이 괴로움을 호소했다. 동수가 너무나 고통스러워 신음조차 흘리지 못하고, 눈물을 줄줄 흘리며 여운을 바라보자 여운은 동수의 어깨를 잡아 아래로 내리눌렀다.

"으아악! 운이 너!"

동수의 허리까지 굽혀 등이 앞으로 쭉쭉 늘어나게 한 여운은 손바닥을 탁탁 털더니 물러섰다. 동수는 온몸을 관통하는 통증에 울며 그대로 바닥으로 풀썩 주저앉았다. 괴롭고 아팠지만 여운의 도움으로 움직이기는 훨씬 수월해졌다. 그래도 너무 아파 눈물이 멈추지 않아 동수는 어린아이처럼 소리 내 울었다. 이렇게 아픈 건 어렸을 적 부목이 부러졌을 때

밖에 없었다.

"으허헝, 너무 아파……."

초립은 쯧쯧 혀를 차더니 동수 옆에 쭈그리고 앉았다.

"그러기에 누가 두 시진 넘게 그러고 있으래? 가만 지켜보니 시간 가는 줄도 모르고 있더구만."

눈물범벅이 된 동수의 눈이 커다랗게 떠졌다.

"두 시진?"

그제야 마당을 두리번거린 동수는 검선이 보이지 않자 몇 번 눈을 깜박이다가 벌떡 일어섰다.

"뭐야! 완전 생고생시킨 거잖아! 이 약초꾼 영감!"

두 주먹을 불끈 쥐며 외치자 기척도 없이 다가온 흑사모의 두툼한 손바닥이 뒤통수를 가격했다.

"이놈아! 철 좀 들어라!"

뒤통수를 비벼대며 노려보니 흑사모가 어울리지 않는 엄한 표정으로 말했다.

"너희들은 오늘 이곳을 떠난다."

"또 쫓아내는 겨? 아 왜! 또 뭘 잘못했는데?!"

동수는 팔짝 팔짝 뛰며 가슴을 탕탕 쳐보이며 억울하다고 표현했다. 그러자 흑사모가 무거운 시선으로 동수와 여운, 초립을 차례대로 바라보더니 천천히 입을 열었다.

"니들은 오늘 궁으로 들어갈 게다."

"궁? 궁궐?"

순간 뜨끔해서 동수가 어깨를 바싹 움츠리자 여운이 단정한 말투로 물었다.

"임무입니까?"

하지만 흑사모가 대답하기도 전에 동수는 평소의 간죽거림으로 묘혈을 팠다.

"아! 그거 때문에 그러는구나. 세자 저하께 잠깐 실수는 했어도 어째, 어째 잘 해결됐어. 사모가 걱정 안 해도 돼. 진짜야."

여운과 초립이 사정없이 옆구리를 찔러도 눈치 없이 떠들어댄 동수는 참수도처럼 서슬 푸른 흑사모의 눈빛을 보고 흠칫했다. 이내 장난스럽게 입가를 치키며 웃는 동수에게 흑사모가 다그쳤다.

"대체 뭔 소리냐!"

흑사모의 외침이 쩌렁쩌렁 울렸다. 동수는 여운과 초립이 슬그머니 뒤로 빠지자 이마에 땀을 흘리며 며칠 전 밤에 일어난 사건을 어떻게 이야기해야 할지 고민했다.

임수웅 편으로 동수와 여운, 초립을 궁으로 보낸 흑사모는 손가락으로 눈을 비비며 한숨 쉬었다.

"어째 하는 짓마다 그 모양이냐?"

동수는 애써 사건을 축소해서 말하려 한 모양이었지만, 흑사모가 동수를 봐 온 이십 년이라는 시간 동안 동수에 대해 한 가지만은 철칙을 삼고 있는 게 있었다. 동수가 떠벌릴 땐 아무것도 아니고, 동수가 아무것도 아닌 것처럼 우물쭈물할 땐 진짜 큰일이라는 것. 흑사모는 눈을 비비던 손가락이 떨릴 만큼 불안함을 느꼈다. 마침 대문이 열리고 상길이 들어서지 않았다면 임수웅을 뒤쫓아 가서 동수를 다시 데려왔을지도 몰랐다.

"왔는가?"

흑사모가 반기자 상길이 인사하고 옆으로 물러섰다. 그러자 상길의 뒤로 한복을 곱게 입은 여인이 조심스레 따라 들어왔다.

"처음 뵙겠습니다."

얼굴만큼이나 목소리도 아름다워서 옥구슬이 굴러가는 소리와도 같았다. 흑사모는 '흠흠' 하며 헛기침을 한 뒤 조심스레 입을 열었다.

"십계를 받은 사미니라 들었습니다만……."

"아직 방년이옵니다. 말씀 낮추십시오."

그때 불쑥 나타난 검선이 툭 하니 말하고 먼저 집무실로 향했다.

"안으로 들거라."

신기하게도 사미니가 어미 만난 새끼 오리처럼 검선의 뒤를 따라 움직였다. 흑사모는 고개를 절레절레 흔들고 상길에게 은밀히 말했다.

"저하께 말씀 올려라."

"예."

상길을 배웅하고 돌아서자 어쩐지 사미니의 뒤태가 어른거리는 것 같아 집무실로 향하며 흑사모는 나직이 혼잣말했다.

"동수가 쫓아다닐 만하구만, 이놈의 새끼, 눈은 높아서는……. 쯧쯧."

그렇게 흑사모가 낮게 혀 차며 집무실 문을 열자마자 검선의 놀란 목소리가 들려왔다.

"하면, 네가 유상도의 후손이란 말이냐?"

"예."

귀가 펄럭일 정도로 익숙한 이름에 흑사모는 중얼거리다 두 눈을 휘둥그레 떴다.

"유상도, 유상도……. 설마! 효묘를 모시던 익위사 유상도 말입니까?"

검선이 고개를 끄덕여 수긍한 뒤 지선에게 곧은 눈길을 보냈다.

"저하께서 너를 이곳으로 보낸 것을 보니, 신변에 위험이 있었던 모양이구나. 괜찮은 게냐?"

"소녀, 늘 위험 속에서 살아왔습니다. 스스로 제 몸을 지킬 수는 있사오나, 지금은 그리하는 것이 저하께 폐가 되는 듯하여 몸을 의탁하러 왔습니다. 송구합니다."

가만히 듣고 있던 흑사모는 내심 감탄하며 지선을 물끄러미 바라봤다. 어여쁜 얼굴에 올곧은 언행, 세자를 배려하는 고운 마음씨까지, 하나부터 열까지 흠잡을 데가 없었다. 검선도 같은 생각인지 흑사모의 어깨를 두드리며 말했다.

"잘 보살펴 주거라."

"예, 형님."

그렇지만 남자들이 있는 이곳에서 지선이 생활하기에 쉽지만은 않을 거란 생각이 들었다. 흑사모는 장미를 찾아서 부탁을 해볼까 싶어 급히 대문으로 향하면서 저도 모르게 집무실을 뒤돌아보며 중얼거렸다.

"보면 볼수록 아깝네. 아까워. 딱 철딱서니 없는 우리 동수 짝인데……."

흑사모는 뭘 하든지 간에, 자나 깨나 동수 걱정만 했다. 하다못해 동수가 짓이기고 간 풀들조차 걱정이 되어 산길을 내려가는 내내 바닥을 유심히 살폈다. 임수웅과 빠르게 내려간 듯 발자국 폭이 넓고 깊이가 제법 되는 것을 보니 걱정은 더욱 커졌다. 흑사모는 과연 동수가 궁에서 생활을 잘 해낼지 걱정하면서 임수웅의 발자국을 따라 밟으며 산을 내려갔다.

12장
고결固結한 신세

훈국訓局의 두터운 문이 서서히 열리자 난장판이 되어 서로 치고 박는 훈련생들이 눈에 들어왔다.

믿을 수 없는 장관에 어이없어 하는 이한주를 스쳐 지나간 임수웅은 사건의 원인인 세 명의 훈련생을 노려보았다. 어디서 배웠는지 제법 호패술을 흉내 내고 있는 동수, 여유까지 부리며 침으로 훈련생들을 제압하고 있는 여운, 권법을 하는 듯하면서 도망치기만 하는 초립이 훈련생들에게 둘러싸여 공격받고 있었다.

임수웅은 동수의 호패가 자유자재로 이리저리 움직이다가 훈련생들의 이마와 볼, 어깨 등을 세게 치는 것을 지켜봤다. 마치 꽃에 앉았다가 금방 날아가는 나비처럼 훈련생들에게 부딪친 호패는 동수의 미소와 함께 너울거렸다.

언뜻 보면 소수의 세 명이 피해자 같았다. 그런데 붉으락푸르락하는 훈련생들의 낯빛과 능글맞은 미소를 지으며 호패를 휘두르는 동수를 보니 정확한 상황을 유추해볼 수 있었다.

'궁으로 들어온 지 한 식경도 지나지 않았는데, 그새 싸움이냐?'

분명 동수가 깝죽거렸는데, 그 모습이 본의 아니게 훈련생들에겐 시비가 되었을 거라 생각한 임수웅의 입술에서 한숨이 새어나왔다.

지금 상황으로 봐선 동수와 여운이 크게 다칠 것 같지는 않았다. 하지만 수적으로 워낙에 열세라 차츰 동수와 여운은 훈련생들에게 들이몰리더니, 서로 눈짓을 교환하고 진검을 뽑아 들었다. 그 모습에 임수웅은 급히 소리쳐 명령했다.

"멈춰라!"

임수웅의 명령에 동수와 여운이 싱긋 미소를 흘리자 검을 거두고 임수웅에게 인사하던 훈련생들이 발끈해서 눈빛을 태우며 주먹을 쥐었다. 급기야 홍대주의 적자, 홍사해가 앞으로 나서며 강력히 항의했다.

"교관님! 초시 후 두 달 동안 한 번도 보지 못한 얼굴입니다. 어찌하여 훈련이 다 끝나는 때 입소한단 말입니까?"

"이 녀석들은 초시를 면제받는 직부인정식 과거제 식년시에도 초시, 복시를 면제받는 사대부 집안의 자녀들이나 추천을 받은 사람들이다."

그러자 홍명주가 가늘어진 눈으로 직언했다.

"저 역시 직부인입니다. 하지만 다른 초시생들과 함께 지금껏 모든 훈련을 받았으니, 이는 불공평한 처사가 아닙니까?"

백번 타당한 항의였다. 그렇다고 동수와 여운, 초립을 내보낼 수가 없어 임수웅은 터져 나오려는 한숨을 삼켰다.

"절차상의 하자는 없으나, 너희들의 주장에도 일리는 있다. 이 세 사람에 대한 처우는 교관들과 논의하여 금일 오후, 초시생 견습장 공시 때 함께 발표할 터이니, 다들 해산 하여라!"

할 말이 많다는 듯 웅성거리며 흩어지는 훈련생들을 뒤로 하며 임수웅은 고개 저었다. 세 사람을 집무실로 불러 앞에 놓고 보니 머리가 지끈거리기 시작했다. 특히나 뉘우침이 전혀 없는 동수의 느물거리는 웃음을 보니 빨리 해결책을 내놓지 않는다면 매일같이 서로 칼 들고 싸워댈 게 자명했다. 그래서 세 사람을 봉수지기로 보낼 것을 제안한 임수웅에게 이한주가 놀라 물었다.

"봉수지기요? 교관님, 너무 불공평한 처사가 아닙니까?"

"고육지책이다. 더욱이 문제를 제기한 훈련생은 홍대주 병판 대감의 적자와 조카가 아니냐. 이 일이 불거져서 덕 될 게 없음이다. 너희들은 어찌 입궐하자마자 사고부터 치느냐?"

여운과 초립은 고개 숙여 미안함을 내보였지만 동수는 헤벌쭉 웃으며 어깨를 으쓱해 보였다. 임수웅은 동수가 호패를 휘두르던 모습을 떠올리고 살짝 눈썹을 찌푸리며 물었다.

"장용위 교과목에 호패술이 없는 걸로 아는데, 언제 배웠더냐?"

동수가 눈동자를 굴리더니 뒷머리를 긁적거렸다.

"예? 아, 그게 뭐 정식으로 배운 건 아니고 슬쩍 눈동냥으로……."

"눈동냥?"

설마하는 생각에 눈썹을 치키며 추궁하자 동수가 씩 웃었다.

"예, 그러니까 검선 나리하고 한판 붙을 일이 있어서……."

기절하고도 남을 노릇이었다. 임수웅은 검선과 대련을 해본 기억이 가마득해 시기심이 일어 절로 동수를 노려보았다.

"무슨 말이냐? 스승님과 대련을 했더냐?"

"예? 아, 그게 대련은 아니고, 조금 치고 박고……. 아니, 치지는 못하고 박기만 하고……."

결국 대련 아닌 대련이었다는 뜻이었다. 동수 입장에서는 얻어맞는 싸움이었고, 분명 검선 입장에서는 즐거운 수업이었을 터였다.

'잠깐의 대련으로 호패술을 익혔다?'

결국 세 명을 집무실에서 내보내면서도 동수를 계속해서 눈으로 쫓는 임수웅에게 이한주가 얼굴을 찡그리며 물었다.

"어찌 그리 보십니까?"

"동수가 눈동냥으로 배웠다는 호패술은 스승님께서 깨우치신 무예 8절 중 하나로, 권법과 보법을 완전히 대성한 후에나 익힐 수 있는 것이다."

이한주의 눈이 차츰 커지며 임수웅이 무슨 말을 하려는지 알아챘다는 듯 경악을 내비쳤다. 임수웅은 한쪽 볼을 일그러뜨리며 한숨처럼 말했다.

"그리고 나는 그 호패술을 익히는 데만 3년이 걸렸느니라."

검선이 아무리 훌륭한 스승이라지만 눈동냥으로 3년의 기술을 배운 동수가 달리 보이는 건 어쩔 수 없었다.

연무장에 모인 사람들의 얼굴이 호기심과 궁금증을 담고 임수웅을 주시했다. 동수는 '제발!' 하며 두 손을 모아 벌이 가볍게 넘어가길 바랐다. 봉수지기로 보낸다는 말을 집무실에서 듣고 나온 후로 여운과 초립의 눈초리에 맞아 죽을 상황이었다.

"초시생 견습이 성적순으로 배정된다는 것은 모두들 잘 알고 있을 것이다. 최상 등급은 세자 익위, 상 등급은 내궁 수비, 중 등급은 외궁 수비, 하 등급은 무기 제조, 최하 등급은 봉수지기다."

동수는 또다시 날아오는 두 동무의 날카로운 눈초리에 슬그머니 어깨에 목을 묻었다. 그러자 임수웅이 세 명을 향해 명령했다.

"앞으로 나와라!"

여운과 초립에게서 조금 떨어진 채 앞으로 나온 동수가 애절한 눈빛으로 임수웅을 올려다봤지만 그의 입에서 나온 말은 매정하기 그지없었다.

"봉수대 파견이 가장 힘들고, 공이 없으며, 너희 모두가 가장 회피하고 싶은 견습일 것이다. 하여, 훈련에 참가하지 않은 이 세 사람은 최하 등급을 받고 봉수대로 파견될 것이다. 이의가 있느냐?"

당연히 훈련생들은 이의 있을 리 없었다. 동수는 툭 튀어나온 입으로 임수웅이 일의 원인인 양 노려봤고, 여운은 포기한 사람처럼 가만히 한숨 쉬었다. 초립은 창백해진 얼굴로 금방이라도 쓰러질 것 같이 보였다.

"이게 말이나 돼? 입소 첫날부터 봉수대 파견이 뭐야?"

동수가 멀어지는 임수웅에게 들으라는 듯 투덜대자 여운이 느긋하게 머리 뒤에서 깍지 끼며 하늘을 올려다봤다.

"오랜만에 조용한 데서 좀 쉬겠네."

동수는 여운을 흘겨보고 발을 동동 굴렀다.

"아! 억울해! 완전 억울해!"

그렇게 억울함을 하소연해도, 궁 안에 발을 디딘 지 하루 만에 성문 밖으로 쫓겨난 동수는 뿌루퉁해져서 봇짐을 끌어안고 터덜터덜 걸어갔다.

"봉수대라…… 저기, 어디쯤이겠지?"

정상이 아득한 삼각산을 멀리 보며 중얼거리자 초립이 힘없는 목소리로 아는 체했다.

"아니, 내 식견으로 보자면…… 그 뒤에, 뒤에, 뒤쯤에 있을 거야."

동수는 한산한 저잣거리를 보며 두 사람에게 슬쩍 제안했다.

"가는 길에 사모나 보고 갈까?"

초립이 어깨를 부르르 떨더니 찌푸린 얼굴로 답했다.

"입궐하자마자 봉수대로 떨어졌는데. 대장님 잔소리가 귀에 선하지 않아?"

당연히 노발대발해서 몽둥이부터 날아올 게 분명했다. 여운도 같은 생각인지 먼저 앞장서서 동수와 초립을 재촉했다.

"서둘러. 해지기 전까지 봉수대에 도착해야 해."

마치 대장처럼 구는 여운이 못마땅해 동수는 후다닥 앞으로 내달렸다. 여운을 스쳐 지나가 산으로 곧장 향하다보니 조금씩 숨이 차올라 이쯤 달려왔으면 선두를 유지할 수 있겠지 싶어 숨을 몰아쉬고, 천천히 걷기 시작한 동수는 휙 스쳐 지나가는 여운을 보고 눈을 지릅떴다.

뒤돌아보니 멀리서 초립이 헐레벌떡 달려오고 있었다. 동수는 저만치 앞서 달려가는 여운의 등을 노려보고 거친 숨을 토해내며 또다시 달려갔다. 이를 악물고 산으로 기어 올라가는 동수와 여운이 서로 엎치락뒤치락, 앞서거니 뒤서거니 했다. 그런 동수와 여운 뒤에서 초립이 죽어가는 목소리로 애원했다.

"제발…… 헉헉, 천천히 좀…… 헉헉, 가자."

동수는 초립의 부탁을 들어주고 싶었지만 앞서 가는 여운에게 질 수도 없었다. 결국 서로 앞서려 쉬지도 않고 산을 타고 오른 동수와 여운, 초립은 오후가 되기도 전에 봉수대에 도착했다. 다섯 개의 봉수대와 초소를 본 동수는 숨만 몰아쉬며 봇짐을 내던지고 바닥으로 풀썩 누워버렸다. 여운도 힘에 벅찼는지 봇짐을 떨어뜨리고 거친 숨을 토해냈다. 아직도 기어오르고 있던 초립은 금방이라도 죽을 사람처럼 입술을 떨었다.

"웬 놈들이냐!"

걸걸한 목소리에 흠칫한 동수가 간신히 고개 들어 보니 허름한 초소에서 나이 지긋한 영감이 엉금엉금 기어 나왔다. 그때까지만 해도 봉수대의 초라함이 눈에 들어오지 않았다. 그런데 영감이 나타나자 달랑 초소 한 개와 봉수대만 있는 산꼭대기가 제대로 보였다.

'저 좁은 초소에 우리보고 다 같이 지내라고? 이건 판잣집보다 못하잖아!'

동수가 실망한 표정으로 툴툴거리려는 찰나, 얼른 앞으로 나선 여운이 예를 차리며 인사했다.

"초시생 견습으로 온 여운과 백동수라 하옵니다."
"흠, 난 양주 아차산 제1로 봉수대 오장 서유대니라."
그제야 도착한 초립은 숨이 멈추지 않을까 걱정될 정도로 어깨를 들썩이며 자기소개 했다.
"양, 양초립입니다. 헉헉."
비 오듯 땀 흘리는 초립을 바라보며 서유대가 끌끌 혀 차며 불쌍하다는 얼굴로 말했다.
"어쩌냐, 이제부터 매일같이 산을 오르내려야 할 터인데……."
앞날이 깜깜하자 동수는 아예 팔 베고 옆으로 돌아누웠다. 낮잠이나 잘까 싶어 눈까지 감은 동수의 귀에 봉화대 일을 알려주는 서유대의 목소리가 파고들었다.
"흠, 장작은 매일 마른 장작으로 바꿔 놓고, 불을 붙일 때 쓰는 이리 똥은 저기 목함에 넣어 두면 되느니라."
그러자 숨 좀 돌렸는지 까랑까랑한 목소리로 초립이 대꾸했다.
"이리 똥이요? 웩!"
괜히 구역질 흉내 내는 초립을 무시하며 여운이 차분한 어조로 물었다.
"장작을 매일 바꿔야 합니까?"
"봉수대 규칙으로는 그러하나, 비가 오지 않으면 굳이 그럴 필요는 없느니라."
동수는 대화에 신경 쓰지 않으려 했지만, 계속해서 그들의 목소리가 유난히 귀에 쏙쏙 들어오자 짜증이 났다. 이러다가 봉수대 규칙을 절로 외울 판이었다. 동수는 이런 곳에서 지내야 한다고 생각하니 더 억울해져서 한 손으로 귀를 막았다. 그런 동수와 달리 여운은 무척이나 진지하게 서유대의 설명을 들으며 질문을 계속했다.
"이리 똥을 구하지 못하면 어찌합니까?"

"불을 피우는 데는 이리 똥이 으뜸이고, 이리 똥이 없으면 말똥이나 소똥을 쓰면 되니라."

귀에 계속해서 '똥, 똥, 똥' 소리가 들리자 결국 동수는 벌떡 일어나 서유대에게 따지듯 물었다.

"영감님! 보아하니 쉰은 넘으신 거 같은데……. 대체 예서 몇 년이나 계신 겁니까?"

"나? 나야…… 이십 아, 삼십 년하고……."

이마를 긁적이며 숫자조차 헷갈려 하는 서유대를 바라보던 세 명이 동시에 소리쳤다.

"삼십 년이요?"

서유대는 입이 쩍 벌어진 동수와 초립을 번갈아 보더니 면괴스러운 얼굴로 웃었다.

"허허, 초시 견습생 때 여기 떨어져서는 여태 이 봉수대를 떠나지 못하고 있으니 니들도 단단히 각오해야 할 게다."

동수는 기가 차서 '하!' 하며 헛웃음을 흘리고 눈을 부라리며 물었다.

"영감님, 복시는 안 보셨습니까?"

"복시? 봤지. 근데 보면 뭐하나? 예서 아무리 잘해본들 궐 안에서 높으신 양반들 틈에 섞여 있는 놈들을 따라잡을 수가 있나? 궁 안에 있는 것들이야 줄 대고 돈 써서 복시를 쉽게 통과하는데, 봉수대에 처박혀서야 아무것도 할 수 있는 게 없지. 게다가 봉화가 꺼지기라도 하는 날엔 사형이야, 사형."

동수는 믿음이라고는 눈곱만치도 없는 시선으로 서유대를 빤히 바라봤다.

"사형이요?"

"암, 사형이지."

고개를 주억거리며 눈까지 지그시 감는 서유대에게 동수는 버럭 소리 질렀다.

"봉화 하나 꺼졌다고 사형을 내린다는 게 말이나 됩니까?"

"이놈아! 봉화만 제때 올랐어도 이 나라가 오랑캐한테 넘어가지 않았을 게다! 그만큼 중요하고도 중요한 임무가 봉수지기야."

어쩐지 신빙성이 있어 동수는 한풀 죽은 목소리로 조심스레 질문을 던졌다.

"그럼, 지금까지 사형당한 병사가 몇 명이나……."

"대충…… 매년 열댓 명 정도는 저승으로 갔을 걸?"

산꼭대기 위에 걸쳐진 구름을 보면 신선의 거처가 따로 없을 것 같았다. 하지만 똥 냄새가 낮게 깔리고 기껏해야 여섯 명이 생활할 수 있는 작은 초소만 달랑 있는 산자락에 선 동수는 기절하는 사람처럼 눈을 까뒤집으며 털썩 주저앉았다. 죽으면 죽었지 절대 이런 곳에서 몇 십 년씩이나 살 수는 없다고 생각했다. 사방이 산뿐인 이곳에서 일주일 이상 버틸 자신이 없었다. 동수의 넋 나간 표정에 여운과 초립도 공감하는지 황당하다는 얼굴로 주위를 둘러봤다. 그러자 서유대가 은근슬쩍 지나가는 투로 입을 열었다.

"허허, 이 몸이 늙어 복시에 통과하는 방법을 알아도 이제는 써먹을 수가 없구나."

동수는 눈을 번쩍 뜨고 서유대의 바지를 붙잡으며 간절하게 물었다.

"예? 그게 정말입니까!? 뭔데요? 예? 뭡니까!"

"궁금하냐?"

모처럼만에 마음이 맞아 동수와 여운, 초립이 동시에 소리쳤다.

"예!"

세 사람의 목소리가 산줄기를 타고 메아리 되어 울렸다. 멀리서 산나

물 캐던 아낙의 가슴이 울렁거리며 눈물이 흐를 정도로 그들의 목소리는 간절하다 못해 서글펐다.

어둠 속을 파고든 비도는 황진기의 머리 위를 스쳐 기대고 앉아 있던 기둥에 '탁!' 하고 박혔다. 깜박 졸고 있던 황진기는 어느 방향에서 날아온 건지조차 가늠하기 힘들 정도로 순식간에 날아든 비도에 눈을 부릅떴다. 적막한 산내에 오밀조밀하게 모여 사는 도적패 마을에 숨어들어 비도를 날릴 만한 사람은 단 한 명. 황진기는 서둘러 비도를 뽑아, 손잡이에 묶여 있던 종이를 펼쳤다.

예상대로 익숙한 필체가 보이자 손 안의 종이가 바람 먹은 풀잎처럼 흔들렸다. 이십 년 만에 보는 글씨체가 반가우면서도 두려웠다. 어떤 이유에서건 다시는 만날 일이 없게끔 하려 했던 황진기는 비서秘書를 읽고 그것을 입속으로 구겨 넣었다. 우적우적 씹으며 품 안의 족자를 꺼내 들여다보자 등 뒤로 산득거리는 느낌이 타고 올라왔.

'진주, 그 녀석! 이번에 일을 저질러도 단단히 저지르고 말았구나!'

사내들 속에서 자라선지, 홀아비 손에서 커서인지 진주는 계집애다운 모습이 눈곱만치도 없어 아예 황진기가 죽으면 자기가 의적패를 이끌거라 호언장담했다. 어이없는 만큼 안타깝고 가슴이 무거운 진주의 언행에 어쩔 줄 모르던 황진기는 근래에 진주의 행동이 요상해진 걸 눈치챘다.

청국 상단에게 빼앗은 분을 처바르지 않나, 비단을 몸에 감아보지 않나, 있을 수도 없는 일이 벌어졌다. 진주가 계집처럼 변하는 게 다행이긴 했지만, 아비가 되다보니 진주를 변화시킨 놈이 어떤 사낸지 궁금하지 않을 수가 없었다. 급기야 눈이 시뻘게지도록 진주를 염탐하던 황진기는 얼마 전, 진주의 방에서 족자를 발견했다. 행여나 춘화가 그려진 건 아닐까 싶어 펼쳐본 황진기의 가슴이 바닥을 치고 올라와 목구멍을 막았다.

'어쩌다 이런 물건을 손에 넣은 것이냐!'

다그치는 황진기에게 진주는 얼버무리며 답을 회피했다.

'청 황제의 칙서라니!'

손에 들린 족자를 펼쳐보기조차 두려워 황진기는 얼른 가슴에 다시 품었다. 족자를 발견한 후부터 노심초사하던 우려가 현실로 되자 암담하기만 했다. 흑사초롱에 몸담았던 자라 족자를 찾아 흑사초롱이 움직일 거란 예상은 쉽게 할 수 있었다. 단지 시일이 문제였고, 기어코 흑사초롱의 지地가 비서를 보내온 걸 보면 도망갈 수도 없는 노릇이다. 그나마 지地가 움직인 게 천만다행이었다. 안 그랬으면 자신은 물론이고 진주의 목숨조차 부지하기 어려웠을 터였다.

황진기는 씹어대던 종이를 목구멍으로 꿀꺽 삼키고 벌떡 일어서 자신의 죽장도竹杖刀를 풀어 뒤뜰로 갔다. 살기 위해서, 진주를 보호하기 위해서는 벗과도 같은 검을 버려야 했기에 나무 베던 도끼를 들어 죽장도의 얇은 검날을 있는 힘껏 내리치자 오랜 세월을 함께한 검이 괴성을 지르며 갈라졌다. 날카롭게 퍼지는 철음이 얼마나 기괴한지 마치 귀신의 곡성과도 같았다.

황진기는 처참하게 부러진 검을 내려다보며 이를 악물었다.

분신처럼 아끼던 검이 목숨을 대신하자 처절하게 내리깔리는 가슴을 추스르기 힘들었다. 검을 들기 시작한 뒤로 줄곧 허리에 지녀왔던 죽장도가 이리 허무하게 부서질 줄이야.

감정이야 어쨌든 간에 황진기는 부러진 죽장도를 들고 숲으로 내달렸다. 한밤중에 울려 퍼진 철음에 진주와 동료들이 무슨 일인가 나타나기 전에 지地를 만나러 가야 했다. 나뭇가지를 밟고 휙휙 앞으로 나아가던 황진기는 약속 장소에 다다르자 날렵하게 바닥으로 내려섰다.

아무런 기척이 없는 조용한 숲 속에 짐승의 발소리조차 들리지 않자 주위를 두리번거리던 황진기는 나무 위에서 들려오는 단아한 여인의 목소리에 얼른 한쪽 무릎을 꿇었다.

"가져왔느냐?"

"예."

부러진 검을 내밀자 사뿐하게 내려선 지地가 받아들었다. 황진기는 조심스레 품 안에서 청 황제의 칙서를 꺼내 두 손에 얹어 다시금 내밀었다. 지地는 가만히 그것을 내려다보더니 단호하게 말했다.

"위험한 물건이다. 지우거라."

황진기는 흔들리는 눈을 들어 주저하듯 입을 열었다.

"하오나 아씨, 칙서는 세자 저하의 안위와 직결된……."

"너와……."

가차 없이 황진기의 말을 자른 지地는 잠시 뜸 들였다. 황진기는 두 손에 들린 칙서를 다시 거두지도 못하고 더 앞으로 내밀지도 못한 채 대답을 기다렸다.

"너의 여식에게 해가 될 물건이다."

황진기는 눈을 내리깔아 당황스러움을 감췄다.

'끝까지 비밀로 하려는 것인가?'

무거운 한숨이 터져 나오려 하자 황진기는 얼른 대답으로 한숨을 숨겼다.

"예, 그리하겠습니다."

"기억하여라. 오늘 이후로 넌 더 이상 산목숨이 아니다."

검을 부러뜨려 가져오라 하는 비서를 읽었을 때 대충 짐작했던 바였다. 지地가 아무 뜻 없이 그런 명령을 내리지 않을 테고, 누군가 흑사초롱에 칙서를 찾아달라 의뢰한 것이 분명했으며 흑사초롱의 천天이나 인人이 그 일을 맡았다면 칙서를 빼앗고 황진기와 진주를 죽였을 거였다. 그렇기에 돌아서는 지地의 뒷모습을 보니 지地가 그 일을 자처해서 도맡았음을 알게 되었다. 황진기는 감사함을 담아 고개 숙였다.

"기억하겠습니다."

그러자 걸음을 떼려던 지地가 멈칫하더니 풀숲을 바라보며 뜬금없이 물었다.

"이름이 무엇이냐?"

가늘게 떨리는 목소리가 그나마 감정이 흐트러졌음을 내보였다. 황진기는 조용하면서 분명하게 답했다.

"황…… 진주라 합니다."

곧바로 지地의 몸이 어둠 속으로 날아갔다. 한 마리 밤새처럼 소리 없이 허공으로 날아가는 지地의 뒷모습을 한참 동안 바라보던 황진기는 깊은 한숨과 함께 몸을 일으켰다. 족자의 단단한 나무가 어쩐지 가슴을 찔러대는 것만 같아 황진기는 달을 올려다보며 툭툭 가슴을 두드리고 집으로 돌아갔다. 초여름인지라 아궁이가 눅눅히 젖어 있었다. 퀴퀴한 연기를 뿜어대는 아궁이에 불을 지피고 족자를 던져 넣은 황진기는 바닥에 털썩 앉아 이마를 손으로 받쳤다. 이십 년 동안 금이야 옥이야 키워온 진주를 위해서라도 이제부턴 죽은 자가 되어야 했다. 팔팔 뛸 진주를 생각하니 쉽지만은 않겠다는 생각이 들었다.

밤이 깊어 달조차 침묵으로 산을 내리비췄다. 밤 짐승들이 이따금 울어대는 소리만이 검선과 흑사모 사이로 파고들었다.

"어째서 그놈을 살려두시었소?"

흑사모가 부르르 주먹 떨며 따지듯 묻자 검선은 조용한 한숨을 쉬었다.

"살려달라 애걸복걸하는 놈의 명줄을 따서 무엇 하겠느냐."

흑사모는 주먹으로 탁자를 내리치며 분을 토해냈다.

"흑사초롱의 인人이란 말입니다, 형님! 사굉 형님과 초상 형님의 원수, 흑사초롱이란 말입니다!"

검선은 세월의 무뎌짐 속에 함부로 살상하는 것이 어려워졌다 말 못하고 가만히 흑사모를 바라봤다. 그렇게 서로를 마주 보고 앉아 있던 두 사람은 부산 떨며 들어오는 장미의 웃음소리에 시선을 돌렸다. 무거워진 분위기에 한껏 치장한 장미가 들어오자 산들바람을 맞은 듯 방 안의 공기가 달라졌다.

"오호호호, 이 오밤중에 안 주무시고 뭐 하신대요?"

검선은 흑사모가 움찔하며 몸을 뒤로 빼자 희미하게 웃었다. 장미를 만나 지선의 거처에 대해 상의한다고 했던 흑사모가 주막이 너무 부산하여 이야기도 꺼내지 못했다며 투덜대며 돌아온 지 얼마 되지 않은 시간이었다. 두 번이나 찾아갔다가 그냥 돌아온 흑사모의 방문 연유가 뭔지 궁금해서인지 장미가 직접 술상을 들고 산을 오른 것이었다.

술상을 차려준 뒤에도 흑사모 곁을 떠나지 못하는 장미가 술잔을 채워주자 검선은 희미한 미소를 지었다. 반면 흑사모는 난감한 얼굴로 계속해서 엉덩이를 들썩거렸다.

"오라버니, 안주 좀 드셔요."

아예 젓가락질까지 해주는 장미에게 흑사모는 고개 돌리며 싫은 소리 못하고 술잔만 들이켰다. 결국 검선은 자신이 나서야겠다는 생각에 조용히 입을 열었다.

"실은 이 집에 사미니가 묵고 있다."

뜬금없이 본론을 말하는 검선에게 시선 준 장미의 손에서 젓가락 한 짝이 툭 떨어졌다. 흑사모는 놀란 장미에게 마치 죄지은 사람처럼 허겁지겁 변명했다.

"저하께서 보낸 여인이니라."

"사미니를요?"

장미가 의심 가득한 눈으로 쨰려보자 흑사모의 이마에 금방 땀방울이 맺혔다. 검선은 자신의 어설픔으로 분위기가 묘해지자 얼른 두 사람 사이에 끼어들었다.

"하여 그 사미니의 거처가 곤란하여 이리 부탁하려 하는구나."

장미는 검선과 흑사모를 번갈아 보더니 입술을 삐죽거리며 새침하게 말했다.

"남정네들이 있는 곳에 사미니를 모실 수 없죠. 괜찮으시다면 미소와 내가 방을 내어드리죠."

검선과 흑사모가 동시에 안도의 한숨을 내쉬자 장미가 눈가를 씰룩하더니 얼른 술병을 집어 들었다.

"그럼, 오라버니……."

다시 나긋나긋하게 변한 장미의 목소리에 흑사모는 진저리 치며 얼른 시선 돌렸다. 검선이 두 사람을 지긋한 눈으로 바라보다가 품에서 책자 하나를 꺼내 술상 위로 내밀자 흑사모가 흔들리는 등잔불 아래 나타난 책자에 얼른 관심을 가지며 장미에게 핑계 댔다.

"긴히 나눌 이야기가 있으니 이만 돌아가거라."

장미는 입술을 삐죽거리더니 토라진 여인의 행색으로 엉덩이를 씰룩거리며 방을 나갔다. 덜컹하며 문이 닫히자마자 한숨부터 내쉰 흑사모가 책자를 들여다보며 물었다.

"이게 뭐요?"

"무예신보다."

흑사모가 좀 더 자세히 보려 등잔불에 책자를 비추고 휘익 넘기자 인물도와 함께 빽빽한 글씨들이 새싹 피어나듯 책자 위에서 쏟아져 나왔다.

"곤봉, 등패, 낭선, 쌍수도, 당파, 기창……. 모두 몇 가지 무예요?"

끝도 없이 나열되는 무예에 혀를 내두르며 흑사모가 묻자 검선이 술잔을 내려놓으며 답했다.
"18기니라."
"보여주실 수 있겠소?"
검선은 술잔 든 손으로 빈 팔을 가리키며 덤덤하게 말했다.
"팔 한 짝이 없으니 아무래도 어려움이 없지 않다. 저하를 알현한 후에 수웅이 몸을 빌려볼 생각이다."
흑사모의 저릿한 시선이 검선의 왼팔에 못 박혔다. 입 밖으로 내진 않았지만 떨어져 나간 팔에 아쉬움이 가득한 모양이었다. 검선은 동수의 나볏한 얼굴을 떠올리며 빙그레 미소 지었다. 그걸로 충분한 거다. 동수가 살아 그토록 장성하였으니 팔 두 쪽을 다 내놨더라도 후회는 없었다.

산을 타고 빨래 방망이질 소리가 요란하게 울렸다. 세 남자가 두드려대는 방망이질에 오래 묵은 때가 냇물을 타고 쏙쏙 빠져나갔지만 요란하던 소리는 점차 사그라지어 시간이 지나자 하나의 방망이질 소리만 들렸다. 그마저도 동수가 물속에 빨래를 넣어 휘휘 몇 번 젓고는 물을 짜지도 않은 채 바위 위에 척 걸치자 초립이 방망이질을 멈췄다.
"설마 그게 다 한 건 아니지?"
동수는 길게 기지개를 켜며 엄살 부려댔다.
"에구구구! 이거 다 빨다간 내가 걸레 되겠다."
뭐라 한마디 하려고 입을 연 초립은 따뜻한 바위에 앉아 물속에 발 담그고 있는 여운을 보고 거칠게 방망이를 던졌다.
"나도 안 해!"
그러자 여운이 흐르는 냇물을 물끄러미 바라보며 무심히 말했다.
"어차피 나야 쉬고 싶어서 왔으니 몇 년 있든 상관없지만……. 복시에 통과하기 위해선 빨래를 해야 한다지 않았나?"

그 말이 끝나기 무섭게 요란한 방망이질 소리가 사방팔방으로 뻗어나갔다. 이를 악물고 빨래에 구멍 생길 정도로 방망이질을 해대며 동수는 계속해서 혼잣말했다.

"내가 이런데서 죽을 때까지 살 거 같아? 저 영감탱이처럼 가만있지는 않을 거라고. 꼭 복시에 통과해서 궁으로 갈 테니 두고 봐."

하지만 수북이 쌓인 빨래를 널었다가 비가 오는 바람에 다시 걷고, 또 널었다가 걷기를 반복하던 동수는 제 성질을 못이겨 결국 초원 위에 벌렁 누워 눈으로 구름만 쫓았다. 하얀 구름 사이로 지선의 얼굴이 드러나자 헤죽거리며 웃던 동수는 갑자기 세자의 얼굴이 같이 떠오르자 눈을 질끈 감으며 모로 누웠다. 그렇게 홀로 천하태평인 동수의 뒤통수로 장작을 봉수대 밑으로 옮기던 여운은 따끔한 말투를 던졌다.

"너, 언제까지 농땡이 칠거야?"

그에 곁들어서 초립이 고개를 쑥 내밀며 말했다.

"이리 똥 떨어졌어. 내려가서 말똥이라도 좀 구해와!"

동수는 들은 체도 안 하고 옆으로 누워 손가락으로 풀을 뜯어댔다.

"그놈의 똥, 똥. 지겨워 죽겠네."

그때 서유대의 목소리가 멀리서 들려왔다.

"똥 다 모았냐? 다 모았으면 이리 오너라!"

후다닥 달려가는 여운과 초립의 뒷모습을 보기 싫어 돌아눕기까지 한 동수는 서유대의 외침에 벌떡 일어섰다.

"이놈! 복시에 합격하고 싶다지 않았느냐!"

쌩하게 달려 서유대 앞으로 간 동수의 뒤통수에 여운과 초립의 매서운 눈길이 날아와 박혔다. 동수는 팔을 걷어붙이며 의욕적으로 서유대 옆에 줄지어 있는 항아리를 내려다봤다.

"영감님, 그래서 복시에 합격하려면 뭘 해야 하는 겁니까?"

하지만 서유대는 말없이 항아리만을 내려다봤다. 궁금증에 얼굴을 숙여 항아리 안을 들여다본 동수는 갑자기 눈앞으로 휙 뻗어 나오는 독사를 피해 급히 몸을 틀었다.

"으악!"

동수가 저도 모르게 항아리를 발로 차자, 파직하고 세열한 항아리 조각들 사이로 똬리 틀고 있던 뱀이 몸을 펴며 구불구불 기어 나왔다. 기겁한 동수와 여운, 초립은 사색이 되어 도망치며 소리쳤다.

"영감! 뱀! 뱀 좀 잡아요!"

대장이라는 직함이 무색할 만큼 이미 가마득할 정도로 멀리 도망간 서유대는 덜덜 떨며 뱀을 바라보지도 못했다.

"못, 못 잡는다."

기가 막혀 헛웃음조차 안 나오자 동수는 버럭 소리 질렀다.

"뱀도 못 잡으면서 항아리엔 왜 가둬놨어요!"

서유대가 시퍼래진 얼굴로 동수를 노려봤다.

"내가 가둔 게 아니니라! 저것들이 알아서 기어들어간 게지! 어, 어! 저, 저!"

서유대는 뱀이 쉭쉭거리며 다가가자 손가락을 덜덜 떨며 말도 잇지 못했다. 여운은 도망치기 급급해 하는 두 동무와 서유대를 번갈아 보더니 막대기를 집어 뱀의 목에 내리찍었다. 꼬챙이 끼우듯 땅바닥에 막대기로 목이 박힌 뱀은 꼬리를 요동치며 여운의 종아리를 감더니 이내 힘없이 축 처졌다. 그러자 채신머리없이 바위 위에서 벌벌 떨던 서유대가 갑자기 근엄한 표정으로 호통쳤다.

"이놈들! 무관이 되겠다는 놈들이 뱀 따위에 그리 주접을 떠느냐!"

그리고선 줄지어 선 항아리 앞으로 가서 무예 스승처럼 뒷짐 지고 말했다.

"자연과 몸이 합일되었을 때만 독사를 잡을 수 있느니! 누가 해보겠느냐? 너?"

손가락이 자신에게 향하자 고개를 절레절레 흔들며 엉덩이를 뒤로 빼는 동수 앞으로 여운이 나서 호흡을 가다듬더니 천천히 항아리 속으로 손을 집어넣었다. 동수는 침을 꿀꺽 삼키며 항아리를 뚫어지게 바라봤다. 곧이어 쑥 빠져나온 여운의 손에 목이 잡힌 뱀이 꼬리를 비비 말며 나타났다.

"잘했다! 다음! 저놈은 겁이 많아 항아리 근처도 못 가니, 네가 먼저 하거라."

여운을 칭찬하며 동수를 비웃은 서유대가 초립을 가리켰다. 초립은 용기 낸 듯 심호흡하며 항아리 앞에 서서 몇 번이고 손을 뻗었다 거뒀다를 반복했다.

"괜찮다. 겁 많은 저놈보다 용기 낸 네가 백배 나으니라."

안 그래도 놀림 받아 기분이 울컥해 있던 동수는 서유대가 슬쩍 신경을 건드리자 항아리 앞으로 성큼 성큼 걸어갔다.

"거참, 천하의 백동수를 뭐로 보고! 영감님, 두 눈 똑똑히 뜨고 잘 보시오."

동수는 보란 듯이 항아리 속으로 손을 쑥 집어넣었다. 그렇게 막상 넣긴 넣었지만 주둥이가 좁은 항아리 안을 들여다볼 수도 없고, 무작정 더듬거릴 수도 없는 노릇이었다. 동수는 뚫어지게 바라보고 있는 여운에게 씩 웃어 보이고 손바닥을 쫙 펼쳤다. 그러자 그때까지도 똬리를 풀지 않던 뱀이 쉭 다가와 엄지 아래의 손바닥을 세게 물었다. 동수는 흠칫하며 움츠러드는 어깨를 애써 바로 하며 손바닥을 물고 늘어지는 뱀의 목을 움켜쥐었다.

서서히 항아리에서 손을 빼자 목 잡힌 뱀이 동수의 손목에 꼬리를 둘둘 말며 햇빛 아래 나왔다. 보란듯 어깨를 쫙 펴보이며 턱을 슬쩍 치켜드는 동수에게 서유대가 고개 끄덕이며 억지로 칭찬했다.

"네놈도 사내는 사내구나."

손목부터 마비가 되는지 감각이 점차 사라지자 동수는 얼른 독사를 항아리 안에 집어던지고 허리 뒤로 손을 감추며 '어험!' 하는 헛기침을 해보였다. 여운과 눈이 마주친 동수는 태연한 얼굴로 휘파람을 불어대기까지 했다. 그리고는 후다닥 약초를 찾아 산속으로 뛰어갔다. 오후가 다 지나가도록 약초 찾아 헤매던 동수는 간신히 돌나물 꽃을 발견하자 부랴부랴 돌로 찧었다.

짓이겨진 꽃을 뱀의 이빨 자국 선명한 손바닥과 손등에 덕지덕지 붙이고 보니 해가 기울어갔다. 뱀에게 물려서인지 정신도 멍하고 몸도 나른했다. 동수는 기운 없는 몸을 일으키며 두선이 일어나는 머리를 손으로 짚었다.

"아, 만날 풀떼기만 먹어대서 기가 허해졌나."

혼잣말하며 고개 드니 어둑해지는 하늘 위로 매 한 마리가 뱅뱅 맴도는 게 보였다. 순간 눈이 번쩍한 동수는 입술 끝을 치켜 올리며 입맛을 쩝쩝 다셨다.

"좋지! 꿩 대신 닭…… 아니, 매다!"

기분 좋아 휘파람을 불어대자 매가 미쳤는지 동수 쪽으로 날아 내려왔다.

"어? 어?"

급한 김에 나무를 분질러 창을 만든 동수는 급히 하강하는 매를 보며 눈빛을 불태웠다. 만연한 미소가 걸쳐진 입가엔 저도 모르게 침이 질질 흘렀다.

13장

가슴에 물든 상흔傷痕

어둠이 낮게 깔리자 우뚝 선 바위봉 위로 달빛이 스며들었다. 고고함이 느껴지는 바위봉으로 올라간 여운이 낮게 휘파람을 불자 청량하게 퍼져나간 휘파람 소리가 산을 타고 멀리 산망했다. 하지만 몇 번을 불어도 매가 나타나지 않자 여운은 고개를 갸웃하며 텅 빈 하늘을 올려다봤다.

다시 휘파람을 불었지만 매의 모습은 어디서도 나타나지 않았다. 여운은 한참 동안 더 매를 부르다 포기하고 봉수대로 향했다. 하지만 얼마 안가 초저녁 하늘로 길게 뻗어 올라가는 연기를 보고 눈살을 찌푸린 여운은 걸음을 그쪽으로 옮겼다.

나무를 헤치고 나간 여운의 눈앞에 모닥불을 가운데 두고 티격태격하는 동수와 초립이 보임과 동시에 타닥거리는 모닥불 위에서 구워지는 닭고기 냄새가 여운의 코를 찔렀다.

"내가 잡은 거잖아. 한 입이라도 내가 더 먹어야……."

동수가 닭다리를 움켜쥐고 우기자 초립이 구차해 보일 정도로 눈이 뒤집혀 뺏으러 달려들었다.

"나보다 훨씬 많이 먹었잖아. 한 입이 아니라 열 입은 더 되겠다."

그렇게 닭다리 하나 갖고 서로 몸싸움하던 동수와 초립은 여운이 나타나자 갑자기 의젓함을 내보였다.

"운아, 마침 잘 왔다. 먹어. 넌 특별히 다리 하나 줄게."

모닥불 앞에 앉자마자 동수가 불쑥 내미는 고기를 받아든 여운은 의아해했다.

"닭고기는 어디서 났어?"

"닭? 넌, 이게 닭으로 보이냐?"

어쩐지 으쓱해하는 모습이 불안감을 안겨줬다. 여운은 동수가 나뭇가지로 익은 고기 머리를 툭툭 치며 말하자 질끈 감기려는 눈을 애써 참았다. 저녁 내내 아무리 불러도 매가 나타나지 않았던 이유가 분명해졌다.

"이 날렵한 눈매를 봐라. 이건 매야, 매. 닭이랑 차원이 다르지. 글쎄, 이 몸이 하늘을 나는 매를 잡아 떨어뜨렸다니까."

기고만장해짐이 하늘을 찌르려 하는 동수 옆에서 초립이 고기를 뜯으며 중얼거렸다.

"근데 이 매, 전서용이야."

행여나 동무들이 자신과 흑사초롱의 관계를 눈치챌까 싶어 철렁한 가슴을 감추기 위해 여운은 억지로 고기를 입에 대고 우물거리는 듯 지나가는 투로 물었다.

"그래?"

그러자 동수가 잿더미를 나뭇가지로 뒤적이며 건성으로 답했다.

"어, 다리에 뭐가 있더라고."

"뭔데?"

동수는 나뭇가지에 걸린 타다 만 종이를 꺼내 불빛에 비췄다. 여운은 넘실거리는 불빛을 받아 선명히 드러나는 글씨에 저도 모르게 숨을 멈쳤다.

'살殺!'

내색하지 않으려 했지만 아랫배까지 내려앉는 가슴을 온전히 숨길 수 없었다. 여운의 표정이 심상치 않음을 느꼈는지 동수가 종이를 획 던지며 물었다.

"왜?"

여운은 관자놀이를 타고 흐르는 땀방울을 닦지 못하며 태연한 척 답했다.

"다행이네. 복 받을 '복福' 자도 아니고, 후덕할 '덕德' 자도 아니고"

뚱딴지 같은 소리에도 동수는 히죽거렸다. 그러면서 스스로가 대견하다는 듯 어깨를 활짝 펴고 으스댔다.

"그치? 혹시 아냐? 우리가 죽을 사람 목숨 하나 구했는지."

스스로 구한 목숨이라고 대답할 수 없어 여운은 굳어지는 입매를 풀며 시큰둥하게 말했다.

"그래? 잘했네."

여운이 건성으로 대꾸하는데도 동수는 뭐가 그리 좋은지 계속해서 실실 웃었다. 그 웃음이 뭔가 이상해 동수의 얼굴을 유심히 본 여운은 동수의 눈동자가 초점이 풀린 걸 확인했다. 동수는 헤벌쭉한 입가에 타다 만 깃털을 묻힌 채 검지를 들어 보였다.

"근데 고기 먹는 거 영감님한테 비밀이야."

실없는 소리를 하면서 손에 든 고기를 도통 입에 대지 않는 동수의 파랗게 변한 눈밑을 여운은 걱정스레 바라봤다.

"동수야, 근데 어디 아픈 거 아냐?"

여운의 걱정에 동수가 완전히 초점 풀린 눈으로 멍하니 대답했다.

"어, 그게…… 약간 이상하긴 한데 괜찮아."

약간 이상한 정도가 아니었다. 목소리도 심하게 가라앉고 혀가 꼬부라졌는지 발음도 묘하게 부정확했다. 초립도 이상함을 느꼈는지 동수의 코앞에 얼굴을 들이대며 고개를 갸우뚱했다.

"그러네? 괜찮치 않아 보이는데?"

초립이 눈 밑을 요리조리 보며 말하자 동수가 상체를 뒤로 쭉 빼며 큰소리쳤다.

"어허! 왜 이래! 나 백동수야, 백동수! 나 몰라? 내가……."

그러더니 동수의 몸이 뒤로 스르르 넘어갔다. 여운과 초립이 놀라 벌떡 일어남과 동시에 동수가 눈을 감은 채 뒤로 풀썩 쓰러졌다.

"도, 동수야!"

퍼뜩 낮에 독사가 든 항아리에 손을 집어넣었을 때를 떠올린 여운은 혼절한 동수의 손을 살폈다. 아니나 다를까 짓이겨 붙인 약초를 떼어내자 퉁퉁 부어오른 살에 이빨 자국이 선명했고 이미 손목까지 독에 잠식당했는지 시체의 것과 같았다. 초립이 안절부절못하자 여운은 동수를 둘러업고 그대로 봉수대로 뛰어갔다. 다행히 서유대가 보이지 않자 동수를 방에 눕히고 서둘러 창고로 간 여운은 이것저것 약초를 챙겨 나왔다.

순간, 문 앞에 떡 버티고 있는 서유대와 눈이 마주친 여운은 주춤거리며 약초를 감싸 안았다. 여운과 안고 있는 약초를 번갈아 본 서유대는 입술을 씰룩거리더니 먼저 앞장서 방으로 향했다. 여운은 말없이 서유대와 함께 방으로 돌아가 젖은 수건으로 동수의 이마를 닦고 있는 초립 옆에 앉았다.

"이대로 뒀다가는 생명까지 위험하겠구나."

단번에 사태를 파악하고 동수의 손과 눈꺼풀 안을 들여다본 서유대가 품에서 백통장도를 뽑았다. 서유대의 손 안에서 은빛으로 빛나는 고급스런 백통장도가 칼집에서 벗어난 날을 번득였다. 장도는 여인들이 많이 사용하기에 그 호사스러움이 남달랐다. 칼자루와 칼집에는 섬세한 문양이, 칼날에는 명문이 새겨져 있는 게 보통이지만, 사대부 규수나 부유한 상인의 여식이 아니고서야 그 값을 치루기 힘들어 대부분이 목장도를 사용했다. 여운은 서유대의 손에 들린 백통장도의 호화로움에 잠시 놀랐지만 내색하지 않고 동수에게로 시선을 내렸다.

"너희들은 눈을 감거라."

그러자 초립이 대뜸 나서 서유대를 말렸다.

"자, 잠깐만요! 지금 뭐 하려고 그러시는 거예요? 설마 팔을 자르려는 건 아니죠?"

"맞다."

단호한 대답에 초립이 제 팔이 잘릴 사람처럼, 분칠한 듯 허옇게 뜬 얼굴로 소리쳤다.

"예? 어찌 무인의 팔을 자른단 말입니까?"

"아무럼 죽는 거 보다야 낫지 않겠느냐? 말하지 않았더냐. 이대로 뒀다간 팔이 아니라 목숨을 잃는다. 난 이 싸가지 없는 놈을 살려야겠으니, 저리 비켜라!"

여운이 보기엔 팔을 자른다 해도 이미 독이 온몸으로 퍼져 살리기 힘들었다. 동무의 생사를 앞에 놓고 여운은 입을 꼭 다물었다. 동무를 위해 팔다리쯤은 버릴 수 있다 했던 동수와 동무를 죽이라는 명령을 받은 여운이었다. 이대로 놔두면 손을 쓰지 않아도 동수의 명은 다할 게 분명했고 굳이 죽여야 하는지, 말아야 하는지 갈등의 기로에서 고뇌할 필요도 없었다.

여운은 초립이 도와달라는 눈빛으로 바라보자 큰 숨을 들이마셨다. 머릿속에 꽉 박혀 있는 '살(殺)'이라는 명령이 초주검되어 있는 동수의 얼굴 위로 내려앉았다. 여운은 가만히 주먹을 쥐며 슬그머니 고개를 숙였다. 동수를 지금 살린다 해도 언젠가는 죽여야 하는데도 어떻게든 살리고 싶은 마음이 무척이나 어리석게 느껴졌다. 여운은 스스로를 비웃으면서도 손목에서 침을 뽑아 동수 앞에 무릎 꿇고 앉았다. 여운이 갑자기 나서자 초립은 다행이라는 한숨을 쉬었고, 서유대는 어정쩡한 모습으로 물러났다.

"불을 좀 더 밝혀주십시오."

말이 끝나기 무섭게 밖으로 뛰쳐나가 등기름을 갖고 들어온 서유대는 온 방이 환해지도록 불꽃을 세웠다. 동수의 푸르죽죽한 얼굴이 환한 불빛 아래 드러나자 여운은 식은땀을 흘리며 조심스레 시침했다. 한시라도 빨리 기혈을 막고 중독된 피를 뽑아내야 했다. 조급한 마음과는 달리 침착하게 하나하나 침을 놓은 여운은 마침내 한숨 쉬며 조용히 말했다.

"칼을 주십시오."

초립이 흠칫한 반면 서유대는 가만히 백통장도를 내밀었다. 여운은 죽은 듯 누워 있는 동수를 내려다보며 잠시 숨을 고른 뒤, 그대로 칼날을 내리꽂았다. 동수의 어깨에 박힌 백통장도 위로 튄 핏방울이 여운의 손등을 적셨다.

처음 검선 김광택이 한양 땅을 다시 밟았다는 소식을 들었을 때, 인ㅅ은 이번에야말로 검선의 목을 칠 수 있을 거라 호언장담했다. 이십여 년 만에 나타난 외팔 잡이가 무서울 게 뭐가 있을까 싶었다. 하지만 막상 맞서고 보니 검선에게 두 팔이 없다 해도 쉽게 볼 인물이 아니라는 깨달음을 얻게 되었다. 인ㅅ은 또다시 구차하게 검선 앞에서 무릎 꿇고 목숨을 구걸해야 했다.

"검선, 내 이미 두 번이나 목숨을 구걸했지만, 염치없이 한 번 더 부탁드리외다. 크크크, 살려주시오……. 내 두 번 다시, 두 번 다시 나타나지 않을 게요. 진심이외다. 한 번만, 이번 한 번만 더…….”

이로써 세 번째였다. 인人이 번번이 검선에게 무릎 꿇고 살려달라 애걸복걸한 게 세 번째였다. 그 횟수만큼 검선의 마음에서도 용서가 사라지는지 엄지를 베었던 처음과 달리 이번에는 아예 손목째 베어버렸다.

그렇게 날아간 손목을 인두로 지져 외손잡이가 된 인人은 마치 실성한 사람처럼 검을 휘두르며 술주정을 했다.

"크크크크, 이놈들아! 나 대웅이가 누구더냐! 명실상부 흑사초롱의 삼재 천지인天地人, 바로 인주니라! 내가 이리되었으면 네놈들 모두 득달같이 일어나 검선 대가리를 따는 게 도리이거늘. 어찌 꿈쩍도 안 하고 방구석에 처박혀 있는 것이냐! 검선이 무섭더냐! 아니면 내가 우습더냐!"

마구잡이로 휘두르는 인人의 검을 피해 가까이 다가서지 않는 흑사초롱의 어린 제자들과 살수들의 모습에 더 약이 올라 게슴츠레해진 눈으로 주위를 두리번거리던 인人은 천天의 목소리에 취기가 확 가시는 느낌을 받았다.

"무슨 짓이냐! 진정 죽음을 자초하는 게냐!"

인人의 입술이 삐딱하게 그어졌다. 적은 고사하고 동료조차 자신의 죽음을 쉽게 입에 담는 것이 서글프면서도 악에 받쳤다.

인人은 글공부를 시작하던 나이에 가족이 멸문당하고, 간신히 목숨만 부지해 살수 집단인 흑사초롱으로 들어온 뒤에도 하루하루 죽은 것처럼 살아왔다. 어쩌면 가족의 피를 뒤집어쓴 날, 인人은 이미 죽었는지도 몰랐다.

오래 전, 눈앞에서 처참하게 도륙당한 부모와 형제 사이에서 인人은 살아남았다. 어려서 유난히 병약하여 왜소한 기골이었기에, 어둠 속에서 피를 뒤집어쓴 채 주저앉아 있던 인人을 자객은 계집아이라 착각하고 어설픈 동정심을 발휘해 살려 주었고, 돌아서는 자객의 등에 부모 피가 묻은 검을 박은 후부터 인人은 평생을 실성한 사람처럼 살아왔다.
 그렇다고 삶의 목적을 복수에 둔 것도 아니었다. 복수가 목적이라면 진즉에 홍대주의 목을 쳤을 터였다. 인人은 삐뚤어진 심성으로 스스로에게 수없이 되뇌었다.
 '그냥 죽이긴 아깝지. 평생 동안 야금야금, 속을 긁으며 그 가슴이 썩어 문드러지는 꼴을 봐야지.'
 그렇다고 흑사초롱에 정을 붙여 마음을 터놓고 술잔을 기울일 수 있는 동무도 없었다. 거의 평생을 함께해왔다 해도 과언이 아닌 천天조차도 인人의 목숨에 대해 가벼이 논할 정도니.
 인人은 술기운에 번들거리는 눈으로 천天을 노려보며 검을 뽑아 들었다가 번득이는 천天의 눈빛에서 살기를 읽고 얼른 다시 검을 거뒀다.
 "어어, 이게 아닌데. 내가 정말 미쳤나보이. 어허! 이사람."
 그러면서 비틀비틀 다가가 천天의 품이 코앞에 닿자 얼른 검을 다시 뽑았다. 그 거리에서 검을 뽑는다면 휘두르기도 전에 천天을 벨 수 있을 거 같았다. 하지만 인人의 검이 반쯤 빠져나오기도 전에 이미 천天의 검이 검집을 벗어났다.
 "헉!"
 악鍔이 뿌리는 붉은 선혈이 누구 것인지 미처 파악하기도 전에 천天의 나직한 목소리가 들렸다.
 "대웅아, 원망 말거라."
 인人은 핏기어린 눈동자로 천天을 노려보며 그대로 검을 내리뻗었다. 그러나 칼끝이 천天의 옷자락도 건드리지 못한 채 땅을 박으며 인人의 몸이 나라지더니 검과 함께 쓰러졌다. 말만이라도 원망하지 않겠다고 빈정거림을 흘리고 싶었지만 입술도 달싹이지 못했다. 인人은 푸득거리는 상처 입은 새처럼 흙바닥에 누워 경련을 일으키며 아련히 들리는 천天의 목소리에 눈을 감았다.

"치워라."

독기가 피어올라 전신을 꿈틀대던 인ㅅ의 의식이 점차 멀어져갔다. 다시금 눈을 떴을 때 습기 먹은 멍석의 곰팡내가 코를 찔렀다. 인ㅅ은 신음과 함께 팔을 뻗어 멍석을 걷어내려 애썼지만 얼마나 굳게 말아놨는지 꼼짝도 할 수 없었다. 달빛조차 보이지 않는 멍석 안에서 인ㅅ은 피눈물을 흘렸다. 오로지 독기만 남아 혈관을 타고 흐르는 증오와 원망이 눈물과 함께 흘러내렸다.

"모두 죽일 게야……. 크크크, 대가리를 잘라 승냥이 먹이로 던져주고, 비린내 나는 오장육부는 내 친히 씹어 삼켜주겠다. 크크 모두…… 네 놈들 모두 말이다. 크크 크하하하!"

대상이 누구라고 할 것 없는 증오가 멍석을 뚫고 어둠이 짙게 깔린 숲으로 퍼져나갔다.

홍대주의 두툼하고 기름진 손이 탁자를 내리치자 둔탁한 음이 방 안을 맴돌았다.

"뭐라! 검선이 세자를 만나고 있다고?"

"예, 분명 그리 들었습니다."

무릎 꿇고 앉아 있던 마도영이 공손히 답하자 부관이 슬쩍 끼어들었다.

"검선이 결국 살아 왔습니다. 그려……."

홍대주는 못마땅한 눈길로 부관을 노려보며 이를 갈았다. 검선이 나타난 이상 미리 싹을 지우지 않으면 분명 무따래기가 되어 언젠가는 홍대주의 앞길을 막을 게 분명했다. 외팔이 따위의 출현에 긴장할 필요는 없지만, 대비하고 권토중래捲土重來를 도모할지 모르니 그 근본을 없애는 편이 좋았다.

그때 마당에서 하인의 고함이 방문을 찢으며 들어왔다.

"어르신! 어르신!"

반사적으로 벌떡 일어서며 검을 뽑아드는 마도영과 달리 놀란 얼굴로 홍대주만을 멀뚱멀뚱 바라보는 부관을 향해 신경질적으로 혀를 차며 나지리 한 시선을 흘린 뒤, 벌떡 일어선 홍대주는 마도영이 급히 몸을 빼자 방문을 열고 나갔다.

하인들이 밝히는 요란한 횃불 가운데 피투성이가 된 인ㅅ이 서 있었다. 홍대주는 눈썹을 꿈틀해 놀람을 감추고는 부채를 좍 펼쳤다.

"어허, 흑사초롱의 삼재께서 꼴이 말이 아니시외다!"

그러자 인ㅅ이 맞나 싶을 정도로 공손한 부탁이 돌아왔다.

"대감! 이 몸을 거둬주시오!"

참으려 했지만 웃음이 저도 모르게 흘러나왔다. 홍대주는 웃음소리는 가리지 못했어도 입가에 피어오른 미소를 감추려 펼친 부채를 입 앞에 댔다.

"검선의 목은 어찌 되었소?"

나불대는 입을 찢어놓고 싶을 정도로 잘도 떠들던 인ㅅ의 입이 꿀 먹은 벙어리처럼 딱 달라붙어 떨어지지 않았다. 홍대주는 눈썹을 휘릭 올리고 하인에게 명령했다.

"뭣 하느냐! 얼른 내쫓고 소금이라도 뿌리거라!"

홍대주의 매몰찬 명령에 허겁지겁 인ㅅ이 사정했다.

"대감! 당장 호랑이 모가지를 끊을 수 없다면, 꼬리라도 잡고 있어야 대감 맘이 편치 않겠소이까! 내 그만한 능력은 있소이다. 이 몸을 거둬주시오!"

과연 그만한 능력이 될지 믿을 구석이 없었지만, 이대로 내치는 것보단 수하에 두는 게 나을 듯싶었다. 홍대주는 부채를 탁 접으며 한쪽만 말아 올린 입술을 내보였다.

"사랑채가 비었느냐?"

갑작스런 변화에 하인이 어리둥절해 고개 들었다.

"예? 예……."

홍대주는 턱으로 데리고 가라는 시늉을 하고 다시 방으로 들어갔다. 그때까지 문 뒤에서 검을 들고 서 있던 마도영은 홍대주가 방문 안으로 발을 들여놓자 조용히 검을 거뒀다. 스르륵 검집으로 들어가는 칼날이 등잔불에 잠시 번쩍거렸다. 그나마 마음에 드는 무인을 곁에 둔 것 같아 홍대주의 미소가 더욱 커졌다.

자리에 앉으니 김한구가 알면서도 모른 체 물어왔다.

"밖에 무슨 일이 있는가?"

홍대주는 태연히 수염을 쓸며 거짓을 말했다.

"아무 일도 아닙니다."

김한구는 서로 손길 잡고 있으면서도 속내 드러내지 않는 상대를 빤히 내다본다는 표정으로 홍대주를 주시하더니 상체를 앞으로 숙여 은밀히 입을 열었다.

"그래, 당장이라도 세자를 쳐낼 기세더니, 이제 어찌할 셈인가?"

홍대주는 비틀어진 입술로 고개 저었다.

"뭘 그리 서두르십니까? 세자와의 전쟁은 지금부터가 진짜배기입니다."

김한구의 탐탁지 않아 하는 눈빛이 홍대주의 얇은 입술로 향했다. 홍대주는 황진기를 죽이고 칙서를 가져오지 않은 지地를 떠올리며 눈을 가늘게 떴다. 황진기가 불에 타 죽으며 칙서도 함께 타버렸다는 말을 믿기가 어려웠지만, 부러진 황진기의 칼을 보면 뭐라 반박할 수도 없었다. 특별히 지地가 거짓을 말할 이유도 없어 사실이겠지 하지만 타버린 칙서에 대한 아쉬움은 이루 말할 수 없었다. 칙서만 있었어도 단번에 세자의 목을 쥐어틀 수 있으련만. 별수 없이 주변부터 치고 들어가야 했다.

"혹, 서유대 장군을 기억하십니까?"

홍대주가 뜬금없이 묻자 김한구가 잠시 생각에 잠겨 인상을 찌푸렸다. 그러고는 이선이 달포 이상 함경도에 머물며 군병들의 훈련을 도모할 때 함께하던 병마절도사를 떠올려 되물었다.

"세자의 관서유람에 책임을 물어 병졸로 좌천시킨 서유대 병사 말인가?"

"좌천되어 목숨이 남아 있으니, 아직 써먹을 데가 있단 거지요."

눈을 가늘게 뜨며 말하는 홍대주에게 김한구는 깨달음을 얻은 표정으로 무릎을 손바닥으로 내리쳤다.

본디 사냥이란 그 주위를 조이며 해야 제맛이다. 홍대주의 가늘어진 눈이 어둠을 깊게 파고들었다.

적막이 감도는 동궁전에 버선 소리조차 들리지 않았다. 김홍도는 자신의 버선 소리가 유난히 크게 들리는 것 같아 저도 모르게 뒤꿈치를 들고 걸었다. 문이 열리고 들어가라는 손짓에 조심스레 앞으로 나가니 발에 가려진 여인과 세자가 눈에 들어왔다. 김홍도는 얼른 시선을 내리깔고 나부죽이 하며 입을 열었다.

"인사드리옵니다, 저하."

"앉거라."

여전히 시선을 들지 못한 채 무릎을 접은 김홍도에게 세자는 온화한 말투로 물었다.

"과인은 첨재를 불렀거늘, 어찌 네가 온 것이냐?"

김홍도는 두 손을 바닥에 붙이고 납죽 숙여 서간을 내밀었다.

"심한 고뿔을 앓으신 후, 거동이 불편하신 스승님께서 소인을 보냈사옵니다."

바닥에 코를 박고 있는 김홍도의 귀에 종이가 펼쳐지는 소리가 들렸다. 언제 들어도 종이 소리는 가슴을 설레게 했다. 먹 갈리는 소리는 여인의 향취처럼 부드럽고, 먹물에 붓이 젖는 소리는 여인의 속삭임처럼 달콤했다.

"산수화와 풍속화에 능하다……. 하면 입은 무거우냐?"

저도 모르게 들려진 고개를 억지로 바닥에 붙이고 김홍도는 조심스레 답했다.

"궐에 발을 디디는 순간 눈과 귀를 막고, 궐을 나서는 순간 입을 닫으라. 스승님의 가르침이옵니다."

"믿어도 되겠느냐?"

살짝 고개 들어 세자를 바라본 김홍도는 믿음을 보이며 다시 머리 숙였다.

"예, 저하. 하명만 하시옵소서."

그러자 발 뒤에 있던 여인이 등을 돌리더니 사르락 옷을 벗었다. 옷자락 소리에 흘끔 눈초리를 든 김홍도는 하얀 등에 새겨진 문신을 보고 급히 숨을 참았다.

"점 하나 빠트리지 말고, 있는 그대로 옮기거라."

그대로 옮기려면 밤을 꼬박 그려도 모자랄 판이었다. 김홍도가 조용히 화선지와 먹, 붓을 펼치자 여인을 가리고 있던 발이 올라갔다. 고운 여인의 등에 어째서 이런 그림을 그려놨는지, 그린 이의 심보가 궁금했지만 김홍도는 묵묵히 붓을 놀렸다. 그렇게 새벽닭이 울기 전까지 간신히 세 장의 그림을 완성한 김홍도가 이마의 땀을 닦자 그때까지 지켜보던 세자가 입을 열었다.

13장 가슴에 물든 상흔(傷痕)

"어찌하여 그림이 셋이냐?"

붓을 정리하고 다시 무릎 꿇어 앉은 김홍도는 머리를 숙이며 답했다.

"저하, 저 여인의 몸에 그려진 지도는 하나가 아니옵니다. 보기엔 하나로 보이오나 실은 세 장의 그림이 하나로 합쳐진 것이옵니다."

"설명해보거라."

김홍도는 하나씩 펼쳐 보이며 설명했다.

"첫 번째 지도는, 평안도에서 북경에 이르는 최단 행로를 표시한 그림으로, 길의 너비에 따라 사람, 수레와 마차, 그리고 대군이 통행할 수 있는 길을 각각 다르게 표시한 지도이옵니다."

세자가 놀란 듯 커진 눈으로 바라보자 김홍도는 두 번째 그림을 펼쳤다.

"두 번째 지도는 그 세 종류의 길에서 벌어질 수 있는 각각의 상황, 즉 전투에 유리한 요충지, 매복과 기습에 용이한 지점, 그리고 탈출로와 감시로 등을 표시한 지도이옵니다."

감탄의 빛이 세자의 얼굴을 가득 채웠다. 김홍도는 세 번째 그림을 펼치며 설명을 이었다.

"마지막 지도는 청국의 변방 칠7개 성과 십이12개 관문을 전투 없이 지나칠 수 있는 비밀 행로를 표시한 지도이옵니다."

"하면 이 지도만 있으면 일만 군대가 피 한 방울 흘리지 않고 북경에 이를 수 있단 말이냐!"

김홍도는 그 말뜻을 되새기며 고개 끄덕였다. 정말로 이 자리에서 그린 그림을 머릿속에서 지우지 않는다면 쥐도 새도 모르게 죽을 수도 있다는 긴장이 등을 타고 올랐다.

"예, 저하. 이 지도가 거짓 없는 사실이라면, 일만 아니오라 십만 대군도 가능하옵니다."

답하면서 김홍도는 어째서 스승인 첨재 강세황이 고뿔을 핑계로 오지 않았는지 알 수 있었다. 세자 저하의 부름이라는 소리에 자청하여 자신이 가겠다고 바득바득 우겼던 지난 시간을 되돌리고만 싶었다. 숙인 고개 아래로 울상을 짓던 김홍도에게 세자가 충격과 감탄이 가득한 목소리로 칭찬했다.

"첨재 강세황의 제자라더니……. 실로 청출어람이 아니냐? 네가 아니었다면 이 지도의 의미조차 알 수 없었을 게다."

미리 지도의 의미를 알았더라면 이토록 섬세하게 그리지도 않았을 터였다. 정치를 알지 못하나 이런 그림을 그리고 제대로 목이 붙어 있으려면 산수화나 그리겠다는 핑계로 깊은 산속에 꼭꼭 숨어버리는 수밖에 없었다. 그래도 칭찬을 들으니 기분은 좋았다. 김홍도는 슬며시 피어오르는 미소와 함께 이마를 바닥에 박았다.

"망극하옵니다. 저하."

"이름이 무엇이냐?"

잠깐 갈등했지만 이름을 밝히지 않는다 해서 더 목숨을 보장 받을 수 없음을 알기에 김홍도는 자신에 찬 목소리로 답했다.

"김홍도라 하옵니다."

김홍도는 그 이름이 어디로 퍼질지 모르지만 당분간은 이름을 감추고 살아야겠다고 명심했다.

물에 빠진 사람이 도와주려는 사람의 사정 생각 안 하듯, 깨우려 가까이 한 초립의 머리채를 붙잡고 동수가 번쩍 눈을 뜨며 소리쳤다.

"사미니!"

꿈속에서 사미니가 서럽게 울어댔다. 마치 귀신처럼 머리를 풀어 헤치고 고운 얼굴로 이슬 같은 눈물을 뚝뚝 흘렸다. 붉은 입술이 창백하게 질려 흐느낌만 토해내는 사미니를 꿈에서 본 동수는 삼삼하게 지워지지 않는 그 모습을 떠올리며 주먹을 불끈 쥐었다.
"아야야야야! 이것 좀 놔!"
동수는 한껏 비틀던 초립의 머리를 여전히 붙든 채 눈을 껌벅거렸다. 아직도 눈앞엔 사미니가 어른거리는데 초립이 머리를 쥐어 잡힌 채 버둥거렸다. 영문을 몰라 틀어쥔 손을 풀지 않자 초립이 동수의 손등을 두드리며 소리 질러 엄살 부렸다. 급기야 보다 못한 여운이 손가락을 뜯어내듯 동수의 손을 풀자 초립이 후다닥 뒤로 물러났다. 동수는 여운의 차가운 눈동자를 올려다보며 멀뚱거렸다.
"뭐야? 어떻게 된 거야?"
그러자 구석에 등을 댄 채 무릎을 두 팔로 감싼 초립이 눈에 쌍불을 켜고 날카롭게 말했다.
"뭔 일? 독사한테 물렸으면 당장 치료를 했어야지! 꼴에 존심 내세우다가 이게 뭐냐!"
"독사? 아, 독사. 살았으면 됐지, 뭐. 그리고 내가 원래 명줄은 긴 놈이거든?"
힘차게 발딱 일어선 동수는 핑그르르 눈앞이 돌자 '어라?' 하고 다시 이불 위로 풀썩 쓰러졌다. 가둥거리며 다시 일어서려 했지만 두 동무의 얼굴이 점차 멀어져갔다. 다시금 정신 잃은 동수는 이따금 '매고기'라고 헛소리를 해대며 내리 이틀을 잤다.
그런 동수 옆에서 짚을 짜며 밤낮으로 지키던 서유대가 조용히 툴툴거렸다.
"이 싸가지 없는 놈은 잠만 처자는구나."
함께 곁을 지키랴, 봉수대 일을 하랴 심신이 고달픈지, 구석에서 꾸벅꾸벅 졸던 초립은 서유대의 중얼거림에 퍼뜩 눈 뜨더니 한숨 쉬었다.
"그래도 다행이에요. 살아줘서……."

"이놈아, 사람 목숨이 그리 가벼운 줄 아느냐?"

그러면서 서유대는 손바닥에 '퉤!' 침을 뱉어 지푸라기를 말았다. 잠시 침묵이 흐른 뒤, 방구석에서 있는지 없는지 알 수 없게 숨소리조차 나지 않던 여운이 덤덤한 투로 중얼거렸다.

"특히나 이놈 목숨은 남들보다 몇 배는 깁니다."

동무들의 애정 어린 대화를 들으며 가만히 누워 자는 척했던 동수는 모두가 깊이 잠든 밤에 슬며시 일어났다. 구석에 쭈그리고 누워 잠이 든 초립과 똑바로 누워 있는 여운을 돌아보고 방을 나오자 시원한 밤공기가 가슴으로 들이쳤다. 눅눅한 습기를 먹은 공기를 한껏 들이마신 동수는 별조차 보이지 않는 하늘을 올려다봤다.

비가 내릴 듯했다.

그런데 몸에 착 달라붙는 습기가 요상하게도 가슴을 쥐었다. 꿈에 보았던 사미니가 눈앞에 아른거리자 가슴 저림이 더욱 커졌고, 죽었다 살아나서인지 이상하게 사미니에게 향한 마음이 더 애절해졌다.

'애모하는구나. 가슴이 애모하여 이토록 저리는구나.'

스스로의 생각에 감동하여 눈물까지 핑 돌았다. 때맞춰 비까지 내리니 청승맞기가 남부럽지 않았다. 장난처럼, 어린아이의 동경처럼 사미니를 쫓아다녔지만 가슴 한구석은 진심이었다. 한눈에 온 마음을 다 빼앗겼다고 해도 과언이 아니었다. 천성이 되통스러워 지긋한 면이 없어서 그렇지 사미니를 향한 마음만은 지고지순했다. 그래서 꿈에서 본 사미니의 모습이 유난히 잊히지 않았고 어쩐지 불길함이 먹구름처럼 몰려와 가슴을 내리눌렀다. 게다가 세자 이선을 함께 떠올리니 가라앉은 가슴이 고통을 팔딱거리기에 한 손을 펴서 가슴에 대니 죽은 사람처럼 힘없이 두근거렸다. 아파서, 너무 아파서 심장이 고장 난 모양이었다. 동수는 손바닥으로 가만히 가슴을 두드렸다.

"아파하지 마라. 그런다고 가질 수도 없잖느냐."

그냥 만족해야 한다. 꿈속에서처럼 사미니가 이슬 같은 눈물을 흘리지 않도록 최대한 지켜주는 걸로 만족해야 한다.

동수는 한참 동안 비를 맞고 서 있다 비틀거리며 방으로 돌아갔다. 자면서도 긴장하고 있었는지 동수의 젖은 발자국 소리에 두 동무가 벌떡 몸을 일으켰다. 그리고 구석에 짐이 아닐까 싶을 만큼 옹크리고 있던 초립이 쪼르르 달려와 동수의 어깨를 털어줬다.

"아픈 놈이 어딜 싸돌아다녀? 이러다 고뿔 걸리겠다."

어린아이처럼 가만 서서 초립의 손길을 받던 동수는 느닷없이 우는 소릴 했다.

"아무래도 나, 아픈가 봐."

"아픈 걸 이제 알았냐?"

어이없다는 듯 물으면서도 조심스레 머리에서 물기를 짜주는 초립에게 동수는 애처로운 눈길을 보냈다.

"아니……. 여기, 가슴이 아파. 진짜 아파. 처음이야. 이렇게 보고 싶고, 이렇게 아픈 거……."

말하고 보니 진짜로 고통스러워 숨조차 삼키기 힘들었다. 이토록 몸을 달구는 열이 가라앉으려면 오랫동안 시간을 보내야 할 듯싶었다. 동수의 일그러진 얼굴을 물끄러미 바라보는 여운의 얼굴 또한 심하게 비틀어졌다.

홍대주는 꿈틀하는 눈썹에 힘을 줘서 미간으로 모았다.

"동궁전에 여인이라?"

그러자 부관이 굽실거리며 목소리를 낮추지도 않고 답했다.

"예, 그 왜 청암사 사미니 말입니다. 세자가 겁도 없이 여인을 끌어들었는데, 그년 말고 또 누가 있겠습니까?"

꺼지는 불씨가 검은 연기를 피어 올리듯 홍대주의 입가에 느릿한 미소가 번졌다. 안 그래도 요즘 궁 안의 내관들 사이에서 쉬쉬하며 헛소문이 돌던 참이었다. 세자가 기생들을 동궁전으로 불러들인다는 둥, 미친 사람처럼 혼자 중얼거린다는 둥 말들이 많았다. 물론 8년 전에 대전 앞에서 이마를 박고 피를 흘린 뒤부터 심상찮게 들려오던 소문이 요즘 들어 부쩍 잦아진 배후에는 홍대주가 있었다. 이제 남은 건 바짝 조인 목을 틀어쥐는 것밖에 없었다.

"지금 시각이 얼마나 됐느냐?"

"좀 전에 소종이 세 번 울렸으니, 막 술초 시 삼 각이 지났을 겁니다."

손가락을 헤며 답하는 부관을 흘끔 본 홍대주는 읽고 있던 서책을 탁 덮었다.

"예판은 퇴궐하였더냐?"

"예판 대감께선 기로연원로 문신들을 예우하기 위해 국가에서 베푸는 잔치 준비로 아직 퇴궐치 않았을 겝니다만……."

홍대주는 부관의 말이 끝나기 전에 의자에서 일어섰다. 쇠뿔도 단김에 빼랬다고 생각난 김에 예조 판서 김윤서의 목숨 줄을 끊어야 할 때였다. 꽃을 꺾기 위해선 주변의 풀부터 정리해야 단번에 꺾을 수 있는 법이다.

"가자."

어리둥절해 하는 부관을 놔두고 궁을 나서, 집으로 돌아간 홍대주는 인ㅅ이 머무는 사랑채로 곧장 향했다. 등 뒤로 마도영이 바짝 긴장한 게 느껴지자 홍대주는 헛기침 해 인기척을 알렸다.

"뭔 일이시오?"

벌컥 열린 문지방 너머로 인ㅅ의 의수단검이 툭 나왔다. 홍대주는 옷자락을 펼치며 마루로 올라서고 지나가는 투로 물었다.

"선물은 마음에 드시오?"

"크크크, 맘에 쏙 들고말고. 아주 좋수다!"

의수단검에 침부터 바르며 답하는 인ㅅ을 밟을 듯 지난 홍대주는 방석 위에 털썩 앉으며 바로 본론을 이야기했다.

"귀하께서 해결해줬음 하는 일이 하나 있소만."

인ㅅ은 자못 기분 상한 얼굴이었지만 내색하지 않으려는지 웃음으로 얼버무렸다.

"크크, 이 몸이 거두어 준 은혜는 아는 짐승이외다. 뭐요? 말씀만 하시구려."

그에 살짝 목소리를 낮춘 홍대주는 인ㅅ의 눈썹 끝이 떨리는 걸 놓치지 않았다.

"예판 대감의 명줄을 끊어주시오. 아예 가솔들까지 싹 쓸어 저승길로 보내면 더 좋고."

아주 잠깐이지만 인ㅅ의 눈빛이 바르르 흔들렸다. 어쩐 이유인지 알 생각도 없지만 예상과 다른 반응에 관심이 생기는 건 참을 수 없었다.

"왜? 몸을 거둬준 걸로 치면 부족하오?"

슬그머니 떠보니 인ㅅ의 눈이 광기로 번들거리며 여전한 웃음이 흘러나왔다.

"크크크, 부족하다마다. 식솔들 목숨까지라면 만 냥은 줘야 하지 않겠소?"

홍대주는 윗입술을 씰룩거리며 인ㅅ을 노려봤다.

'당장에 죽어도 아쉬울 것 없는 놈이!'

하지만 문 뒤를 지키고 있는 마도영의 그림자 덕분에 이성을 잃지 않았다. 홍대주는 단물까지 다 빼먹고 나면 인ㅅ을 죽이도록 시켜야겠다고 생각하며 고개를 끄덕였다.

14장
실책失策의 장난

영화관의 기녀 구향은 동궁전에 들어서며 흘끔거리는 내관들에게 살짝 미소 지었다. 기둥 뒤에서 눈만 내놓고 훔쳐보던 내관들은 구향의 미소에 굴속으로 파고드는 쥐새끼들처럼 허겁지겁 고개를 숨겼다. 화려한 치맛자락을 모아 쥐고 내전으로 들어서니 묘한 침묵이 사방에서 옥죄여 왔다.

방문이 열리고 안으로 들어간 구향은 세자 이선을 보고 예를 취해 절을 올렸다.

"구향이라 하옵니다."

"앉거라."

지금까지 많은 대감들을 모셨지만 이토록 품위 있는 자는 본 적이 없었다. 역시 세자라 생각하며 구향은 시선을 내리깔았다.

"청에서 의술을 배워 문신을 지울 수 있다 들었는데……."

이선이 동궁전으로 부른 이유를 이미 들었기 때문에 구향은 차분하게 답했다.

"예, 저하. 하오나 문신의 종류에 따라 다르옵니다."

"종류? 문신에도 종류가 있느냐?"

이선이 깜짝 놀라 되묻자 구향은 여색이 도는 미소를 걸치며 답했다.

"예, 살을 베어 흠집을 내는 반흔문신瘢痕文身, 색을 묻힌 바늘을 찌르는 자문신刺文身, 바늘구멍에 색을 묻힌 실을 넣은 후 꿰매는 봉문신縫文身이 있사옵니다."

"색이라……"

가만히 중얼거리는 이선의 목소리가 참으로 인자했다. 영화관에서 대감들을 모시다보니 어쩔 수 없이 정치를 듣게 된 구향은 생각보다 이선의 품성이 나볏하여 내심 놀랐다. 특히나 구향은 홍대주의 부름을 많이 받는 기녀로서 대충 정세가 어떻게 돌아가는지 꿰뚫어 보고 있었고, 게다가 흑사초롱의 천天에게 인생을 구제 받은 몸이라 다른 기생들보다 더 많이 안다고 해도 과언이 아니었다. 물론 기생이기에 목숨을 부지하려 내색 안 했지만 대전과 편전의 모든 일을 속속들이 알고 있었다. 구향은 애써 목소리를 평온하게 하여 답했다.

"예, 조선에서는 주로 먹을 사용한 단색 문신이 대부분이오나, 실은 나무 수액이나 기름, 꽃잎을 태운 가루 등을 염료로 사용해 원하는 색은 뭐든 만들 수 있습니다."

"너는 그 모두를 지울 수 있느냐?"

장담하였다가 안 되면 큰일이기에 구향은 조심스러움을 내보였다.

"문신의 상태를 살핀 후 말씀 올리겠습니다."

잠시 후, 여인의 등을 마주한 구향은 놀라움을 감추지 못하고 낮은 탄성을 내질렀다. 서둘러 입을 막아 꼼꼼하게 문신을 살펴본 구향의 등줄기가 산득해졌다. 여인의 왜소한 등에 빽빽하게 그려진 그림이 얼마나 정교한지 머릿속에 다 외울 수가 없었다. 그 형태를 홍대주와 천天에게 보고해야 함에 아득함까지 느꼈다.

구향은 발 너머에서 대답을 기다리는 이선을 흘끔 보고 조용히 입을 열었다.

"저하, 이 여인의 문신은 지우기 어렵지 않사옵니다."

곱게 쳐진 발 너머에서 이선이 안도를 담아 중얼거렸다.

"다행이야. 다행이구나."

"하오나 완전히 제거하려면 적어도 세 번에 걸친 시술이 필요하옵니다. 또한, 시술을 받는 동안엔 여인이 감내하기 힘든 고통이 따를 것입니다."

솔직하게 말하며 여인을 본 구향은 새삼 어깨가 저릿해짐에 눈살을 찌푸렸다. 오래전, 어깨에 선명히 박혀 있던 낙인이 새삼 생살을 뚫고 자라는 버섯처럼 기억 속에서 비집고 나왔다. 그 낙인을 지워준 이가 천天이었고, 그날 이후 구향은 천天에게 빚진 인생을 갚으려 살고 있었다. 자신의 문신을 지우는 데 진 빚을 처음 보는 여인의 문신이 대신하려 했다.

"괜찮겠느냐?"

이선이 걱정을 담아 여인에게 묻자 여인이 다소곳하게 고개 끄덕였다. 여인의 마음을 충분히 헤아리는지라 구향은 당장에라도 문신을 지워주고 싶지만 홍대주와 천天을 떠올리고 충동을 억눌렀다.

"당장 시술할 수 있겠느냐?"

같은 여자로서 마음만은 그러하나 상황이 아니었다. 우선 홍대주와 천天에게 이 사실을 알려야만 했다.

"사전에 준비할 것이 몇 가지 있사옵니다."

"하면 익일 사람을 보낼 터이니 다시 입궐하여라."

치맛자락을 추슬러 절하며 구향은 여인과 이선에게 죄스러움을 애써 감췄다. 영화관에 돌아가 홍대주와 천天과 마주한 자리에서도 구향은 그 마음을 떨치지 못했다.

"온몸에 문신을 두르고 있는 여인이라……."

홍대주는 구향의 보고에 손가락으로 입술을 톡톡 두드리며 생각에 잠겼다. 그러고는 천天을 흘끔 돌아보며 단정 지어 말했다.

"아마도 북벌지계 속 지도일 게요."

천天은 피식 웃더니 여색이 풀풀 풍기는 구향에게 무심한 어조로 명령했다.

"가져올 수 있으면 가져와 보거라."

구향은 이맛살을 접으며 문신을 어떻게 가져와야 하나 고민했다. 그러자 홍대주가 벌컥 성을 토해내며 날카롭게 말했다.

"아니오, 반드시 가져와야 할 게요. 목숨 걸고 가져오너라. 산 채로 가져올 수 없다면, 죽여 껍질이라도 벗겨 오너라!"

단아함을 내보이던 여인의 인생이 참으로 기구했다. 구향은 슬픈 듯 보였던 여인의 눈빛을 떠올렸다.

꼭두새벽부터 주모의 목소리가 쩌렁쩌렁 울려댔다. 주막에서 밤을 지냈던 적이 없는 진주는 원래 주막이 새벽부터 이렇게 시끄럽나 싶어 몸을 뒤척였다.

"이년아! 얼른 일어나지 못해! 봉수대 가야 하니 얼른 채비해."

마치 자신에게 하는 소리 같아 사르륵 다시 몰려오던 잠도 달아났다. 진주가 시끄러운 소리를 듣지 않으려 베개를 뒤집어쓰며 모로 누워버렸는데도 주모와 계집의 목소리가 귀를 파고들었다.

"설마, 이것들 전부 봉수대 가지고 갈 건 아니지?"

"여기서 뺄 게 뭐 있어?"

그러더니 방문이 벌컥 열렸다.

"그만 일어나소! 오늘은 내가 아주 바쁘니 그만 일어나 가소!"

진주는 이불을 돌돌 말아 누운 채 베개로 머리를 꾹 눌렀다. 설마하니 손님을 새벽부터 쫓아내는 주막이 있으랴 싶어 그냥 더 잘 생각이었다. 하지만 머리에 뒤집어 쓴 베개가 휙 날아가 벽에 부딪치곤 힘없이 떨어지자 멍한 눈으로 주모를 돌아봤다.

"내 오늘은 아주 바쁘다니까! 한 냥만 내고 그만 가소!"

기가 막혀 벌떡 일어나 앉은 진주는 봇짐을 뒤적거렸다. 세 냥쯤 던져주고 더 자게 해달라고 하려던 진주는 점차 눈을 동그랗게 뜨며 아예 봇짐을 풀었다. 주모는 바닥에 쏟아진 짐들을 내려다보며 의심쩍은 시선을 던졌다.

"없는 건 아니시죠?"

진주는 부스스한 얼굴로 주모와 봇짐을 번갈아 보며 뒷머리를 긁적거렸다.

"분명히 여기 있었는데……. 하하하!"

지난밤, 곤경에 처한 거지 아이 둘을 데리고 선심 쓴 게 화근이었다. 잘 곳조차 없다는 아이들이 불쌍해 주막에서 하룻밤 같이 묵었던 것뿐인데 새벽이 되기도 전에 돈을 도둑맞은 것이다. 진주는 어이없어 헛웃음만 지었다.

'의적이 도둑질 당한다니 말이 돼?'

결국 진주는 군소리 못하고 밥값, 방값 대신 양손 가득 짐을 들고 주모와 계집을 따라 산을 오르게 되었다. 앞서 올라가는 주모와 계집은 빈손이면서도 뭐가 그리 힘든지 헉헉대는 숨소리가 돌진하는 멧돼지와 같았다. 그 와중에 할 말은 뭐 그리 많은지 쉬지도 않고 떠들어대는 두 여인에게 말을 걸어볼까 했던 진주는 번번이 제대로 입도 열지 못했다.

"동수 그 인간이 뭐가 예쁘다고 음식을 바리바리 싸가지고서는……."

동수라는 이름에 저도 모르게 흠칫한 진주는 슬며시 둘 사이로 목소리를 냈다.

"저기……."

"누가 동수 준대? 초립이랑 운이 주려 그런다!"

주모가 콧방귀 뀌며 진주의 말을 들은 체도 안 하자 진주는 크게 소리를 냈다.

"저기요!"

그러자 앞서가던 두 여인의 눈초리가 길게 찢어져 진주에게 향했다. 그냥 동수가 '백동수'가 맞는지 물어보려던 것뿐이었는데 큰소리 좀 냈다고 잡아먹을 듯 노려보는 두 여인이 무서워 진주는 기어드는 목소리로 물었다.

"어디까지 가는 건지, 제가 좀 바빠서……."

말이 끝나기 무섭게 두 여인이 동시에 빽 소리쳤다.

"거참! 아직 국밥 한 그릇 값도 못했구만!"

진주가 태어나서 이토록 기가 죽어보긴 처음이었다. 봉수대에 올라서 짐을 내려놓고도 기 펴지 못한 건 매한가지였다. 주모가 호들갑 떨며 음식을 차려주자 우르르 몰려든 사내들은 며칠 굶은 사람들처럼 게걸스럽게 먹어치웠다. 그중 동수를 흘끔거리며 진주는 나무 밑에서 조용히 앉아 쉬었다. 아침밥도 못 먹고 끌려온 덕에 남자들이 먹는 음식이 탐났지만, 아는 체도 안 하는 동수를 보니 새침해져서 끼어들 마음도 안 생겼다.

그렇게 조용히 있던 진주는 배부르게 먹고 난 초립이 입을 열자 깜짝 놀라 동수를 돌아봤다.

"진짜 큰일 날 뻔 했다니까. 동수가 독사에게 물려서 다 죽어가는데, 손쓸 방법도 없고."

초립이 뭐라 하던 눈앞의 음식에만 코 박고 있는 동수가 새삼 여위어

보였다.

"잘못 찌르면 곧장 저승 구경 한다는 혈도 중의 혈도 극혈! 우리 몸에 극혈이란 게 열여섯 개가 있는데, 운이가 바로 그 극혈만을 골라 독을 뽑아내더라고. 내 식견으론 말이지. 그건 보통 사람이 할 수 있는 게 아니야."

그러자 주모가 여운을 보며 감탄했다.

"이야! 얼굴도 잘생겨. 무술도 잘해. 대체 못하는 게 뭐야?"

입에 음식 처넣기 바쁜 동수와 달리 소리 없이 먹는 여운을 보니 그 말에 백번 공감했다. 그때, 진주에게 시선을 던지며 초립이 들으라는 듯 물었다.

"근데, 쟤는 왜 따라온 거야?"

"어? 그냥 짐꾼이야."

계집이 툭 하니 말하자 발끈한 진주가 벌떡 일어섰다.

"참 나. 기가 막혀. 저기요! 이제 가도 되죠?"

뭣 하러 이런 곳에 앉아 있나 싶고 진즉에 갈 걸 하며 돌아서는데, 뒤에서 계집의 목소리가 까랑까랑하게 들렸다.

"잠깐! 설거지도 하고 가요!"

홧김에 계집을 발로 걷어차 주고 그냥 산을 내려갈까 했지만 밥값은 해야겠기에 진주는 냇가에 앉아 그릇들을 씻었다.

"내가 지금 이 꼴이 말이 되냐고! 아침 일찍 들어갈 생각이었는데······. 어휴! 아빠한테 또 죽었구나."

그때 어슬렁거리며 동수가 다가오더니 물 한 모금 마시고 잠시 머뭇했다. 진주가 혹시나 자신을 알아봤나 해서 기대감과 반가움이 섞인 눈으로 올려다보자 동수가 혀를 쯧쯧 차더니 멀어져갔다.

"너도 참 안됐다. 어쩌다가 저 독한 여편네들한테 걸려가지고······.

14장 실책(失策)의 장난

격! 아, 시원하다!"

진주는 지금 제대로 말을 들은 건가 하고 멍하니 있다가 그릇을 벅벅 문지르며 중얼거렸다.

"오냐, 백동수! 네가 날 끝까지 못 알아본다 이거지?"

진주의 이 갈리는 소리가 설거지 소리와 어울려 음악처럼 냇물을 타고 흘렀다. 대충 설거지를 마친 진주는 윗물에서 양치하는 여운을 흘끔하며 봤다. 곱상하게 생긴 하얀 피부가 낯설지 않아 계속해서 힐끔거리던 진주는 마침내 달빛 아래 있던 여운을 떠올리고 눈을 동그랗게 떴다. 때마침 진주에게 시선을 돌린 여운과 눈이 마주치자 진주는 이마에 식은땀을 흘리며 벌떡 일어섰다.

어디 숨을 데 없나 주변을 두리번거리며 안절부절하는 진주에게 여운이 다가왔다.

"아, 안녕? 하하하하!"

여운은 자신에게 시선조차 제대로 주지 못하는 진주를 의아한 듯 바라봤다. 결국 진주는 한숨을 푹 쉬며 사실을 말했다.

"일전에 저자에서 널 봤는데, 칼에 천天 자가 새겨진 아저씨랑 만나던데……."

순간 여운의 곱상한 얼굴이 돌처럼 굳는가 싶더니 확 앞으로 다가와 검은 눈동자가 코앞에 서 흔들림 없이 진주를 주시했다. 놀란 진주가 뒤로 내빼기도 전에 살며시 미소 지은 여운은 따뜻한 숨결과 함께 말했다.

"나 본 거 확실해? 황. 진. 주?"

세상에 여운만큼 아리따운 남자가 있을 리 없으니 확실했다. 진주는 확신을 담아 고개 끄덕이려다 말고 서서히 눈을 크게 떴다. 제대로 들은 건가 싶어 휘둥그레진 눈으로 바라보니 여운이 싱긋 웃었다.

"어? 너……."

손가락을 세워 설마하며 묻자 여운이 묘한 시선으로 진주의 머리부터 발끝까지 훑어봤다.

"어릴 땐 아주 선머슴 같더니, 꽤 예뻐졌네?"

남자의 시선이 휘리릭 몸을 감돌자 얼굴로 피가 확 몰렸다. 진주는 뒤로 물러서며 애꿎은 머리를 손가락으로 감아 넘겼다.

"아, 알아보는구나. 동, 동수는 모르던데……. 아하하."

멋쩍은 웃음에 여운이 눈을 가늘게 떴다. 민망해진 진주는 후다닥 그릇들을 챙겨 처소로 달렸다. 멀찌감치 있던 동수는 시선도 주지 않고 한량처럼 누워 하늘만 바라보고 있었다.

'이 둔치야! 운이는 단번에 알아보는데 넌 뭐니?'

마음 같아서는 발로 한 번 차주고 싶었지만 비가 올 거 같다며 재촉하는 주모와 계집을 따라 진주는 허겁지겁 봉수대를 떠났다. 그렇게 동수에 대한 원망과 얄미움, 서운함으로 토라져 산을 내려가던 진주는 멀리서 메아리쳐 들려오는 동수의 외침에 슬그머니 미소 지었다.

"황진주! 만나서 반가웠다!"

갑자기 봉수대에 더 머물고 싶어지는 마음을 애써 억눌렀다. 주모의 말대로 오후가 되어서 냇물이 강물이 될 만큼 많은 비가 쏟아지더니 밤중에는 태풍이 온 산을 뒤흔들었다.

간밤의 태풍이 산세를 험하게 바꾸어놓았다. 야트막한 산조차 태풍을 피하지 못하고 나무들이 죄다 쓰러지자 산사태를 우려한 사람들이 조마조마한 마음으로 아침을 맞이했다.

입궐하자마자 임수웅의 집무실로 향하던 홍대주는 아들 홍사해와의 대화를 떠올리며 입가를 씰룩거렸다. 안 그래도 임수웅이 초시생 세 명을 들였다는 말을 들었던 지라 신경 쓰이던 참이었다. 세자와 임수웅이 그냥 행하는 일이 있을 리 없었다. 하물며 그 초시생들이 홍사해의 얼굴에 상처를 주었으니 더더욱 그냥 넘어갈 일도 아니었다.

홍대주가 기척도 알리지 않고 문을 벌컥 열어젖히며 들어가자 깜짝 놀란 임수웅이 얼른 자리를 내주었다. 홍대주는 앉자마자 찾아온 의중을 언급했다.

"최근에 직부인으로 들어온 초시생들이 있다 들었네만?"

임수웅은 차분하게 세 명의 초시 합격증을 내보였다.

"백동수, 여운, 양초립. 백동수라……. 직부인을 행사할 수 있는 종오품 이상 관직에 있는 사람 중에 내가 알고 있는 백씨는 단 두 명뿐인데, 어느 양반가의 자제인가?"

바로 답하지 못할 거란 예상을 깨고 임수웅은 쉽게 입을 열었다.

"선대에 경상좌수사를 지낸 백영상의 후손입니다."

"백영상? 이순신 장군의 외친 말인가?"

"예."

생각지도 못한 대답에 놀람을 미처 감추지 못한 홍대주는 잔잔한 미소를 지닌 임수웅을 노려보았다.

"내 오늘 봉수대 시험을 치를 생각이네. 지금 당장 파발을 날려 개성에서부터 봉수대 시험을 실시하게."

임수웅의 대답도 듣지 않고 일어난 홍대주는 짐짓 걱정스런 투로 뒷말을 이었다.

"간밤의 태풍이 심상찮았는데, 마른 장작과 이리 똥을 잘 준비해놨을지 모르겠군."

대소가 터져 나오는 걸 애써 억누르며 하늘을 올려다본 홍대주는 아직까지도 혼탁한 구름을 보며 애처로운 듯 혀 찼다.

"쯧쯧, 구름이 걷히려면 하루가 더 있어야겠구나."

오전이 지나가는 게 무료할 정도로 시간이 더디게 느껴졌다. 홍대주는 계속해서 태양의 위치를 확인하다 입이 근질거림을 참지 못해 국궁장으로 향했다. 예상대로 세자 이선이 궁술 연습을 하고 있었다. 홍대주는 화살이 정확하게 과녁 한가운데에 박히자 느릿하게 박수를 쳤다.

"무슨 일이오?"

활을 내리며 묻는 이선에게 홍대주는 시치미 뗐다.

"지나는 길에 활대 소리가 나 잠시 들렀습니다."

그러자 이선이 다시금 활을 들어 겨누었다. 약 오를 게 분명한데 내색하지 않고 시위를 당기는 걸 보니 되레 홍대주의 속이 끓었다. 홍대주는 끓는 혈기를 다잡지 못해 먼저 말을 꺼냈다.

"저하, 병졸로 강등된 서유대 병사가 제1로 봉수대에 파견되었고, 그 봉수대에 초시생 직부인 세 명이 파견된 것으로 압니다만……."

분명 반응이 있을 거라 생각했건만 이선은 침착하게 시위 겨누며 시큰둥하게 답했다.

"과인이 그런 사소한 일까지 알고 있어야 하오?"

홍대주의 입가가 물가의 생선처럼 펄떡거리며 떨렸다. 간신히 떨리는 입가를 진정시키며 홍대주는 느릿하게 입을 열었다.

"아닙니다. 다만 지금 봉수대 시험을 치르고 있음에 말씀드리는 것입니다."

예상대로 이선이 당황하는 기색을 내보였다. 멈칫하며 시위가 풀리자 홍대주는 유장하게 미소 지었다.

"잘 아시지 않습니까? 만에 하나 봉화가 피어오르지 못할 시, 봉수지기들의 운명이 어찌 되는지……."

'퉁!' 하는 시위 소리가 홍대주의 말을 막았다. 세자는 손가락을 풀며 자연스럽게 말했다.

"한데 그런 사소한 일까지 병판께서 직접 신경 쓰시는 걸 보면 역시 국정이 잘 운영되고 있는 게요, 그렇지 않소?"

소매 안에 감춘 주먹이 부르르 떨렸다. 홍대주는 분한 마음을 감추기 위해 고개 숙여 표정을 감췄다. 그러자 세자가 또다시 활을 들며 물었다.

"한데 제1로 봉수대에는 아직 세 명의 봉수군만이 있다 하였소? 본디 내지봉수대에는 여섯의 봉수군이 있어야 하는데 일이 참 고달프겠구려. 하여 그들 세 명이 봉화를 제때 피운다면 상을 주는 것이 좋지 않겠소?"

무슨 말을 하려나 싶어 가만히 지켜보던 홍대주는 무심한 어조의 말에 사색이 되었다.

"초시생 중 직부인이 더 있는 걸로 아는데, 그들 모두 봉수대로 보내 일을 덜어주는 게 어떨까 싶소만……"

초시생 중 직부인이라면 홍사해와 홍명주, 즉 홍대주의 적자와 조카를 말함이었다. 홍대주는 이를 악물고 더 깊이 고개 숙였다.

'네 이놈! 내 손에 명줄이 잡혀 있는 줄도 모르고 그딴 소리를 하느냐! 네놈 스스로 명을 재촉하는구나!'

홍대주는 북벌지계만 손에 넣는다면 바로 세자의 명줄을 쥐어틀어야겠다는 생각으로 조심히 이 갈았다. 하지만 세자는 홍대주가 표정을 감출 필요도 없다는 듯 시위를 당긴 채 시선조차 돌리지 않았다.

"그래, 궁궐 봉수대는 언제쯤 피어오르는 게요?"
"개성에서 시작하였으니, 반나절이면 도착할 것입니다."

세자의 손끝이 가늘게 흔들리는 것 같았다.

"반나절이라……"

조그맣게 중얼거리는 세자의 말을 홍대주가 시원스레 받았다.

"일몰 직전까지입니다."

오후 햇살이 길게 늘어지고 있는 과녁으로 화살이 빠르게 날아갔다.

모든 것은 시위를 벗어난 화살에 달렸다.

새벽부터 서유대의 닦달에 못 이겨 온 산을 뒤졌지만 마른 장작을 구하긴 어려웠다. 동수는 투덜거리며 부러진 나뭇가지를 발로 차댔다.
"비 온 다음날 어디서 마른 장작을 구해오라는 거야."
그냥 비도 아니고 어린 나무들은 뿌리째 뽑혀나간 태풍이 지나간 뒤였다. 그런데 꼬부랑 할미의 가랑이처럼 바싹 마른 장작을 구해오라니 미치고 팔짝 뛸 노릇이었다. 동수는 뻣뻣해진 다리를 쭉 펴고 바위에 앉아 멍하니 하늘을 올려다봤다. 해가 기울어가기 시작하자 먹구름이 서서히 밀려나고 있었다. 먹구름 사이의 하얀 구름을 보자니 또다시 지선의 얼굴이 어른거렸다.

동수는 한숨만 푹 내쉬며 조각구름을 맞춰 지선의 얼굴로 만들었다. 그러다보니 세자가 떠올랐고 부글부글 화가 치밀어 올랐다. 동수는 먹구름이 세자인 양 가자미눈으로 노려보다가 문득 마른 장작을 구할 방법을 떠올렸다.
"절간에는 마른 장작이 많이 있겠지?"
마른 장작을 구한다는 핑계를 대고 지선의 그림자라도 볼까 싶어 날쌔게 청암사로 달려가 살그머니 마당으로 들어갔다. 행여나 동자승에게 걸릴까 주변을 살피고 지선의 방 앞으로 갔지만, 비어 있는 댓돌을 보자 실망으로 어깨를 축 늘어뜨렸다. 동수는 지선의 신발이 없음에 들키던 말든 상관없다는 식으로 터벅터벅 걸어가다, 활짝 열린 부엌문 너머로 보이는 장작에 멈칫했다. 그리고 상체를 뒤로 빼서 다시금 부엌문을 본 뒤 급히 주변을 두리번거렸다.

폭풍이 지나고 나서인지 유난히 조용한 절간에 쥐새끼 한 마리도 보이지 않았다.

동수는 수북이 쌓인 장작을 보고 음흉한 미소를 짓고는 서둘러 양팔 가득 그러모았다. 묵직한 느낌이 날 정도로 장작을 들고도 모자라 욕심을 내서 남은 두 개를 더 얹고 턱으로 괸 다음, 부엌문을 나섰다. 그렇게 문으로 살금살금 걸어가는 동수의 뒤통수로 따가운 시선이 느껴졌다. 조심스레 고개 돌리니 주지 스님이 입을 쩍 벌리고 서 있었다. 동수는 씩 웃고 냅다 뛰었다.

헐레벌떡 달려 산길을 오르다보니 어느새 그림자가 길게 늘어지고 있었다.

동수는 뒤를 돌아보고 스님이 따라오지 않자 거친 숨을 몰아쉬었다. 하지만 숨을 고를 틈도 없이 어두워지는 하늘 저 멀리 전 봉수대에서 봉화 네 개가 피어오르는 게 보였다.

"뭐야? 봉화잖아?"

제때 피우지 못하면 사형이라는 서유대의 말이 떠오르자 동수는 또다시 죽을힘을 다해 뛰었다. 양팔 가득 장작을 든 채 산을 오르는 게 쉽지만은 않았지만, 죽지 않으려면 제 때 도착해야 했다. 동수는 힘겹게 봉수대에 도착해 발만 동동 구르고 있는 초립을 불렀다.

"초립아!"

"동수야! 정말 다행이다!"

동수가 땀에 흥건한 얼굴로 의기양양해서 장작을 내밀자 초립은 희색이 만연한 얼굴로 얼른 받아들었다. 여운은 안심한 건지, 시큰둥한 건지 내색조차 없이 봉수대에 불붙일 준비를 했다. 평소 마음이 잘 맞아서인지 세 사람은 일사천리로 움직였다. 가만히 지켜보던 서유대도 제법 마음이 흡족한지 툴툴거리는 소리 한 번 내지 않았다. 하지만 갑자기 빗방울이 투둑 떨어지자 세 명은 당황했고, 미처 장작을 옮기기도 전에 내린 소나기에 천운天運을 원망했다.

"뭐야! 왜 갑자기 소나기가!"

"동수야! 어서 장작을!"

초립이 제 몸으로라도 비를 가려보려 했지만 억수같이 내리는 빗물을 피할 수 없었다. 머리부터 발끝까지 쫄딱 적신 소나기는 언제 그랬냐는 듯 스르르 사라졌지만, 이미 젖어버린 장작은 진흙 바닥을 뒹굴었다.

"이놈들아, 그러게 평소에 관리를 잘했어야지."

하필이면 그때에 내린 소나기를 원망하던 동수는 화살 같은 눈초리를 서유대에게 향했다. 그러자 초립이 젖은 장작에 불붙이려 불씨를 후후 불며 말했다.

"동수야, 이걸로 안 되겠어. 장작 좀 더 구해와."

동수는 마지막 두 개까지 긁어왔던 청암사의 텅 빈 부엌을 떠올리고 흠뻑 젖은 머리를 쓸어 넘겼다.

"없어. 내가 절간에 있는 거, 다 가져왔어."

동수의 대답에 후후 불던 초립의 얼굴이 사색으로 변했다. 백지장처럼 허옇게 뜬 얼굴로 올려다보는 초립의 입술에서 금방이라도 유언이 쏟아져 나올 것만 같았다. 여운도 난감해하는 얼굴로 서유대를 바라봤다. 서유대는 멀뚱거리며 하늘을 올려다보더니 남 일처럼 말했다.

"별수 있나? 발로 뛰는 수밖에."

동수는 머리를 '탁!' 털고 뒤돌아섰다.

"에라! 죽기 살기다! 내가 궁궐 봉수대까지 직접 가서 불 피울게!"

동수가 금방이라도 달려 나갈 기세를 보이자 초립이 기겁했다.

"뭐? 도성까지는 80리야! 게다가 산길이라고!"

"방법이 없잖아! 전 봉수대에서 연기가 오른 시간이 이 각30분 전이니까, 해 떨어지기 전까지만 도성에 도착하면 돼!"

무작정 달리는 동수를 불러대는 초립의 목소리가 산을 타고 먼저 내려갔다. 동수는 진흙이 되어버린 산길을 주르룩 미끄러져 내려가며 이를 악물었다. 무슨 수를 써서라도 궁궐 봉수대의 불만 붙이면 적어도 죽지는 않을 거란 생각에 흙투성이가 된 몸을 앞으로 굴렸다. 데굴데굴 구른 몸을 발딱 세워 내달리고, 또 미끄러지면서 동수는 달렸다. 도성까지의 길은 눈 감고도 훤히 갈 수 있을 정도로 익숙했다. 단지 그 거리가 문제라 지름길로 달린다 해도 밤이 되어야 도성에 도착할 판이었다. 그래도 포기할 수 없어 동수는 악문 이로 내달렸다.

'포기하지 않아. 이따위로 포기하지 않아!'

하지만 온종일 산을 헤매며 마른 장작을 구하고, 청암사부터 봉수대까지 달린 몸에서 체력이 바닥났는지 점차 진흙을 파고드는 발자국의 깊이가 더해졌다. 동수는 헉헉거리며 무거운 다리를 힘겹게 내딛었다.

"가야 하는데……."

진흙을 움켜쥐었다 뿌리치며 다시 일어선 동수는 허리를 피지도 못하고 걸음을 내딛었지만, 이내 바닥에 주저앉았다. 멀리 도성이 보였다. 조금만 더, 조금만 더 하면서 걸음걸음 힘겹게 내딛던 동수는 뒤에서 들리는 여운의 목소리에 퍼뜩 정신을 차렸다.

"동수야!"

경쾌한 말발굽 소리가 환청이 아닐까 싶었다. 하지만 부들부들 떨며 일어선 동수가 돌아서기도 전에 힘차게 달려오는 말 위의 여운이 팔을 내뻗었다. 환각이라 생각해 진흙 묻은 손으로 눈을 비비니 팔을 내민 여운의 얼굴이 좀 더 선명하고 가까이 다가왔다. 동수는 한 팔을 뻗어 여운의 손목을 부여잡았다.

공중제비 하듯 동수의 몸이 붕 떠오르며 여운의 뒤에 풀썩 내려앉았다.

멈추지도 않고 달려가는 말 위에 올라탄 동수는 여운의 옷자락을 잡으며 물었다.

"어떻게 된 거야?"

"오는데 마침 파발꾼이 지나가더라고!"

박차를 가하며 소리치는 여운에게 동수는 헉하며 숨을 들이켰다.

"뭐야! 관군의 말을 강도질한 거야?"

"강도질은 형장이지만, 봉화를 피우지 못하면 사형이잖아!"

절대 여운답지 않은 행동에 동수는 웃음을 피웠다.

여운의 무모함 덕분에 제때 산성의 성문 앞에 도착했지만 동수와 여운은 굳게 닫힌 문을 열어주지 않는 수문장에게 답답하다는 듯 애원했다.

"급히 오느라 부신봉수군 표식을 챙기지 못했습니다. 방법이 없겠습니까?"

수문장은 냉랭한 기운을 펼치며 단호히 답했다.

"없다. 부신이 있어도 될까 말까 한데……."

그러자 동수가 제 말도 아니면서 고삐를 내밀며 사정했다.

"말 한 마리면 족히 백 냥은 됩니다. 이놈을 드릴 테니 제발 궁ㅎ이라도 빌려주십시오."

탐나는 듯 윤기가 흐르는 말갈기를 슬쩍 쓸어본 수문장은 뚱딴지같은 소리를 해댔다.

"나는 분명, 성문을 열어주지는 않은 게다. 너희가 증인이 되어라."

수문장은 문지기들의 동의를 얻고 나서야 고삐를 받아 쥐고, 문지기로 하여금 활과 화살을 가져오도록 시켰다. 냉큼 궁수 도구를 받아든 동수는 여운에게 눈짓한 뒤 성벽을 타고 달렸고, 단번에 의미를 파악한 여운은 성벽이 아닌 저잣거리로 뛰어갔다. 아무래도 속도 면에서는 여운이 더 빨랐다. 여운이 저잣거리에서 기름과 불씨를 구해오길 기다리며 동수는 봉화대가 보이는 첨탑에서 거리를 가늠해 보았다. 제법 되는 거리가 마음에 걸려도 화살을 날리는 건 여운에게 맡겨야 할 듯싶었다. 정확도 뛰어난 여운이라면 충분히 봉화대에 불을 붙일 수 있어 보였지만 네 번째는 좀 아슬아슬했다. 동수는 거리와 방향, 풍향을 읽으며 네 번째 봉화를 자신이 쏠 수 있을지 가늠해 보았다. 거리는 자신이 있지만 정확도는 좀처럼 자신이 서지 않았다.

마침내 흐트러진 호흡으로 여운이 도착해 기름과 불씨를 내밀자 동수는 서둘러 받아들었다. 여운은 종아리에서 붕대를 풀더니 은오절_{화살촉을 끼운 다섯 번째 마디}에 닿지 않도록 조심하며 화살촉에 둘둘 말아 감았다. 그리고 기름 묻혀 무게를 잰 여운이 돌아보자 동수는 활을 내주며 말했다.

"네가 해. 세 번째까지는 네가 하는 게 더 확실할 거 같아."

산에서 지금까지 무촉전으로 궁술을 연습하던 여운은 화살촉과 기름 묻힌 붕대로 인해 무거워진 화살이 부담스러운 모양이었다. 여운답지 않게 바싹 긴장해서 활 든 모습에 동수도 마른 침을 꿀꺽 삼켰다. 시위를 서서히 당겼다 다시 내리며 몇 번이고 심호흡을 하는 여운에게 동수는 힘내라는 응원조차 할 수 없어 가만히 옆을 지켰다. 다시금 활시위를 겨눈 여운은 입술에 시위를 댄 채 말했다.

"불 붙여."

불씨를 들고 있던 동수가 얼른 기름 묻은 붕대에 불씨를 대고 세게 입김을 불자 화르륵 불꽃이 피어올랐다. 동수가 황급히 뒤로 몸을 뺌과 동시에 여운의 손에서 빠져나간 화살이 공중으로 날아갔다. 동수는 너무 높은 게 아닌가 싶었지만 정확하게 봉화대로 떨어지는 화살을 보고 저도 모르게 탄성을 내질렀다.

"이야! 좋았어!"

연기가 피어오르는 것도 확인하지 않고 여운은 재빨리 두 번째 화살을 시위에 끼웠다. 동수가 명령을 기다렸다 불을 붙이자마자 또다시 화살은 힘차게 앞으로 날아가더니 두 번째 봉화대에 불을 피웠다. 세 번째는 생각대로 아슬아슬하게 봉화대 안으로 들어갔다. 결국 여운은 네 번째 화살을 끼우고 보더니 단호하게 팔을 내렸다.

"네가 낫겠다."

곧 죽어도 여운이 낫다는 말은 못해 동수는 활을 받아들었다. 화살을 끼우고 보니 왜 그토록 여운이 긴장했는지 알 것 같았다. 무게 때문에 앞으로 쏠리는 화살을 받치는 손가락에 들어가는 힘부터 달랐다. 동수는 여운의 화살이 너무 높지 않았나 하고 생각했던 걸 떠올리고 살짝 위로 추어올렸다. 그러자 여운이 동수의 눈높이와 같이 얼굴을 대고 조용히 말했다.

"조금 더 높이."

여운을 믿어보기로 했다. 동수는 있는 힘껏 시위를 당기며 중얼거렸다.

"에라! 모르겠다. 죽어도 같이 죽고, 살아도 같이 사는 거다, 알았지?"

동수는 여운이 대답 없이 불을 붙여주자 가야금 타듯 손가락을 좌르륵 풀었다. 하지만 여운이 쏘아올린 화살보다 더 높이 날아가는 화살을 보며 동수는 불안감에 소리쳤다.

"더 높이 겨냥하라며!"

화살도 더 이상 없어 실패하면 끝이라는 생각에 동수의 얼굴이 일그러졌다. 그런데 신기하게도 높이만 날아가던 화살이 쓰러지듯 방향을 바꾸더니 아래로 내려가는가 싶자 제집인 양 봉화대 안으로 쏙 들어가자 몽실몽실 연기가 피어오르기 시작했다.

"어? 어? 저거! 들어간 거지, 그렇지?"

여운이 그제야 안심했는지 가슴을 쓸어내리며 한숨 쉬었다. 긴장이 풀어지며 성공에 대한 흥분이 몰아치는지 발그레하게 두 볼이 물드는 여운을 덥석 끌어안으며 동수가 펄쩍펄쩍 뛰었다.

"우리가 해냈어! 운아, 우리가 해냈어! 난 너무 높은 줄 알고 가슴이 철렁했지 뭐냐!"

여운은 동수의 팔을 풀며 슬며시 미소 짓고 중얼거렸다.

"네놈 힘이 보통 힘이어야지. 그 정도는 날려줘야 제 풀에 꺾여 화살이 봉수대 안으로 들어갈 거 아냐. 안 그랬으면 산성을 넘어갔을 거다."

동수는 밀어내는 여운을 억지로 끌어안으며 외쳤다.

"우린 살았다! 살았어! 운아! 나랑 약속한 거다! 이제 우린 죽어도 같이 죽고 살아도 같이 사는 거다!"

그리고선 여운이 뭐라 하기도 전에 놔주고 미친 사람처럼 괴성을 지르며 사방팔방 뛰어다녔다. 하지만 잠시 후 고삐 묶인 망아지처럼 얌전히 임수웅 앞에 무릎 꿇은 동수는 뜨끔한 마음으로 머리를 숙였다.

"그래서 파발꾼의 말을 빼앗아 직접 도성까지 달려와 화전을 날렸단 말이냐?"

곁에서 무릎 꿇고 있던 파발꾼이 연신 고개를 끄덕이자 말을 빼앗은 여운이 죄를 혼자 뒤집어쓰려는지 동수가 입을 열기도 전에 바르게 답했다.

"송구합니다."

동수는 흘끔 여운을 보고 편들어주려 서둘러 말했다.

"그게, 파발꾼의 말을 빼앗은 게 아니라 잠시 빌린……"

"수문장과 거래하여 말과 활을 교환했다 하지 않았더냐?"

동수가 꿀 먹은 벙어리처럼 입을 꾹 다물자 임수웅이 뜻밖의 말을 했다.

"잘했다. 이유 불문하고 임무를 완수하는 것이 군인이다."

그리고 파발꾼을 향해 냉정한 목소리로 질책했다.

"너는 임무를 완수하지 못했을 뿐 아니라, 말을 뺏기기까지 했으니 지금 당장 파직될 수도 있느니라."

파발꾼은 시퍼렇게 변한 얼굴을 땅에 조아리며 사정했다.

"교, 교관님! 살펴주십시오!"
"내 오늘 일은 조용히 묻어둘 테니 함구하여라, 알겠느냐?"
파발꾼은 고개를 들지도 않고 감사를 토해냈다. 동수는 임수웅과 눈이 마주치자 장난꾸러기 같은 미소를 흘렸고 임수웅은 집무실을 나섰다.
"너희 둘은 저하께서 찾으실 수 있으니, 잠시 예서 기다리거라."
그렇게 임수웅이 문밖으로 발을 내딛자 동수는 황급히 그를 불렀다.
"교관님! 근데 잠깐 궁궐 나들이 좀 하는 건 괜찮지 않겠습니까?"
임수웅의 얼굴에 '너를 누가 막겠냐' 하는 체념의 표정이 떠올랐다. 동수는 히죽 웃으며 눈짓으로 밖을 가리켰다. 그 눈짓에 임수웅이 고개 저어 불허함을 내보였는데도 동수는 큰소리로 답했다.
"감사합니다!"
궁궐 구경을 아무 때나 할 수 있는 게 아닌지라 이 기회를 놓치고는 못 살 동수였다.

조용히 타들어가는 향초가 지선의 주위를 둘러싸고 있었다. 망부석처럼 오랫동안 앉아있던 지선은 향초를 바라보며 이선을 떠올렸다. 등의 문신을 지워주겠다면서 화원을 불러 지도를 옮겨 그리도록 한 이선은 수소문 끝에 문신을 지우는 데 일가견이 있다는 기생 구향을 은밀히 궁으로 불러들였다.
사미니인 지선과 기생인 구향이 동궁전을 들락거린다는 말이 나오면 난처해질 게 분명한데도 이선은 아랑곳하지 않고 의지를 굽히지 않았다. 그 뜻이 너무 단호하여 구향에게 등을 내보인 지선은 두 여인만 남자 묘한 기운을 느꼈지만 내색 없이 가만히 앉아 있었다. 그 시간이 너무 길어 중간에 뒷간을 갔다 온 지선은 구향에게서 풍기는 분위기가 심상치 않아 계속해서 불안함을 느꼈다. 구향은 오랫동안 무언가 망설이는 듯하더니 짐을 싸서 갑자기 동궁전을 나가버렸다. 지선이 임수웅을 부를 틈도 없었다. 그래서 밖을 지키는 이들로 하여금 임수웅을 불러 달라 부탁한 뒤, 향초를 지키며 앉아있던 지선은 급히 세자가 돌아오자 조용히 일어섰다.
"어찌 혼자 있느냐?"
"중요한 약초를 빠트려 다시 챙겨온다 하였사옵니다."
즐거운 듯한 미소를 머금고 있던 이선의 얼굴이 잠시 찌푸려졌다.
"그래……?"
이선의 의심과 불안이 어디에서 오는지 알기에 지선은 걱정을 담아 조심스레 말했다.
"한데, 이 몸이 잠시 방을 나갔다 온 적이 있던지라…… 심히 불안해 하고 있었습니다."
지선의 말이 무슨 뜻인지 단박에 이해한 이선은 벌떡 일어나 문갑으로 향했다. 그리고 서둘러 지도를 옮겨 그린 족자와 칙서를 찾아보고 한결 가벼워진 얼굴로 다시 앉았다.
"다행히 없어진 물건은 없는 듯하구나. ……얼굴이 창백하니 잠시 바람이라도 쐬고 오는 게 어떠냐?"
권해주니 고맙기 그지없었다. 오랫동안 앉아있던 다리는 뻣뻣하고 향초에 질식할 것처럼 가슴이 답답했던 참이었다. 지선은 감사함을 보이며 조용히 방을 나섰다. 지선이 동궁전을 나서자 익위사 한 명이 바짝 다가붙었다. 호위를 위해서라지만 너무 가까운 거리에서 따라오는 익위사를 신경 쓰다 보니 가슴이 더 답답해지는 것만 같아 지선은 가만히 걸음을 멈추고 익위사에게 말을 건넸다.
"이 몸이 어려워 부탁드리는 것이니, 마음 상히 여기지 마시옵소서. 잠시만 홀로 있게 해주시겠습니까?"
지선의 부탁에 익위사는 잠시 망설이더니 뒤로 한 걸음 물러났다. 지선은 어두운 궁내를 천천히 걸으며 세자의 삶을 생각했다. 자유롭되 자유롭지 못한 인생을 살아야 하는 이선의 마음과 이선이 그녀를 여인으로 생각하지 않으면서도 모질게 내치거나 이용하지 못하는 이유를 알고 느낄 수 있었다. 낮은 한숨이 발밑으로 깔렸다. 그 순간, 지선은 한숨소리를 짓밟는 발자국 소리를 들었다.

고개를 돌리자 청년이 몰래 훔쳐보고 있는 게 보였다. 사람들의 시선이야 많이 느껴왔던 거라 그러려니 할 수 있었지만, 지선은 남자의 눈동자에 비친 비열함을 읽고 얇은 눈썹을 모으며 서둘러 동궁전 쪽으로 걸음을 떼었다.

"멈춰라!"

관복을 차려입지 않은 무관도 아닌 자가 명령을 내리니 낌새가 이상하다 여겨 지선은 냅다 뛰었다. 그러자 청년이 후다닥 뒤쫓으며 누군가에게 말했다.

"영감! 날이 어두우니 횃불을 챙기십시오!"

그 뒤로 발끈한 듯한 목소리가 들렸다.

"뭐라! 감히 누구에게 명령을!"

다음은 듣지 못했다. 지선이 어둠 속으로 달려 나가자 사내의 거친 숨소리가 바짝 다가왔다. 잡힐까 두려워 뒤돌아보지도 못한 채 지선은 치맛자락을 들고 무조건 앞으로 달렸다. 동궁전으로 향하려 했는데 길을 잃어 점차 어둠만 보였다. 자신을 쫓는 자들이 누군지는 몰라도 목적은 확실했다. 휘영청 밝은 달도 지선의 어둠을 밝혀주지 못했다. 위급한 마음으로 주위를 두리번거리던 지선은 갑작스레 잡아끄는 손에 깜짝 놀라 소리 지르려 했다.

"누구……! 읍!"

거친 손바닥이 입술을 덮었다.

"쉿!"
어떻게 단번에 알아볼 수 있었는지 몰라도, 지선은 자신의 입을 막은 자가 동수라는 걸 알았다. 지선이 고개 끄덕이자 동수가 힘차게 손을 잡아끌었다. 마주잡은 손의 온기를 느끼지도 못할 만큼 두려움이 짙었다. 손을 놓칠까싶어 지선은 치맛자락을 걷어차며 동수의 뒤를 따라 달렸다. 그때 갑자기 동수가 우뚝 멈춰서고 두 팔로 번쩍 안아들자 지선은 놀란 외침이 터져 나오려는 입을 제 손으로 막았다. 동수는 가볍게 안아든 지선을 담 위로 올리더니 풀쩍 뛰어 지선의 옆으로 담을 넘었다. 그리고는 두 팔을 벌려 뛰어내리라는 몸짓을 했다. 지선은 흘끔 뒤를 보고 얼른 동수의 품 안으로 뛰어들었다.

'풀썩!'
풍성한 치맛자락이 동수의 팔에 감기며 내려앉자 동수가 가뿐하게 지선을 받아들었다. 그리고는 지선을 두 팔에 안아 들은 채 급히 벽에 등을 대고 섰다. 지선은 두 팔로 동수의 목을 감싸고 가만히 담 너머 소리에 귀 기울였다. 빠른 발자국이 담 쪽으로 다가오는가 싶더니 점차 멀어져 갔다.

그렇게 뒤쫓던 자가 멀어지고 사방에 정적이 감돌아도 동수는 지선을 내려주지 않았다. 한참 동안 동수의 팔에 안겨있던 지선은 두 사람의 호흡이 엉키자 조용히 속삭였다.

"내려주시지요."
가만 시선을 드니 동수의 초점 풀린 눈동자가 보였다. 마침 달이 구름을 벗어나 두 사람의 모습이 어둠에서 드러났다. 지선은 멍하니 바라보는 동수에게 다시금 속삭였다.

"이만 내려주시지요."
그제야 정신이 들었는지 동수가 파닥 고개를 젓고는 씨익 웃으며, 허리 숙여 지선의 발이 땅에 닿도록 해주었다. 지선은 서둘러 동수의 어깨에 올려놨던 팔을 풀었다. 그 손간, 갑자기 동수가 "어?"하더니 지선의 손목을 붙들었다.

의아함을 담아 올려보니 동수의 시선이 지선의 하얀 목에 달라붙어 있었다. 민망함에 슬그머니 손을 들어 목을 가린 지선은 뒤로 한 걸음 물러섰다. 동수는 뜬금없이 물었다.

"우리, 만난 적 있지요?"

"이 몸을 호위하여 산적떼로부터 구해주지 않았습니까?"

그러자 동수가 심하게 도리질했다.

"아니. 그거 말고요. 그 전에, 더 오래 전에."

그리고선 웃옷을 젖히고 바지춤을 풀었다. 지선이 기겁해서 두 손으로 얼굴을 가리며 등을 돌리자 동수는 바지 속주머니에서 뭔가를 꺼내 지선의 어깨너머로 팔을 뻗었다.

동수가 살며시 손을 풀자 잘린 옷고름이 보였다. 때가 꼬지지한 옷고름은 세월을 지내며 변색되어 있었지만 완전히 낯설지는 않았다. 지선은 천천히 목에 난 상처자국을 손바닥으로 감쌌다. 아주 오래 전, 부친 유소강의 검에 의해 생긴 상처였다. 구걸하던 거지 아이 중 하나를 구하기 위해 앞으로 나선 지선을 미처 피하지 못하고, 유소강의 검이 멈추며 부딪쳤던 자리다. 지선이 놀란 눈으로 서서히 돌아보니 동수가 헤헤 웃으며 다시 바지 안주머니에 옷고름을 넣으려 했다.

여태 지니고 있던 건 고맙지만 그 자리가 참으로 묘했다. 또다시 옷고름이 바지 안으로 들어갈 걸 생각하니 남사스러워 손가락이 곱아들 정도였다. 지선은 대뜸 손을 펴 내밀며 말했다.

"돌려주시지요."

동수가 펄쩍 뛰며 한과를 뺏기지 않으려 하는 아이처럼 옷고름을 꼭 쥐자 지선은 손을 더 앞으로 내밀었다. 동수는 좍 펼친 지선의 손바닥과 홍조로 붉게 달아올라 있는 얼굴을 번갈아보더니 툴툴거렸다.

"버린 걸 주운 건데 돌려달라니…… 게다가 내가 이걸 얼마나 애지중지 했는데."

"하면, 거래를 하지요."

지선의 단호한 말에 동수는 눈을 번쩍하더니 급히 고개 끄덕였다.

"이 몸의 목숨을 구해준 건, 오래 전 이 몸이 그대의 목숨을 구한 걸로 칩시다. 하고, 아까 이 몸의 손을 잡고…… 하였으나 함구할 터이니, 그 것과 교환하겠습니까?"

손 좀 잡았으니 옷고름을 내놓으라 반 협박하는 지선에게 동수는 고개만 갸웃하더니 옷고름을 만지작거리며 중얼거렸다.

"좀 불공평한데. 그런 걸로 바꾸긴 좀 아깝다. 그러니까……."

피할 새도 없이 동수의 얼굴이 눈앞으로 다가왔다. 재빨리 도망치려 했는데 동수의 두 손이 더 빨랐다. 양 볼을 감싸고 성큼 다가온 동수의 얼굴을 미처 바라볼 수 없어 지선은 두 눈을 질끈 감았다. 입술에 따뜻한 숨결이 닿았다. 곧이어 봄날의 아지랑이 속에 서 있는 것처럼 아련한 현기증이 몰아닥쳤다.

바람에 날린 꽃잎이 입술에 닿아도 이보다 덜 향기로우리라. 한여름의 매미가 울어대는 나무 아래 서 있어도 그보다 더 정신없지 않으리라. 발갛게 물드는 단풍도 이만큼 마음을 빼앗지 못하리라. 입술에 내려앉는 눈송이조차도 이토록 금방 녹아버리지 않으리라.

닿았다 싶었는데 숨 한 번 내쉬지도 못한 사이 동수의 얼굴이 멀어졌다. 여전히 두 손으로 지선의 얼굴을 감싼 채 동수는 조용히 속삭였다.

"나, 정말 못됐다. 아직도 옷고름을 돌려주기 싫으니."

지선은 눈을 반짝 떠 동수를 흘겨봤다. 동수의 멋쩍은 웃음이 어둠을 비집고 지선의 눈으로 들어오자 숨결이 남아있는 입술이 바람결에 흔들리는 꽃잎처럼 수줍게 떨렸다.

- 2권에 계속